Über die Autorin:

Karen Winter studierte Ethnologie und Sprachen. Ihre Liebe zu fremden Ländern und Kulturen lässt sie immer wieder auf Reisen gehen. Heute arbeitet sie als freie Autorin und lebt in der Nähe von Berlin.

Karen Winter

Das Feuer der Wüste

Namibia-Roman

BASTEI LÜBBE TASCHENBUCH
Band 16520

1. Auflage: Januar 2011

Bastei Lübbe Taschenbuch in der Bastei Lübbe GmbH & Co. KG

Originalausgabe

Dieses Werk wurde vermittelt durch die Literarische Agentur
Thomas Schlück GmbH, 30827 Garbsen.

Copyright © 2011 by Bastei Lübbe GmbH & Co. KG, Köln
Lektorat: Dr. Stefanie Heinen
Titelillustration: © Guter Punkt unter Verwendung
von Motiven von Shutterstock
Umschlaggestaltung: Guter Punkt, München
Satz: hanseatenSatz-bremen, Bremen
Gesetzt aus der Stempel Garamond PostScript
Druck und Verarbeitung: Norhaven
Printed in Denmark
ISBN 978-3-404-16520-9

Sie finden uns im Internet unter
www.luebbe.de
Bitte beachten Sie auch: www.lesejury.de

Der Preis dieses Bandes versteht sich einschließlich
der gesetzlichen Mehrwertsteuer.

Erstes Kapitel

Schlag es dir aus dem Kopf, Ruth. Darüber diskutiere ich nicht!« Rose Salden funkelte ihre Tochter eisig an.

»Aber warum denn nicht? Ich habe immer an den Jungfarmermeisterschaften teilgenommen. Und immer war ich unter den drei Jahrgangsbesten. Warum nicht in diesem Jahr?« Ruth war vor Empörung ganz blass geworden.

»Weil du auch ohne eine Auszeichnung im Schafestemmen als schwer vermittelbar giltst. Herr im Himmel, wann begreifst du endlich, was im Leben wichtig ist?«

»Pff!« Ruth band sich ihr Kopftuch fester um die Stirn, stieg in die schweren Stiefel, die zum Kummer ihrer Mutter Cowboystiefeln nicht unähnlich waren, und zog ungeduldig den derbgrünen Overall zurecht. »Es interessiert mich nicht, ob ich gut vermittelbar bin. Ich brauche keinen Mann.«

»Oh doch, meine Liebe! Eine Farmerin ohne Ehemann kann gleich einpacken und in die Stadt ziehen.« Rose Salden unterstrich ihre Worte durch eine energische Handbewegung, die ihre goldenen Armreife leise klimpern ließ. »Und eine Frau, die als einzigen Vorzug mehrere Preise im Schafstemmwettbewerb vorzuweisen hat, ansonsten aber für ihr loses Mundwerk bekannt ist, ist für die guten Familien in Südwestafrika einfach nicht tragbar.«

Ruth verzog gereizt den Mund. »Ich habe nicht nur im Schafestemmen gewonnen, das ist ja ohnehin nur ein Joke. Ich war auch die Beste im Hindernisreiten und im Viehtreiben, die Vierte beim Scheren, die Dritte beim Pfähleeinschlagen und die Erste im Wolleklassifizieren und beim Schafezählen.«

»Ja, ja.« Ruths Mutter winkte enerviert ab. Sie kannte die Argumente ihrer Tochter zur Genüge. »Ein Mann will keine Frau zum Schafezählen, sondern zum Schäfchenzählen. Und das, meine Liebe, sollte dein erstes Ziel sein: einen Mann finden und Kinder kriegen. Frauen sind nicht dafür geschaffen, Schafe zu züchten und das Sagen zu haben. Wie oft muss ich dir das noch erklären?«

»Schau dir die Waterfall Farm an«, widersprach Ruth trotzig. »Kathi Markworth schmeißt den Laden ganz allein. Erst gestern hat sie den Traktor repariert und letzte Woche den Stromgenerator. Nur zum Scheren holt sie sich Hilfe.«

»Kathi Markworth ist Witwe und noch dazu arm. Sie kann nicht anders, kann sich ja noch nicht einmal einen Verwalter leisten. Es ist eine Schande für die arme Frau, so leben zu müssen«, erwiderte Rose mit Nachdruck. »Es würde mich nicht wundern, wenn sie ihren Mann dafür über das Grab hinaus hasst. Als Vorbild für eine junge Frau taugt sie gewiss nicht.«

»Warum? Kathis Karakulschafe sehen besser aus und sind gesünder als die von vielen anderen Farmern.«

»Ruth, wir haben oft genug darüber gesprochen.« Rose Salden seufzte. »Du bist jetzt vierundzwanzig Jahre alt, eigentlich schon zu alt, um noch einen Mann zu finden. Südwestafrika ist ein großes Land und trotzdem ein Dorf. Hier kennt jeder jeden. Lass nicht zu, dass dein Ruf noch schlechter wird. Zieh das hübsche Kleid an, das ich dir aus Gobabis mitgebracht habe, geh zum Farmerwettbewerb, und dieses Mal bitte nicht als Teilnehmerin, sondern als angenehm anzusehende junge Frau, die mehr vom Leben erwartet als eine Steigerung der Wollproduktion.«

»Das Land heißt schon seit Jahren nicht mehr Südwestafrika, sondern Namibia. Und ich bin nicht Corinne, Mama!« Beim Gedanken an ihre Schwester verdrehte Ruth unwillig die Augen.

»Ja, leider«, sagte Rose. Sie seufzte demonstrativ, nahm die Hände vor die Brust, sodass die Innenflächen nach außen zeigten, und schloss die Augen.

Ruth seufzte ebenfalls. Sie wusste, dass es sinnlos war, ihrer Mutter noch zu widersprechen. Erst recht, wenn sie diese Haltung eingenommen hatte. Roses geschlossene Augen signalisierten nur allzu deutlich, dass sie nun von Problemen nichts mehr hören und sehen wollte. Widerspruch war nicht nur zwecklos, sondern machte alles nur noch schlimmer. Rose Salden hasste die Farmarbeit, mochte die Schafe nicht und träumte seit Jahren von einem Leben in einer Stadtvilla von Windhoek oder Swakopmund, von einem Leben ohne unangenehme Gerüche, ohne Mist und Vieh, von einem Leben, in dem die wichtigste Aufgabe der Frau darin bestand, den schwarzen Dienstboten Anweisungen zu erteilen und jeden Tag frisches Obst in einer tiefen Silberschale zu arrangieren.

Überhaupt war Ruths Mutter der Ansicht, dass das Leben an sich ungerecht sei und sie viel Besseres verdient habe. Eigentlich, da war sich Ruth sicher, war ihre Mutter der Meinung, das Leben einer weißen Dame in einer Stadtvilla mit schwarzen Dienstboten sei für sie angemessener. Immerhin betonte sie in Gesellschaft stets, dass sie aus gutem Hause stamme. Dass sie von Schwarzen großgezogen worden war, vergaß Rose Salden geflissentlich, sobald sie in dem verkehrte, was sie »die richtigen Kreise« nannte.

Wie anders war dagegen das Leben auf der Schaffarm inmitten des riesigen Veldes! Das geräumige Wohnhaus von

Salden's Hill lag am Fuße eines Hügels und war im typischen Kolonialstil eingerichtet. Es gab einen Kamin, Möbel aus deutschem Eichenholz, helle, teppichbedeckte Dielen und gepolsterte Stühle und Sessel, die vor Kissen und Decken überquollen. In jedem freien Winkel standen Andenken aus Deutschland, einem Land, dem sich Rose sehr verbunden fühlte, obwohl sie es nie betreten hatte. Sie richtete sich sogar nach der deutschen Mode. Waren in Hamburg grüne Vorhänge mit silbernen Streifen modern, wurde das Haus im Herzen Namibias mit grün-silbernen Vorhängen bestückt. Trugen die Frauen in München das Haar bis zum Kinn und einen schwarzen Schönheitsfleck über der Oberlippe, stand auch Rose Salden am Morgen mit einem Kohlestift vor dem Badezimmerspiegel. Selbst die bisweilen hämischen Bemerkungen der Nachbarn, die ihr den »Fliegendreck« wegwischen wollten, konnten Rose davon nicht abbringen. Schließlich waren die Menschen um Salden's Hill, wie Rose gern sagte, »Bauern ohne Geschmack und Stil«.

Dass ihre Mutter im Haus stets für peinliche Ordnung und Sauberkeit sorgte, bekam auch Ruth immer wieder zu spüren. Sobald sie das Haus betrat, musste sie in Hausschuhe schlüpfen, und schon in der Waschküche hatte sie Arbeitshosen und Jacke auszuziehen. Denn wenn Rose schon nicht in der Stadt leben konnte, so hatte sie sich doch zumindest das Farmhaus so gemütlich und komfortabel wie möglich eingerichtet.

Ruth saß am liebsten auf der Loggia. Auch jetzt, nach der Auseinandersetzung mit ihrer Mutter, zog es sie hierhin. Sie setzte sich auf den Boden, stützte wie so oft die Beine gegen eine der Säulen und genoss die Kühle der Steinmauern. Dazu liebte sie es, nach getaner Arbeit eine Flasche Hansa Lager zu trinken – namibisches Bier, das nach deutschem

Reinheitsgesetz gebraut wurde –, die verdreckten Stiefel auszuziehen und neben sich ihre Border-Collie-Hündin Klette zu wissen, ihre beste und einzige Freundin.

Ruth wandte ihren Blick vom Farmhaus ab und genoss die Aussicht auf das Farmland. Zu beobachten, wie ihre Schaf- und Rinderherden grasten, bedeutete für sie Glück, dann fühlte sie sich vollkommen ausgeglichen und zufrieden. Ihre Mutter hatte nie begriffen, warum Ruth das Leben auf der Farm so liebte, warum sie nichts anderes wollte – keine schicken Kleider, keine komplizierten Frisuren und schon gar nicht ein Haus in der Stadt. Ruth aber war es in der Stadt zu laut; es stank, und alle hatten es eilig. Hinzu kamen die vielen Autos, Leute, die nicht zurückgrüßten, wenn man ihnen Hallo sagte, und riesige anonyme Supermärkte.

Ruths drei Jahre ältere Schwester Corinne hingegen genoss das Stadtleben. Anders als Ruth war sie das Abbild der Mutter, teilte deren Leidenschaften. Schon als kleines Mädchen liebte sie es, Prinzessin zu spielen und sich bedienen zu lassen, und sie schwelgte in Träumereien von weißen Spitzenkleidern, Schmuck und Dienern, die ihr jeden Wunsch von den Augen ablesen könnten. Später probierte Corinne gemeinsam mit der Mutter Frisuren aus, betrachtete die Modejournale, die mit wochenlanger Verspätung aus Hamburg nach Salden's Hill geschickt wurden, und schwärmte stundenlang von Filmstars, Schlagersängern und deren aufregendem Leben.

Während Ruth schon damals lieber draußen bei den Schafen war, feilte Corinne ihre Fingernägel. Half Ruth beim Scheren, informierte sich Corinne über die neuesten Wollkleider. Und während Ruth Lämmer auf die Welt holte, entwickelte Corinne bereits Pläne, auf welche der drei deutschen

Privatschulen im Land sie ihre Kinder einmal schicken würde. Denn dass ihre Kinder keine Missionsschule, sondern eines der teuren Internate besuchen würden, stand für Ruths Schwester so fest wie der Kölner Dom, den sie nie gesehen hatte. Doch welches war das beste? Das in Karibib? Oder das in Windhoek? Oder war das in Swakopmund vielleicht das vornehmste?

Corinne war ihrem Traum schon einen guten Schritt näher gekommen. Seit einigen Jahren war sie mit einem weißen Export-Kaufmann verheiratet und lebte in einer weißen Villa in Swakopmund. Ihr Mann war ein Oukie, wie er im Bilderbuch stand: helle Haut, helle Augen, blondes Haar, deutsche Vorfahren und ein zum Teil herrisches, zum Teil hochnäsiges Gebaren.

Corinne hatte damit alles, was sie sich je gewünscht hatte: einen weißen Mann mit viel Geld, weiße Möbel und weiße Teppiche, schwarze Dienstboten und einen schwarzen Mercedes, den selbstverständlich ein schwarzer Fahrer mit weißen Handschuhen fuhr. Außerdem hatte Corinne zwei Kinder, einen Jungen und ein Mädchen, deren Haut weiß wie Schaumwaffeln und deren Locken so blond wie deutsche Semmeln waren.

Ruths Mutter platzte fast vor Stolz auf Corinne. »Meine große Tochter hat es geschafft«, pflegte sie zu sagen, wenn auch zu Ruths Überraschung nie jemand nachfragte, was genau Corinne eigentlich geschafft hatte. Raus aus dem Dreck, aus der Schafskacke, aus der Provinz, hatte ihre Mutter einmal zu erklären versucht, hinein ins richtige Leben, in die Stadt, in die Welt.

Corinne war es gelungen, ihre Herkunft ganz und gar auszublenden. Seit sie vor sechs Jahren nach Swakopmund gezogen war, war sie noch nicht ein einziges Mal zu Besuch nach Salden's Hill gekommen. Ruth brach es jedes Mal beinahe das Herz, wenn ihre Mutter vor allen Festtagen den Nachbarn erzählte, dass Corinne dieses Mal ganz bestimmt kommen würde. Und wenn sich Ruth nach dem Fest die Ausflüchte der Mutter anhören musste, versuchte sie, Tränen des Mitleids zu unterdrücken.

»Corinne konnte nicht kommen, die Kleine ist krank geworden«, pflegte Rose das Wegbleiben ihrer Tochter zu rechtfertigen. »Corinne musste kurzfristig absagen, da ein wichtiges Geschäftsdinner ihres Mannes anstand.« Oder aber: »Corinnes Mann ist auf Geschäftsreise in Kapstadt, und Corinne und die Kinder begleiten ihn.«

Die Wahrheit aber, vor der Rose die Augen verschloss, war, dass Corinne schlicht keine Lust dazu verspürte, auf die Annehmlichkeiten ihrer Stadtvilla zu verzichten und, wie sie sich ausdrückte, »wieder im Dreck zu wühlen«. Auch der Einbau eines Badezimmers auf Salden's Hill hatte sie bislang nicht dazu bewegt, ihre Heimat und vor allem ihre Mutter zu besuchen. Daher kannte Rose ihre Enkel nur von den wenigen Fotos, die Corinne ihr geschickt hatte und die sie stolz herumzeigte, und auch die wundervolle Villa hatte sie noch nie betreten, da Corinne sie nie einlud und Rose noch genügend Stolz besaß, um nicht einfach die rund dreihundertfünfzig Kilometer nach Swakopmund zu fahren und ihrer Tochter zur Last zu fallen.

Ruth seufzte und sah prüfend nach dem Stand der Sonne. »Gleich fünf«, murmelte sie. »Ich muss mich fertig machen.« Sie streichelte Klette, holte ihr aus der Kammer neben der Küche ein getrocknetes Antilopenohr und ging ins Badezimmer. Laut pfeifend wie ein Fuhrknecht duschte sie und wusch sich das Haar. Dann zog sie das grüne Kleid an, das ihre Mutter

ihr eigens für diesen Abend aus der Stadt mitgebracht hatte.
Es war ärmellos, hatte weiße Punkte und einen weißen Kragen und lag eng am Oberkörper an. Ruth rang für einen Augenblick nach Luft.

Zum Glück schwang das Kleid in der Taille weit aus, sodass wenigstens ihr Bauch nicht eingezwängt war. Ruth sah prüfend in den Spiegel. Eigentlich gefiel ihr der Schnitt. Er erinnerte sie an das Kleid, das Marilyn Monroe in *Manche mögen's heiß* getragen hatte. Ruth hatte den Film vor einigen Wochen im Gobabis Hotel gesehen, als der Filmvorführer endlich einmal wieder in die Stadt gekommen war – ein Festtag für die ganze Gegend! Viele der Mädchen hatten sich für die Filmvorführung die Haare wie Marilyn in weiche Locken gelegt; Ruth aber hatte dies nicht einmal versucht. Ihr Haar war rot, kraus, hart wie die Borsten eines Handfegers und damit kaum zu bändigen. Und dennoch hatte sie sich, als sie am Abend aufgewühlt von der Filmvorführung nach Hause gekommen war, vor den Spiegel gestellt, ein wenig nach vorn gebeugt und zaghaft gesungen:

I wanna be loved by you
Just you
And noboby else but you
I wanna be loved by you
Alone!
Boop, boop a doop

Ruth hatte bei »you« die Lippen gespitzt und einen Augenaufschlag geprobt, der nicht von schlechten Eltern war. Und bei »Boop, boop a doop« den Körper geneigt und verführerisch mit den Brüsten gewackelt.

Aber dann hatte sie gesehen, dass an der Hüfte ein Speckring durch das Kleid lugte und dass es über den Schenkeln ein wenig spannte. Ruth hatte auch das winzige Doppelkinn entdeckt, das sich offenbarte, wenn sie sang. Und schon war sie sich lächerlich vorgekommen. Lächerlich und peinlich und albern, irgendwie wie ein dicker dummer Kloß, der sich im Karneval unpassenderweise als Prinzessin verkleidet.

Ruth seufzte und strich halb zärtlich, halb verlegen über das grün-weiße Kleid. Skeptisch betrachtete sie die spitzen weißen Schuhe mit dem bleistiftdünnen Absatz. Sie zwängte sich schicksalsergeben hinein, und wie erwartet begannen die neuen Schuhe sofort zu drücken. Ruth seufzte erneut, betrachtete sich widerwillig im Spiegel und zerrte so lange an dem Kleid, bis es zumindest ihre Knie bedeckte. Dann band sie ihr wildes Haar mit einem Gummiband am Hinterkopf zusammen, warf kurz entschlossen ein paar Sachen in ihren abgeschabten Lederrucksack und stöckelte vorsichtig die Treppe hinab.

Unten in der Halle wartete bereits Rose. Ganz Dame von Welt trug sie ein modisches graues Twinset zu einem ebenfalls grauen Faltenrock, dazu eine Perlenkette und Perlenohrklipps. Unter dem Arm hielt sie eine winzige Tasche.

»Du willst doch nicht etwa den Rucksack mitnehmen?«, fragte Rose empört.

»Was sonst? Ich muss meine Schlüssel unterbringen, dazu Taschentücher, richtige Schuhe und meine Windjacke. Niemals bekomme ich alles in so ein Ding wie das, das du unter dem Arm hältst. Da passt ja nicht mal ein Flaschenöffner rein.«

Rose verdrehte die Augen, verzichtete aber auf eine Antwort. Stattdessen folgte sie ihrer Tochter schweigend zum Pick-up, der vor dem Haus bereitstand.

Ruth warf einen prüfenden Blick auf die Ladefläche des Wagens und nickte. Alles in Ordnung: Das Ersatzrad für den Dodge 100 Sweptside lag griffbereit, daneben der Wagenheber; die Kiste mit den Ersatzteilen stand ordentlich neben dem Werkzeugkasten, hinter ihm frisch aufgefüllte Benzin- und Wasserkanister. Ruth wusste nur allzu gut, dass ihr Überleben davon abhängen könnte, ob sie für den Notfall alles dabeihatten. Zu oft hatte sie sich Schauermärchen über schlecht vorbereitete Reisende anhören müssen, die inmitten der Wüste eine Panne gehabt hatten und schließlich jämmerlich verdurstet waren.

Sie setzte sich rechts auf die Fahrerseite, während ihre Mutter links auf dem Beifahrersitz Platz nahm, startete den Motor und bog auf die Pad in Richtung Gobabis ein. Etwa zwei Stunden, so schätzte Ruth, würden sie auf der unebenen Schotterstraße für die Fahrt in die vierzig Meilen entfernte Stadt brauchen. Am liebsten hätte sie das Radio laut aufgedreht und mitgesungen, um ihre schlechte Laune zu heben, doch Rose duldete keine Musik im Auto. So betrachtete Ruth schweigend das Buschland, das sich zu beiden Seiten der Pad erstreckte. Nur wenige Wüstenpflanzen bedeckten die Fläche aus Sand und Steinen, eine einzelne Schirmakazie streckte ihr Dach über zwei Oryxantilopen, die dösend auf den Sonnenuntergang warteten.

Ruth liebte dieses Land. Sie liebte die Sonne, die im Sommer die Luft aufheizte, und besonders liebte sie die Weite, den schier unerreichbaren Horizont. Weite, Licht, Stille. Mehr brauchte sie nicht zum Leben.

Sie nahm eine Hand vom Steuer, berührte ihre Mutter am Arm. »Sieh, dahinten sind Springböcke. Leben wir hier nicht wie im Paradies?«

Rose verzog den Mund, doch sie behielt ihre Ansicht für sich, um ihnen beiden den Tag nicht zu verderben.

»Und nun, meine sehr verehrten Damen und Herren, ist es so weit: Der Farmerwettbewerb des Jahres 1959 ist eröffnet!«

Ein Tusch erklang, und Ruth war versucht, sich die Ohren zuzuhalten. Vor ihr dröhnte aus einem Lautsprecher Musik, über ihr schwebte die Megaphonstimme des Kommentators, neben ihr lachte jemand, hinter ihr wurde gesprochen, und ein Stück weiter fluchte ein Mann aus vollem Hals. Ruth stand inmitten der Farmer, wurde angerempelt, angestoßen, musste vollen Biergläsern ausweichen, stieg über spielende Kinder, grüßte und erwiderte Grüße. Jemand hieb ihr auf die Schulter, ein anderer zupfte an ihrem Kleid, ein Dritter trat ihr auf die Zehen. Ein Duftgemisch aus Schafsmist, Kuhmilch und Pferdeschweiß umgab sie, dazwischen waberten die Ausdünstungen der zahlreichen Besucher, Bier und Zigarettenrauch.

Ich werde Kopfschmerzen bekommen, dachte Ruth, doch obwohl sie die Stille so liebte, genoss sie auch den Trubel um sich herum. Voller Eifer verfolgte sie die Wettkämpfe und betrachtete die Pferde der benachbarten Farmer. Vor allem ein schwarzer Hengst hatte es ihr angetan. Er hörte auf den Namen Gewitter und war so wild, dass es nur erfahrenen Reitern gelang, ihn zu bändigen. Sein Fell glänzte wie Dolomit in der Sonne, die Sehnen an seinem Hals traten deutlich hervor, die Beine tänzelten unruhig. Welch ein Zusammenspiel von Kraft und Schönheit! Ruth konnte sich kaum von seinem Anblick lösen. Ihre weißen Schuhe waren bereits schmutzig, der Absatz des linken verbogen, doch das merkte sie kaum. Beide Unterarme auf einer Gatterstange abgestützt sprach sie leise auf den Hengst ein, der vor ihr stand und wild schnaubte.

»Na, Gewitter, ist es dir hier auch zu laut? Das müssen wir beide wohl heute aushalten. Wir sind für das Land gemacht, nicht wahr, mein Schöner? Aber ein so prachtvoller Hengst wie du muss sich auch vorzeigen lassen.«

»Na, Ruth, altes Haus.« Jemand schlug ihr kumpelhaft eine Hand ins Kreuz.

Ruth schrak auf und fuhr herum. »Hey, Nath, bist du gekommen, um mich siegen zu sehen?«

Der junge Mann lachte. »Du hast die letzten Male gewonnen. Deine Glückssträhne ist vorüber, glaub's mir! Heute gewinne ich!« Der Farmer aus der Nachbarschaft von Salden's Hill stutzte und betrachtete sie mit einem Mal, als hätte er sie noch nie gesehen. »Ist das ... Das ist doch nicht etwa ein *Kleid*?«, fragte er verblüfft.

»Nein, ein Futtersack!«, erwiderte Ruth beleidigt und wandte sich wieder dem Hengst zu.

Nathaniel Miller lachte und hieb ihr noch einmal fröhlich ins Kreuz. »Hey, Ruth, sei doch nicht gleich eingeschnappt! Aber du in einem Kleid, das ist ... Das ist ...«

»Das ist *was*?« Ruth fuhr herum und funkelte Nath wütend an. »Was ist ein Kleid an mir, na?«

Er wich zurück und hob abwehrend die Hände. »Nichts, es ist nur ungewohnt. Und, ähem, ja, du siehst gut aus in dem Kleid.« Er grinste unbeholfen, drehte sich um und verschwand, so schnell er gekommen war, in der Zuschauermenge.

Ruth schnaubte verächtlich durch die Nase. »Pfff! Farmer! Keine Ahnung von Frauen, keine Ahnung von irgendwas. Nur Schafscheiße im Kopf!«

Sie lehnte sich mit dem Rücken an die Stange und betrachtete das Gewimmel um sich herum. Links war ein großes Gatter aufgebaut, in dem die Wettkämpfe im Viehtreiben stattfinden sollten, rechts befand sich der Schuppen zum Schafescheren, daneben zwei kleine Koppeln und dazwischen ein Gang, der zum Zählen und Drenchen der Schafe gebraucht wurde.

Wie anders heute alles aussah! Ruth lächelte. Auch wenn Gobabis sich Stadt nannte, war es normalerweise nur ein verschlafenes Nest. Es gab zwar eine Tankstelle, einen Gemischtwarenladen, eine Bäckerei, eine Fleischerei, zwei Kneipen, eine Autowerkstatt, ein Geschäft für Viehfutter und Landwirtschaftsbedarf, eine Apotheke, eine Bank und ein Bekleidungsgeschäft, doch städtisches Flair hatten, wenn überhaupt, nur Windhoek und Swakopmund. Aber auch dort gab es weder Straßen- noch U-Bahnen, und die Flaniermeilen waren so kurz, dass auch die behäbigsten Spaziergänger sie in einer Stunde auf- und abgeschritten waren. Heute jedoch war Gobabis herausgeputzt wie ein junges Mädchen vor dem ersten Tanzabend. Auf der Terrasse des einzigen Hotels hatten sich ihre Mutter sowie Mrs. Weber, Mrs. Miller und Mrs. Sheppard von den Nachbarfarmen niedergelassen. Nicht nur Rose hatte sich heute besonders schick gemacht. Auch die anderen drei wirkten, als wollten sie am Abend ins Theater nach Windhoek und nicht nur auf den Farmerball der Kleinstadt.

Ruth winkte kurz zu den Frauen hinüber und schlenderte dann zu dem Feld, auf dem das Schafestemmen stattfinden sollte. Die jungen Farmer hatten sich bereits aufgereiht, die Arme ein wenig angewinkelt, die Brust gebläht. Hier ging es nicht um Farmwirtschaft, hier ging es um Kraft und Stärke. Der Sieger des Schafstemmwettbewerbs konnte fast sicher sein, am Abend mit dem schönsten Mädchen den Tanz eröffnen zu können. Ruth musste noch immer kichern, wenn sie

17

daran dachte, wie sie den Männern in den letzten Jahren die Show gestohlen hatte. Auch jetzt beäugten die Wettbewerbsteilnehmer sie misstrauisch; doch dann schienen die Männer das Kleid und ihre Schuhe zu bemerken, denn es ging ein Aufatmen durch die Männerrunde. Endlich, endlich waren sie wieder unter sich.

Fachkundig betrachtete Ruth die Muskeln der Wartenden. Nath machte eine recht gute Figur, und dennoch war zweifelhaft, ob er tatsächlich eine Chance hatte zu gewinnen. Ruth jedenfalls hatte ihn bisher noch immer bezwungen. Außerdem war Nath keine Kämpfernatur, sondern eher ein Spieler, der alles auf die leichte Schulter nahm. Er war bekannt dafür, jeder Schürze hinterherzujagen, hatte überdies eine Schwäche für schnelle Autos und gutes Bier. Und dass er sich noch nicht so recht mit dem Ernst des Lebens anfreunden konnte, war wohl auch ein Grund dafür, dass Miller's Run noch immer von Naths Vater geleitet wurde. Der alte Miller wartete mit steigender Ungeduld darauf, dass sein Sohn so weit war, Verantwortung für sich und die Farm zu übernehmen. Hätte er Ruth nach ihrer Meinung gefragt, hätte er jedoch zur Antwort bekommen, dass er auf Naths Erwachsensein warten könne bis zum Jüngsten Tag.

Als sie hörte, dass neben ihr mehrere junge Frauen tuschelten und ihr interessierte Blicke zuwarfen, hob Ruth die Hand und winkte lässig. »Hey.«

»Hey, Ruth«, antwortete eine der Frauen.

»Hey, Carolin.«

»Du trägst ja ein Kleid. Nimmst du in diesem Jahr etwa nicht am Wettbewerb teil?«

Ruth schüttelte den Kopf. Sie mochte Carolin, mit der sie in die Schule gegangen war, auch wenn sie wie die meisten anderen Mädchen in Ruths Alter von nichts anderem als von ihrem Verlobten sprach. Ein weiteres beliebtes Thema in der Runde der jungen Frauen waren die jungen Ehemänner und das aufregende Eheleben. Allein Ruth schien bei Gott nicht zu verstehen, was an einem elektrischen Küchenherd so besonders war, dass man deswegen gleich in Rudeln in die Stadt fahren und sich an den Schaufenstern die Nase plattdrücken musste. Sie hatte auch kein Verständnis für das Getuschel und Gewisper und wollte nicht wissen, welcher der Ehemänner ein guter Liebhaber war und welcher der ledigen Farmer eine lohnende Partie. Sie hatte andere Sorgen.

»Nein«, erwiderte sie grimmig. »Mutter will es nicht. Sie wünscht sich, ich wäre wie Corinne. Am liebsten wäre ihr, ich heiratete einen ähnlichen Mann und zöge mit ihr und ihm in die Stadt in eine weiße Villa.« Ruth verdrehte demonstrativ die Augen.

Carolin lachte. »Ja, das wäre wohl wirklich nichts für dich. Du heiratest doch erst, wenn die Verwaltung erlaubt, dass eine Farmerin ihren Leithammel ehelichen darf, was?« Sie lachte schallend, und die anderen Mädchen stimmten ein.

Obwohl Ruth eigentlich Carolins Meinung war, fühlte sie plötzlich Wut in sich aufsteigen. »Was soll das denn heißen? Glaubst du vielleicht, ich bin nicht in der Lage, eine gute Ehefrau zu sein? Traust du mir ein trautes Heim nicht zu, oder was?«

Carolin lachte noch immer. »Ich traue dir alles Mögliche zu, Ruth, aber eine treu sorgende Ehefrau wirst du im Leben nicht!«

Ruth wandte sich ruppig ab und stapfte verärgert davon, ohne die jungen Frauen eines weiteren Blickes zu würdigen. »Pfft«, knurrte sie zwischen den Zähnen und warf den Kopf trotzig zurück. »Was wissen die denn von der Ehe? Gänse, allesamt! Ich brauche jetzt erst einmal ein Bier.«

Auf halbem Wege zum Bierstand hörte sie durch das Stimmengewirr, dass gerade der Sieger des Schafstemmwettbewerbs verkündet wurde. Sie drehte sich um. Offensichtlich hatte wider Erwarten doch Nath gewonnen, denn er riss die Arme hoch und reckte die Faust zum Zeichen des Sieges hoch.

Ungläubig sah Ruth auf die Szenerie. »Und, Alex, wie viel Kilo hat Nath gestemmt?«, fragte sie einen alten Farmer, der neben ihr stand.

Der Alte lachte. »Hast wohl Angst um deinen Rekord, was?«

»Ach was!«, sagte Ruth verächtlich. »Schafestemmen ist was für Kinder. Aus dem Alter bin ich wirklich raus. Trotzdem will ich wissen, was Nath geschafft hat.«

»Meine Ohren sind nicht mehr so gut, aber ich denke, ich habe da was von fünfzig Kilo gehört.«

»Fünfzig Kilo? Wirklich? Nicht mehr?«

»Yeap.«

Als der Alte gegangen war, betrachtete Ruth noch immer nachdenklich Naths Muskeln. Dann zuckte sie gleichgültig mit den Schultern und machte sich auf den Weg zur Terrasse, wo sie ihre Mutter weiterhin vermutete.

»Hey, Ruth!«

Ruth drehte sich um und ließ ihren Blick durch die Menge schweifen, um zu sehen, wer nach ihr gerufen hatte. Der Farmerwettbewerb war eine der wenigen Gelegenheiten im Jahr, alle Nachbarn zu treffen, denn die Farmen lagen verstreut, und manchmal musste man zehn Kilometer reiten, um das nächste Haus oder das nächste Telefon zu erreichen. Besuche unter Nachbarn waren entsprechend selten, denn eine Farm machte viel Arbeit, und Zeit war kostbar. Kein Wunder also, dass wichtige Gespräche unter den Nachbarn meist auf dem jährlichen Rodeo oder während des Farmerwettbewerbs geführt wurden.

»Was ist los, Tom? Willst du dir wieder meinen Hammel ausleihen?«

Tom antwortete nicht, lächelte nicht einmal, als er sich den Weg zu ihr bahnte. Erst als er bei Ruth angelangt war, stieß er mit dem Finger an den Rand seines Huts und nahm die Zigarette aus dem Mundwinkel. »Wann können wir reden?«, fragte er ungewohnt ernst.

»Reden? Worüber?« Ruth war überrascht. Was konnte ihr Nachbar von ihr wollen?

»Ich interessiere mich für euer Weideland nördlich der Green Hills.«

»Das kann ich mir denken, es grenzt ja an deine Farm. Aber es ist nicht zu verkaufen.«

Tom nickte bedächtig und steckte sich langsam eine neue Zigarette an. »Hör mal, Ruth, du brauchst keine Angst haben, dass ich eure Notlage ausnutze. Ich mache euch einen fairen Preis.«

»Bitte? Wovon redest du? Was für eine Notlage?« Ruth spürte, wie sich eine Faust in ihrem Magen zusammenballte. Angst überkam sie, eine unbekannte Furcht, die sie nicht näher erklären konnte. Es war, als würde der Himmel sich plötzlich verdunkeln.

Der Farmer schüttelte den Kopf. »Vor mir brauchst du dich nicht zu verstellen. Wir kennen uns lange genug. Vertraust du mir nicht?«

Ruth zog die Stirn in Falten. »Ehrlich, Tom, ich verstehe

überhaupt nichts. Von welcher Notlage redest du? Was soll los sein mit Salden's Hill? Was hat der Buschfunk schon wieder zu tratschen?«

Tom wirkte ehrlich erstaunt. »Du weißt nichts, wie?«

Ruth schüttelte den Kopf. »Nein, was denn? Rück endlich raus mit der Sprache!«

»Die ganze Stadt, alle hier sprechen von nichts anderem. Salden's Hill ist pleite. Ihr müsst verkaufen, habt ja nicht mal die Startgebühren für den Wettbewerb aufbringen können.«

»Was? Wieso verkaufen? Wer sagt denn so etwas?« Ruth war außer sich und drängte darauf, mehr zu erfahren. »Los, nun sag schon: Wer hat das behauptet?«, rief sie.

Tom aber tippte sich nur an den Hut und wandte sich ab. »Denk über mein Angebot nach, Ruth. Ein besseres wirst du nicht bekommen.«

Ruth sah ihm verwirrt nach. Wie kam Tom nur auf den Gedanken, Salden's Hill könnte pleite sein? Sie schüttelte den Kopf. Das konnte nicht sein. Oder doch?

Ruth leitete die Farm seit dem Tod ihres Vaters allein. Sie teilte am Morgen den schwarzen Farmarbeitern die Aufgaben zu, ritt die Grenzzäune ab, kontrollierte die Tränken, den Wasserspeicher, den Generator. Sie kümmerte sich um das Drenchen und Scheren, sortierte die Wolle und leitete den Verkauf ein, mietete den Truck, um die Karakulschafe zur Auktion zu fahren, und bestellte den Tierarzt, wenn es nötig war. Damit war Ruth seit nunmehr drei Jahren für schlichtweg alle Arbeiten zuständig, die außerhalb des Hauses anfielen.

Ihre Mutter widmete sich den Aufgaben, die im Haus zu erledigen waren, und darüber hinaus dem gesellschaftlichen Leben. Sie suchte neue Gardinen aus, wenn die alten aus der

Mode gekommen waren, erstellte Speiseplan und Einkaufslisten und kümmerte sich auch um die Bankgeschäfte und die Buchhaltung der Farm. Außerdem bereitete sie die jährliche Teilnahme am Wohltätigkeitsbasar vor.

Doch, da war etwas! Mit einem Mal erinnerte sich Ruth, dass sie ihre Mutter bereits vor zwei Wochen gebeten hatte, Kraftfutter für die Schafe zu bestellen. Es eilte zwar nicht, da Regenzeit war und die Schafe auf der Weide genug Futter fanden, doch der nächste Sommer kam bestimmt und mit ihm die Trockenheit, die in jedem Jahr die Weiden zu graubraunen Flächen verbrannte. Zudem waren die Preise für das Kraftfutter gerade niedrig, und je näher der Sommer käme, desto teurer würde der Einkauf werden. Das Futter hätte also schon lange geliefert werden müssen. Konnte das Ausbleiben der Lieferung damit zusammenhängen, dass tatsächlich kein Geld mehr auf den Konten war?

Ruth runzelte die Stirn. Die Farm lief gut, denn Karakulschafe wie die ihren – besonders die Lämmer – waren begehrt und wurden gut bezahlt. Der Wollaufkäufer verkaufte die Lammwolle nach Europa, wo Persianermäntel, -hüte, -capes und viele andere Stücke daraus gefertigt wurden. Mäntel, wie Ruth sie in einer von Corinnes Zeitschriften gesehen hatte. Der dazugehörige Preis hatte Ruth beinahe in Ohnmacht fallen lassen: Ein einziger Mantel kostete mehr als zwanzig neue Schafe! Wo also war das Geld geblieben?

Es war nicht so, dass auf Salden's Hill das Geld mit beiden Händen ausgegeben wurde. Die schwarzen Farmarbeiter lebten mit ihren Familien in flachen Steinhäusern auf dem Farmgelände und erhielten den üblichen Lohn, dazu Gratifikationen. Mit Mama Elo und Mama Isa lebten zwei weitere Angestellte in einem Nebengebäude des Farmhauses.

Sie gingen Rose zur Hand und kochten für Ruth, Rose und Klette einmal am Tag, meist am Abend, ein warmes Essen mit reichlich Fleisch. Am Morgen gab es Mieliepap, einen Maisbrei, und zu Mittag Sandwiches.

Salden's Hill verfügte zwar über ein Telefon, hatte jedoch keinen Fernseher, wie ihn sich einige der wohlhabenden Farmer inzwischen leisteten, sondern lediglich einen Radioempfänger, der von einer Autobatterie betrieben wurde. Und Strom erzeugte der Generator, der so eingestellt war, dass am Abend um zehn Uhr, wenn alle zu Bett gingen, das Licht im Haus erlosch.

Auch sonst wirtschafteten die Saldens sparsam: Ruths Mutter hatte einen kleinen Garten, in dem Oleander und Hibiskus wuchsen, und Mama Elo und Mama Isa hegten Gemüsebeete mit Bohnen, Kürbissen, Bataten und Kräutern. Das alles war möglich, weil die Farm der Saldens im Vergleich zu anderen über viel Wasser verfügte, denn eine unterirdische Quelle speiste den Brunnen. Ruth war ihrem Großvater noch heute für die weise Voraussicht dankbar, die er an den Tag gelegt hatte, als er einen Schwarzen damit beauftragte, die passende Stelle für einen Brunnen zu finden. Zweifellos kannten die Eingeborenen das Land besser als jeder andere – nur wussten die wenigsten Farmer deren Kenntnisse für sich zu nutzen. Wie wichtig hier am Rande der Kalahari der Zugang zu einer Quelle war, wurde jeden Sommer wieder schmerzhaft deutlich; so manche Trockenzeit hatte bereits genügt, um ganze Viehherden eingehen zu lassen. Und viele ihrer Nachbarn mussten bei Dürre sogar Wasser aus Swakopmund holen.

Da Mama Elo an jedem Freitag die Schafsmilch zu Käse für die ganze Woche verarbeitete und die Kühlkammer voller

Lammfleisch hing, benötigten die Frauen und Männer von Salden's Hill nur wenig aus der Stadt. Ruth bestellte jede Woche drei Kästen Bier und zwei Flaschen Whiskey, ihre Mutter kaufte Kosmetik, Putzmittel und Haushaltsgerätschaften ein, außerdem Dinge, die auf der Farm gebraucht wurden. Doch alle diese Sachen kosteten kein Vermögen. Dass Salden's Hill vor der Pleite stand, konnte also eigentlich nicht sein.

Ruth wandte sich um, um nach Tom Ausschau zu halten. Sie brannte darauf zu erfahren, wer diese Lügen über die Farm verbreitete. Und dieses Mal würde er sich nicht um eine Antwort drücken können.

Endlich entdeckte sie ihn am Rande des Geländes, das für den Wettbewerb abgesteckt war. Offensichtlich stritt er sich mit dem alten Alex. Neugierig geworden ging Ruth in die Richtung der beiden Männer.

»Gib doch zu, dass du es warst, der mir das Benzin aus meinem Haustank gestohlen hat!«, schrie der Alte und reckte angriffslustig die Faust. »Ich habe dich gesehen, jawohl!«

»Du mich gesehen? Du bist blind wie ein Maulwurf, Alex. Du würdest nicht einmal eine Herde Elefanten auf einen Steinwurf sehen«, entgegnete Tom ruhig.

»Trotzdem weiß ich, dass du es gewesen bist. Jeder hier weiß, dass du klaust, was nicht angeschweißt ist. Gesagt hat keiner was. Aber allen ist klar, dass es um dein Land nicht zum Besten steht. Mitleid haben wir gehabt, jawohl, aber jetzt hast du den Bogen überspannt!« Alex schnaubte empört. »Ein paar Liter Diesel hin und wieder, und ich hätte geschwiegen wie die anderen, aber den ganzen Tank abpumpen? Nein, Tom, das ist zu viel. Ich gebe dir bis morgen Zeit, den Schaden wiedergutzumachen. Tust du es nicht, werde ich entweder den Farmerverband informieren oder die Polizei.«

Alex spuckte Tom vor die Füße, wandte sich abrupt ab und stapfte grummelnd davon.

Ruth warf Tom einen fragenden Blick zu, dem dieser eilig auswich, und lief dann Alex nach. »Stimmt das, Alex?«

»Was soll stimmen?«, brummte der Alte widerwillig.

»Dass es Toms Farm schlecht geht.«

Alex blieb stehen. »Klatschst du jetzt auch wie die Weiber, die nichts Besseres zu tun haben?«

Ruth schluckte und senkte den Kopf. »Nein«, stammelte sie und fühlte die Röte in ihre Wangen schießen.

»Warum fragst du dann?«

Ruth sah Alex an. Am liebsten hätte sie von Toms unglaublicher Lüge erzählt. Und doch hielt sie etwas zurück. »Hast recht, Alex. Klatsch ist was für die, die auf der Terrasse sitzen und Likörchen schlürfen. Ich sollte mal nach den Pferden sehen. Kann sein, dass Nath Hilfe bei Gewitter braucht.«

Hatte sich tagsüber schon der Vorplatz verändert, erstrahlte am Abend auch das Hotel selbst in neuem Glanz. Lichterketten zogen sich um die Säulen, Kübelpflanzen schmückten den Eingang, ein livrierter Schwarzer mit weißen Handschuhen begrüßte jeden neuen Gast, bevor zwei Serviermädchen in blütenweißen Schürzen einen Aperitif reichten.

Der Saal des Hotels, eigentlich für Versammlungen, Hochzeiten, Sportveranstaltungen und Sitzungen ausgelegt, versprühte Feierlichkeit. Das Licht war gedämpft, auf den Tischen brannten Kerzen, glänzende Tischwäsche reichte bis auf den Boden, und überall prangten Gestecke aus trockenen Zweigen und Wüstengras. Erwartungsvolles Gelächter perlte wie Sekt, auf nackten Frauenschultern schimmerte das Kerzenlicht wie Gold, und der Saal war erfüllt vom Knistern der

Seidenkleider. Hatten die Männer am Nachmittag noch ihre Farmerskluft getragen, steckten sie nun in schwarzen Anzüge mit weißen Hemden. Wangen und Kinn waren frisch rasiert, die Blicke voller Erwartung auf die Dekolletés der Frauen gerichtet.

Am Kopf des Saales war ein großes Buffet aufgebaut, das vor Speisen überquoll. In riesigen Schüsseln wurden Farmer's lekkerny als Vorspeise angeboten, außerdem ein Salat aus Ziegenkäse, Kaktusfeigen und geräuchertem Wildfleisch. Es gab Biltong, eine namibische Spezialität aus verschiedenen Wildfleischsorten, die in Streifen geschnitten, scharf mit Koriander und Pfeffer gewürzt und anschließend luftgetrocknet wurden. Außerdem wurden Straußenkeulen in Weißweinsoße sowie Fleisch vom Oryx, Zebra und natürlich aus den eigenen Zuchten serviert. In einer riesigen Pfanne brutzelten Springbocksteaks, daneben brodelte ein Schafscurry und erfüllte die Luft mit seinem köstlichen Duft. Süßkartoffeln dampften in riesigen Schüsseln, gekochte Kürbisse lockten mit sattgelber Farbe, Bohnen mit Speck und Salate aus Möhren, Sellerie und Rosinen vervollständigten die Tafel.

Ruth hielt ihren Teller in der Hand, unfähig, sich zu entscheiden. Sie liebte das Wildfleisch, konnte sich an Antilopensteaks nicht satt essen, hätte sich am liebsten von allem auf einmal aufgelegt, doch die warnenden Blicke ihrer Mutter hielten sie davon ab, sich ein drittes Springbocksteak aufzutun.

»Na, Ruth, stehst du unter Beobachtung?« Nath Miller grinste sie an.

Ruth seufzte. »›Eine Dame begnügt sich mit Gemüse‹«, zitierte sie ihre Mutter und ahmte dabei deren Tonfall nach.

Nath lachte und sah sich nach Rose Salden um. »Pass auf,

Ruth. Ich nehme ein bisschen mehr – Männer dürfen, nein, sie *müssen* das –, und am Tisch gebe ich dir etwas von meinem Fleisch ab.«

Ruth überlegte, aber als sie Naths Blick sah, der auf ihr deutlich sichtbares Bäuchlein gerichtet war, griff sie nur nach einer Banane und ging hoch erhobenen Hauptes davon, auch auf den Nachtisch verzichtete sie.

Nach dem Essen spielte eine Kapelle zum Tanz auf: zwei Eingeborene an der Gitarre, ein weiterer Schwarzer am Schlagzeug, ein Weißer am Saxophon. Die Combo nannte sich *Namib*, »Leben«, und wurde in Gobabis für alle Veranstaltungen gerne gebucht. Heute hatten sie zum ersten Mal einen Weißen in ihren Reihen. Das war erstaunlich, denn noch immer galt Musik, zumal Tanzmusik, als Sache der Eingeborenen. »Den Schwarzen liegt die Musik eben im Blut«, hieß es allgemein.

Der Saxophonspieler zeigt jedenfalls, dass auch in seinen Adern Musik fließt, dachte Ruth und wippte mit den Beinen, während sie zu den anderen herübersah. Noch war die Tanzfläche leer, da sich keiner recht zu trauen schien, den Anfang zu machen. Als die Kapelle jedoch nach einer Weile mit dem *Jailhouse Rock* einen ersten Titel von Elvis Presley anspielte, stürmten die jungen Leute auf die Tanzfläche, um sich dort auszutoben, und sie blieben auch, während weitere aktuelle Rock'n'Roll- und Twisttitel gespielt wurden. Spielten die Musiker deutsche Walzer oder gar eine Quadrille, verzogen sie sich jedoch und gaben das Parkett für die alten Oukies frei.

Ruth hielt sich von alldem fern und beobachtete die tanzende Menge von ihrem Platz an der Seite aus. Sie schwitzte. Die Luft im Saal war drückend; es roch nach den unterschiedlichsten Duftwässern, den Resten des Buffets und nach Schweiß. Schon seit zwei Stunden hatte sie sich nicht von ihrem Stuhl bewegt, sondern nur zugesehen, wie ihre ehemaligen Schulkameradinnen mit den Nachbarn Rock'n'Roll tanzten, bis die Röcke hochflogen und einen kurzen Blick auf die Schlüpfer preisgaben.

Sie hatte beobachtet, wie ihre Mutter bei der Quadrille die Damenmühle vermasselte, und sie hatte beim Walzer sogar ein wenig mit dem Fuß gewippt. Sie hatte drei Flaschen Bier und einen Whiskey getrunken, doch getanzt hatte Ruth nicht ein einziges Mal. Zwar waren die Nachbarn gekommen, um sie aufzufordern, doch Ruth war das erleichterte Lächeln auf ihren Gesichtern nicht entgangen, als sie dankend abgelehnt hatte.

Sie seufzte missmutig und ließ ihren Blick erneut durch den Saal schweifen. In ihrer Nähe hockte Alex mit weit von sich gestreckten Beinen auf seinem Stuhl, schmauchte genüsslich eine Zigarre und betrachtete wohlwollend die jungen Mädchen beim Tanzen. Wenige Schritte daneben flirtete Carolin mit einem jungen Mann, der vor Kurzem die Tierarztpraxis des alten Doktor Schneemann übernommen hatte. Die junge Frau hielt ein Glas Sekt zierlich am Stiel, warf beim Lachen den Kopf so in den Nacken, dass ihr seidiges Blondhaar wehte, dann zog sie einen Schmollmund, nahm eine Haarsträhne zwischen zwei Finger und drehte spielerisch an ihr herum. Der junge Tierarzt sah ihr tief in die Augen, berührte sie leicht am Arm und lachte, als wäre er von Sinnen.

Peinlich berührt wandte Ruth den Blick ab. Unglaublich, wie albern sich Verliebte benahmen! Konnte man die Dinge zwischen Mann und Frau nicht in einem sachlichen Gespräch klären? Frei nach dem Motto: »Du, hör mal, ich finde, wir sollten heiraten, weil deine Farm an meine Farm grenzt und wir so den gemeinsamen Viehweg besser nutzen können. Zwei Kinder wären auch ganz gut, schließlich muss irgendwann jemand die Farm übernehmen. Falls eines von ihnen versagt, ist noch das andere da. Wenn beide als Farmer geeignet sind, können wir unseren Besitz ja wieder trennen.«

Die Frau, so stellte sich Ruth das Abkommen vor, würde im Kopf den Grenzverlauf der Farm, die Anzahl der Hektar Weidefläche und die Stückzahl des Viehs überdenken und dann Ja oder Nein sagen. Falls sie romantisch veranlagt war, überlegte sie womöglich noch, wie viel Bier der Mann trank, ob er sich für Blümchentapete im Schlafzimmer begeistern könnte und geduldig genug war, den zukünftigen Kindern das Reiten beizubringen. Ihr hingegen war eine Blümchentapete im Schlafzimmer ziemlich gleichgültig – schließlich schloss man beim Schlafen ohnehin die Augen. Wozu also die Umstände?

Doch Ruth musste sich einmal mehr eingestehen, dass das wahre Leben anders verlief, und zwar weit weniger rational, als es ihr persönlich vorschwebte. Da wurde gelächelt und getuschelt, da wurde gelacht und getanzt und geflirtet, und am Ende war ohnehin meist alles für die Katz.

Nath wirbelte an ihrem Tisch vorbei. Er hielt ein Mädchen im Arm, seine Augen hielten jedoch schon nach der Nächsten Ausschau. Was für eine Zeitverschwendung! Und doch, merkte Ruth, würde sie womöglich selbst noch sentimental werden, wenn sie den jungen Männern und Frauen weiter zusah oder noch ein viertes Bier trank.

Entschlossen stand sie auf, trank im Stehen den letzten Rest aus der Bierflasche, zog ihren Rucksack unter dem Stuhl hervor und stakste zum Tisch ihrer Mutter. »Wie sieht es aus?

Kommst du mit, oder willst du hier im Hotel übernachten? Vielleicht kann dich morgen jemand zur Farm mitnehmen.«

Unwillig wandte Rose ihrer Tochter das erhitzte Gesicht zu. »Ach, komm, Liebling, warte noch ein wenig! Es ist gerade mal zehn Uhr. Lass uns noch ein wenig feiern. Wann kommen wir denn schon mal raus aus Salden's Hill? Amüsierst du dich etwa nicht?«

»Das ist nicht die Frage, Mutter. Du weißt doch, dass ich morgen früh rausmuss. Um sechs Uhr klingelt der Wecker. Spätestens. Die Sonne kennt keine Rücksicht. Auch morgen Mittag werden wieder vierzig Grad im Schatten sein, und arbeiten kann ich nur, solange es noch einigermaßen kühl ist. Warum nimmst du dir kein Hotelzimmer und kommst morgen nach?«

Rose beugte sich zu ihr und murmelte so leise, dass nur Ruth sie verstehen konnte: »Zu teuer.« Dann erhob sie sich und verabschiedete sich lächelnd von ihrer Tischgesellschaft: »Ihr Lieben, es war ein wunderschöner Abend. Habt allesamt herzlichen Dank dafür. Die Zeit ging wieder einmal viel zu schnell vorbei. Aber ihr wisst ja, wie das ist: Die Farm ruft.«

Ruth befürchtete, dass ihre Mutter sogleich damit beginnen würde, Kusshände zu werfen, und zog sie wortlos hinter sich aus dem Tanzsaal zum Dodge. Auch während der Fahrt schwiegen die Frauen lange. Rose hing in Gedanken dem vergangenen Abend nach; Ruth starrte konzentriert auf die dunkle Schotterstraße vor sich. Die Pad war unbeleuchtet, und auch der Mond, der schmallippig am Himmel hing, schaffte es nicht, die Straße zu erhellen.

»Hattest du einen schönen Abend?«, brach Rose schließlich das Schweigen.

»Es ging so«, erwiderte Ruth und wich im selben Moment einem Schlagloch aus.

»Helena von der Neckarfarm wird kommenden Monat heiraten. Ihre Mutter hat uns Fotos vom Brautkleid gezeigt. Ein Traum aus Seide!«, verfiel Rose sofort in Plauderton. »Ihr Mann stammt aus Südafrika. Er besitzt dort ein Weingut. Guter Stall, meint Helenas Mutter. Nun, sie hat es verdient. Drei Kinder in der Wildnis großzuziehen, das hat sie einige Nerven gekostet.«

»Mutter, wir leben nicht in der Wildnis. Wir wohnen alle in Steinhäusern mit fließendem Wasser und Elektrizität. Tu nicht immer so, als wären wir wie die Eingeborenen, die ihren Mieliepap noch immer in heißer Asche zubereiten.«

»Ich frage mich nur, warum du eigentlich zum Ball gegangen bist. Soweit ich das mitbekommen habe, hast du nicht ein einziges Mal getanzt. Dabei hat dich sogar der junge Tierarzt aufgefordert, mit dem sich auch Carolin vergnügt hat. Hast du gesehen, wie sie ihm schöne Augen gemacht hat? Ruth, mein Schatz, du weißt, ich liebe dich sehr, doch du musst langsam lernen, deine wenigen Möglichkeiten zu nutzen. Warum also hast du dagesessen wie ein Stock und nicht wenigstens ein Mal gelächelt?«

Ruth schwieg. *Weil ich zu dick und zu unansehnlich bin, statt weiblicher Rundungen nur Muskeln habe, nicht geziert lachen kann und mein Haar niemals so seidig wehen wird wie das der Helenas und Carolins dieser Welt. Das schöne Kleid – Nath hat recht – sieht an mir aus wie ein Futtersack, und die Schuhe wirken an mir nicht schöner als an einer Elefantenkuh.*

»Und hast du gehört, dass auch Millie Walden kurz vor ihrer Verlobung steht?« Rose plauderte bereits weiter. Sie erwartete keine Antwort von ihrer Tochter und erging sich stattdessen ausführlich über die anstehenden Hochzeiten, die Kleider der Damen und darüber, welcher der Farmer noch zu haben sei.

Ruth biss die Zähne zusammen und bemühte sich, das Geplapper geduldig zu ertragen, dann aber platzte sie doch heraus: »Hast du mit Tom gesprochen?«

»Nein, natürlich nicht. Wann denn? Und warum sollte ich überhaupt mit ihm sprechen?« Rose sah ihre Tochter an, als hätte diese ihr ein unanständiges Angebot unterbreitet.

»Er sagte, Salden's Hill stünde vor dem Bankrott. Er will uns ein Angebot für das Weideland drüben an den Greenhills machen.«

Roses Lächeln verschwand schlagartig. Sie wirkte auf einmal angespannt. »Was hast du ihm geantwortet?«

»Was soll ich ihm schon gesagt haben? Dass er sich irrt, natürlich. Salden's Hill geht es gut, die Weiden stehen nicht zum Verkauf. Die an den Green Hills nicht und ebenso wenig die anderen.«

Rose stieß einen erleichterten Seufzer aus und sah dann betont ruhig aus dem Fenster. »Bald ist Neumond.«

Ruth betrachtete sie von der Seite. Als ihre Mutter die Blicke bemerkte, setzte sie ihr Festtagslächeln wieder auf und wandte sich Ruth wieder zu. »Das war gut, mein Schatz. Jeder von uns weiß doch, dass Tom hin und wieder Dinge sagt und tut, die unsereins nur sehr schwer nachvollziehen kann.«

»Ist was dran an seinen Worten, Mutter? Stehen wir vor dem Ruin?«

»Ach wo! Ich möchte nur wissen, wie du auf so etwas kommst, Kind.« Sie gähnte, hielt sich geziert die Hand vor den Mund. »Ich bin auf einmal so müde. War doch ein anstrengender Tag. Ist es dir recht, wenn ich für ein paar Minuten die Augen schließe, Schatz?«

Ruth brummte zustimmend. Von ihrer Mutter hatte sie erst einmal keine Antwort mehr zu erwarten. War also doch etwas dran an Toms Sprüchen? Hatten sie wirklich finanzielle Schwierigkeiten?

Zweites Kapitel

Obwohl Ruth todmüde war, wartete sie ungeduldig, bis ihre Mutter endlich eingeschlafen war. Immer wieder nach den gleichmäßigen Atemzügen lauschend, die aus dem Schlafzimmer ihrer Mutter drangen, schlich sie sich dann wie ein Dieb hinunter ins Büro. Rose mochte es nicht, wenn jemand ihr Arbeitszimmer betrat, und noch weniger duldete sie es, wenn jemand in ihren Unterlagen herumschnüffelte und ihre Ordnung durcheinanderbrachte. Daher blieb Ruth kurz auf der Schwelle stehen und prägte sich alles ein, um den Raum später wieder so verlassen zu können, wie sie ihn vorgefunden hatte. Auf dem Schreibtisch vor dem Fenster lag aufgeschlagen der Kalender ihrer Mutter, rechts daneben befand sich die Schreibtischlampe, links die Stiftschale, neben dieser ein Foto von Ruth und Corinne. Auch der Rest des Zimmers war aufgeräumt, kein Stäubchen, keine Papiere, nicht einmal ein abgebrochener Bleistift lagen herum.

Ruth setzte sich hinter den großen Schreibtisch – angeblich ein Erbstück ihres Großvaters –, öffnete die oberste Schublade und holte behutsam den Ordner mit den Kontoauszügen hervor. Mit klopfendem Herzen blätterte sie ein ganzes Jahr zurück, überprüfte, ob die Raten für den Kredit pünktlich bezahlt worden waren. Tatsächlich hatte ihre Mutter an jedem Monatsersten fünfhundert englische Pfund auf das Konto der Farmersbank in Windhoek eingezahlt. Aktuell waren noch rund sechshundert Pfund auf dem Farmkonto

35

und dreihundertzwanzig Pfund auf Roses Privatkonto. Das war nicht viel, aber normal, denn Farmarbeit war Saisonarbeit. Bald würden die Schafe geschoren und die Wolle verkauft werden, sodass wieder Geld in die Kasse fließen würde. Wieso also sollte Salden's Hill vor der Pleite stehen?

Ratlos schob Ruth den Ordner zur Seite, stützte den Kopf in die Hände und dachte nach. Hatten sie in diesem Jahr größere Anschaffungen getätigt? Gut, der Generator war überholt worden, und der Fahrzeugschuppen hatte ein neues Dach bekommen. Aber dafür war Geld da gewesen. Ruth schüttelte verständnislos den Kopf.

Mit schlechtem Gewissen öffnete sie die Schublade, in der Rose ihre privaten Sachen aufbewahrte. Dass sie das Bündel Briefe herausnahm – zumeist Rechnungen und Bestellungen, wie sie beim Durchblättern entdeckte –, kam einem Sakrileg gleich. Jeder im Haus wusste, dass diese Schublade tabu war. Ruth suchte dennoch weiter und stieß ganz unten auf eine dünne Immobilienzeitschrift. Verwundert betrachtete sie die rot angestrichenen und kommentierten Inserate: Wohnungen in Swakopmund. »Zu teuer«, hatte ihre Mutter unter der ersten notiert, »schon vergeben« unter der zweiten und unter einer weiteren »zum Monatsende noch einmal anrufen«. Ruth traute ihren Augen nicht. Wollte ihre Mutter ernsthaft nach Swakopmund ziehen? Wollte sie die Farm wirklich verkaufen? Hatte Tom das gemeint, als er ihr das Angebot für die Green-Hill-Weiden gemacht hatte?

Ratlos lehnte sich Ruth im Sessel zurück. Die Wanduhr schlug zwölf Mal, Mitternacht. Es war spät, und ihr würden nur wenige Stunden Schlaf bleiben. Sollte sie nicht lieber mit ihrer Mutter sprechen, als hier Detektivin zu spielen? Ihr Blick fiel auf den geöffneten Kalender: »Kaffee mit

Mrs. Miller«, »Inspektion Dodge und Traktor«, »Zahnarzt«, »Friseur« und weitere Notizen, die sie nicht interessierten. Sie blätterte weiter, bis ihr in der letzten Dezemberwoche eine Eintragung auffiel. »Kreditablauf, Summe fällig!«

Ruth stutzte. Was hatte das zu bedeuten? Der einzige Kredit, der die Farm belastete, lief seit drei Jahren und hatte nie Probleme bereitet. Gerade eben hatte sie sich doch noch mit eigenen Augen davon überzeugt!

Sie erinnerte sich noch genau an den Frühsommer des Schicksalsjahres 1956. Sie hatte nach dem unerwarteten Tod ihres Vaters die Leitung der Farm übernommen, den Verwalter in den Ruhestand geschickt und das Zuchtprogramm und die Nutzung der Weiden auf eine neue Methode umgestellt. Alle Nachbarn sagten Salden's Hill eine goldene Zukunft voraus. Die Schafe gediehen prächtig, die Wolle war von bester Qualität, der Zukauf von Futter durch die Weidenrotation um die Hälfte gesunken. Ruth war glücklich gewesen, obwohl ihr Vater gestorben war. Glücklich und hoffnungsvoll wie nie zuvor in ihrem Leben. Voller Pläne und voller Elan sprang sie jeden Morgen aus dem Bett. Sie wollte die Welt aus den Angeln heben und neben den Karakulschafen und den Rindern auch Ziegen züchten.

Sie wollte auf Salden's Hill eine eigene Käserei aufbauen, dazu neue Ställe, neue Maschinen und einen neuen Generator mit doppelter Leistung anschaffen. Innerhalb von zehn Jahren wollte Ruth Salden's Hill zur größten und prächtigsten Farm im ganzen mittleren Namibia machen. Sie plante, den Frauen der schwarzen Farmarbeiter die Käseherstellung beizubringen und ihre Produkte erst nach Gobabis, dann nach Windhoek und später im ganzen Land zu verkaufen. Sie hatte sich auch schon gemeinsam mit Mama Elo und Mama Isa neue Käserezepte ausgedacht und diese ausprobiert: Ziegen-frischkäse mit Minze zum Beispiel oder Schafskäse in Kräuter-kruste, dazu mit Frischkäse gefüllte Feigen und eingelegten Schafskäse in Honig-Nuss-Sauce, ein Rezept, das sie in einer deutschen Zeitschrift gesehen hatte.

Ruth hatte davon geträumt, die Feinschmeckerlokale, Hotels und Lodges im ganzen Land mit ihren Waren zu beliefern – und niemand hatte daran gezweifelt, dass sie es schaffen würde. Tatsächlich schien alles so zu funktionieren, wie es sollte. Die Karakullämmer hatten auf der Frühjahrsauktion in Gobabis mehr Geld eingebracht als erhofft, und die Wollpreise waren in die Höhe geklettert, da in Europa nach dem Krieg die Nachfrage nach ein wenig Luxus gestiegen war. Doch dann hatte einer der Farmarbeiter bemerkt, dass sich ein paar Schafe so heftig am Gatter und an den Weidezäunen scheuerten, dass die Wollvliese in Fetzen daran hängen blieben. Sofort hatte Ruth nach dem Tierarzt gerufen. Der aber hatte sie beruhigt und erklärt, es könne an dem neuen Kraftfutter liegen, mit dem Ruth die Schafe wegen der Trockenzeit zugefüttert hatte. Die Tiere müssten sich an die Futterumstellung erst gewöhnen.

Als wenig später Farmarbeiter berichteten, dass einige der Tiere zitterten und mit den Zähnen knirschten und auch der Rest der Herde ruhelos sei, erstarrte Ruth. Sie hatte in der Landwirtschaftsschule von der Traberkrankheit gehört und kannte die Symptome. Aber dass die tückische Krankheit ausgerechnet ihre Herde befallen könnte? Niemals! So etwas passierte anderen, aber nicht ihr, nicht ihrer Herde!

Wieder erschien der Tierarzt, und wieder gelang es ihm, Ruth zu beruhigen. Scrapie sei seit einem Jahrzehnt in dieser Gegend nicht mehr ausgebrochen, erklärte er.

Dennoch nahm er das erste verendete Schaf mit und ließ es im tiermedizinischen Institut von Windhoek untersuchen. Der Befund war ein schwerer Schlag für Ruth und ganz Salden's Hill. Die Herde war von der Traberkrankheit befallen und musste getötet werden. Und damit nicht genug, denn die Scrapie-Erreger waren so widerstandsfähig, dass sie über Jahre auf den Weiden und in den Ställen überleben konnten. Dass sich eine neue Herde wieder infizieren würde, war daher wahrscheinlich. Zudem mussten die getöteten Tiere in einer Kadaverbeseitigungsanstalt verbrannt werden, was nicht gerade billig war. Mit den Schafen sah Ruth auch ihre Zukunft in Rauch aufgehen. Eine neue Herde, neue Ställe, neue Weiden, ein kompletter Neuanfang – das war finanziell nicht zu schaffen!

Sie konnte sich nicht mehr erinnern, welcher der Nachbarn vorgeschlagen hatte, sie könne einen Kredit bei der Farmersbank in Windhoek aufnehmen, doch sie wusste noch genau, dass schon wenige Tage später ein gut gekleideter Herr mittleren Alters auf Salden's Hill eingetroffen war, der Rose mit Komplimenten überschüttete und ihr sogar die Hand küsste. Wie ein Retter in der Not war er gekommen, hatte ihre Sorgen mit einer Handbewegung zur Seite gewischt und die Zukunft der Farm in den rosigsten Farben gemalt. Ein kleiner Kredit zu besten Bedingungen, mehr brauche es nicht zum Glück, hatte er behauptet und dabei so verständnisvoll und väterlich gewirkt, dass Ruth ihm vertraute und zugestimmt hatte, dass ihre Mutter die Verhandlungen übernahm. Rose besaß einfach mehr Geschick in diesen Dingen und verfügte überdies über eine beträchtliche Menge Charme, wenn sie wollte. Der Herr von der Farmersbank jedenfalls war ganz beflügelt, wenn er in Roses Nähe war.

Kurze Zeit später verfügte Salden's Hill über die stolze Summe von dreißigtausend Pfund, die über drei Jahre hinweg in monatlichen Raten zurückgezahlt werden sollte. Geld genug also, um eine junge, gesunde neue Herde zu kaufen. Geld genug auch, um neues Weideland an den Greenhills zu erwerben. Die Nachbarn halfen beim Bau der Ställe, und im Sommer 1957 konnte Ruth erstmals wieder von der Zukunft träumen.

Jetzt aber waren die drei Jahre vorüber, und eine Restsumme von rund fünfzehntausend Pfund stand noch offen. Über deren Rückzahlung hatte sich Ruth bisher keine Gedanken gemacht, da ihre Mutter damals mit dem Bankangestellten – recht bald ein hartnäckiger Verehrer – vereinbart hatte, dass nach den drei Jahren ein neuer Kredit ausgemacht werden sollte, der den neuen Zinsbedingungen angepasst wäre. »Reine Formsache«, hatte es damals geheißen. Eine schriftliche Vereinbarung gab es zwar nicht, aber das war auch nicht nötig. Schließlich waren Farmer ehrliche Leute. Ein Nicken, ein Handschlag – und das Geschäft war besiegelt.

Ruth seufzte und strich sich eine Haarsträhne aus der Stirn. Wer weiß, was Tom da gehört und in den falschen Hals bekommen hat, versuchte sie sich zu beruhigen. Salden's Hill ging es schließlich gut, von Jahr zu Jahr besser. Hatten ihre Schafe nicht erst im Frühjahr wieder einen Preis gewonnen?

So sehr sich Ruth auch bemühte, sich selbst Mut zuzusprechen, so sehr nagte es doch in ihrem Inneren. Irgendetwas stimmte hier nicht. Sie stand auf und öffnete das Fenster, um die kühle Nachtluft hineinzulassen. Ruth gähnte herzhaft. Zeit, ins Bett zu gehen, dachte sie. Morgen wird sich mit Sicherheit alles aufklären.

Am nächsten Morgen erwachte Ruth völlig gerädert. Sie hatte nicht zur Ruhe gefunden und nur wenige Stunden geschlafen, und es war eine Qual aufzustehen. Dennoch zwang sie sich aus dem Bett, öffnete das Fenster und atmete ein paar Mal kräftig ein und aus. Schon jetzt, so früh am Morgen, war der Himmel von gläsernem Blau, nur ein paar Schönwetterwolken trieben dahin. Die Sonne schimmerte durch die Blätter der Akazien und malte schwarze Schatten an die Hauswand. Das Windrand drehte sich gleichmäßig, irgendwo in der Nähe krähte Mama Elos Hahn, und in der Ferne erkannte Ruth eine ihrer Herden.

Klette, die Border-Collie-Hündin, war ebenfalls schon wach und kratzte draußen an der Tür. Ruth öffnete ihr bereitwillig. »Guten Morgen, meine Kleine. Gleich gibt's was zu futtern. Nur einen Augenblick noch!«

Ruth streichelte Klette und stieg dann rasch unter die Dusche. Wenige Minuten später kam sie in Shirt und Latzhose in die Küche, wo Mama Elo und Mama Isa bereits auf sie warteten. Die beiden Namafrauen gehörten für Ruth zur Farm wie die Akazien, die Kameldorne und die Kudubüsche; ohne sie hier zu leben war undenkbar. Ruth gab beiden Frauen einen knallenden Kuss auf die Wange, dann setzte sie sich an den großen hölzernen Küchentisch und verschlang hungrig die große Portion Mieliepap, die Mama Elo ihr mit einem Augenzwinkern reichte. »Na, Meisie, schon ausgeschlafen?«, fragte sie.

»Du wirst gestern viel getanzt haben auf dem Farmerball und müde Füße haben«, setzte Mama Isa hinzu und sah Ruth mitfühlend an.

»Ach was!« Die junge Frau winkte ab und bestrich sich ein Toast mit Butter und Kaktusfeigengelee. »Ich habe nicht getanzt. Nur rumgesessen habe ich und mich gelangweilt.«

»Warum hast du nicht getanzt, hm? Bist du dir etwa zu fein?« Mama Isa wirkte verärgert.

Ruth seufzte. »Ich habe nicht getanzt, weil ich nicht tanzen *kann*.« Sie schluckte, griff nach dem nächsten Toast und fuhr leiser fort: »Außerdem will auch keiner wirklich mit mir tanzen. Dazu bin ich nicht schlank und nicht blond genug. Da ist es doch kein Wunder, dass mir diese Feste allesamt ein Gräuel sind.«

»Unfug«, widersprach Mama Isa. »Du bist nicht dick, sondern hast lediglich einen starken Knochenbau, jawohl. Die Männer meines Volkes würden sich alle zehn Finger nach einer Frau wie dir lecken.«

»Kann sein«, erwiderte Ruth. »Aber ich bin nun mal keine Namafrau. Und die weißen Männer mögen lieber Frauen wie Corinne.«

Mama Elo sah Mama Isa an, dann lächelten beide und zuckten mit den Schultern. Wie oft hatten sie Ruths Klage schon gehört! »Du wirst schon noch finden, was du verdienst«, versprach Mama Isa.

Ruth lachte. »Um Gottes willen, nur das nicht.« Dann stand sie auf, räumte das gebrauchte Geschirr in die Spüle, rief nach Klette und zog ihre Stiefel an. »Ich bin draußen, sage den Arbeitern, was sie zu tun haben, und danach reite ich die Zäune ab.« Sie zögerte. Am liebsten hätte sie sofort mit ihrer Mutter gesprochen, doch Rose schlief noch, und die Arbeit auf der Farm tat sich nicht von allein.

»Ist noch etwas, Meisie?«, fragte Mama Elo. »Du siehst aus, als würde dich etwas bedrücken.«

Ruth fühlte sich ertappt und sah zur Seite. »Nichts weiter. Ich muss nur mit meiner Mutter sprechen. Vielleicht heute Mittag.« Sie gab Klette einen Wink, sodass diese freudig schwanzwedelnd aufsprang, und verließ mit ihr zusammen das Haus.

Wenige Minuten später rief Ruth den Frauen der schwarzen Farmarbeiter ein fröhliches Guten Morgen zu. Sie saßen vor ihren Steinhäusern in der Nähe des Herrenhauses; die meisten von ihnen hatten bunte Tücher um den Kopf gewickelt und trugen bunt bedruckte Kattunkleider. Wie so oft rührten sie in den verbeulten Waschtöpfen, die auf kleinen Feuern vor sich hin qualmten, denn auch wenn Ruth ihnen schon mehr als einmal angeboten hatte, ihre Wäsche in einer der Waschmaschinen zu waschen, weigerten sich die Namafrauen, diese zu benutzen. Offensichtlich nahmen sie an, dass in den rumpelnden Maschinen böse Geister hausten, die sich für die Verschwendung des kostbaren Wassers bitter rächen würden.

Auf einer Leine zwischen zwei Akazienbäumen hingen bereits die ersten Laken, allerdings nicht schneeweiß, wie Ruth dies von Mama Elo und Mama Isa kannte – diese hielten nichts vom Aberglauben ihrer Stammesgenossinnen und hatten in den letzten Jahrzehnten die technischen Errungenschaften der Farm zu schätzen gelernt –, sondern von graugelber Färbung. Denn immer wieder trieb Wüstensand heran und setzte sich auf die frisch gewaschenen Wäschestücke.

Ganz in der Nähe der Frauen tollten die jüngeren Kinder über den Hof. Sie schlugen mit Stöcken Steine vor sich her und riefen einander Kommandos zu. Die älteren Kinder betrachteten ihre Geschwister mit neidischen Blicken. Sie hatten keine Zeit zu spielen, sondern mussten sich für die Schule fertigmachen. Wenn sie den Schulbus nach Gobabis noch bekommen wollten, war Eile angesagt, denn der fuhr in einer Viertelstunde vor dem Tor der Farm ab, und bis dorthin war es gut eine halbe Meile zu laufen.

»Wo ist Santo?«, wandte sich Ruth an eine der hochgewachsenen Namafrauen.

»Er ist bei den Maschinen, Miss«, erwiderte sie. »Er wollte nach der Bewässerung sehen.«

»Danke, Thala.« Ruth lächelte. »Und vergiss nicht, dass wir auch Waschmaschinen im Haus haben, die ihr gerne nutzen könnt.«

Die junge Frau winkte lachend ab – wie jedes Mal, wenn Ruth ihr das Angebot machte: »Danke, aber so ist es mir lieber; mit Maschinen kann ich mich nicht unterhalten.«

Auch die anderen Namafrauen lachten. Ruth winkte ihnen zum Abschied zu und machte sich auf den Weg zur Maschinenhalle, um dort ihren Vorarbeiter zu suchen.

Santo war ein furchtloser und würdevoller Nama, der zu anderen Zeiten wohl einmal Häuptling seines Stammes geworden wäre. Ruths Vater hatte ihn vor mehr als zehn Jahren als Vorarbeiter auf Salden's Hill eingestellt, und Ruth konnte sich keinen besseren vorstellen. Santo hatte ohne Zweifel ein besonderes Händchen für Maschinen. Was auch immer kaputtging, setzte Santo wieder instand. Weil er sich sogar an die Waschmaschine heranwagte, behaupteten einige der anderen Namas, er sei ein Schamane, der sich vor nichts zu fürchten brauche, denn er besänftige sogar die technischen Dämonen.

Offensichtlich galt es heute, einen weiteren bösen Geist zu bekämpfen, denn Santo hatte sich weit unter die geöffnete Motorhaube des Traktors gebeugt, als Ruth die Maschinenhalle betrat.

»Santo!«, rief Ruth.

Sofort tauchte der Kopf des Mannes unter der Motorhaube hervor. »Ja, Bass?«

Dass Santo Ruth als Bass, also Boss, ansprach und damit

die übliche Anrede der Eingeborenen für ihre weißen Arbeitgeber wählte, freute sie jedes Mal, denn es bedeutete für sie, anerkannt zu sein. »Ich denke, wir sollten heute die Tränken reinigen«, sagte sie. »Außerdem habe ich gestern gesehen, dass drüben bei Greenhill einige Pfähle locker sind. Repariert den Zaun, und seht nach, ob noch alle Schafe da sind. Ihr solltet auch prüfen, ob noch genug Futter in den Silos und ausreichend Benzin in den Tanks ist. Und wenn ihr damit fertig seid, baut ihr für die Schur morgen zwei Gatter mit einem schmalen Zwischenstück auf.«

Santo legte den Schraubenschlüssel zur Seite, wischte sich die Hände an einem Tuch ab, warf den Kopf in den Nacken und lachte. »Das ist Arbeit für zwei Tage, Bass.«

Ruth erwiderte sein Lachen. »Ich weiß. Aber ich bin sicher, dass ihr das alles schafft. Morgen Früh müsst ihr als Erstes die Herde hertreiben. Schafft sie in das große Gatter, damit wir gleich nach dem Frühstück mit der Arbeit beginnen können. Die Schafscherer kommen bereits heute Abend. Und dass ihr mir nicht wieder so viel mit ihnen trinkt wie im letzten Jahr!«

Wieder lachte Santo, dass es durch die Halle schallte. »Keine Sorge, Bass. Wir machen alles so, wie Sie es gewöhnt sind.«

Ruth nickte, dann nahm sie ein rotes Kopftuch aus der Brusttasche ihrer Latzjeans und schlang es sich wie eine Namafrau um den Kopf.

»Miss?«

»Ja?«

»Warum tragen Sie immer das Tuch? Sie haben so wundervolles Haar. Es ist doch schade, dass Sie es verstecken.«

Ruth spürte, dass sie rot wurde. Sie griff unter das Tuch, spürte ihr widerspenstiges rotes Haar, ein Erbe ihres Vaters, und schüttelte verärgert den Kopf. Immer noch machten sie Komplimente von Männern verlegen, als sei sie ein Backfisch. »Kümmere dich um die Arbeit, Santo. Sie macht sich nicht von allein.«

Sie ließ den Mann stehen, holte ihr Pferd Hunter aus dem Stall, schwang sich auf und ritt über die Weiden davon. Was für ein Tag! Beim Anblick ihrer grasenden Herde musste Ruth an Nath denken – und an seinen Sieg beim Schafstemmwettbewerb. Fünfzig Kilo hatte er geschafft. Mehr nicht? Für einen ausgewachsenen Mann war das wirklich keine beeindruckende Leistung. Jeder ihrer schwarzen Angestellten könnte ohne ein Wimpernzucken mehr Kilos in die Höhe stemmen.

Ruth sah sich kurz nach allen Seiten um, doch nirgends war auch nur eine Menschenseele zu sehen. Kurz entschlossen stieg sie ab, ging mitten in die Herde hinein und suchte ein Schaf, das in etwa dasselbe Gewicht wie Naths Wettbewerbsschaf hatte. *Hah! Dem werd ich zeigen, wer hier der stärkste Farmer ist!* Sie zwang das Tier auf den Rücken, band ihm mit einem Strick aus einer ihrer zahlreichen Hosentaschen die Vorder- und Hinterbeine zusammen. Dann ging sie in die Hocke, packte das Tier unter dem Bauch und stemmte es in die Höhe. Auch wenn das Schaf blökte und zappelte, um sich zu befreien, gelang es Ruth, es bis zur Schulter hochzuhieven. Erst dann gab sie stöhnend auf.

Sie ließ das Schaf hinab, atmete kräftig aus, wischte sich den Schweiß von der Stirn und blickte missmutig auf das blökende Tier vor sich. »Früher war ich besser«, murmelte sie unwillig. »Früher hätte ich dich mit einem Ruck hochgebracht. Ich bin wohl ein bisschen aus der Übung.«

Kaum hatte sie die Fesseln gelöst, sprang das Schaf auf und rannte davon, so schnell es konnte. Ruth sah ihm nach. Einen

Augenblick spielte sie mit dem Gedanken, es nach einer kleinen Ruhepause noch einmal zu versuchen, doch dann entschied sie sich doch dagegen. *In ein paar Tagen, nach dem Scheren, bin ich wieder fit. Und dann werden wir ja sehen, wer hier der Beste ist!*

Es war bereits Mittag, als Ruth verschwitzt und verdreckt zum Farmhaus zurückkam. Sie füllte Klettes Fressnapf mit gekochten Lammfleischstücken, dann zog sie die Stiefel aus, wusch sich die Hände und betrat durch einen Seiteneingang die Küche.

Ihre Mutter saß am Tisch, vor sich eine Tasse Kaffee, und Mama Elo war gerade dabei, ein paar Sandwiches zuzubereiten.

»Hey«, grüßte Ruth, nahm sich ein Glas, füllte es direkt aus dem Hahn mit Wasser und trank es in einem Zug leer. Dann hob sie die Hand, um sich mit dem Rücken über den Mund zu wischen, doch als sie den Blick ihrer Mutter sah, seufzte sie und griff nach einem Küchentuch.

»Na?«, fragte sie dann. »Hast du gut geschlafen?«

Rose nickte. Ihre Haut war blass, ihre Augen umkränzten dunkle Ringe. »Geschlafen habe ich, von gut kann allerdings keine Rede sein.«

»Vielleicht hättest du gestern nicht so viel Sekt trinken sollen.« Ruth hatte einen Scherz machen wollen, doch Rose kniff die Lippen zusammen.

»Ich habe mehr im Kopf, als Sekt zu trinken«, erwiderte sie scharf.

Auch wenn es ihr den größten Teil des Vormittags gelungen war, die dunkle Vorahnung beiseitezuschieben, hatte Ruth auf einmal wieder einen Kloß im Hals, und ihr Herz schlug schneller. Sie nahm sich eine Scheibe der Lammsalami, handelte sich dafür von Mama Elo einen liebevollen Klaps auf die Hand ein, und setzte sich an den Tisch. Erst jetzt, da sie ihrer Mutter direkt gegenübersaß, fiel Ruth auf, dass Rose nicht nur blass und unausgeschlafen aussah, sondern überdies bedrückt wirkte. »Was ist los, Mam? Fühlst du dich nicht wohl?«

Als Rose die Augen hob, war ihr Blick leer und öde wie die Skelettwüste.

»Was ist los?«, drängte Ruth.

Rose seufzte, griff nach Ruths Hand und drückte sie. »Komm später in mein Büro. Wir müssen uns unterhalten«, sagte sie. Dann stand sie abrupt auf und ging mit ungewohnt schweren Schritten hinaus.

Ruth sah ihr nach. »Wisst ihr etwas, das ich wissen sollte?«, fragte sie.

Mama Elo sah sie bedrückt an. »Schwer hat sie es, noch schwerer als bisher. Ich wünschte, Rose wäre einmal in ihrem Leben von ganzem Herzen glücklich.«

Ruth schluckte, als sie sah, dass Mama Elo eine Träne über die Wange lief. Jetzt bezweifelte sie nicht mehr, dass die Männer gestern die Wahrheit gesprochen hatten. Die Farm steckte in der Klemme.

Erst am nächsten Tag fand Ruth eine Gelegenheit, mit ihrer Mutter zu sprechen. Gleich nach dem Frühstück klopfte sie an die Tür des Büros und trat ein. Ihre Mutter saß hinter dem Schreibtisch, und Ruth schien es, als wäre sie noch blasser und zierlicher als sonst. Vor ihr türmten sich Hefter, Aktenordner und Papiere.

»Setz dich«, forderte Rose sie auf. »Was ich dir zu sagen habe, dauert ein bisschen länger.«

Ruth schluckte. Der Raum schien ihr düsterer als sonst, die Sonne weniger hell. Sie setzte sich auf die Stuhlkante und stützte die Ellbogen auf die Oberschenkel. »Ich höre.«

»Sitz nicht da wie ein Farmer, du bist eine junge Frau!«, wies Rose sie scharf zurecht.

Ruth gehorchte, richtete sich auf, stellte die Füße zusammen und legte die Hände ordentlich in den Schoß. Sie hasste es, von ihrer Mutter zurechtgewiesen zu werden; dieses Mal aber beruhigte sie der Tadel. *Wenn Mam noch Augen für diese Nebensächlichkeiten hat, kann die Lage so schlimm nicht sein.* Sie sah ihre Mutter fragend an.

»Tom hat recht. Weiß der Himmel, wer es ihm erzählt hat, aber es stimmt: Salden's Hill ist pleite.«

Obwohl sie es eigentlich schon geahnt hatte, erschrak Ruth bis ins Mark. »Das kann nicht sein!«, rief sie und sprang auf.

»Doch, es ist so. Wir müssen entweder verkaufen – eine Lösung, die meinen Absichten entgegenkommt –, oder du musst einen Mann heiraten, der unsere Verbindlichkeiten der Bank gegenüber begleicht«, sagte Rose ruhig. »Und setz dich wieder hin.«

Ruth setzte sich schweigend und starrte ihre Mutter mit offenem Mund an, unfähig, auch nur ein Wort zu sagen. Schließlich schüttelte sie ungläubig den Kopf. »Wie genau ist das passiert?«

»Du erinnerst dich an den Kredit, den wir vor drei Jahren aufgenommen haben?«

Ruth nickte.

»Nun, er wird fällig. Wir schulden der Farmersbank von Windhoek 15 280 Pfund.«

»Wie das? Das verstehe ich nicht. Es war doch vereinbart, dass dieser Kredit von einem neuen abgelöst wird. So war es doch, oder?«, fragte Ruth, noch immer zutiefst ungläubig und beunruhigt.

»So war es geplant, und so war es vereinbart. Mr. Claassen von der Bank hatte mir die Hand drauf gegeben.«

»Und wieso zählt das jetzt nicht mehr?«

Rose seufzte. »Weil der Handschlag eines Bankers so viel wert ist wie Schafsmist. Er hat mir Avancen gemacht, wollte mit mir essen gehen, hat wohl schon von heißen Küssen geträumt.« Sie lachte bitter.

Ruth verzog das Gesicht. Die Enthüllungen ihrer Mutter waren ihr peinlich. »Und weiter?«, fragte sie.

»Ich war einmal mit ihm in Gobabis essen, danach nicht mehr. Vor Kurzem hat er sich aber bei mir gemeldet und mir erneut Avancen gemacht. Ich gab ihm einen Korb, und eine Woche später kam dieser Brief.« Sie reichte Ruth ein Schreiben, dem man ansah, dass es wieder und wieder gelesen worden war.

Es trug in der rechten oberen Ecke den Aufdruck der Farmersbank, ein Aktenzeichen und Mr. Claassens Zeichen.

Sehr geehrte Mrs. Salden,

zu unserem großen Bedauern müssen wir Ihnen heute mitteilen, dass wir Ihren Kredit, der vertragsgemäß zum 31. Dezember 1959 ausläuft, nicht verlängern können. Die wirtschaftliche Lage Ihrer Farm hat sich nicht so entwickelt, wie wir es erwartet haben.

Wir müssen Sie deshalb auffordern, die ausstehende Summe von 15 280 Pfund bis zum 31. Dezember des Jahres auf eines unserer Konten zu überweisen.

Mit hochachtungsvollen Grüßen, Dietrich Claassen

Ruth las den Brief ein zweites Mal. »Verstehe ich das richtig? Er wollte dich mit dem Kredit kaufen? Wenn du mit ihm ins Bett gegangen wärst, könnten wir die Farm jetzt behalten?«

Ruths Mutter nickte. »Siehst du, so ist es, wenn man keinen Mann hat. Wir Frauen mögen viel leisten, aber die Macht haben nun einmal die Männer. Wenn wir uns ihnen nicht beugen, verlieren wir nur.«

»Aber du hast dich ihm nicht gebeugt.«

Rose nickte langsam. »Ja, das stimmt. Aber um welchen Preis. Ich weiß nicht, ob ich damit das Richtige getan habe.«

Ruth schwieg eine Weile, dann fragte sie: »Und was machen wir jetzt? Wir haben keine fünfzehntausend Pfund, oder? Oder gibt es noch ein Konto, von dem ich nichts weiß?«

»Nein. Wir müssen die Farm verkaufen. Tom würde vielleicht die Green-Hill-Weiden übernehmen, doch das reicht nicht. Um das Geld zusammenzubringen, müssten wir so viel Land verkaufen, dass wir die Schafe nicht mehr aus eigener Kraft ernähren könnten. Wahrscheinlich müssten wir sie anderswo in Weidepacht geben. Und dass man so keine Farm führen kann, weißt du besser als ich. Also bleibt uns nur, alles zu verkaufen. Wenn wir Glück haben und auch für die Maschinen und das Haus einen guten Preis aushandeln, können wir uns vielleicht in Swakopmund eine kleine Wohnung kaufen.«

Rose sah Ruth prüfend an. Die schüttelte den Kopf. »Nein«, flüsterte sie. »Nein. Bitte, lieber Gott, lass das nicht zu. Es muss doch eine andere Lösung geben.« Sie spürte, wie ihr Tränen in die Augen stiegen. Seit Jahren hatte sie nicht mehr geweint, doch nun war das Schlimmste geschehen, das sie sich vorstellen konnte: Ihre Farm, ihr Leben, ihr Traum – alles lag in Trümmern.

Rose räusperte sich. »Es gibt tatsächlich eine Lösung. Aber die wird dir noch weniger gefallen als eine Wohnung in der Stadt.«

»Nichts kann schlimmer sein als eine Wohnung in der Stadt«, erwiderte Ruth.

»Nath Miller hat um deine Hand angehalten. Sein Vater hat seinem jüngeren Bruder Miller's Run überschrieben. Nun will Nath beweisen, was für ein Kerl er ist. Er hat Geld. Die fünfzehntausend Pfund sind für ihn ein Klacks. Im Übrigen ist der Gegenwert allemal höher als sein Einsatz. Was sagst du?«

Ruth schaute auf. »Du hast recht, es gibt wohl doch etwas, das noch schlimmer ist als eine Wohnung in der Stadt.«

Drittes Kapitel

Wie betäubt taumelte Ruth aus dem Büro. Ihr war übel. Das Unglück lag wie ein Stein in ihrem Magen, drückte ihr die Schultern herunter, trübte ihren Blick. Sie blieb vor dem Herrenhaus stehen, beschirmte mit der Hand die Augen und sah über den Besitz, als sähe sie ihn zum letzten Mal. Die Landschaft, Veld genannt, kam ihr trotz der Morgensonne mit einem Mal müde und alt vor, die Hügelkette am Horizont erinnerte an betagte Männer, die mit geduckten Schultern auf einer Bank saßen, die haarlosen Köpfe gesenkt.

Erneut traten ihr Tränen in die Augen. Salden's Hill. Ihr Land, ihre Heimat. Sie gehörte hierher und nirgendwohin sonst. Nicht nach Swakopmund, nicht nach Lüderitz und schon gar nicht nach Deutschland. Hier waren ihr Leben, ihre Vergangenheit, ihre Gegenwart und auch ihre Zukunft. Wenn sie Salden's Hill verlor, verlor sie alles, was ihr je etwas bedeutet hatte. Und sich selbst. Denn Ruth war das Herz von Salden's Hill. In ihren Adern floss Wüstensand, ihr Herz schlug im Takt der Schafshufe.

Ihr wurde schwindelig, und sie musste sich an einer der Säulen festhalten. Ruth legte ihre Wange an den kühlen Stein, schmiegte sich an die Säule wie an einen Mann, als biete sie die Kraft und Stärke, die sie nun brauchen würde. Was sollte sie nur tun?

Das Blöken der Schafe, das aus den Ställen zu Ruth hinüberdrang, holte sie schließlich aus dem Tal der Traurigkeit

53

zurück in die Gegenwart. *Ich werde gebraucht,* dachte sie. *Noch ist nicht aller Tage Abend. Wer nicht kämpft, hat schon verloren!*

Ruth streckte sich, straffte die Schultern, reckte das Kinn. Sie musste sich zusammenreißen. Es nützte keinem etwas, wenn sie wie ein Häufchen Elend umherschlich und sich selbst bemitleidete. Heute wurden die Schafe geschoren, und da war alle Energie gefragt, die sie aufbringen konnte. Sie zog die Nase hoch, dann stapfte sie entschlossen zu den Ställen hinüber.

Sie war gerade dort angelangt, als mit aufheulendem Motor ein Motorrad in den Hof einbog, eine Geländemaschine, die sie nur allzu gut kannte. Ruth blieb stehen und seufzte. Das hatte ihr gerade noch gefehlt. Sie zwang sich zu einem Lächeln.

»Na, kannst du meine Hilfe brauchen?« Nath Miller riss sich den Helm vom Kopf und grinste.

Sein Mund sieht aus wie ein Scheunentor, dachte Ruth. *Was darin verschwindet, taucht nie wieder auf.* Sie betrachtete ihn, wie er breitbeinig auf der Maschine hockte. Er strahlte eine Siegesgewissheit aus, um die sie ihn heiß beneidete. Nath Miller. Der Mann, den sie nur heiraten musste, um aller Sorgen ledig zu sein. Bei dem Gedanken schüttelte sie sich ein wenig. »Klar kann ich Hilfe brauchen«, erwiderte sie. *Du willst deinen zukünftigen Besitz in Augenschein nehmen, Nath Miller, dein Land und deine Frau. Aber ich werde dir etwas husten. Ich werde es dir so schwer machen, wie es mir nur möglich ist.*

Nath stieg von der Maschine, bockte sie auf und schlenderte zu Ruth herüber. Er legte einen Arm um Ruth, um sie an sich zu ziehen, doch sie wich ihm geschickt aus. Naths Grinsen verstärkte sich. »Jetzt zier dich doch nicht so.« Er fuhr sich mit der Hand durch sein weiches braunes Haar, das er in der Stirn zu einer Tolle frisiert und, wie es Ruth schien, irgendwie festgeklebt hatte.

»An dir könnte man auch eine Menge scheren«, bemerkte sie trocken.

Nath lachte und zog an ihrem Kopftuch, sodass sich ihre wilde rote Lockenmähne zeigte. »Und an dir erst! Aus deiner Wolle würde ich mir nur zu gern ein Paar Socken stricken.«

»Abgemacht!« Ruth funkelte Nath angriffslustig an und streckte ihm die Hand hin.

»Was ist abgemacht?«

»Wir machen einen Wettkampf. Wer innerhalb einer Stunde die meisten Schafe schert, hat gewonnen. Der Verlierer muss dafür seine Haare lassen.«

»Das meinst du nicht im Ernst, oder?« Nath fuhr sich mit den Fingern durch sein Haar, als müsse er sich vergewissern, dass es noch da war.

»Doch, das ist mein voller Ernst. Du hast doch sonst immer etwas für Spiele übrig. Was ist? Hast du Angst, nächsten Samstag wie ein Sträfling mit geschorenem Kopf zum Tanz nach Gobabis zu gehen? Willst du nicht wissen, wie es ist, wenn dir die Mädchen einen Kuss auf die Glatze knallen?«

Ruth sah, wie Nath mit sich rang, und es bereitete ihr ein diebisches Vergnügen. »Sagtest du nicht erst vor zwei Tagen, du hättest mich beim Farmerwettbewerb in allen Disziplinen besiegt?«

Nath schluckte. »Also gut. Wenn du unbedingt willst. Ich gewinne ohnehin. Nur um deine Haare tut es mir jetzt schon leid. Du kannst dir sicher sein, dass ich keine Gnade werde walten lassen. Verloren ist verloren, ab ist ab. Wenn du ganz lieb zu mir bist, lasse ich dir vielleicht noch eine Bürste

55

stehen, damit jeder gleich sehen kann, dass du kratzt, wenn man näher kommt. Bist du nicht lieb, kannst du dir von den Männern Küsse auf die Glatze knallen lassen.«

»Abgemacht?« Ruth streckte ihm erneut die Hand hin.

»Abgemacht!« Nath schlug ein.

Dann eilten sie im Laufschritt zum Stall.

Die Scherer, die Ruth bestellt hatte, waren bereits bei der Arbeit. Auf Salden's Hill gab es vier Scherplätze. Die Schneidemaschinen hingen an einem Kabel von der Decke, sodass die Scherer sich die Schafe bequem zwischen die Beine klemmen konnten und mit dem Scherkopf trotzdem alle Stellen gut erreichten.

Mama Elo und Mama Isa waren ebenfalls im Stall. Sie hatten heute die Aufgabe, die geschorene Wolle zusammenzukehren und in den Nebenraum zu bringen, wo sie von zwei Namafrauen sortiert und später von Ruth klassifiziert wurde.

Santo und drei andere Farmarbeiter trieben die Schafe in die Gatter und von dort zu jeweils einem Dutzend in den Stall. Auf der anderen Seite empfingen vier weitere Arbeiter die geschorenen Tiere und markierten sie.

Nath und Ruth stellten sich nebeneinander an die zwei noch freien Scherplätze und maßen sich mit Blicken. »Bist du bereit?«, fragte Ruth.

»Ich warte nur auf dich«, erwiderte Nath, krempelte die Ärmel seines Hemdes hoch und spuckte in die Hände.

»Dann los!«

Auf ein Zeichen seiner Chefin trieb Santo zwei Schafe in den Scherbereich. Ruth rannte los, packte ein Schaf mit einer Hand bei den Vorderbeinen und warf es auf den Rücken. Mit der anderen Hand nahm sie es bei den Hinterbeinen und zog es zum Scherplatz. Dann klemmte sie sich das blökende,

56

dumm um sich blickende Schaf zwischen die Knie und begann sogleich, mit dem Scherkopf an den Beinen entlangzufahren.

Nath stand nur einen Augenblick später am Scherplatz. Er fuhr mit dem Apparat so hastig und hart durch die Wolle, dass das Schaf laut blökte und zwischen seinen Beinen zappelte.

Das Scheren war eine schwierige, schweißtreibende Angelegenheit. Es war so heiß im Scherraum, dass Ruth schon bald der Schweiß zwischen den Brüsten hinablief. Überall an ihrem Overall klebten kleine Wollvliese, Blut und Schafscheiße, ihre Hände waren ebenfalls verschmiert. Dazu kam die gebückte Stellung, in der sie arbeiten musste. Schon nach dem ersten Dutzend Schafe schmerzte ihr der Rücken, doch sie machte weiter, als wäre der Teufel hinter ihr her. Ab und an warf sie einen Blick zu Nath, der ebenfalls nass geschwitzt und mit zusammengebissenen Zähnen seiner Arbeit nachging. *Na warte!*, dachte Ruth. *Dir werd ich's zeigen.*

Mama Elo und Mama Isa wollten sich den Wettkampf natürlich nicht entgehen lassen. Mama Elo hielt einen Wecker in der Hand, den sie normalerweise in der Küche benutzte, um die Eier gerade richtig weich zu kochen oder die Backzeit eines Kuchens zu überwachen. »Dreiundzwanzig Schafe für Salden's Hill, vierundzwanzig Schafe für Miller's Run. Los, Ruth, streng dich an, du schaffst es! Noch fünf Minuten!«

Ruth blies sich eine Haarsträhne aus der Stirn, gab dem fertig geschorenen Schaf einen Klaps auf den Hintern, sodass es durch die Klappe ins Freie eilte, und holte sich das nächste Schaf heran. Das arme Tier war mindestens so aufgeregt wie Ruth. Es war, als merkte es, dass es um mehr ging als um ein paar Felle. Das Schaf war unruhig, tippelte zwischen Ruths Beinen hin und her und ließ kaum den Scherkopf an sich heran. Ruth sah zu Nath, der bereits die Beine seines

Schafes geschoren hatte und sich jetzt an den Rücken machte. Er holte die Wolle in langen Streifen herab, sodass ein ganzer Wollteppich entstand. Nath schaffte es bisweilen, ein Schaf im Ganzen zu scheren. Ruth hingegen gelang dieses Kunststück, sooft sie wollte. Und jetzt wollte sie. Jetzt gerade. Sie holte tief Luft und wurde mit einem Mal ruhig. Sie packte das Schaf fester, setzte den Scherkopf an und schor das Tier in einem einzigen Ritt.

»Ja, du schaffst es!«, jubelten Mama Elo und Mama Isa, und Santo hatte ihr schon das nächste Schaf zurechtgestellt.

Ruth sah zu Nath. Auch er war jetzt fertig, sprang auf, hechtete zum Gatter, um das nächste Tier zu holen. Am Tor gab es ein kleines Gerangel, doch Ruth war zwar kompakt, aber flink. Sie schlüpfte durch Naths Beine, packte das Schaf und zog es zum Scherplatz. Sie arbeitete, ohne aufzusehen. Erst der Beifall von Santo, Mama Elo und Mama Isa zwang sie schließlich, aufzublicken. Die Stunde war um. Ruth hatte mit einer halben Schaflänge Vorsprung gewonnen. Sie strahlte und verkniff sich ihre Freude auch nicht, als Nath ihr zerknirscht zum Sieg gratulierte.

»Von ganzem Herzen, Ruth«, sagte er.

»Vom Lügen bekommt man eine lange Nase.«

»Jetzt mal im Ernst. Du hast gewonnen, hast dich ja wirklich tapfer geschlagen. War wohl einfach nicht mein Tag heute. Na ja, wie auch immer. Als Sieger kann man sich dem Verlierer gegenüber ruhig großzügig zeigen.«

Ruth nickte. »Ganz meine Meinung. Du darfst dir ein Bier nehmen.«

»Das meine ich nicht.«

»So?« Ruth stellte sich dumm, klopfte aber demonstrativ mit dem Scherkopf in die linke Hand.

»Du wirst mir nicht wirklich den Kopf scheren, oder?«

Ruth musste ein Lachen unterdrücken, als sie Naths Miene sah. Er sah aus wie ein kleiner Junge, der für einen Streich zur Rechenschaft gezogen wurde und hoffte, es möge noch einmal Gnade vor Recht ergehen. »Gnade vor Recht, nicht wahr?«

Nath nickte und lächelte zaghaft.

»Tja, mein Lieber, wir sind hier aber nicht in der Kirche. Wettschulden sind Ehrenschulden. Kopf runter!«

Die beiden alten Namafrauen lachten, dass ihre Turbane wackelten. Auch Santo konnte sich ein Grinsen nicht verkneifen. Da wurde es Nath zu viel. »Haut ab, ihr Affengesichter! Eure Niggerlache macht mich noch ganz raschelig.«

Einen Augenblick hatte Ruth wirklich überlegt, Nath ungeschoren davonkommen zu lassen, doch jetzt knipste sie den Scherkopf an und fuhr mit ihm über Naths gebeugten Kopf, bis auch das letzte Haar gefallen war. Dann schaltete sie das Gerät aus und strich ihm über die Glatze. »So, mein Lieber. Und nur, dass du es weißt: Geschoren habe ich dich nicht, weil du die Wette verloren hast, sondern weil du meine Leute als Affengesichter und Nigger bezeichnet hast. Und jetzt mach dich vom Acker! Froh kannst du sein, wenn ich nicht in der ganzen Gegend herumerzähle, warum du dich von deiner schönen Tolle getrennt hast.«

Sie drehte sich um, spülte die Geräte unter fließendem Wasser ab, noch immer verärgert. Sie wusste zwar, dass es unter den Weißen und ganz besonders unter den weißen Farmern viele gab, die ihre schwarzen Arbeiter nicht wie ihresgleichen behandelten, aber auf Salden's Hill war das nicht üblich. Hier zählte jeder Mensch erst einmal gleich viel. Wichtig war nur, ob er ein guter und zuverlässiger Arbeiter war oder nicht.

»Ich hab's nicht so gemeint«, erklärte Nath. »Das mit den Affengesichtern meine ich.«

»Aber gesagt hast du es«, erwiderte Ruth und würdigte ihn weiter keines Blickes. Kurz darauf hörte sie Naths Schritte, das Knallen einer Tür und den Lärm eines startenden Motorrades.

»Gut gemacht, Bass. Danke.« Santo nahm Ruth die Geräte aus der Hand, um sie nach der Reinigung wieder an den Kabeln zu befestigen. Die junge Farmerin winkte ab. Auf einmal war sie unendlich müde.

Windhoek war für Ruth schon immer gleichbedeutend mit der Hölle gewesen, und auch jetzt stand sie bereits seit einigen Minuten vor dem Bahnhof und versuchte krampfhaft, die Straße zu überqueren. Doch kaum hatte sie einen Fuß vorwärtsgesetzt, preschte ein Auto heran, erschreckte sie mit lautem Hupen und scheuchte sie zurück auf die Sicherheit des Bürgersteiges. Menschen wimmelten umher, lachten, schimpften, rempelten sie im Vorbeigehen an. Ein Eselskarren zog vorüber, ein Fahrrad klingelte, jemand ließ den Motor eines Autos aufheulen.

»Na, Sie sind eine Gotcha, richtig?« Ein freundlicher älterer Herr sprach Ruth an.

»Wenn Sie damit ›Landei‹ meinen, haben Sie recht«, erwiderte Ruth und fuhr sich nervös mit der Hand durchs Haar. Sie trug heute eine graue Stoffhose, dazu eine helle Bluse und hatte das Haar im Nacken lose mit einer Spange zusammengefasst.

»Wohin wollen Sie denn?«, fragte er.

Ruth kniff leicht die Augen zusammen. Ihre Mutter hatte sie immer wieder vor der Stadt gewarnt und besonders vor den Männern. Doch sie konnte an dieser Frage nichts Verwerfliches finden. »Zur Farmersbank möchte ich«, antwortete sie.

»Kommen Sie mit mir. Wir teilen uns ein Taxi. Ich muss in dieselbe Gegend.« Er winkte einen Wagen heran.

»Was machen Sie in Windhoek?«, fragte sie, nachdem sie eingestiegen und sich neben ihn auf die Rückbank gesetzt hatte. »Leben Sie hier?«

Der Mann schüttelte den Kopf. »Ich komme aus Kapstadt.«

»Und was wollen Sie in Windhoek?« Ruth betrachtete den Mann genauer. Seine Haut war sehr hell, doch Ruth lebte lange genug in Afrika, um zu sehen, dass er kein reiner Weißer war.

Er beugte sich zu Ruth. »Es wird wohl etwas Wirbel geben heute in der Stadt. Ich rate Ihnen, kleines Fräulein, fahren Sie zurück auf Ihre Farm, sobald Sie Ihre Bankgeschäfte erledigt haben. Es ist viel zu gefährlich hier.«

Ruth staunte. »Was ist denn heute?«

»Hören Sie kein Radio?«

Ruth schüttelte den Kopf. »Unser Empfänger ist an eine Autobatterie angeschlossen. Meine Mutter mag die Batterie nicht im Haus. Sie verschandelt das Wohnzimmer, meint sie. Also muss ich zum Radiohören in die Maschinenhalle, aber meist bin ich dazu zu müde.«

Der Südafrikaner lachte auf, wurde aber rasch wieder ernst. »Die Schwarzen machen Ärger. Das ist nicht neu, sie machen immer Ärger. Aber heute sollen ein paar von ihnen umgesiedelt werden. Sie sind dumm, die Schwarzen, sie verstehen die Maßnahme nicht. Statt froh zu sein, dass sie nun untereinander sind und sich unterhalten können, in welcher Sprache auch immer, ihre merkwürdigen Feste und Rituale abhalten

und meinetwegen sogar ihre grausige Voodoo-Religion aus-
üben können, glauben sie, man wolle sie berauben.«

»Wessen berauben?«, fragte Ruth.

»Was weiß ich? Ihrer Rechte, ihrer Meinung. Sie haben
doch immer und an allem etwas auszusetzen, die Schwarzen.
Und gibt es mal nichts an der Regierung zu meckern, dann
ist eben das Wetter dran oder die Weißen. An allem, was geschieht, tragen sowieso in ihren Augen die Weißen die Schuld.
Schwarz ist das neue Wort für Unschuld, wussten Sie das?«
Er lachte Beifall heischend.

Ruth sah weg. Der Mann wurde ihr zunehmend unsympa-
thisch. Es stieß sie ab, was er sagte und wie er es sagte, und
noch mehr, wie er den Mund verzog, wenn er lachte.

»Ich kenne nur die Schwarzen auf unserer Farm«, sagte
sie, vor unterdrücktem Ärger ein wenig harscher, als sie be-
absichtigte. »Ich kenne sie seit Jahren, wurde sogar von zwei
schwarzen Frauen mit aufgezogen. Ich mag sie, und ich hatte
noch nie den Eindruck, dass sie uns an allem die Schuld
geben.«

Der Mann hob die Hand, lächelte nachsichtig und tätschelte Ruth onkelhaft das Knie: »Sie *sind* eine Gotcha, mein
Kind. Hier in der Stadt herrschen andere Regeln und Gesetze
als bei Ihnen auf der Farm. Die Schwarzen verstehen was von
der Landwirtschaft und von Tieren. Bei Ihnen im Busch gibt
es auch niemanden, der sie aufwiegelt, der ihnen erzählt, sie
seien nicht schlechter als die Weißen und hätten daher dieselben Rechte.«

»Bei uns auf der Farm haben alle Arbeiter dieselben Rechte.
Es ist egal, welche Hautfarbe sie haben. Hauptsache, die Arbeit wird gemacht.«

Ruth atmete auf, als der Taxifahrer vor dem Gebäude der

62

Farmersbank hielt. Sie nickte dankend, als der Südafrikaner auf ihren Anteil an den Fahrtkosten verzichtete, hob die Hand zum Gruß und sah dem wegfahrenden Wagen nach. Noch immer wunderte sie sich über den Mann, über das, was er gesagt hatte. Seine Ansicht, Schwarze wären weniger wert als Weiße, belustigte sie beinahe. Das sollte man einmal Mama Elo und Mama Isa sagen! Den Besen würden die beiden nehmen und den Schwätzer mit lauten Flüchen vom Hof jagen.

Nun, sie würde ihn ohnehin niemals wiedersehen, und es war nicht die richtige Zeit, sich über Männer wie ihn den Kopf zu zerbrechen. Sie hatte Wichtigeres vor. Sie zuckte mit den Schultern und sah an dem prächtigen Gebäude hinauf, über dessen Eingang in goldenen Lettern der Name und das Signet der Bank geprägt waren.

Kaum näherte sie sich der Eingangstür, wurde diese von einem Angestellten in Livree geöffnet. »Guten Morgen, Ma'am«, grüßte er dienstbeflissen.

Ruth zuckte zusammen. Das war nun doch etwas unpassend! Sie war schließlich Farmerin und gewohnt, selbstständig eine Tür zu bedienen! Die große Vorhalle, deren marmorner Boden im Licht der Kronleuchter glänzte, die goldenen Treppengeländer und die roten Teppiche erschienen ihr nicht weniger übertrieben. Aber schließlich, so gestand sie sich ein, gab es auch Farmer, die reich waren. Sehr viel reicher als die Schaffarmer am Rande der Kalahari.

Wie um sich selbst Mut zu machen, straffte Ruth die Schultern und ging hocherhobenen Hauptes zu einem der Schalter. Eine freundliche junge Frau saß dahinter. »Guten Tag, wie kann ich Ihnen behilflich sein?«

Ihr Lächeln war einladend, und Ruth begann sofort, sich sicherer zu fühlen. »Hier, diesen Brief haben wir von Ihnen bekommen.« Sie legte die Kreditkündigung auf den Tisch. »Es muss sich um ein Missverständnis handeln. Mister Claassen hat uns vor drei Jahren in die Hand versprochen, dass der Kredit verlängert wird. Die Kündigung, meinte er, sei nur eine Formsache, um den aktuellen Zinsfuß anzupassen. Ich bin hier, um diese Formsache vor Ort und jetzt zu erledigen.«

Die junge Frau schüttelte bedauernd den Kopf. »Ich fürchte, da kann ich Ihnen nicht helfen. Unsere Vereinbarungen werden in jedem Fall schriftlich fixiert. Nur dann sind sie rechtsgültig. Auf einen bloßen Handschlag hin kann Ihr Kredit nicht verlängert werden. Es sei denn, Sie haben Vermögenswerte, mit denen Sie bürgen können.«

»Einen Augenblick.« Ruth wühlte in ihrer Tasche und zog einen Aktenordner hervor. »Hier ist die Aufstellung unseres Besitzes. Jedes Stück Vieh – wir haben tausendvierhundert Karakulschafe und vierhundert Rinder – und jedes Gerät sind darin verzeichnet. Wir stehen jetzt viel besser da als noch vor drei Jahren.«

Sie wollte der Frau die Unterlagen über den Tisch schieben, doch diese winkte eilig ab. »Wenn Ihre Kreditanfrage abschlägig beschieden wurde, kann ich nichts mehr für Sie tun.«

»Aber warum denn? Und was heißt hier überhaupt Anfrage? Wir haben nicht angefragt, wir hatten eine Vereinbarung.« Ohne es zu wollen, war Ruth laut geworden. Die Bankangestellten hinter den anderen Tischen sahen schon zu ihr herüber. Einer stand sogar auf und fragte seine Kollegin, ob sie Hilfe brauche.

Die Frau winkte ab. »Nein, alles in Ordnung.« Dann faltete sie die Hände vor sich auf der Tischplatte und sah Ruth entschlossen an. »Ich kann nur wiederholen, dass wir Ihnen nicht helfen können. Die wirtschaftliche Lage hat sich verändert.

Die Nachfrage aus Europa nach Karakulwolle ist zurückgegangen. Die Entwicklung Ihrer Farm ist daher zwangsläufig rückläufig – auch, wenn Sie davon jetzt noch nichts spüren. Die nächsten Jahre werden für alle Schaffarmer schwer. Eine einzige lange Trockenzeit reicht aus, um Ihre Farm in den endgültigen Ruin zu treiben. Sie werden doch verstehen, dass wir Ihnen unter diesen Umständen keinen weiteren Kredit geben können!«

Sie nickte Ruth noch einmal zu, dann rief sie bereits den nächsten Kunden zu sich an den Schalter.

Einen Augenblick verharrte Ruth bei der Bankangestellten. Sie war sprachlos und fühlte sich so schäbig wie eine Küchenschabe. Dann aber besann sie sich ihrer Kämpfernatur. »Einen Augenblick, bitte. Sie haben mir zwar die Lage ausführlich erklärt, aber trotzdem bin ich nicht überzeugt, dass Ihre Beurteilung die einzig mögliche ist. Wir haben in den letzten drei Jahren den Betrieb umgestellt und haben Pläne, die uns von der Nachfrage aus Europa unabhängig machen. Ich möchte mit Mister Claassen sprechen. Jetzt.«

Ein maliziöses Lächeln erschien auf dem Gesicht der jungen Frau. »Ganz wie Sie wünschen. Haben Sie einen Termin?«

Ruth schüttelte den Kopf.

»Das habe ich mir fast gedacht. Nun, ohne Termin besteht leider keine Möglichkeit, Mister Claassen zu sprechen.«

Ruth kochte innerlich vor Wut. Zu gerne hätte sie der Frau am Schalter gesagt, was sie von ihr hielt. Dass sie ja doch keine Ahnung habe, sich erst einmal eine Farm aus der Nähe ansehen solle, bevor sie über deren Gedeih und Verderb entschied. Doch Ruth wusste auch, dass sie hier ohnehin nichts mehr erreichen würde. Sie nickte, wandte sich ab und stieg die Marmortreppe hinab, um zurück in die Halle zu gelangen.

Am Ausgang wandte sie sich an den uniformierten Bediensteten, der bei ihrem Anblick bereits Anstalten machte, ihr die Tür zu öffnen. »Vielen Dank, junger Mann. Aber ich werde noch ein wenig in diesem Gebäude weilen. Wären Sie so liebenswürdig, mir zu sagen, in welchem Zimmer Mister Claassen residiert?« Ruth hatte sich bewusst für die ihrer Meinung nach unerträglich gestelzte Sprache entschieden. Eines hatte sie bei ihrem kurzen Besuch in der Farmersbank nämlich bereits begriffen: Hier regierte der Schein und nicht das Sein.

»Zimmer 124, erster Flur, mit dem Aufzug hinauf und dann gleich links.«

Ruth nickte dankend und stand wenig später vor dem besagten Zimmer. Sie klopfte kurz und energisch, wartete aber nicht ab, bis sie hereingebeten wurde, sondern öffnete die Tür mit einem Ruck.

Claassen hatte offensichtlich nicht mit Besuch gerechnet. Als Ruth in sein Büro stürmte, schrak er hinter seinem Schreibtisch hoch und riss die Füße vom Tisch. »Ich kann mich nicht erinnern, Sie hereingebeten zu haben.«

»Das kann vorkommen in Ihrem Alter«, erwiderte Ruth ungerührt. »Ist aber noch kein Grund zur Sorge.« Sie knallte den Aktenordner auf Claassens Schreibtisch und setzte sich unaufgefordert in den bereitstehenden Ledersessel. »Ich bin gekommen, um die vereinbarte Kreditverlängerung schriftlich festzuhalten.«

Claassen kniff die Augen zusammen und musterte Ruth abschätzig. »Miss Salden, nicht wahr? Ich erinnere mich. Sie haben schon vor drei Jahren durch ein ausgesprochen schlechtes Benehmen auf sich aufmerksam gemacht.«

Ruth lächelte. »Auf Salden's Hill hat sich seither einiges

verändert. Mein Benehmen ist davon allerdings ausgenommen. Das steht alles in den Unterlagen. Also?«

»Auf Ihrer Farm mag alles seinen Gang gehen, aber die Welt dreht sich trotzdem weiter. Namibia hat in den letzten drei Jahren eine erstaunliche Entwicklung durchlebt. Früher stand die Viehzucht an erster Stelle, mittlerweile exportiert das Land in erster Linie Bodenschätze. Die Rössing-Mine bei Swakopmund ist nunmehr der größte Uran-Tagebau der Welt. Dazu kommen die Diamanten. Ein Drittel, liebes Fräulein Salden, ein Drittel der Exporterlöse wird durch Diamanten gemacht. Dazu exportieren wir Uranerz, Kupfer, Blei, Zink, Pyrit und noch einige andere, nicht ganz so bedeutende Bodenschätze. Und in dieser Liga wollen Sie mit Ihren paar Schafen mitspielen? Oder sind Sie gekommen, um mir zu erzählen, dass auf Ihren Weiden hin und wieder Diamanten in der Schafscheiße blinken? Dann läge die Sache natürlich anders. Auf dieses Spiel könnten wir uns einlassen.«

»Das ist kein Spiel, das ist unsere Existenz, Mister Claassen. Aber vielen Dank für den Vortrag. Ihren Worten entnehme ich, dass Ihre Bank gute Geschäfte macht. Was also kostet es Sie, unseren Kredit zu verlängern?« Ruth musste sich zusammennehmen, um dem Mann nicht das höhnische Grinsen aus dem Gesicht zu schlagen.

Claassen leckte sich über die Lippen, die feucht und glänzend wie Regenwürmer in seinem Gesicht lagen. »Was würden Sie sich denn den Kredit kosten lassen?«, fragte er, beugte sich nach vorn und heftete den Blick auf Ruths Busen. »Umsonst ist nur der Tod, wie die Oukies hier bei uns sagen.«

Ruth verschränkte die Arme vor der Brust und sah Claassen grimmig an.

Der wartete nicht auf eine Antwort, sondern sprach direkt

weiter. »Ich war bereit, euch entgegenzukommen, doch eine Hand wäscht nun mal die andere. Besonders in der Geschäftswelt. Deine Mutter, mein Kind, hat das nicht begriffen. Du könntest die Dummheit deiner Mutter ausbügeln. Das Wohl und Wehe der Farm liegt also ganz bei dir.«

Ruth hätte sich vor Ekel schütteln mögen. Wie sehr sie Claassens Worte und seine Blicke anwiderten! Und dieses ständige Schmatzen! Voller Abscheu sah sie Claassen noch einmal an. Dann nahm sie wortlos den Aktenordner, klemmte ihn unter den Arm und ging zur Tür.

»Nun, nun, mein Fräulein! Überlegen Sie es sich! Es soll Ihr Schaden nicht sein.« Claassen lachte meckernd.

Eher erbettle ich mir die 15 000 Pfund vor dem Luxushotel in Windhoek, als von Claassen auch nur einen roten Heller anzunehmen, dachte sie und verließ festen Schrittes die Bank.

Auf der Straße atmete sie tief durch. Die Luft hatte sich erwärmt, war mittlerweile geschwängert von Abgasen, Industrierauch und den Ausdünstungen unzähliger Menschen. Ruth hatte so starke Sehnsucht nach Salden's Hill, dass ihr beinahe die Tränen gekommen wären. Sie wagte kaum, das stinkende Gemisch einzuatmen, meinte die Luft wie Kaugummi kauen zu können. Doch obwohl es stickig und heiß war, fröstelte Ruth. Sie sah an der Fassade der Bank hinauf, betrachtete noch einmal die blanken Fenster, die blinkenden Türgriffe, den Marmorboden. Alles hier war kalt, alles schien ihr zuzurufen: »Eine wie du gehört hier nicht hin!«

Je länger sie die Bank betrachtete, desto stärker zitterte sie. Es war inzwischen Mittag, und aus dem Bankgebäude kamen Angestellte in blitzsauberen weißen Hemden, mit scharfen Bügelfalten in der Hose und blankgeputzten Schuhen. Die wenigen Frauen unter ihnen waren geschminkt und trugen

Kleider, die Ruth nicht einmal zum Farmersball anziehen würde, so weit ausgeschnitten waren sie, so schwingend die Röcke. Alles hier war sauber und kalt und glatt. Sie sah den Menschen in die Gesichter. Die hier sollten über das Schicksal einer Farm entscheiden? Was wussten die denn schon?

Ein junger Mann stieß gegen Ruth, rempelte gegen ihre Schulter. Doch anstatt sich zu entschuldigen, verzog er nur geringschätzig den Mund und zog die Frau an seinem Arm weiter.

Ruth sah an sich herab, betrachtete den billigen, knittrigen Stoff ihrer Hose, die Schweißflecken unter ihren Achseln, die deutlich sichtbare Ränder auf die weiße Bluse zeichneten, und ihre derben Schuhe, denen es an jeglichem Schick mangelte. Dann hielt sie es nicht mehr aus. Sie lief los, als wolle sie fliehen, lief, ohne zu wissen, wohin, bog um drei oder vier Ecken – und plötzlich war alles ganz anders.

Viertes Kapitel

Um Luft ringend blieb Ruth stehen. Sie sah sich um. Irgendetwas war merkwürdig. Die Autos fehlten, das Lachen, die Menschen. Die Straße war wie ausgestorben. Nur zwei junge Schwarze hetzten mit geduckten Köpfen vorbei. Sie hielten sich eng im Schutz der Hauswände.

»Halt!«, rief Ruth. »Bitte, können Sie mir sagen, wo ich hier bin? Wo geht es zum Bahnhof?« Doch die Männer hörten sie nicht und eilten wortlos weiter.

Ruth seufzte. Wo um alles in der Welt war sie hier gelandet? Die Straße war schmutzig. Im Rinnstein lagen Papierfetzen. Ein Papierkorb war umgefallen und hatte seinen Inhalt über den Asphalt verteilt. Der Wind wirbelte eine alte Zeitung über den Gehweg.

Erst jetzt hörte Ruth den Lärm. Er kam von der linken Seite der Straße, schwoll wie bei einem Fußballspiel an und wieder ab. Ruth konnte Sprechchöre unterscheiden, einzelne Stimmen und das Geräusch von Pferdehufen auf Pflastersteinen. Ohne nachzudenken, lief sie in Richtung des Tumults. Wo der Lärm herkam, gab es sicherlich auch Menschen, gute Menschen, die sie verstanden.

An der nächsten großen Querstraße stoppte sie. Vor sich sah sie eine Unmenge schwarzer Männer und Frauen. Sie trugen Plakate, auf denen in Englisch geschrieben stand: »Lasst uns zu Hause«, oder: »Kein Ghetto für Schwarze«. Die Frauen, so schien es Ruth, hatten ihre prächtigsten Gewänder angelegt, dazu den Schmuck und die Kopfbedeckung ihres Stammes. Die Männer hingegen trugen blaue oder graue Arbeitshosen und einfache T-Shirts. Doch die Wut in ihren Gesichtern einte sie. Wut, die man riechen, hören und sehen konnte.

»Wir sind auch Menschen. Menschen wir ihr!«, schrie eine junge Frau und hielt ihr kleines Kind hoch.

Polizisten zu Pferde hatten die Menge umringt. Mithilfe der Pferde und ihrer Schlagstöcke versuchten sie, die Protestierenden in eine Seitenstraße abzudrängen. Pferdeleiber drückten gegen Menschen. Ein Junge schrie auf, als eines der Tiere nach ihm ausschlug.

»Worum geht es hier?«, fragte Ruth. Ehe sie sich versah, befand sie sich bereits mitten im Zug.

»Darum, dass die weiße Stadtverwaltung uns aus unseren Häusern treiben will. Die da oben haben ein Ghetto für uns errichtet, und heute sollen wir zwangsumgesiedelt werden.« Ein junger Schwarzer mit dicker Brille hatte sich Ruths Frage angenommen, wandte den Blick aber nicht von den Polizisten.

Es stimmt also, was mir der Südafrikaner im Taxi erzählt hat, dachte Ruth.

»Komm, Weiße! Schließ dich uns an! Erst wenn ihr uns helft, unsere Rechte einzuklagen, werden wir gewinnen. Und wenn wir gewinnen, gewinnt auch ihr.« Die Frau, die das gesagt hatte, war nicht mehr jung. Sie erinnerte Ruth von Aussehen, Körperumfang und Kleidung an Mama Elo und Mama Isa. Und schon hakte sich Ruth bei ihr unter, schon ging sie inmitten der Schwarzen, reckte wie sie die Faust, brüllte an gegen die Ungerechtigkeit, die ihr und einem jeden sonst auf der Welt widerfahren war. Sie brüllte zugleich ihre Wut über

Mister Claassen in die Menge, ihre Angst vor der Zukunft. Sie stampfte mit den Füßen auf und schüttelte ihre Fäuste, bis sie völlig nass geschwitzt und außer Atem war.

Wenig später sah Ruth, wie in einer Seitenstraße eine schwarze Limousine vorfuhr. Ein Weißer stieg aus und betrachtete die tobende Menge. Sie erkannte ihn sofort wieder; es war der Südafrikaner, der sie am Morgen mit zur Bank genommen hatte. Am liebsten hätte sie den Zug verlassen, wäre zu ihm hingegangen, hätte auf sich gezeigt und gesagt: »Sehen Sie! Ich bin auch eine von denen, ich gehöre zu den Kaffern, den Affengesichtern. Wenn nicht durch meine Hautfarbe, dann doch von Herzen. Und auch mir ist Unrecht geschehen.«

Ruth beobachtete, wie der Mann einen der berittenen Polizisten heranwinkte und ihm etwas sagte. Und sie sah, wie der Polizist nickte, zu einem anderen ritt und ihm ebenfalls etwas zurief, wie dieser zum nächsten ritt und immer so weiter.

Ruth ließ die Männer nicht aus dem Blick. In den Augen des Polizisten glimmte etwas, das ihr bekannt vorkam. Die Männer ihrer Umgebung hatten dieses Flimmern in den Augen, wenn sie auf die Jagd gingen. Und tatsächlich! Schon nahm der Erste sein Gewehr von der Schulter, und die anderen taten es ihm nach. Ruth stockte der Atem. *Sie werden doch nicht schießen wollen*, dachte sie. *Südwestafrikaner werden doch nicht auf Südwestafrikaner schießen wollen!*

Die Menge schrie noch aufgebrachter als zuvor.

»Wollt ihr uns etwa töten, nur weil wir wohnen wollen wie Menschen?«, rief die Frau, an deren Arm Ruth ging.

Zwei schwarze Männer suchten auf dem Boden nach Wurfgeschossen. Dann ging alles ganz schnell. Einer aus der Menge holte aus und warf etwas auf die Polizisten, vielleicht einen Stein, vielleicht ein hartes Stück Holz. Ein Pferd stieg auf und wieherte. Ruth hörte, wie ein Polizist brüllte: »Die Kaffern schießen auf uns!« Und schon legten die Polizisten ihre Gewehre an und schossen blind in die Menge.

Hinter Ruth schrie jemand vor Schmerz auf, neben ihr sank ein Junge zu Boden.

»Runter!«, schrie Ruth. »Alle runter!« Ihr kam es kurz in den Sinn, dass es keinem helfen würde, wenn sich alle gleichermaßen duckten. Aber sie konnte keinen klaren Gedanken fassen. Sie konnte nur noch handeln. Unbewusst nahm sie wahr, dass einer der Polizisten nun in ihre Richtung zielte. Sie riss am Arm der schwarzen Frau. Die wehrte sich, doch mit einem Mal ließ der Widerstand abrupt nach, und die Frau stürzte auf Ruth. Sie roch nach Mieliepap. Ja, nach Mieliepap und Waschpulver, genau wie Mama Elo. Und der Stoff ihres Kleides kitzelte an Ruths nacktem Unterarm wie Mama Isas Kleid, wenn sie Ruth zur Begrüßung an sich zog.

»Hey«, sagte sie leise, »Sie erdrücken mich. Ich kriege kaum noch Luft.« Aber die Frau rührte sich nicht.

Ruth spürte, wie ihre Hand nass wurde, und als sie sie unter dem Körper der Frau hervorzog und vor die Augen hob, war sie rot vor Blut. Ruth schrie entsetzt auf. »Hilfe! So steht doch nicht rum! Helft mir, die Frau, sie verblutet.«

Auf einmal beugten sich von allen Seiten Menschen zu Ruth hinunter. Zwei junge Männer versuchten, die alte Frau aufzurichten, damit Ruth unter ihr hervorkriechen konnte. Der größere von ihnen schüttelte bedauernd den Kopf, während der kleinere den Kopf der Schwarzen in Ruths Schoß bettete. Unfähig, sich zu bewegen, saß sie mit der sterbenden Frau in den Armen inmitten der tosenden Menge. Um sie herum schrien und brüllten die Menschen; sie trampelten und rannten, weinten und schossen. Nur Ruth schien unantastbar, unberührbar zu sein, eine kleine friedliche Insel inmitten eines blutigen Krieges.

Ruth wiegte die Sterbende sacht hin und her und summte ein Lied, das Mama Elo ihr vorgesungen hatte, als sie noch ein Kind war. Ruths Wut auf den Banker war verraucht. Sie sah nur die Frau in ihren Armen, betete für sie, weinte. Die Farm, ihre Sorgen um ihre eigene Zukunft, all das zählte nicht mehr im Angesicht dieser Frau, die mit dem Tode rang.

»Margaret.« Die Frau richtete ihre großen dunklen Augen auf Ruths Gesicht und verharrte dort, suchte darin – und fand etwas, denn sie lächelte mit einem Mal. Ruth beugte sich tief über sie, um ihre letzten Worte zu hören. »Margaret«, flüsterte die schwarze Frau noch einmal, »Margaret Salden. Ich habe immer gewusst, dass du eine gute Frau bist.«

Dann schloss sie die Augen, seufzte noch einmal und wurde so schwer in Ruths Armen, dass diese sie nicht länger halten konnte. Hilfesuchend sah Ruth sich um. Sie konnte sie doch nicht einfach auf die dreckige Straße sinken lassen, auch jetzt nicht!

»Hey«, rief sie leise, aber doch so laut, dass die Umstehenden sie hören konnten.

Eine Frau drehte sich um, sah zu ihr, entdeckte die Tote und stieß einen Schrei aus. »Davida!« Sie riss den Mann neben sich am Arm und deutete auf die Tote. »Davida!«

Der Mann rief ebenfalls den Namen der Toten, dann griff er seinen Nachbarn am Kragen, bis auch der die Tote sah und zu schreien begann.

Die ältere Frau hatte sich neben Ruth auf die Knie niedergelassen und den Kopf der Toten an ihre Brust gezogen. Sie wiegte die Verstorbene und heulte so laut, dass alle ringsum stehen blieben.

Ruth saß noch immer wie betäubt auf dem Boden. Sie sah, was um sie herum geschah. Sie hörte den Lärm, das Schreien, das Heulen und die Schüsse, doch nichts davon drang in ihr Bewusstsein. Sie dachte jetzt wieder daran, dass Claassen eine Verlängerung des Kredits verweigert hatte, und daran, dass dies auch ihr Ende bedeutete. Es war, als habe sich der Tod mit dem letzten Atemzug der Schwarzen auch über Ruth gelegt. 15 000 Pfund. War das der Preis für ein Menschenleben? Für das Glück? Oder lediglich der Preis für eine einzige Nacht?

Ruth hasste sich für ihre Gedanken. Wie konnte sie beim Anblick einer Toten nur an ihr eigenes Unglück denken? Sie hatte schon Tiere sterben sehen, doch erst der Tod der Frau hatte ihr deutlich gemacht, wie zerbrechlich ein Mensch, wie zerbrechlich eine Existenz war. So wenig genügte, um ein Leben zu zerstören. So viel musste getan werden, um etwas aufzubauen. Die Mutter der Toten – wie viele Jahre lang hatte sie für ihr Kind gesorgt? Wie viel Liebe hatte sie ihr geschenkt? Und eine einzige, winzige Kugel hatte gereicht, um innerhalb von Sekunden auszulöschen, was andere in Jahren großgemacht hatten.

Ruth wusste nicht, ob sie wegen der Toten oder um ihrer selbst willen weinte. Noch nie in ihrem Leben hatte sie sich so einsam, so gottverlassen, so vater- und mutterlos gefühlt.

»Stehen Sie auf, Miss.« Ein Mann stand auf einmal neben ihr, der Schwarze mit der dicken Brille. Dieses Mal sah er sie an. »Stehen Sie auf, Miss«, wiederholte er. »Sie können hier nicht bleiben. Die Polizisten.« Er streckte die Hand nach ihr aus.

Ruth ließ sich von ihm hochziehen, taumelte und wäre beinahe an seine Brust gesunken. Er hielt sie fest, bis sie wieder festen Boden unter den Füßen spürte.

»Was machen Sie überhaupt in dieser Demonstration?«, fragte er verwundert. »Kein Weißer läuft bei uns mit, höchstens die guten Menschen von den Sozialstationen. Aber so sehen Sie nicht aus. Also: Warum?«

Ruth fühlte sich sofort angegriffen und reagierte mit Trotz. »Warum nicht? Ist es vielleicht verboten?« Ihre Stimme zitterte. »Sie selbst haben mich doch eingeladen.«

»Nein, ist es nicht.« Der Mann schüttelte den Kopf. »Verbote für Weiße gibt es kaum. Aber misstrauisch dürfen wir schon sein. Sind Sie etwa von der südafrikanischen Security? Sind Sie hier, um unter uns Kommunisten aufzuspüren?« Er sah sie so streng an, dass sich Ruth fühlte, als wäre er ein Lehrer und sie seine renitente Schülerin.

»Lassen Sie mich los«, zeterte Ruth, dann aber musste sie lachen.

»Was ist so komisch?«, fragte der Schwarze ernst.

»Dass Sie mich für jemanden aus dem Geheimdienst halten, das ist komisch. Eine Kommunistenjägerin! Sehe ich aus, als würde ich mir Gedanken darum machen, wie ich möglichst viele Kommunisten zur Strecke bringen kann? Hätte ich dann vielleicht im Dreck gesessen und die schwarze Frau in den Armen gewiegt?« Ohne dass Ruth es bemerkte, war ihre Stimme immer lauter, immer zorniger geworden. War sie denn heute überall am falschen Platz?

Er schob sie ein wenig von sich, betrachtete sie. »Nein«, entschied er dann. »Sie sehen aus wie jemand, der von den Dingen, die in unserem Land geschehen, nicht viel Ahnung hat.«

Hinter ihnen erhob sich erneut ein Geschrei. Ruth wandte

sich um. Einige Schwarze hoben die Tote vom Boden auf, trugen sie unter Wehklagen davon. Ruth sah ihnen nach. Ohne zu wissen, warum, fühlte sie sich mit dieser Frau verbunden, beinahe so, als wäre sie eine nahe Verwandte. »Was geschieht mit ihr? Wohin bringt man sie?«

»Warum wollen Sie das wissen?«

»Sie ist in *meinen* Armen gestorben. Ihre letzten Worte ...« Ruth schluckte die aufsteigenden Tränen herunter.

»Sie fühlen sich ihr nahe?«, fragte der Schwarze.

Ruth nickte. »Ich war der letzte Mensch, den sie gesehen, mit dem sie gesprochen hat.«

»Sie bringen sie nach Hause. Dort wird sie aufgebahrt, damit Freunde und Verwandte von ihr Abschied nehmen können. Anschließend wird sie beerdigt.«

»Sie ... Sie ...« Ruth kämpfte noch immer mit den Tränen. »Sie hat den Namen meiner Großmutter genannt.«

Der Schwarze nickte auf eine Art, die Ruth zeigte, dass er ihr nicht glaubte. Er legte ihr kurz einen Arm um die Schulter und sah sie unentschlossen an. Dann seufzte er. »Wenn Sie möchten, können Sie mit mir kommen. Ich gehe zu Davidas Haus, um Abschied zu nehmen. Vielleicht hilft es Ihnen, sie noch einmal zu sehen. Aber dann sollten sie machen, dass sie wieder nach Hause kommen.«

Ruth nickte. Sie hatte nicht bemerkt, dass sich die Menge um sie herum aufgelöst hatte. Inzwischen heulten Krankenwagen heran. Sie hielten wenige Meter von Ruth und dem Schwarzen entfernt. Sanitäter sprangen heraus, riefen knappe Befehle. Die Polizisten wirkten ratlos. Sie ritten auf ihren Pferden langsam auf und ab, hielten die Waffen schamhaft hinter dem Rücken versteckt. Hier und da knieten Schwarze am Boden, beteten, fluchten, weinten.

»Es gibt noch mehr Tote«, stellte Ruth fest.

»Insgesamt elf – bis jetzt. Die Polizei hat blind in die Menge geschossen.«

Ruth sah dem Schwarzen zum ersten Mal ins Gesicht. Seine Stimme klang so verloren. Sie sah in dunkelbraune Augen, die hinter den dickwandigen Brillengläsern versteckt waren, sah in ein schmales Gesicht mit einer flachen Nase und großzügigen Lippen. Für einen Augenblick erinnerte sein Mund sie an Daisy, ein Schaf, das sie mit der Flasche aufgezogen hatte und dessen weiche Lippen sich so oft um ihren kleinen Finger geschlossen und daran gesaugt hatten. Beinahe hätte Ruth über den Vergleich gelacht, doch dann sah sie das Blut auf dem Boden, und das Lachen blieb ihr in der Kehle stecken.

Obwohl der Mann schwarz wie ein Eingeborener war, konnte Ruth Bartwuchs an seinem Kinn erkennen. Er war groß, überragte Ruth um Haupteslänge und war so schlank, dass man ihn getrost als dürr bezeichnen konnte. Seine Arme hingen neben seinem Körper herab, als gehörten sie nicht zu ihm.

»Das tut mir leid«, sagte Ruth leise.

»Sie können ja nichts dafür«, erwiderte der Mann und fügte hinzu: »Kommen Sie, wenn Sie möchten.«

Er bahnte ihr einen Weg durch die Menge, klopfte hier auf eine Schulter, sprach an anderer Stelle ein Wort zum Trost. Ruth staunte ein wenig, dass die Demonstranten nicht in Panik geraten waren, als die Polizisten auf sie geschossen hatten. Im Gegenteil: Es war, als hätte sie eine kollektive Starre befallen, die noch immer anhielt. Schweigend folgte Ruth dem Mann. Sie war dankbar, dass da einer war, der sich ihrer annahm, der ihr sagte, was sie machen sollte, sie an die Hand nahm. Für einen Augenblick fragte sie sich, warum sie nicht längst im Zug zurück nach Gobabis saß. Aber wie sollte sie ihrer Mutter, Mama Elo und Mama Isa jetzt unter die Augen treten? Was sollte sie ihnen sagen? *Die Farm ist verloren, und in der Hauptstadt werden Schwarze erschossen?* Nein, sie konnte erst zurück nach Salden's Hill, wenn sie eine Lösung für die Farm gefunden hatte.

Und noch etwas hielt sie in Windhoek: der Name ihrer Großmutter, Margaret Salden. Ruth wusste, dass die Gründung der Farm auf ihre Großeltern zurückging. Margarets Mann Wolf war noch in Deutschland geboren, doch seine Eltern waren 1885 mit dem Achtjährigen nach Südwest ausgewandert, wo am 30. April die Deutsche Kolonialgesellschaft für Südwestafrika gegründet worden war. Die Gesellschaft verpachtete und verkaufte Land, das ihr nicht gehörte: Hereroland, Ovamboland, Kavangoland, Damaraland, Namaland. Die Eingeborenen hinderten sie nicht daran, und schneller, als sie denken konnten, waren aus den einstigen Herren von Südwestafrika Sklaven der Weißen geworden.

Ruths Großmutter Margaret war schon in Südwest geboren worden, auf der Farm ihres Vaters, im Jahre 1883. Als sie den sechs Jahre älteren Wolf heiratete, war sie noch keine achtzehn Jahre alt. Die beiden begründeten Salden's Hill und 1903 mit Rose eine richtige Familie.

Mehr hatte Rose nicht verraten. Fragte Ruth nach, was damals genau geschehen war, erhielt sie keine Antwort. »Lass die alten Geschichten«, sagte Rose nur. »Was vergangen ist, muss ruhen. Der Schmerz wird nicht weniger, wenn man ihn oft fühlt.«

Mama Elo und Mama Isa sprachen ebenso wenig wie Rose über die Zeit vor Ruths Geburt. So wusste Ruth lediglich, dass die beiden Schwarzen, die schon seit Urgedenken auf

Salden's Hill lebten, ihre Mutter gemeinsam aufgezogen hatten. Warum dies so war, warum Margaret Salden ihre Tochter nicht selbst großgezogen hatte – darum machten alle ein Geheimnis. Was für ein Mensch war Margaret Salden gewesen? Die Frau, die in Ruths Armen gestorben war, hatte sie offensichtlich gekannt. Aber wo lebte sie jetzt? Lebte Margaret Salden überhaupt noch? Was war mit ihr geschehen? Und warum sprach auf der Farm niemand von ihr? Warum gab es keine Fotos, keine anderen Erinnerungsstücke?

Ruths Gedanken wirbelten in ihrem Kopf umher wie ein Wasserstrudel. Sie fühlte sich plötzlich so erschöpft, als hätte sie den ganzen Tag lang Schafe geschoren. »Nicht so schnell, bitte«, bat sie.

Der Schwarze blieb stehen und maß sie mit einem besorgten Blick. »Ich habe mich Ihnen noch gar nicht vorgestellt. Horatio.«

Ruth reichte ihm die Hand. »Ruth Salden. Ich bin Farmerin – draußen, bei Gobabis, auf Salden's Hill.«

»Karakulschafe, oder?«

Ruth nickte, woraufhin Horatio geringschätzig das Gesicht verzog.

»Was passt Ihnen an Karakulschafen nicht?«, fragte sie.

»Der Grund, aus dem sie gezüchtet werden.«

Eine Weile gingen sie schweigend hintereinander her. *Mir macht es auch keinen Spaß, neugeborene Lämmer zu töten,* dachte Ruth mit heimlicher Entrüstung. *Aber wie soll ich sonst mein Geld verdienen? Namibia besteht nun mal im Wesentlichen aus Wüste. Die Karakulschafe sind das Einzige, womit man als Farmer hier überleben kann.* »Und Sie? Was machen Sie?«, fragte Ruth dann. »Arbeiten Sie irgendwo?«

Horatio blieb stehen, nahm seine Brille ab und putzte sie

80

mit dem Zipfel seines Hemdes. »Ich bin Historiker. Man hat mich beauftragt, die Geschichte meines Volkes zu erforschen.«

»Zu welchem Volk gehören Sie denn?«

Horatio richtete sich auf und wirkte dadurch noch größer und schmaler, als er ohnehin war. Seine Augen funkelten vor Stolz. »Ich bin ein Nama.«

An Horatios Blick erkannte Ruth, dass sie zeigen musste, wie beeindruckt sie war, und so zog sie anerkennend die Augenbrauen hoch. Sie schämte sich ein wenig, denn sie wusste zwar, dass es in Namibia eine Vielzahl von Stammesverbänden gab, hatte sich bislang aber noch nicht für die Gemeinsamkeiten, die Herkunft und die Unterschiede der einzelnen Gruppen interessiert. Natürlich waren Ruth ihre Arbeiter nicht gleichgültig, aber dennoch musste sie sich eingestehen, dass sie nur wenig über die Menschen wusste, mit denen sie Tag für Tag zusammen war.

»Wie weit ist es noch?«, fragte sie und deutete auf ihre Füße. »Mir tun ganz schön die Füße weh.«

»Was, schon müde? Ich dachte, ihr Farmer wäret gut zu Fuß.«

»Glauben Sie vielleicht, wir laufen unsere Weiden ab? Und dazu noch in Schuhen wie diesen? Wozu gibt es schließlich Pferde, wozu Bakkies und Motorräder?«

Horatio lachte. »Eine halbe Meile müssen Sie schon noch durchstehen, aber dann sind wir da.«

Es war nicht zu übersehen, dass sie die Wohngebiete der Weißen langsam verließen. Die Straßen wurden löchriger, die Häuser wirkten ärmlicher, und je weiter sie in das schwarze Viertel eindrangen, desto schäbiger sah alles ringsum aus. Bei vielen Häusern waren Holzlatten vor die nicht verglasten Fensteröffnungen genagelt; die Geschäfte verkauften weder

Schmuck noch Modewaren, sondern einfache Lebensmittel wie Bohnen, Linsen und Kürbisse.

Vor den halb verfallenen Häusern saßen alte schwarze Frauen und Männer auf lädierten Plastikstühlen und beobachteten die Straße. Einige magere Hunde suchten im Rinnstein nach Abfällen; an den Straßenecken standen junge Schwarze mit grimmigem Gesichtsausdruck zusammen, in einer Hand eine Zigarette, in der anderen Hand eine Flasche Bier. Weiter hinten konnte Ruth Wellblechhütten erkennen. Häuser konnte man diese Behausungen beim besten Willen nicht mehr nennen. Sie waren klein und windschief, bestanden nur aus Blech, aus Tonnen, die aufgeschnitten und auseinandergewalzt worden waren. Hier gab es weder fließendes Wasser noch Strom.

Trotz der drückenden Hitze fröstelte Ruth. Sie war so viel Schmutz und Elend nicht gewohnt und fühlte sich zunehmend unwohl. Horatio schien dies jedoch nicht zu merken. Ohne noch einmal innezuhalten, führte er sie weiter durch das Dickicht der Straßen und bog schließlich in eine schmale Seitengasse ab, die nur aus Lehm bestand. Die Pfützen vom nächtlichen Regen waren auch jetzt noch knöcheltief, die Hauswände vor den kahlen Vorgärten trotz der Sonne noch immer feucht. Ein feiner Dampf lag über der Gasse.

Vor einem flachen Steinbau blieb Horatio stehen. »Hier ist es.«

Ruth sah sich um. Das Haus war nicht weniger alt als die anderen, aber sauber verputzt und sehr gepflegt. Im Vorgarten blühte ein Oleanderstrauch, die weit geöffneten Fenster hatten blank polierte Scheiben, hinter denen bunte Vorhänge wehten. Auf der Veranda standen einfache Korbstühle, die mit selbst genähten Kissen bedeckt waren.

»Warum wirkt dieses Haus so viel freundlicher als die Nachbarhäuser?«, fragte Ruth.

Horatio zuckte mit den Schultern. »Es ist nicht einfach, Kultur zu bewahren, wenn man arm und rechtlos ist. So wie die Weißen, denen man immer eingetrichtert hat, sie seien etwas Besseres, dies nun selbst glauben, so glauben viele Schwarze, dass sie nichts wert sind. Noch nicht einmal so viel, dass es sich lohnt, Blumen auf die Veranda zu stellen.«

»Die tote Frau war anders? Wie hieß sie eigentlich genau? Was für ein Mensch war sie? Erzählen Sie mir doch ein wenig von ihr!«

Horatio zuckte mit den Schultern. »Viel weiß ich nicht. Sie hieß Davida Oshoha. Ihr Mann wurde vor drei Jahren bei Unruhen von Weißen ermordet. Vorher war sie wie ihre Nachbarn. Aber nach dem Tod ihres Mannes hat sie sich verändert. Sie war auf einmal viel stolzer – als hätte der Tod, der sinnlose Tod ihres Mannes, ihr die Würde wiedergegeben ...«

»Irgendwoher hat sie meine Großmutter gekannt.«

»Man meint oft, etwas zu hören, das man gern hören möchte.« Horatio nickte. »Gerade in die letzten Worte von Sterbenden wird unheimlich viel hineininterpretiert. So, als hätte ein Mensch im Augenblick seines Todes alles Wissen dieser Welt und nur einen Lidschlag lang Zeit, dieses Wissen an die Lebenden weiterzugeben.«

»Mag sein, dass Sie so etwas glauben. Ich nicht. Ich weiß, was ich gehört habe: den Namen meiner Großmutter.« Ruth war sich bewusst, dass aus ihrer Stimme Trotz herausklang. Sie war es einfach nicht gewohnt, dass ihre Worte angezweifelt wurden, denn auf Salden's Hill wurden ihre Aufträge ohne Widerworte ausgeführt. Einzig Santo äußerte hin und

83

wieder einmal Bedenken, und dies niemals ohne einen guten Grund.

Ruth folgte Horatio ins Haus und erkannte sofort manche Gesichter von der Demonstration wieder. Einige Frauen saßen um die Aufgebahrte herum und weinten. Andere reichten den Gästen eilig herbeigeholte Erfrischungen und kleine Feigenkuchen. Ruth setzte sich auf eine Bank unter dem Fenster und betrachtete die Tote und die anderen Trauergäste. In ihr war nichts als Leere, eine graue, träge Masse, die sie ganz ausfüllte. Manchmal stimmte jemand einen traurigen Gesang an, eine laut aufschluchzende Frau wurde von einem Mann behutsam weggeführt.

Lange saß Ruth einfach so da, beobachtete den traurigen Frieden dieses Hauses, das wortlose Mitfühlen und Mitleiden. Als Horatio sie sanft an der Schulter berührte, dämmerte es bereits. »Soll ich Sie zurück in die Stadt bringen? Es ist nicht gut für eine Weiße, allein durch dieses Viertel zu laufen. Sie haben sicher ein Hotelzimmer in der Nähe des Bahnhofs gebucht, nicht wahr?«

Ruth schüttelte den Kopf. »Ich wollte längst wieder zu Hause auf Salden's Hill sein«, sagte sie. »Ich habe kein Zimmer.« Leiser fügte sie hinzu: »Und Geld für ein Hotel habe ich ohnehin nicht.«

»Kommen Sie«, beharrte der Schwarze dennoch. »Die Angehörigen wollen jetzt unter sich sein.«

Schweigend schlenderte Ruth an Horatios Seite durch das Schwarzenviertel.

»Wo wollen Sie jetzt hin?«, fragte der Historiker.

Ruth hob die Schultern. »Ich weiß es nicht. Ich muss über das, was ich heute erlebt habe, nachdenken. Und ich muss herausbekommen, woher Davida meine Großmutter kannte, was sie über sie wusste.« Sie seufzte. Die Farm stand auf dem Spiel, wichtige Entscheidungen mussten getroffen werden, und doch konnte sie an nichts anderes denken als an die Geschichte dieser toten schwarzen Frau und das, was sie über ihre Großmutter gesagt hatte. Aber irgendwie hatte sie das Gefühl, dass sich auch alle anderen Probleme in Wohlgefallen auflösen würden, wenn sie nur dieses Rätsel lösen könnte. »Auf der Beerdigung morgen, kommt da die ganze Familie?«, fragte sie Horatio.

Der schüttelte den Kopf. »Ihre Eltern leben nicht mehr. Die Brüder und Schwestern sind alt, sie werden ebenfalls nicht kommen können. Und auch die beiden Söhne werden nicht da sein. Sie arbeiten im Diamantensperrgebiet bei Lüderitz und werden nicht rechtzeitig die Genehmigung bekommen, das Gebiet zu verlassen. Davida wird in Windhoek bestattet werden, wofür die SWAPO die Kosten übernimmt. Und am Wochenende wird es in Davidas Heimatdorf eine Abschiedsfeier geben.«

»Die SWAPO? Wer ist das?«

Horatio schüttelte den Kopf. »Was wissen Sie überhaupt von der Welt? Gibt es keine Zeitungen oder Radio auf Ihrer Farm?«

»Es gibt vor allem viel Arbeit«, erwiderte Ruth harsch. »Bei uns im Busch hat niemand Zeit für Müßiggang.«

Der Schwarze blieb stehen. »Entschuldigen Sie, ich wollte Sie nicht kränken. Die Abkürzung SWAPO steht für *South-West Africa People's Organisation*. Sie tritt für die Rechte der Schwarzen ein. Noch gibt es diese Organisation nur im Untergrund, doch schon bald wird sie offiziell auftreten und sich für die Bedürfnisse und Anliegen aller Schwarzen von ganz

Afrika einsetzen. Ihr Ziel ist es, die eingeborenen Völker zu einen. Ein gerechter Staat mit gleichen Rechten für alle, dafür steht die SWAPO.«

»Und Sie gehören dazu?«

Der Historiker lächelte. »Ich arbeite derzeit für den Staat. Da kann ich es mir wohl kaum leisten, in einer Organisation wie der SWAPO, die von der südafrikanischen Geheimpolizei bekämpft wird, Mitglied zu sein.«

Inzwischen waren sie wieder im Stadtzentrum angelangt. »Nun, was machen wir jetzt mit Ihnen?«, fragte Horatio.

Ruth sah sich unschlüssig um.

»Ich nehme Sie mit, wenn Sie wollen«, bot Horatio an. »Sie können heute im Studentenwohnheim übernachten. Ich kenne da jemanden, der mir noch einen Gefallen schuldet. Und wenn Sie dann noch immer wollen, können wir uns morgen um acht Uhr zum Frühstück treffen.«

»Und Sie? Wo schlafen Sie? Auch im Studentenheim?«

Horatio lächelte schief. »Ich bin schwarz. Haben Sie das vergessen? Ich gehe dahin, wo ich hingehöre: ins Schwarzenviertel.«

Ruth schlief schlecht in dieser Nacht. Die Geräusche der Stadt ließen auch jetzt kaum nach, sodass Ruth keine Ruhe fand. Überall brummte und summte es; statt spätem Vogelgezwitscher hörte sie die Signale von Polizei und Rettungswagen, statt des vertrauten Knackens des Holzes im Haus das Gegröle Betrunkener.

Sie hatte an diesem Tag viel erlebt, so viel wie in einem Jahr auf der Farm. Der Kredit war nicht verlängert worden, eine Frau war in ihren Armen gestorben. Und dann der Name ihrer Großmutter …

Angestrengt überlegte Ruth, was sie über ihre Familie überhaupt wusste. Viel war es nicht. Sie wusste, dass Rose von ihren Eltern auf der Farm zurückgelassen worden war. Und sie wusste, dass damals Mama Elo mit ihrem Mann Gabriel, einem Farmarbeiter, in einer der Pontokhütten auf dem Gelände von Salden's Hill gelebt hatte. Als sie zwei Jahre nach der Hochzeit noch immer kein Kind zur Welt gebracht hatte, hatte sich Gabriel eine Nebenfrau genommen, die in der Hütte nebenan wohnte. Die Nebenfrau hieß – wie Mama Elo eigentlich auch – Eloisa, und um Verwechslungen zu vermeiden, nannte Gabriel bald die eine Elo und die andere Isa.

Dann war auf der Farm etwas geschehen. Was genau, hatte Ruth nie erfahren, aber es musste etwas mit dem großen Hereroaufstand von 1904 zu tun gehabt haben. Es war ein Familiengeheimnis, über das niemand sprach. Sicher war nur, dass ihre Großmutter die Farm verlassen und ihre Tochter Rose in der Obhut von Mama Elo zurückgelassen hatte. Die hatte sich des kleinen weißen Mädchens angenommen und es liebevoll aufgezogen, und später beteiligte sich auch die ebenfalls kinderlose Mama Isa an Roses Erziehung. Die beiden schwarzen Frauen sorgten dafür, dass das Mädchen die Traditionen der Weißen leben konnte, und schmückten zu Weihnachten sogar einen Baum. Statt Sternen und Schneekristallen hingen auf Salden's Hill zwar getrocknete, bemalte Feigen und bemalte kleine Kürbisse sowie selbst genähte Stoffpüppchen am Baum, der auch nicht aus einem Nadelwald stammte, sondern den Duft von Eukalyptus verströmte, aber davon abgesehen bemühten sich Mama Elo und Mama Isa, das Kind so zu erziehen, wie es sich für ein weißes Mädchen gehörte. Sie erzogen sie zu einer weißen Prinzessin.

Als Gabriel starb, zogen die Frauen gemeinsam in den

Seitenflügel des Herrenhauses, um Rose Tag und Nacht nahe zu sein. Später gaben sie das kleine Mädchen in eine weiße Schule nach Gobabis, danach auf das Institut für Hauswirtschaft, wie es die anderen weißen Farmer mit ihren Töchtern machten. Und um das Mädchen in die Stadt zur Tanzschule bringen zu können, lernten die beiden schwarzen Frauen sogar Autofahren. Was immer die weißen Farmerstöchter der Nachbarschaft taten oder bekamen – Mama Elo und Mama Isa sorgten dafür, dass Prinzessin Rose die gleichen Möglichkeiten hatte. Sogar in die Kirche brachten sie das Mädchen an jedem Sonntag. Dorthin, wo der weiße Pfarrer von der Kanzel verkündete, dass die Schwarzen eher Tiere als Menschen seien.

All das wusste Ruth aus den Erzählungen der beiden schwarzen Frauen. Wo aber war ihre Großmutter? Warum sprach niemand über sie und ihren Mann? Was verschwieg man ihr?

Als der Morgen langsam heraufdämmerte und die ersten Vögel zu singen begannen – allerdings anders als draußen auf der Farm dünn und blass und immer wieder gestört durch den Lärm der Autos –, sprang Ruth aus dem Bett. Sie hatte sich lange genug hin- und hergewälzt, wollte rasch unter die Dusche und zum Frühstück. Dann jedoch bemerkte sie, dass es im Haus noch ganz ruhig war. Offenbar schliefen alle noch.

Ich sollte nicht so laut sein, dachte sie. *Wir sind hier nicht auf dem Land. Aber immerhin habe ich noch ein wenig Zeit.* So spülte sie sich am Waschbecken an der Wand nur kurz den Mund aus und schüttete sich eine Handvoll Wasser ins Gesicht. Dann stieg sie in ihre Kleidung, band sich das Haar zusammen und verließ das Wohnheim für einen Spaziergang.

Beinahe wäre sie zu spät zum Frühstück erschienen. Horatio jedenfalls saß schon in der Mensa und nippte an einem Becher Kaffee. Ruth holte sich ein paar Scheiben Toast, fragte vergeblich nach Mieliepap, strich Butter und eine wässrige Orangenmarmelade auf die dünnen Scheiben und bekam bei jedem Bissen mehr Hunger.

Sie war schneller fertig als Horatio, der vor ihr mit dem Essen begonnen hatte. Als er sie lächelnd ansah, fühlte sich Ruth einmal mehr verspottet. »Sagen Sie schon, was Sie denken. Tun Sie sich nur keinen Zwang an.«

»Was denke ich denn?« Horatio sah sie fragend an.

»Dass ich dick genug bin und dass das auch kein Wunder ist, wenn ich so viel und so schnell esse.«

Er lachte. »Glauben Sie wirklich, dass ich so etwas denke? Oh nein, da täuschen Sie sich! Ich habe gerade daran gedacht, dass der Herero- und Namaaufstand vor fünfundfünfzig Jahren ungefähr in der Gegend stattfand, in der Sie jetzt leben.« Er sah Ruth durch seine dicken Brillengläser so konzentriert an, dass diese ihm jedes Wort glaubte. Allerdings wusste sie nicht, ob sie darüber froh oder beleidigt sein sollte.

»Hmm«, machte sie und griff erneut zur Kaffeetasse. »Wir sollten langsam aufbrechen, wenn wir rechtzeitig zur Beerdigung da sein wollen.«

»Was versprechen Sie sich eigentlich davon? Davida wird nach christlichem Ritual unter die Erde gebracht. Es wird nichts geschehen, was Sie so oder so ähnlich nicht schon erlebt haben.«

Ruth nickte. »Das mag sein, aber ich möchte der Frau, die in meinen Armen gestorben ist, die letzte Ehre erweisen. Und ich möchte etwas über meine Großmutter in Erfahrung bringen.«

Horatio seufzte, stellte das Geschirr auf ein Tablett und trug es zurück zur Küche.

Wenig später liefen sie erneut durch die Stadt ins Viertel der Schwarzen. Als sie Davidas Haus erreichten, hatte sich dort schon eine Menschenmenge zusammengefunden. Kurze Zeit später traten sechs schwarze Männer aus dem Haus. Sie trugen einen einfachen Holzsarg auf den Schultern.

Unter dem Gesang einiger schwarzer Frauen, die dem Sarg aus dem Haus folgten, formierte sich der Trauerzug. Ein Mann schlug eine Trommel dazu. Während sich der Zug durch die ungepflasterte Straße bewegte, öffneten sich die Türen der Häuser, die Bewohner drängten heraus. Manch einer warf eine einzelne Blume auf Davidas Sarg. Die Männer, sogar die jungen, nahmen die Mützen ab, die Frauen bekreuzigten sich oder standen einfach nur da und sahen dem Sarg nach, bis er um die nächste Ecke verschwunden war.

Ein evangelischer Missionspfarrer sprach davon, dass Gottes Wege unerforschbar seien und für einen jeden die Zeit komme, zu der er die Erde verlassen und in die Ewigkeit eingehen müsse. Dann würde vor Gottes Thron gerichtet werden über die guten und die schlechten Taten des Menschen und auch über den Hochmut.

»Was meint er denn damit?«, fragte Ruth, der vor allem die letzten Worte äußerst unpassend erschienen.

»Oh, er meint wohl, dass sie sich als Schwarze zu viel herausgenommen hat. Gleich wird er sicherlich auch von Demut sprechen.« Obwohl Horatio ein feines Lächeln auf den Lippen hatte, klang seine Stimme bitter und wütend.

Ruth runzelte die Stirn. Horatio tat, als hätte er schon unzähligen Beerdigungen beigewohnt. Aber er hatte recht: Der Pfarrer sprach über Demut, über das Dienen und darüber,

90

dass jeder Mensch von Gott einen Platz zugewiesen bekommen und nicht das Recht hatte, diesen zu verlassen.

Und wo ist mein Platz?, fragte sich Ruth. *Bisher war ich sicher, dass er auf Salden's Hill ist. Und jetzt? Wo gehöre ich eigentlich noch hin?* Als der Sarg in die Erde hinabgelassen worden war und sich die Gruppe der Trauernden langsam auflöste, stieß Ruth Horatio in die Seite. »Wer hier könnte noch etwas über meine Großmutter wissen?«

Horatio zuckte mit den Schultern, wies dann aber auf einen alten Mann. »Er vielleicht. Er ist alt, hat viel gesehen. Wenn jemand etwas weiß, dann er.«

»Gut, dann versuche ich es bei ihm«, sagte Ruth und ging zu dem Alten hinüber. »Entschuldigen Sie«, sprach sie ihn auf Afrikaans an. »Darf ich Sie etwas fragen? Haben Sie Davida gut gekannt?«

»Seit ihrer Kindheit«, bestätigte er.

»Und Margaret Salden? Kannten Sie auch diesen Namen?«

Hatte er sich Ruth bisher freundlich zugewandt, wich der Mann auf einmal zurück, als hätte Ruth den Teufel beschworen. Sein Blick flackerte. »Nein, Miss«, erklärte er auf Englisch. »Diesen Namen habe ich noch nie gehört.«

»Wenn Sie Davida seit Ihrer Kindheit kennen, dann kommen Sie aus dem mittleren Südwesten. Sie müssen von meinen Großeltern gehört haben«, beharrte Ruth.

Der Mann schüttelte energisch den Kopf, trat zwei Schritte zurück, wirkte auf einmal panisch. »Nichts weiß ich, gar nichts! Und gesehen habe ich auch nichts – nichts gesehen, nichts gehört und nichts gesagt.«

Ruth senkte den Kopf. »Warum will mir bloß niemand verraten, was er weiß?«, fragte sie leise mehr sich selbst als den Alten. »Wie kann ein Mensch denn ohne Vergangenheit leben?«

Da trat der Alte dicht zu ihr. »Nicht jede Vergangenheit ist es wert, gekannt zu werden«, sagte er ruhig. »Es ist viel zu viel Blut geflossen. Ihre Großmutter war eine gute Frau. Das zumindest glaubte Davida. Sie hat es 1904 geglaubt, und sie hat diesen Glauben nie verloren.«

Mit diesen Worten drehte er sich um und verschwand in der Menge.

Verwirrt sah Ruth zu Horatio. »Was war denn 1904?«, fragte sie. »Was ist da vorgefallen?«

»Der Nama- und Hereroaufstand. Aber das wissen Sie ja schon. Ich kann mir nicht vorstellen, dass Ihre Großeltern etwas damit zu tun haben. Fahren Sie nach Hause, Ruth. Vergessen Sie die Geschichte. Züchten Sie weiter Ihre Schafe, und werden Sie glücklich dabei.«

Plötzlich begann Ruth zu weinen. Es kam über sie wie ein Schauer in der Regenzeit. Sie konnte sich nicht erinnern, wann sie zuletzt so herzzerreißend geweint hatte, doch nun strömten die Tränen, ihre Schultern bebten, und ihre Lider schwollen an.

Hilflos stand Horatio neben ihr, tätschelte ihr ungeschickt die Schulter. »Kommen Sie, ich bringe Sie zum Bahnhof. Sie brauchen jetzt Ruhe.«

»Ich brauche keine Ruhe. Ich muss wissen, was passiert ist.« Ruth sah ihn an, und in diesem Blick lag ihr ganzes Elend. »Sie sind doch Historiker, Sie wissen doch, wie man etwas über die Vergangenheit herausfinden kann. Helfen Sie mir, ich bitte Sie.«

Horatio seufzte, wand sich. »Ich weiß nicht, wie ich Ihnen helfen soll. Mein Spezialgebiet ist die Geschichte der Nama. Vom Leben der Weißen in Südwest habe ich keine Ahnung.«

»Bitte! Ich werde die Farm wahrscheinlich verlieren. Doch

bevor es dazu kommt, möchte ich alles darüber wissen. Verstehen Sie? Die Farm ist mein Leben. Sie ist meine Vergangenheit, und bis gestern glaubte ich noch, dass sie auch meine Zukunft ist.«

Der zweite Seufzer Horatios war noch tiefer als der erste. »Die AZ, die *Allgemeine Zeitung*, die in deutscher Sprache erscheint … Bei meinen Recherchen zum Hereroaufstand bin ich im Archiv der Zeitung auf einige interessante Artikel gestoßen, die mit den Deutschen in Südwest zu tun hatten. Wissen Sie, wann genau Ihre Großeltern verschwunden sind?«

»Ich kenne die AZ«, sagte Ruth eifrig. »Die meisten deutschen Farmer lesen sie, auch meine Mutter. Wo müssen wir also hin?« Sie unterbrach sich, um sich einen Augenblick zu sammeln, die Gedanken zu ordnen, die in ihrem Kopf umherschwirrten. »Meine Großeltern sind nach der Geburt meiner Mutter verschwunden«, sagte sie dann ruhiger. »Das muss 1903 gewesen sein oder im Jahr darauf.«

Horatio lächelte über ihren Eifer, hob aber abwehrend die Hände. »Freuen Sie sich nicht zu früh. Die AZ wurde erst 1916 gegründet.« Er sah sie an und seufzte. »Können Sie mir sagen, warum ausgerechnet ich einer Weißen helfe, ihre Familiengeschichte zu erforschen?«

Ruth versuchte ein schiefes Lächeln. »Weil Sie Historiker sind? Und weil die Weißen in Südwest auch Bestandteil Ihrer Geschichte sind?«

»Wahrscheinlich. Vielleicht«, erwiderte er und sah Ruth so eindringlich an, dass ihr umgehend ihr ungekämmtes Haar und die zerdrückte Bluse in den Sinn kamen.

Die Redaktion und das Archiv der *Allgemeinen Zeitung* residierten seit Gründung der Zeitung im Zentrum der

Hauptstadt, in der Stübelstraße. Auf dem Weg dorthin erzählte Horatio der zwischen Aufregung, Angst und Vorfreude hin- und hergerissenen Ruth, dass die Zeitung fünfmal in der Woche in einer Auflage von rund fünftausend Exemplaren erschien. »Wohl jeder weiße deutschstämmige Haushalt in ganz Südwest bezieht damit seine Informationen aus der AZ«, schloss er seine Ausführungen.

Ruth wusste das alles oder hatte es zumindest schon gehört, und im Augenblick war ihr die Geschichte der Zeitung herzlich egal. Wenn die AZ auf Salden's Hill gerade griffbereit lag, hatte sie bisweilen darin herumgeblättert, doch die vielen Familienanzeigen hatten sie einfach nicht interessiert, ebenso wenig wie das, was aus Deutschland berichtet wurde. Was kümmerte sie dieses Land in Europa? War es für sie von irgendeiner Bedeutung, wer dort gerade Bundeskanzler war und was der entschied? Nein.

Sie betrachtete Horatio von der Seite, beobachtete, wie seine Füße zu langen Schritten ausholten, die Arme im Takt dazu schwangen. Er hielt sich sehr gerade, nur den Kopf hatte er etwas vorgestreckt, als könne er so Gefahren wittern. Es war nicht einfach, mit ihm Schritt zu halten. Als Ruth in einer Schaufensterscheibe einen Blick auf Horatio und sich erhaschte, hätte sie dennoch beinahe gelacht: Ein langer dünner Schwarzer mit Haaren wie ein Karakulschaf hastete neben einer kleinen fülligen Weißen, deren Kopf wie ein wild beblätterter, vom Sturm zerzauster Akazienbaum wirkte, durch die Stadt.

War die Halle der Farmersbank prächtig und furchteinflößend gewesen, wirkte die Redaktion der AZ eher gemütlich. Der Fußboden war abgetreten, und es roch nach frisch gebrühtem Kaffee. Leger gekleidete Menschen liefen durcheinander. Einer lachte, ein anderer fluchte, ein dritter sprach aufgeregt in einen Telefonhörer.

Ein junges Mädchen kam auf die beiden zu. »Guten Tag, wie kann ich euch helfen?«

Ruth schluckte. Schon wieder fühlte sie sich fremd. Schon wieder spürte sie nur allzu deutlich, dass sie vom Land kam, von der Stadt keine Ahnung hatte. Sie betrachtete die junge Frau, die ein schwarz-weiß gepunktetes Sommerkleid trug und ihr Haar mit einem weißen Haarband zusammenhielt, und war sich ihrer praktischen, aber doch wenig schicken Kleidung schmerzlich bewusst. Die junge Frau verströmte einen zarten Veilchenduft, ihre Lippen waren leicht geschminkt, die Augen mit einem schwarzen Strich betont, die Fingernägel rosa lackiert. Während Ruth schon wieder durchgeschwitzt war, wirkte die junge Frau, als käme sie gerade aus dem Bad.

Horatio lächelte sie an. »Wir würden gern noch einmal ins Archiv«, sagte er.

»Ach ja, die Wissenschaft. Haben Sie beim letzten Mal gefunden, was Sie gesucht haben?«

Wie leicht sich diese junge Frau tat, einfach so mit einem Mann zu sprechen, den sie kaum kannte! Ruth fühlte sich auf der Stelle noch unbedeutender und mauerblumiger als ohnehin.

Horatio riss sie durch eine sanfte Berührung aus ihren Gedanken. »Kommen Sie, wir haben einiges an Arbeit vor uns.«

Ruth folgte ihm in einen stillen Saal, in dem mehrere Tische mit Arbeitsleuchten standen. In den Regalen, die sich um den ganzen Raum zogen, standen die gebundenen Jahrgänge der AZ.

»Wie wollen wir vorgehen?«, fragte Ruth und schluckte.

Ihr Blick huschte an den Regalen entlang. Wie in aller Welt sollte sie in dieser Unmenge von Papier Informationen über ihre Großeltern finden? Hilflos wies sie mit der Hand auf die Regale an der Wand. »So viele Zeitungen …«

»Wann wurde Ihre Mutter noch einmal geboren?«, fragte Horatio. Er wirkte auf Ruth so konzentriert wie ein Zahnarzt, der schon den Bohrer in der Hand hielt.

»1903, im Dezember.«

»Hmm, der Aufstand der Nama und Herero war 1904. Dabei sind auch zahlreiche weiße Farmer ums Leben gekommen. Die Zeitung wurde erst 1916 gegründet. Ich nehme an, dass die AZ zu den Jahrestagen des Aufstandes berichtet hat. ›Wie gehen die Angehörigen der Opfer fünfzehn oder zwanzig Jahre nach dem Aufstand damit um?‹ und so weiter. Sie wissen schon – wie die Gazetten halt so schreiben.«

Ruth nickte, obwohl sie eigentlich nicht nachvollziehen konnte, wovon Horatio sprach.

Der junge Historiker war schon einen Gedanken weiter. »Ich schlage vor, wir nehmen uns als Erstes den Band von 1919 vor. Da lag der Aufstand fünfzehn Jahre zurück. Danach sehen wir weiter.« Er wies Ruth mit einer Geste einen Platz zu, dann ging er zielstrebig zu einem Regal am Kopf des Raumes hinüber, nahm zwei Bände mit der Aufschrift »1919/I« und »1919/II« heraus, trug sie zum Tisch und setzte sich neben Ruth.

»Der Hereroaufstand begann im Januar 1904, aber er zog sich über Monate hin. Endgültig beendet wurde er erst im Jahre 1906«, referierte er. »Wir müssen also alle alten Zeitungen sorgfältig durchgehen. Achten Sie vor allem auf die Überschriften und die etwas dünneren Zeilen, die als Unterüberschrift darunterstehen.«

»Erzählen Sie mir etwas mehr vom Aufstand?«

96

Horatio zuckte mit den Schultern. »Fragen Sie lieber die, die dabei gewesen sind. Sie kennen doch sicher einige Schwarze, die damals schon gelebt haben, oder? Lassen Sie sich deren Sicht der Dinge berichten, und danach fragen Sie die Weißen. Sie werden staunen, wie unterschiedlich Erinnerungen sein können.«

Ruth dachte an Mama Elo und Mama Isa und nickte. Dann nahm sie sich den ersten Band vor, blätterte jede einzelne Seite um. Manchmal hielt sie inne, las sich fest, doch sogleich war ihr Blick schon wieder von einer Nachricht auf eine weitere auf der Nachbarseite gehuscht. Nach einer Stunde tat ihr der Hintern weh, nach zwei Stunden begannen ihre Augen ein wenig zu brennen. Nach zweieinhalb Stunden schlug sie den Band enttäuscht zu und sah zu Horatio hinüber. »Und?«, fragte sie.

»Nichts. Ich schlage vor, wir trinken einen Kaffee und machen dann weiter mit den Bänden von 1924, dem zwanzigsten Jahrestag des Aufstands.«

Ruth nickte und erhob sich. Sie fühlte sich müde und zerschlagen wie nach einem Viehtreck. Hoffnungslosigkeit überkam sie. »Und wenn wir nichts finden?«, fragte sie wenig später Horatio und blies vorsichtig in den heißen Kaffee.

»Dann müssen wir überlegen, was wir noch tun können.« Er unterbrach sich, trank einen Schluck, sprach dann weiter: »Sie müssen überlegen, wer noch etwas wissen könnte. Fragen Sie die Leute auf Ihrer Farm.«

»Das habe ich schon. Zehn Mal, hundert Mal. Keine Antwort.«

Horatio lachte. »Eigentlich sehen Sie nicht so aus, als würden Sie so schnell die Flinte ins Korn werfen. Bleiben Sie dran, lassen Sie nicht locker.«

Ruth lächelte. »Sie meinen die gute alte Auf-den-Wecker-fall-Methode? Darin bin ich Spezialistin.«

Sie tranken den Kaffee aus und begaben sich erneut in den Lesesaal. Ruth hatte kaum die ersten zwanzig Seiten umge-blättert, als Horatio leise durch die Zähne pfiff.

»Sie haben etwas gefunden, oder?« Hatte Ruth eben noch unter der Hitze gestöhnt, fröstelte sie plötzlich. Zögernd griff sie nach dem Band, den Horatio ihr zuschob. Sie atmete tief durch, dann ließ sie ihre Haare wie einen Paravent zwi-schen sich und die Welt fallen und las den großen Artikel. Sie las ihn einmal, dann noch einmal und noch ein drittes Mal, doch auch dann war sie noch nicht in der Lage, die einzelnen Worte zu Sätzen zusammenzufassen. Ihr Herz schlug bis in den Hals hinauf, und sie hatte Mühe zu atmen. Ruth hob den Kopf, warf ihr Haar über die Schulter und sah Horatio fra-gend an.

Der verstand, griff nach dem Band und begann leise vorzu-lesen. Ruth hörte von einem Mord, der 1904 begangen wor-den war. Begangen auf Salden's Hill. Ein weißer Farmer, Wolf Salden, hatte beim Graben eines Brunnens einen Diaman-ten gefunden. Einen Stein, so groß wie eine Aprikose. Einen Tag später hatte man seine Leiche gefunden. Jemand hatte ihn erschlagen.

»Die AZ behauptete, ein Herero sei der Mörder gewesen«, fasste Horatio den Schluss des Berichts zusammen. »Schließ-lich stand Salden's Hill auf ehemaligem Hereroland. Als die Polizei vor Ort eintraf, war die Farmerin Margaret Salden verschwunden –, und mit ihr der Diamant. Und seither gibt es von beiden keine Spur.«

Ruth nickte. Ganz langsam fanden die Worte ihre Bedeu-tung, ganz langsam begriff sie, was sie gehört hatte. Es war, als lichte sich der dichte Nebel um sie herum allmählich. Sie hörte, dass Horatio etwas murmelte, etwas das wie »Das Feuer der Wüste« klang, doch Ruth schenkte dem keine Beachtung. Sie zog den Band erneut zu sich, entdeckte das Foto einer Frau, die einen Säugling auf dem Arm hielt. »Margaret Salden, Frühjahr 1904«, hatte ein Reporter in der Bildunterschrift erklärt.

»Margaret Salden«, flüsterte Ruth, betrachtete das vergilbte, grobkörnige Foto, fuhr mit dem Finger langsam über das bleiche Gesicht der Frau mit den langen, wilden Haaren. »Meine Großmutter.«

»Sie sehen ihr sehr ähnlich. Wie aus dem Gesicht geschnitten. Als wäre sie Ihre Zwillingsschwester.«

Ruth nickte, lächelte und empfand auf einmal Zärtlichkeit für die junge Frau mit dem Baby. »Was hat der Artikel zu bedeuten?«, fragte sie.

Horatio wich ihrem Blick aus. Ruth war zu aufgeregt, um darin etwas zu deuten. Sie ließ sich nur einige Blatt Papier geben, dazu einen Stift. Dann schrieb sie den Artikel Wort für Wort ab. Horatio, der unterdessen in einigen anderen Büchern herumblätterte, schenkte sie keine Beachtung. Sie merkte nicht, wie er aufstand und mit der Frau von der AZ sprach, hörte auch nicht, wie er noch einmal vom »Feuer der Wüste« redete.

Sie war noch immer aufgewühlt, als sie eine Stunde später mit ihm vor dem Bahnhof stand. »Ich muss zu Davida Oshohas Familie«, sagte sie. »Vielleicht weiß die mehr über meine Großmutter.«

»Auch ich möchte dorthin«, erklärte Horatio kurz.

Ruth runzelte die Stirn. »Warum? Was haben Sie dort zu tun? Kannten Sie die Familie?«

Horatio schüttelte den Kopf, murmelte etwas von Recherchen zum Nama- und Hereroaufstand, murmelte etwas von Zeitzeugen, die er befragen müsse, und erklärte dann: »Also gut. Am Samstag findet dreißig Meilen südlich von Gobabis, im Heimatdorf von Davida Oshoha, die Gedenkfeier statt. Wenn Sie wollen, könnten wir zusammen dorthin fahren.«

Ruth lächelte. Mit dem Handrücken wischte sie sich die Tränen aus dem Gesicht. »Ist es Ihnen recht, wenn ich Sie am Bahnhof von Gobabis abhole?«

Der Schwarze nickte, und dann reichte Ruth ihm die Hand und besiegelte das neue Bündnis auf die gleiche Art, wie sie sonst ein Geschäft besiegelte.

Fünftes Kapitel

Wenige Stunden, nachdem Ruth sich von Horatio verabschiedet hatte, verließ sie in Gobabis den Bahnhof und blieb einige Augenblicke vor der Halle stehen. Sie sog die Luft ein, den gewohnten Geruch von Weite, von Busch, ein wenig von Staub und vertrocknetem Gras. Sie atmete tief ein und aus und spürte, wie die Hektik, der Lärm und der Dreck der Großstadt von ihr abfielen. In Windhoek hatte sie sich die ganze Zeit über klebrig gefühlt. Jetzt fühlte sie sich sauber. Sogar ihre Unsicherheit, ihre Ängste wurden hier, so nahe der Farm, kleiner.

Sie warf ihre Tasche auf die Ladefläche des Bakkies, der auf dem Bahnhofsvorplatz unter einer Schirmakazie geparkt war, und fuhr über die Schotterpad zurück nach Salden's Hill. Es war inzwischen später Nachmittag, und die Sonne stand so niedrig am Himmel, dass die Bäume lange Schatten warfen. Ein paar Wolkenfetzen fegten über das glasklare Himmelsblau. Ruth ließ sich von ihrem zierlichen, verspielten Aussehen nicht täuschen und gab Gas. Sie musste sich beeilen. Bald würden die Wolken sich zu Türmen zusammenballen, sich schwarz färben und mit einem gewaltigen Regenguss die Pad in einen Sumpf verwandeln.

Ruth wollte singen, doch die Unbeschwertheit, mit der sie sonst von Gobabis nach Salden's Hill fuhr, wollte sich heute nicht einstellen. Sie kniff die Augen zusammen. Wie immer zur Regenzeit schien die Sonne auch heute besonders grell.

Die Luft war so klar wie Glas. Alles war wie mit dem Zirkel umrissen, und auch die Hügelketten, die sich am Horizont abzeichneten, hatten mit einem Mal scharfe Kanten.

Endlich kam sie an das Tor, auf dem ein gelbes Schild mit grüner Schrift verriet, dass hinter ihm der Zugang zur Farm ihrer Familie lag. Sie stieg aus, öffnete das Tor, leerte den Briefkasten und fuhr weiter bis zum Haus.

Mama Elo und Mama Isa saßen auf der Loggia, jede vor sich einen Korb mit Bohnen und ein scharfes Messer. Ruth küsste die beiden Frauen, ließ sich seufzend in den Korbstuhl fallen, sah sich um und fühlte sich zum ersten Mal seit Tagen wieder ein wenig geborgen.

»Und, was gibt es Neues?«, fragte sie.

Mama Elo und Mama Isa schüttelten im Gleichklang die grauhaarigen Lockenköpfe. »Nicht viel. Ein Stück Zaun ist an der Grenzweide zur Farm der Millers kaputtgegangen. Nath war da. Er hat gesagt, er wird es reparieren.«

Ruth nickte.

Mama Elo ließ das Bohnenmesser sinken. »Und du? Hast du etwas erreicht in der Stadt? Du warst lange unterwegs.«

Ruth sah in die ängstlichen Gesichter der beiden Frauen. Was sollte aus ihnen werden, wenn es Salden's Hill nicht mehr gab? Ihr ganzes Leben hatten sie hier verbracht. Jetzt waren sie zu alt, um anderswo eine Anstellung zu bekommen. Wovon sollten sie leben? Eine Altersrente gab es in Namibia nicht. Und Kinder, die sie aufnahmen und versorgten, waren ihnen nicht vergönnt gewesen.

»Ich war auf der Farmersbank«, sagte sie kurz. »Es wird alles gut werden. Wir brauchen nur etwas Zeit.« Sie schwieg eine Weile, dann aber berichtete sie von der Demonstration der Schwarzen, in die sie zufällig geraten war. Ruth hätte

Mama Elo und Mama Isa gerne nach ihrer Großmutter gefragt, doch irgendetwas hinderte sie daran. Sie hatte schon so oft gefragt und nie eine Antwort bekommen. Und auch jetzt, wo Ruth wusste, dass Mama Elo und Mama Isa ein Geheimnis hüteten, würden die beiden ihr sicherlich nichts verraten. Vielleicht würden sie sie stattdessen sogar daran hindern, am Wochenende zur Oshoha-Familie zu fahren.

Sie stand auf und ging ins Haus. Im Arbeitszimmer saß ihre Mutter wieder einmal über den Büchern.

Rose sah auf. »Gut, dass du wieder da bist. Ich habe geschaut, was wir verkaufen könnten, aber da gibt es nicht viel. Was hat die Bank gesagt?«

Ruth setzte sich, löste die Spange aus ihrem Haar und schüttelte die roten Locken. »Ich habe mit Claassen gesprochen. Es bleibt alles, wie es war. Der Kredit muss bis zum Ende des Jahres beglichen werden, sonst wird die Farm versteigert.«

Rose nickte, und Ruth fand, dass sie dabei lange nicht so unglücklich wirkte, wie sie es erwartet hätte. Immerhin würden sie alle ihre Heimat verlieren. »Denkst du überhaupt nicht an Elo und Isa? Ist dir egal, was aus den Arbeitern wird?«, brach es aus ihr heraus. »Vierzig Leute leben auf Salden's Hill. Wir haben eine Verantwortung für sie.«

Rose sah auf. »Und was sollen wir deiner Meinung nach tun? Du weißt genau, welche Möglichkeiten wir haben. Wenn dir so viel an den Leuten hier liegt, dann heirate Nathaniel Miller.«

»Dann verlieren sie noch schneller ihre Existenz«, erwiderte Ruth hitzig. »Ich bin kein Dummkopf, Mam, und Nath Miller ist es auch nicht. Wenn sein Bruder Miller's Run übernimmt, stehen genug Arbeiter zur Verfügung. Nath wird sie

103

jederzeit anfordern können. Unsere werden dann überflüssig. Es ist letztendlich gleich, ob wir die Farm an die Bank oder an die Millers verlieren.«

Ruth stand auf und wandte sich zur Tür.

»Wohin willst du?«

Ruth sah ihre Mutter einen Augenblick lang aufmerksam an. Wie gern hätte sie ihr von dem Artikel in der Zeitung berichtet, wie gern von der Ähnlichkeit zu ihrer Großmutter. Doch auch jetzt hielt sie etwas zurück. »Ich will die Weiden abreiten und sehen, ob alles in Ordnung ist. Es dauert nicht mehr lange, bis die Jungschafe bockig sind«, sagte sie schließlich.

Ohne ein weiteres Wort zu verlieren, ging sie in ihr Zimmer hinauf. Sie hängte ihre Stadthose ordentlich auf einen Bügel, schlüpfte in ihren Overall und band die Haare mit einem Tuch zusammen.

Plötzlich stand ihre Mutter in der Tür. »Du kannst doch nicht einfach so weitermachen, als wäre nichts geschehen, Ruth. Hast du dir Gedanken darüber gemacht, wie dein Leben weitergehen soll? Wie deine Zukunft aussehen soll ohne die Farm?«

Ruth wandte sich zu ihrer Mutter und streifte sie mit einem verächtlichen Blick. »Wer keine Vergangenheit hat, hat es schwer, an seiner Zukunft zu bauen. Wann willst du mir endlich sagen, was früher auf der Farm geschehen ist? Wann erfahre ich endlich etwas über meine Großeltern, über dein Leben hier vor meiner und Corinnes Geburt?«

Wie leid sie diese Heimlichtuerei war! Sie wollte wissen, was geschehen war, und zwar bevor sie in wenigen Monaten ihre Heimat verlor.

Rose schluckte. Dann senkte sie den Kopf und räusperte

104

sich. »Ja, es ist wohl an der Zeit, dass ich dir einiges erzähle. Vielleicht finden wir heute Abend eine Gelegenheit dazu.«

»Darauf kannst du wetten«, entgegnete Ruth und ging an ihrer Mutter vorbei.

Es war spät, als Ruth mit der Arbeit fertig war. Der Regen hatte noch auf sich warten lassen, und so hatte sie den Zaun repariert, um den Nath sich eigentlich hatte kümmern wollen, hatte zwei Lämmer eingefangen, die sich durch die Lücke aus dem Staub gemacht hatten, hatte die Tränken gescheuert und die Abdeckungen der Brunnen überprüft. Als sie ihr Pferd mit Stroh abrieb und ihm Hafer in die Futterkrippe schüttete, war die Sonne längst hinter die Hügel gefallen. Verschwitzt und müde lief sie auf das Haus zu. Dort saß im Schatten einiger Kerzen jemand in der Loggia.

»Hey, Mam.«

»Hallo, mein Schatz. Willst du ein Bier?«

Ruth nickte, nahm die geöffnete Flasche entgegen und ließ sich in den anderen Korbstuhl fallen.

»Ich bitte dich, nimm ein Glas.«

»Ich arbeite wie ein Mann, Mam. Also lass mich auch trinken wie ein Mann.« Sie setzte die Flasche an, nahm einige kräftige Züge und wischte sich dann mit dem Handrücken über den Mund.

»Das hat dein Vater auch immer so gemacht. Und er hat sich ebenfalls geweigert, Bier aus dem Glas zu trinken. ›Bier‹, hat er gesagt, ›Bier ist ein Flaschengetränk.‹«

Ruth lächelte und schwieg.

Ihre Mutter sprach weiter. »Ich kam gerade von der Hauswirtschaftsschule. Herr Lenning, der Verwalter, der auch mein Vormund war, übergab mir offiziell die Leitung der

Farm. Ich kümmerte mich um alles, was innerhalb des Hauses zu tun war, er tat das, was du heute tust. Eines Tages kam ein Wagen auf die Farm gerollt, ein Mercedes. Ich hatte vorher noch nie ein solches Auto gesehen. Ein junger Mann stieg aus, der Deutsch mit einem so lustigen Akzent sprach, dass er unmöglich von hier sein konnte. Es stellte sich heraus, dass er aus Kopenhagen kam, von der Karakulauktion. Dorthin werden die Felle geliefert, und er sorgt dafür, dass sie weiterverkauft und verarbeitet werden. Er hat mir die Hand geküsst zur Begrüßung und mich um Wasser für seinen Wagen gebeten. Es war schon spät, die Regenzeit hatte eingesetzt, und er kannte die Pad nicht. Er kam aus Gobabis und wollte weiter nach Marienthal.

Ich bot ihm an, bei uns zu übernachten. Und er nahm mein Angebot an. Mama Elo und Mama Isa brieten die leckersten Elenantilopen-Steaks, die ich je gegessen hatte. Im Keller fanden sich noch zwei Flaschen Rotwein. Wir haben die halbe Nacht hier draußen gesessen und geredet. Es war das erste Mal, dass ich auf diese Art mit einem Mann zusammen war, mit einem, der nicht nach Schaf stank. Die Jungs hier in der Gegend hatten nur das Rodeo im Kopf damals. Keine Manieren, nichts. Aber der Fremde hat mich behandelt wie eine Prinzessin.« Rose lachte verlegen. »Na ja, zumindest wie eine vornehme Frau.«

Sie brach ab, ihr Blick schweifte über das Land. Ruth sah, dass sie in glücklichen Erinnerungen schwelgte. So gelöst und heiter wie in diesem Augenblick hatte sie ihre Mutter selten gesehen. Richtig hübsch sah sie dabei aus.

Zum ersten Mal wurde Ruth bewusst, dass auch ihre Mutter mehr war als Mutter und Farmerin: eine Frau mit Bedürfnissen und Sehnsüchten. Sie nahm einen kräftigen Schluck aus ihrer Bierflasche und wartete, bis ihre Mutter in die Gegenwart zurückfand.

»Na ja«, sprach Rose schließlich weiter. »Er fuhr am nächsten Tag fort, und neun Monate später brachte ich Corinne zur Welt.«

»Weiß der Mann, dass er eine Tochter hat? Hast du ihn je wiedergesehen?«

Rose lächelte. »Nein. Ich habe es ihm nie gesagt, habe keinen Kontakt mit Kopenhagen aufgenommen. Was aus ihm geworden ist, weiß ich nicht.«

»Warum nicht? Hat es dich nicht interessiert?«

Rose sah sie an. »Ich war immer allein. Mein ganzes Leben lang. Immer allein. Ich wollte endlich etwas haben, das nur mir gehört. Verstehst du das? Mit niemandem wollte ich das Kind teilen, auch nicht mit dem Vater.«

Ruth nickte. Auch sie war immer allein gewesen und verstand die Sehnsucht ihrer Mutter nur zu gut.

»Ich bekam Corinne und war glücklich. Sie hatte so zarte Haut, so kleine rosa Fingerchen, so winzige Zehen. Und sie sah ihrem Vater von Anfang an ähnlich. Sie war nie eine aus dem Busch, eine vom Land, eine *Gotcha*. Corinne war zu Höherem berufen. Siehst du, und jetzt lebt sie mit einem reichen Buren in Swakopmund.«

»Hmm«, brummte Ruth, die noch nie eingesehen hatte, warum Corinne etwas Besseres sein sollte. Oder weshalb das Leben, das sie führte, in den Augen ihrer Mutter erstrebenswerter war als das Leben, das sie hier auf der Farm führte. »Und mein Vater? Warum hast du ihn nie geheiratet? Warum war er nie dein Partner und Gefährte?«, fragte sie leise.

Plötzlich wusste sie nicht mehr, ob sie die Antwort wirklich hören wollte. Ruth hatte ihren Vater gekannt – er war ja erst vor vier Jahren gestorben –, aber dennoch wusste sie nicht, wie ihr Vater auf die Farm gekommen war. Anders als Corinnes Vater war Ian jedoch mit Sicherheit kein Märchenprinz gewesen, der durch glückliche Fügung den Weg zu seiner Prinzessin gefunden hatte. Nein, ihr Vater war nicht das, was sich Rose als Ehemann und Bass für Salden's Hill gewünscht hatte.

»Ja, dein Vater.« Rose seufzte. »Corinne war zwei Jahre alt. Lenning hatte die Schafscherer bestellt. Ich musste die Wolle zusammenkehren und danach sortieren. Einer der Scherer war ein rothaariger Ire, ein stämmiger Kerl, der so viel Kraft hatte, dass er den Zug von Gobabis bis Windhoek mit bloßen Händen hätte ziehen können. Es machte ihm Spaß, die Schafe hochzuheben, als wären sie aus Papier. Er hatte weiße Zähne und ein ansteckendes Lachen ... An einem Tag hatten wir besonders viele Schafe geschoren. Wir alle waren verschwitzt, die Sachen klebten auf der Haut. Ich war voller Schafsdreck und habe gestunken wie ein Bock. Und ausgerechnet an diesem Tag ging die Wasserpumpe entzwei. Es war schon dunkel, niemand konnte sie mehr reparieren. Ian schlug vor, hinunter an den Fluss zu gehen, der glücklicherweise gerade Wasser führte, und dort zu baden. Mama Elo wollte nicht, dass ich mit einem Schafscherer gehe, doch meine Sehnsucht nach sauberer Haut war so groß, dass ich ihm folgte.

Wir schwammen im Fluss, es war wunderbar kühl, und Ian wusch mir am Ufer das Haar. Er sagte, ich sei die schönste Frau, die er je gesehen habe. Und seine Blicke bestätigten mir, dass er in diesem Augenblick die Wahrheit sprach. Ich schlief mit ihm, gleich draußen am Fluss. Er war so zärtlich. So zärtlich, wie es nur Männer sein können, die über sehr viel Kraft verfügen ...

Als die Schafscherer weiterzogen blieb Ian hier, als Farmarbeiter. Na ja, und dann kamst du.«

»Du hast mich nicht gewollt, nicht wahr? Ein Kind von einem irischen Bären. Von einem dreckigen Schafscherer, der immer Schmutz unter den Fingernägeln hat.«

Rose sah ihre Tochter lange an. Dann seufzte sie. »Nein, zuerst habe ich dich nicht gewollt. Eine ledige Frau mit einem Kind, das war ein Skandal. In der Kirche musste ich seit Corinnes Geburt ganz hinten sitzen. Keiner hätte mich noch geheiratet. Ich galt als verdorben. Und dann war ich zum zweiten Mal schwanger, und wieder hatte ich keinen Mann dazu. Die Krämerin in Gobabis hat mich nicht mehr bedient. Die Schuljungen haben mir Schimpfworte nachgerufen.«

»Und warum hast du Ian dann nicht geheiratet?«, fragte Ruth.

»Einen Schafscherer? Nein, Ruth. Nein, nein, nein! Unmöglich.« Rose schloss die Augen und hob die Hände vor die Brust. Kein Wort.

Ruth kannte diese Geste zur Genüge, aber heute nahm sie keine Rücksicht darauf. »Hast du deshalb auch verlangt, dass ich ihn Ian nenne statt Vater? Weil du dich geschämt hast, dass deine Tochter einem irischen Schafscherer ihr Leben verdankt? Weil er dir nicht gut genug war? Und ich, ich bin dir auch nicht gut genug, stimmt's?«

Erst nach einer Weile antwortete Rose: »Ich habe dich immer geliebt. Auf eine andere Art, als ich Corinne liebe, aber geliebt habe ich dich jeden Tag deines Lebens.«

Ruth hätte ihrer Mutter zu gern geglaubt, doch sie konnte es nicht. Zu viele Jahre lang hatte sie sich neben Corinne zweitrangig gefühlt, hatte geglaubt, dass Mama Elo und Mama Isa sie liebten, während ihre Mutter sie nur duldete.

Sie schluckte, ihr Hals wurde eng, und sie musste sich räuspern, bevor sie weiterfragen konnte: »Hast du ihn auch geliebt, meinen Vater?«

Rose sah auf. Ihr Gesicht war so verzerrt vor Schmerz, dass Ruth wegsehen musste. »Ich weiß nicht, ob ich ihn geliebt habe. Ich weiß noch nicht einmal, ob ich je einen Mann geliebt habe. Vielleicht kann ich es nicht. Es war schön mit ihm am Anfang, das weiß ich noch. Später war er ein Arbeiter auf der Farm wie alle anderen auch, nur dass er sein Zimmer im Herrenhaus hatte. Wir waren nie ein Paar, Ruth. Ich nehme an, du bist jetzt enttäuscht, nicht wahr? Vielleicht wäre es deshalb auch am besten, Salden's Hill ein für alle Mal hinter uns zu lassen. Irgendwo neu anzufangen, ohne den Ballast der alten Geschichten.«

Rose suchte den Blick ihrer Tochter. Doch Ruth konnte ihrer Mutter noch immer nicht in die Augen sehen. Sie wusste keine Antwort, fühlte sich plötzlich mutlos und verlassen. Etwas in ihr hatte all die Jahre gehofft, dass ihre Mutter eines Tages in Liebe zu ihr entbrennen würde, dass sie Corinne als die erkannte, die sie war: ein eitles, faules Stück. Und sie, Ruth, als eine, die anpacken konnte. Jetzt aber erkannte Ruth, dass das niemals passieren würde. Corinne und ihre Mutter – ein Fleisch, ein Blut. Und sie ein Anhängsel, an das man sich gewöhnt hatte. Mehr nicht. Sie hätte schreien, ihre Mutter bei den Schultern packen und schütteln können, doch sie blieb sitzen und trank in kleinen Schlucken von ihrem Bier. Es war sinnlos. Es war, wie es war.

Als sie ausgetrunken hatte, stand Ruth auf. »Ich bin müde, ich gehe schlafen«, sagte sie steif, hob die Hand und verschwand im Haus. Auf der Türschwelle hielt sie noch einmal inne. »Um die Farm zu verkaufen, brauchst du meine

Unterschrift. Damals, als du den Kredit gebraucht hast, hast du Corinne und mir je ein Drittel überschrieben. Du kannst nicht mehr allein und nur so entscheiden, wie es für dich das Beste ist. Und Corinnes Unterschrift kostet Geld. Mehr Geld, als mit dem Verkauf zu erzielen ist. Sie wird ihr Drittel haben wollen, wenn du die Farm verkaufst. Da kannst du sie lieben, so sehr du willst.«

Lange lag sie im Bett, starrte an die Decke, lauschte dem Wind, der die Kameldornbäume vor dem Haus zauste. *Niemand wollte mich*, dachte sie, *und bis heute hat sich nichts daran geändert. Was würde wohl passieren, wenn ich eines Tages nicht mehr da wäre? Einfach fortginge? Meine Mutter würde mich sicher nicht vermissen. Sie könnte endlich die verhasste Farm verkaufen und zu Corinne in das schöne weiße Haus ziehen – falls Corinne sie dort überhaupt haben wollte. Oder sie würde sich eine Wohnung in Swakopmund nehmen und dort mit den anderen weißen Frauen den guten alten Zeiten hinterherträumen, die sie nie erlebt haben.*

Ruth hätte gern geweint, sich den Schmerz in der Brust weggeweint, doch sie hatte keine Tränen. Corinne war die schöne, vornehme Tochter des schönen, vornehmen Fremden. Und sie selbst nur die trampelige Tochter des bäurischen irischen Schafscherers, die immer nur Ärger machte und niemals so sein konnte, wie sie hätte sein sollen.

Niemand wollte sie. Das war schon immer so gewesen. Warum tat es heute so besonders weh? Es war so schwül, dass Ruth es in ihrem Bett nicht mehr aushielt. Sie warf sich einen Bademantel über und ging hinaus auf die Weiden. Sie lehnte sich an einen Koppelzaun, stützte das Kinn auf den obersten Balken und sah in den bedeckten Himmel hinauf, der kaum einen Blick auf die Sterne freigab. Die Sterne. Ihr Vater hatte einmal gesagt, dass es für jeden Menschen auf der Erde einen Stern am Himmel gebe. Und sie hatte gefragt, welcher der ihre sei. Ian hatte nach oben gezeigt. »Für dich leuchtet der hellste am Himmel, der Stern des Südens«, hatte er gesagt. »Überall in Afrika wirst du ihn sehen. Er wird bei dir sein, wo immer du gerade bist. Du musst nur zum Himmel blicken. Und gleichgültig, wo ich sein werde, ich brauche nur nach oben zu schauen und werde wissen, dass es dir gut geht.«

Ja, Ian hatte sie geliebt, aber jetzt war er tot. Ruth seufzte. Das Leben kam ihr plötzlich unerträglich schwer und ungerecht vor.

»Na, Schönste von Salden's Hill, was machst du denn mitten in der Nacht hier draußen?«

»Guten Abend, Nath.« Ruth fuhr herum, musterte Nath mit zusammengekniffenen Augen, um ihm nicht die Gelegenheit zu geben, den Aufruhr in ihrem Inneren zu bemerken. Was sie dachte und fühlte, ging niemanden etwas an, am allerwenigsten Nath Miller. »Und du, müsstest du nicht längst im Bett sein? Jungs in deinem Alter brauchen ihren Schlaf, damit sie auch morgen noch brav Schafe stemmen können.«

Sie musterte ihn und lächelte ein wenig, als sie sah, dass sich der Mond auf seinem geschorenen Kopf spiegelte wie in einem Teich. »Außerdem könntest du dich verkühlen. Obenrum meine ich.« Sie tippte ihm auf den Kopf.

Er lachte, holte aus seiner Jacke zwei Flaschen Hansa Lager hervor, öffnete sie, indem er die Verschlüsse gegeneinander aufhebelte, und reichte ein Bier an Ruth weiter. »Prost.«

Sie tranken schweigend, dann wies Nath mit der Flasche über die Weiden, die in grauer Nacht vor ihnen lagen. »Eigentlich schade, dass alles einmal vergeht«, sagte er. »Mir hat Salden's Hill immer gefallen.«

»Was soll das heißen?«

Nath lachte. »Eure Farm rentiert sich nicht mehr. Man muss sie umstellen. Karakuls haben keine Zukunft. Ich denke an Rinder und vor allem an eine Schafsorte, die mehr Milch und Fleisch gibt. Eine kleine Fabrik, eine Käserei. Langsam aufbauen, dann expandieren. Windhoek ist nicht weit. Sie würden uns dort den Käse aus den Händen reißen.«

Ruths Kinnlade klappte herunter. »Du willst *was?* Hier eine Fabrik aufbauen, eine Molkerei? Willst du die Tiere am Ende noch in Ställen halten?«

»Was ist dagegen zu sagen? Das ist moderne Landwirtschaft. Alles automatisch. Und außerdem hast du mit der Käserei angefangen. Du redest doch immer davon, eines Tages hier Käse machen zu wollen.«

»Ja, aber doch nicht in einer Fabrik, Herrgott! Und das Vieh? Soll das den ganzen Tag in dunklen Ställen hocken, keinen Himmel und keine Weide mehr sehen?«

Nath lachte. Er hob die Hand, als wolle er Ruth über die Wangen streicheln. »Das ist nun mal so. Wer Burgen bauen will, muss große Steine nehmen. Ich habe dieses hinterwäldlerische Klein in Klein satt. Tiere sind Nutzvieh. Wenn ich jedes Schaf nach seinen Wünschen fragen würde, hätten wir hier lauter grasgrüne Villen mit Dächern aus Butterblumen.« Er lachte so laut, dass es ihn schüttelte.

Ruth knallte ihm die Bierflasche gegen die Brust. »Da, nimm. Ich trinke nicht mit einem wie dir. Ich dachte, ich hätte dir nur das Haar geschoren, aber ich muss auch das Hirn erwischt haben.«

Die Flasche schwappte über, und das Bier ergoss sich auf Naths Jacke. »Hey, was soll das?«, schimpfte er. »Kannst du nicht aufpassen?«

»Verschwinde von meinem Land!«

Ruth wandte sich um und wollte schon davonstiefeln, doch Nath hielt sie am Arm fest. »Hey, du lässt mich nicht hier stehen wie einen dummen Jungen! Du nicht, Ruth Salden.« Er packte ihre Oberarme und zog sie an sich, drückte seine festen Lippen hart auf ihren Mund.

Ruth zappelte, versuchte ihn wegzustoßen, doch erst als sie ihr Knie hochriss, ließ er von ihr ab. Er presste die Hände vor den Schritt und sank mit schmerzverzerrtem Blick zu Boden.

Ruth wich einige Schritte zurück und machte Anstalten zu gehen, doch ihr Knie hatte sein Ziel nicht genau genug getroffen. Schon war Nath wieder auf den Beinen, packte sie und zischte ihr seinen biersauren Atem ins Gesicht. »So nicht, meine Kleine! So springst du nicht mit deinem zukünftigen Ehemann um.« Er holte aus und versetzte Ruth eine Backpfeife, die ihr die Luft nahm.

Entsetzt wich sie zurück.

Nath ließ sie los, grinste schief. »Ist doch gar nicht so schwer, auf den Mann zu hören, was?«, zischte er leise.

»Wage nicht noch einmal, mich anzufassen!«, erwiderte Ruth eisig. »Wage es nicht, sonst schlage ich dich grün und blau.« Sie zitterte vor Wut, und ihre Wut vergrößerte sich noch, als sie sah, dass Nath ihr Zittern bemerkte.

Wieder griff er nach ihr. »Du bist nur so zickig, weil du noch keinen Mann in deinem Bett hattest. Ich werde dir die Flausen schon austreiben. Ich weiß genau, was du willst. Ihr Weiber wollt doch alle nur das eine.« Er stieß sie zu Boden, riss an ihrem Bademantel, an ihrem Nachthemd.

Ruth war wie gelähmt. Alles, was sie denken konnte, war: »Nein!« Sie wand sich unter Naths Händen, die an ihrem

114

Schlüpfer rissen, presste die Beine fest zusammen, versuchte, mit den Händen nach seinem Gesicht zu stoßen.

Plötzlich war Klette da, Ruths Hündin. Sie bellte, als wolle sie das ganze Land wecken. Als Nath ausholte, um mit dem Fuß nach der Hündin zu treten, entkam ihm Ruth. Gleichzeitig ging im Haus das Licht an.

»Hau ab!«, keuchte Ruth. »Hau ab, oder ich schreie!«

Betont gelassen stand Nath auf. »Du bist eine frigide Ziege«, sagte er, während er sich den Dreck von der Hose klopfte. »Aber keine Angst, ich werde schon dafür sorgen, dass du auf Knien vor mir rutschst und mich anflehst, es dir zu besorgen. Du kannst nicht ohne mich, Ruth Salden. Ohne Nath Miller bist du nicht so viel!«

Er schnippte mit dem Fingernagel gegen seinen Daumen, zog die Jacke zurecht und lief zu seinem Motorrad.

Ruth sah ihm nach, noch immer atemlos und mit beiden Händen ihren Bademantel umkrallend.

Ruth schlief unruhig, wilde Traumfetzen jagten ihr durch den Kopf. Sie hörte, wie der Regen auf das Dach und gegen die Scheibe prasselte, wälzte sich hin und her. Schweißgebadet stand sie schließlich noch früher als sonst auf, schlich barfuß durch das schlafende Haus.

Obwohl es noch früh am Tag war, stand die Sonne bereits als schmaler roter Streifen am Horizont, als sie wenig später auf ihrem Pferd im gestreckten Galopp die Weiden abritt, die Zäune und Tränken kontrollierte, den Wasserstand der Brunnen maß und den Zustand des Viehs beurteilte. Sie arbeitete, bis ihr Hemd schweißdurchtränkt war, ihr die Haare im Nacken klebten und ihre Zunge sich so trocken anfühlte wie ein Holzscheit.

Es war heller Vormittag, als sie das Herrenhaus von Salden's Hill wieder erreichte. Sie stürzte in die Küche und trank gleich aus dem Wasserkran.

Mama Elo schüttelte bei Ruths Anblick den Kopf und holte dann einen Krug selbst gemachte Limonade heraus. Sie goss einen Becher voll und reichte ihn Ruth. »Langsam, Meisie, trink langsam.«

Ruth wischte sich den Mund mit dem Handrücken ab und ließ sich auf einen Küchenstuhl fallen.

»Du siehst müde aus, Meisie«, stellte Mama Elo fest. »Ist alles in Ordnung mit dir?«

»Nein«, hörte Ruth sich sagen. »Nichts ist in Ordnung, gar nichts. Wo ist Mam?«

»Wo schon? Es ist Samstag. Sie ist im Farmersclub in Gobabis.«

Ruth nickte abschätzig. »Die üblichen Kränzchen der Perlenkettenträgerinnen mit ihren cremesatten Gesichtern.« *Hat sie keine anderen Sorgen?*, dachte sie und spürte Ärger in sich aufsteigen.

»Sie mag es nun mal«, sagte Mama Elo beschwichtigend. »Viel Ansprache hat sie auf Salden's Hill wirklich nicht. Sie ist anders als du, das weißt du doch. Sie ist für die Stadt geboren. Natur ist für Rose etwas, das einfach zu viel Dreck macht. Gönne ihr doch die paar Stunden.«

Und was gönnt sie mir?

»Was ist los mit dir, Meisie? Dich bedrückt doch etwas, das sehe ich. Seit du in Windhoek warst, bist du ganz verändert.«

Ruth seufzte. »Die Polizei in Windhoek hat auf demonstrierende Schwarze geschossen. Ich habe dir doch schon davon erzählt. Eine Frau wurde getötet: Davida Oshoha.« Ruth entging nicht, dass Mama Elo beim Namen der Toten leicht zusammenzuckte. Bei ihrem ersten Bericht hatte sie ihn nicht genannt. »Kanntest du sie?«

Mama Elo schluckte, wiegte den Kopf. »Kann sein, dass ich ihren Namen schon einmal gehört habe«, sagte sie zögernd.

»Von Margaret Salden? Von meiner Großmutter?«

Obwohl Mama Elo ihr den Rücken zuwandte, sah Ruth, wie die Schultern der alten Frau plötzlich zu beben begannen.

»Jetzt ist es wohl so weit«, murmelte Mama Elo. Langsam drehte sie sich um, watschelte zum Stuhl und ließ sich schwer seufzend darauf niedersinken. »Ich wusste, dass dieser Tag einmal kommen würde.« Sie sah Ruth in die Augen. »Was willst du wissen, Meisie?«

»Alles. Vor allem, was im Jahr 1904 hier auf der Farm geschah.«

Ruth merkte, dass Mama Elo unter ihrer dunklen Haut blass wurde. Ihr Atem ging schwer, auf der Stirn hatten sich kleine Schweißtropfen gebildet. Die alte Frau knetete ihre Hände im Schoß und seufzte noch einmal auf: »Ich war noch jung, kaum sechzehn Jahre alt. Deine Mutter war gerade geboren. Der Mister hatte einen Brunnen im Garten gegraben. Ein paar Namas haben dabei geholfen. Wenige Tage später war er tot. Ich war an diesem Tag nicht auf Salden's Hill, später aber hörte ich, wie sich ein paar unserer Leute unterhielten. Vom ›Feuer der Wüste‹ war die Rede, aber mehr weiß ich auch nicht.« Mama Elos Lippen bebten.

Ruth ahnte zwar, dass die alte Frau ihr nicht die ganze Wahrheit gesagt hatte, doch sie wusste auch, dass sie jetzt nicht nachbohren konnte, ohne Mama Elo zu quälen. »Das ›Feuer der Wüste‹? Was ist das?«, fragte sie deshalb nur.

»Ein Geheimnis, Meisie. Der größte Schatz der Namas, so etwas wie der Heilige Gral bei den Christen. Ein Diamant.

Die Namas haben ihn verloren, heißt es. Seither sind sie dazu verurteilt zu leiden, denn die Seele des Stammes ist in dem Stein gefangen. Man erzählte sich, dass dein Großvater beim Brunnengraben einen Diamanten gefunden habe. Einen Diamanten, der so aussah wie das ›Feuer der Wüste‹.«

»Und meine Großmutter?«

»Sie war weg, als ich wiederkam. Sie und der Diamant waren spurlos verschwunden. Nur Rose war noch da. ›Kümmere dich um sie, Eloisa‹, stand auf einem Zettel. ›Tu das Beste für sie.‹ Und das habe ich getan.«

»Meine Großmutter hat den Heiligen Gral der Namas *geraubt?*«, fragte Ruth fassungslos.

Mama Elo wiegte den Kopf. »Es gibt viele, die das glauben. Allen voran Menschen, die Margaret Salden nicht gekannt haben. Einige sagen, wer das ›Feuer der Wüste‹ in seinem Besitz hat, der hat auch Macht über die Seelen der Namas. Seit der Diamant verschwunden ist, fehlt meinem Volk die Seele.«

Ruth stand auf.

»Wo willst du hin, Ruth?«

Die junge Frau zuckte mit den Schultern. »Ich weiß es nicht, Mama Elo. Ich weiß nur, dass ich wegmuss. Weg von hier. Vielleicht nur für ein paar Tage.«

»Sie hat dich gerufen, nicht wahr? Deine Großmutter, sie braucht dich jetzt.«

Ruth stutzte. Sie wusste, dass die Schwarzen an Geister und übernatürliche Kräfte glaubten und auch daran, dass die Toten noch lange Zeit Macht über die Lebenden hatten. »Ich weiß es nicht, Mama Elo. Ich habe keinen Kontakt zu den Toten. Sie sprechen nicht zu mir. Meine Großmutter ist mir nicht im Traum erschienen, sondern im Leben.«

Die schwarze Frau lächelte. »Ein Zeichen dafür, dass sie noch lebt und nach dir ruft.«

Ruth beugte sich zu Mama Elo hinab und küsste sie auf die Wange. »Auf Wiedersehen, Mama Elo, und danke. Ich hab dich lieb.«

»Ich dich auch, mein Meisie. Pass auf dich auf.« Sie nestelte an ihrem Dekolleté herum und zog schließlich einen Stein an einem Lederband über den Kopf. »Hier«, sagte sie. »Das ist ein Stein des Feuers, ein Sehnsuchtsstein. Er wird dir helfen, wenn du in Not bist.«

Ruth schüttelte lächelnd den Kopf. »Dein größter Schatz, Mama Elo. Behalte ihn, er hat dich dein Leben lang beschützt. Ich bin keine Namafrau, nur eine Weiße. Der Stein wird sich um mich nicht kümmern.«

Ruth wusste, dass Mama Elo den Stein mit ihrem eigenen Leben verteidigt hätte. Sie konnte ihn nicht annehmen. Doch die Namafrau ließ nicht locker. »Ich habe ihn all die Jahre nur für dich aufbewahrt. Das weiß ich jetzt. Nimm ihn, du wirst ihn brauchen. Ich kann nur schlafen, wenn ich weiß, dass du den Stein hast und er dich behütet. Er macht alle Flüche unwirksam.« Sie nahm das Lederband und legte es Ruth um den Hals. Der Stein, nicht größer als ein Aprikosenkern, erinnerte an braunen Kandiszucker. Er pendelte einen Augenblick zwischen Ruths Brüsten, dann schmiegte er sich an ihre Haut, als gehörte er schon immer dorthin.

Ruth verspürte am ganzen Körper ein Kribbeln. Obwohl sie normalerweise über den Aberglauben der Schwarzen lächelte, war ihr, als fahre ein warmer Stoß durch sie hindurch. Eine Wärme, nach der sie glaubte, immer gesucht zu haben. Eine Wärme, die sie schützte wie die Arme einer Mutter. Eine Wärme, die nur für sie da war. Unwillkürlich schloss sie einen

Moment lang die Augen – und sah mit einem Mal Flammen vor sich, leckende Flammen, die ihr Angst machten. Und sie hörte einen Schrei, den Schrei einer Frau.

Ruth riss die Augen auf – und sah in Mama Elos lächelndes Gesicht. Sie schüttelte sich ein wenig, um auch das innere Bild loszuwerden. Sie musste geträumt haben. Am helllichten Tag geträumt. Rasch nahm sie ihren Hut, setzte ihn auf. »Ich muss los, Mama Elo.«

»Gott schütze dich, Meisie.«

Ruth sah noch einmal die schwarze Frau an, prägte sich ihr Bild ein, als fürchte sie, Mama Elo nie wiederzusehen. Sie hätte gern noch etwas gesagt, hätte die alte Frau gern getröstet, aber ihr fiel nichts ein, was sie hätte sagen können. Also nickte sie nur, tippte sich an ihren Hut und ging.

Sechstes Kapitel

In der Nacht hatte es so viel geregnet, dass die Straßen ganz verschlammt waren. Einige Bäume waren sogar unterspült worden und lagen jetzt quer über der Pad.

Ruth war gleich nach ihrem Gespräch mit Mama Elo aufgebrochen. Sie wollte nur noch weg. Weg von Salden's Hill, weg von ihrer Mutter, und vor allem weg von Nath. Sie trug einen frischen Overall und ihre Lieblingsstiefel. In einer Papiertüte auf dem Beifahrersitz hatte sie ihre eilig zusammengesuchten Stadtklamotten, unter der Plane des Bakkies lagen all die Dinge, die man gewöhnlich auf einen Viehtreck mitnahm: ein kleines Zelt, eine alte Plane, Schlafsack, Streichhölzer, Taschenlampen, Messer, Spaten, ein zerbeulter Topf und ein paar Konserven.

Sie war auf dem Weg nach Gobabis, um Horatio am Bahnhof abzuholen, wie sie es verabredet hatten. Zwei Baumstämme hatte sie mit dem Dodge schon zur Seite gezogen. Jetzt lag der dritte vor ihr. Ruth stieg aus und fluchte, als sie mit den Stiefeln bis zum Knöchel im Schlamm versank. Sie holte das Seil von der Ladefläche, schlang es zuerst um den Baum, dann um die Anhängerkupplung des Pick-ups und zog den Stamm zur Seite. Dann wischte sie den Schlamm notdürftig mit hartem Steppengras von ihren Stiefeln, stieg ein und fuhr weiter bis zum nächsten Baum. Einmal blieb der Dodge stecken, und Ruth musste Zweige und Bretter unterlegen, um ihn aus dem Schlammloch herauszubekommen.

121

Als sie endlich die geteerte Straße in Gobabis erreicht hatte, begab sie sich in den nächsten Take-away, wusch sich Hände und Gesicht, zog ihre schwarze Stoffhose und eine weiße Bluse an und kam gerade noch rechtzeitig zum Bahnhof, um zu sehen, dass Horatio aus der Halle kam. Er lief leicht gebeugt, als wolle er sich kleiner machen. In der rechten Hand trug Horatio eine schwarze Tasche aus Kunstleder, mit dem Zeigefinger der linken schob er alle Augenblicke seine Brille hoch. Mitten auf dem Vorplatz blieb er stehen und sah sich nach allen Seiten um.

Ruth musste lächeln. Horatio war zwar schwarz, aber dennoch konnte jeder sehen, dass er ein Städter war. Unter all den Passanten war er der Einzige, der Stoffhosen und ein Hemd trug, der Einzige ohne derbe Stiefel und Cowboyhut. Sie kurbelte das Fenster runter, drückte auf die Hupe und rief seinen Namen. »Horatio! Horatio! Hier!«

Als er sie entdeckt hatte, lächelte er und winkte ihr zu. Dann eilte er mit langen Schritten zum Wagen, warf seine Tasche lässig nach hinten und stieg ein. »Hey, wie geht es Ihnen?«, fragte er. »Hatten Sie eine gute Zeit?«

Ruth brach in Gelächter aus.

»Was ist los?«, fragte Horatio.

»Sie reden wie der Pfarrer in der Kirche«, erwiderte sie. »Aber ja, ich hatte eine gute Zeit, wenn man das Wühlen im Schafsmist als gute Zeit bezeichnen kann. Und Sie?«

Horatio hüstelte. »Ich war damit beschäftigt, die Hinterbliebenen der anderen Opfer zu besuchen. Ich habe viele Tränen gesehen.«

»Oh.« Ruth verstummte. Ihr Leid, vaterlos und ungewollt zur Welt gekommen zu sein, verblasste angesichts der Tragödie, die sich in Windhoek abgespielt hatte. »Fahren wir?«, fragte sie dann.

Horatio nickte. »Fahren wir.«

Schweigend legten sie die ersten Kilometer auf einer Pad zurück, auf die Horatio sie dirigiert hatte. Nur einmal wurden sie von einem quer liegenden dürren Baum gestoppt, der seine verdorrten Äste anklagend in den Himmel streckte. Ruth seufzte. Es gab nur so wenige Bäume in ihrem Land, und zu jeder Regenzeit wurden es noch ein paar weniger. Bald würde die Sonne wieder mit ungebremster Kraft vom Himmel brennen, und die Tiere würden noch weniger Schatten finden. Sie trauerte um jeden Baum, um jedes Tier, das in diesem trockenen Land ums Leben kam. Es hieß wohl nicht ohne Grund, Gott habe Namibia im Zorn erschaffen. Fremde hielten das Land wegen der extremen Temperaturen, der seltenen Regenfälle, der kargen und staubigen Landschaft, die zum größten Teil aus Sand und Felsen bestand, für lebensfeindlich. Vier Wüsten zogen sich durch Namibia, und doch liebte Ruth jeden einzelnen Flecken des Landes. Nirgends waren der Himmel so blau, die Sterne so funkelnd, der Sand so vielfarbig, die Steine so unterschiedlich.

Horatio stieg aus, krempelte die Beine seiner grauen Stoffhose und die Ärmel seines weißen Hemdes hoch und machte sich an dem Baumstamm zu schaffen. Doch er bewegte das Holz um keinen Zentimeter.

»So geht das nicht«, stellte Ruth fest, die ihn mit verschränkten Armen beobachtete. Sie nahm das Seil von der Ladefläche, befestigte das eine Ende am Baum, das andere am Bakkie, und nach wenigen Augenblicken war die Straße frei. »Jetzt sehen Sie mich nicht so an«, blaffte sie Horatio an, der sie mit großen Augen ansah. »Im Busch ist das ganz normal, dass Frauen Arbeiten wie diese erledigen. Wenn wir jedes Mal warten würden, bis ein Mann auftaucht, wären wir längst ausgestorben. Hier kommt höchstens ein Auto pro Tag vorbei. Wenn es zwei sind, herrscht Rushhour.«

»Ich wollte Sie nicht beleidigen«, sagte Horatio sichtlich belustigt und stieg wieder ins Auto.

»Pff! Das haben schon andere versucht und nicht geschafft«, schnaubte Ruth, wischte sich eine Haarsträhne aus dem Gesicht und trat so heftig auf das Gas, dass Horatio in den Sitz zurückgedrückt wurde.

Danach dauerte es nicht mehr lange, bis sie Wilhelmshorst erreichten. Das kleine Dorf – kaum mehr als eine riesige Farm – lag am Fuße eines Hügels. Eine winzige schmale Straße führte an den Steinhäusern der Eingeborenen vorbei ins Dorf. In dessen Zentrum gab es einen Pub, einen Gemischtwarenhändler mit angeschlossener Tankstelle und Autoreparaturwerkstatt und eine Hinweistafel mit den Daten der nächsten Viehauktionen im Umkreis von dreihundert Meilen. Die Häuser waren alt, aber gepflegt.

»Stopp. Wir sind da. Da vorne ist es«, erklärte Horatio, als sie in Sichtweite eines Hauses waren, in dessen Vorgarten ein karger Strauch mit schwarzen Bändern geschmückt war.

Ruth parkte den Dodge ein wenig die Straße hinunter, dann betrat sie gemeinsam mit Horatio das Trauerhaus. Sie fühlte sich ein wenig unbehaglich, weil sie die Frau, um die hier getrauert wurde, so wenig gekannt hatte. Auf einmal wusste sie nicht mehr, was sie hier wollte. Sie war nur zufällig da gewesen, als Davida gestorben war, und es schien ihr plötzlich unpassend, in einem solchen Augenblick des Abschiednehmens Fragen nach ihrer Großmutter zu stellen – auch wenn die Tote deren Namen in ihren letzten Worten genannt hatte. Sie wollte sich schon abwenden und zurück zum Auto gehen, um dort auf Horatio zu warten, als eine alte Schwarze mit dünnen

124

grauen Löckchen, zahnlosem Mund und rotgeweinten Augen ihre Hand mit beiden Händen fasste.

»Ich danke Ihnen«, sagte die Frau. »Ich danke Ihnen, dass Sie in den letzten Minuten ihres Lebens bei meiner Schwester waren und sie nicht ganz allein gewesen ist.« Die Frau weinte, wischte die Tränen an ihrem Kleid ab, dann nahm sie eine Brille von der hölzernen Kommode, setzte sie auf die Nase – und starrte Ruth an, als sähe sie einen Geist vor sich.

»Was ist mit Ihnen?«, fragte Ruth. »Kann ich etwas für Sie tun? Ein Glas Wasser holen vielleicht?«

Die alte Frau schüttelte den Kopf. »Der Geist der Toten hat mir ein Bild geschickt«, flüsterte sie mehr zu sich als zu Ruth. Sie ließ deren Hand los und ging rückwärts davon, den Blick noch immer auf die Weiße geheftet.

Diese Schwarzen mit ihrem Aberglauben, schoss es Ruth durch den Kopf. Plötzlich überkam sie Heimweh. Sie dachte an Rose, die sich immer über die Schwarzen lustig machte, über deren Aberglauben und ihren Gott des Feuers, über die Hochachtung, mit der Santos und die anderen Farmarbeiter die Rinder behandelten – meist besser als ihre Frauen. Aber so war es nun mal: Rinder waren den Namas heilig. So heilig, dass sich der Häuptling bei seinem Tod in eine Rinderhaut wickeln ließ. Und dann die ganzen Geister! Für jeden Anlass einen Geist, der ihnen entweder gut oder schlecht gesonnen war.

Der Geist der Toten hat mir ein Bild geschickt. Ruth hätte am liebsten aufgelacht, doch in den letzten Tagen war zu viel geschehen, das ebenso unglaublich war und das das Lachen in ihre Kehle zurückpresste. Sie seufzte daher nur, nahm sich einen kleinen Zuckerkuchen und suchte dann nach Horatio. Sie sah ihn von Weitem. Er stand im Garten, sprach mit anderen

125

offensichtlich befreundeten Schwarzen, wedelte dabei mit den Armen. Er hielt den Kopf wie ein Vogel nach vorn, sodass seine Nase beinahe ins Gesicht seines Gesprächspartners pickte.

Ruth konnte nur Bruchstücke von dem verstehen, was die Männer sagten. Doch zwei Worte verstand sie genau: *vuur*, das afrikaanse Wort für »Feuer«, und das deutsche Wort »Wüste«.

Sie war nur noch wenige Schritte von den Männern entfernt, als einer von ihnen sich umwandte. Er erblickte sie sofort, und im gleichen Moment verschloss sich sein vorher so freundliches Gesicht, nahm beinahe feindselige Züge an.

»Störe ich?«, fragte sie.

Der Schwarze schüttelte den Kopf. »Wir waren sowieso fertig.« Er nickte in ihre Richtung: »Miss!«, und ging davon. Die beiden anderen Schwarzen folgten ihm.

»Worüber haben Sie gesprochen?«, fragte Ruth.

Horatio sah den Männern nachdenklich hinterher. »Nichts Wichtiges. Ich habe sie nur nach ihren Großeltern gefragt.«

»Wegen des Nama- und Hereroaufstands?«

Horatio nickte. »Es wäre ja möglich, dass sie noch leben und mir etwas darüber sagen können.«

Am Abend sah Ruth zu, wie sich die Schwarzen um ein Feuer versammelten, das für sie ein heiliges war. Sie saß am Rande des Kreises, lauschte den fremden Gesängen, den fremden Beschwörungen. Es war, als wäre sie in ein fremdes Leben geraten, das mit ihrem auf geheimnisvolle Weise verbunden war. Sie wollte nicht hier sein und wollte es doch, fühlte sich fremd und geborgen zugleich.

Es dauerte, bis das Feuer erloschen und Davida Oshohas Seele im Himmel bei den Ahnen angekommen war. Erst jetzt brachen die Gäste nach und nach auf, verabschiedeten sich wortreich voneinander. Auch Ruth erhob sich. Sie ging langsam um die erloschene Feuerstelle herum und setzte sich neben Davidas Bruder, einen alten Schwarzen mit wenigen grauen Haaren. Er hatte sie über das Feuer hinweg die ganze Zeit beobachtet. »Geht es Davida gut, dort, wo sie jetzt ist?«

Der Mann nickte bedächtig. »Sie ist nun dort, wo man wunschlos ist.« Er wandte sich ihr zu. »Glauben Sie nicht auch, dass die Wunschlosigkeit das größte Glück ist?«

Ruth zuckte mit den Schultern. »Ich weiß es nicht. Ich war noch nie wunschlos, aber ich war auch noch nie von Herzen glücklich. Höchstens mal für einen kurzen Augenblick.«

Das Feuer in der Mitte glimmte noch einmal auf. Flammen stoben empor. Unwillkürlich fühlte Ruth nach Mama Elos Stein. Sofort kehrte das warme Gefühl zurück. Sie schloss die Augen und hatte das gleiche Bild vor Augen wie früher am Tag: Wieder sah sie Flammen, die wie hungrige Münder auf sie zu schossen. Doch dann schob sich ein anderes Bild davor: zwei Menschen, die im Licht der untergehenden Sonne auf einem Hügel standen, eine sehr junge Frau, ein Mädchen noch, und ein junger Mann. Das Mädchen hatte ihren Kopf an die Schulter des Mannes geneigt, er hatte einen Arm um ihre Schulter gelegt. Der Körper des Mädchens bebte, und Ruth erkannte, dass es in Tränen aufgelöst war. Seine Schultern zuckten, doch Ruth konnte sein Gesicht nicht erkennen, nur das lange gelockte Haar, das rot und wild unter einer Haube hervorquoll.

Plötzlich hörte sie die Stimme des jungen Mannes. »Weine

nicht, meine Rose, meine Blume. Es wird sich alles finden, alles.«

Die junge Frau schüttelte den Kopf. »Was soll sich finden? Mein Vater hat dich vor die Tür gesetzt. War eine Heirat zwischen uns ohnehin ohne große Aussichten, so ist die Lage jetzt hoffnungslos.« Und wieder bebte der Körper des Mädchens. Tränen rollten über seine Wangen, versickerten im Stoff seines Kleides, welches bis auf den Boden reichte.

»Ich werde einen Weg finden«, erklärte der junge Mann. »Ich werde fortgehen.«

»Nein, das darfst du nicht! Du darfst mich hier nicht allein lassen.«

»Doch, ich werde fortgehen. Dorthin, wo ich Geld verdienen kann. Es heißt, in der Walfischbucht sei Gold gefunden worden. Das Gebiet untersteht der Obhut des kaiserlichen Generalkonsuls und Kommissars für Südwestafrika, Ernst Heinrich Göring. Ich werde mich bei ihm bewerben. Und wenn ich wiederkomme, werde ich so viel Geld haben, dass ich dich heiraten kann.«

Das Mädchen sah zu ihm auf. In ihren Augen glomm Hoffnung. »Du wirst nicht lange weg sein, nicht wahr?«

Der Mann schüttelte den Kopf. »Ich werde mich beeilen. Und wenn ich wiederkomme, kaufen wir dieses Land und natürlich den grünen Hügel. Wir heiraten und werden Kinder haben. Zuerst einen Jungen und dann ein Mädchen.«

»Rose.« Die junge Frau lächelte unter Tränen. »Wir werden unsere Tochter Rose nennen.«

»Deine Großmutter war eine bemerkenswerte Frau.« Die Stimme des Alten holte Ruth in die Wirklichkeit zurück. »Du siehst aus wie sie, als sie jung war. Du ähnelst ihr wie ein Zwilling dem anderen. Wenn du ihr Geheimnis lüften willst, musst du nach Lüderitz fahren. Deswegen bist du doch hier, nicht wahr? In Lüderitz beginnen und enden alle Spuren. Dort wirst du finden, was du suchst.«

Ruth riss den Mund auf, um etwas zu fragen, doch als sie auf den Platz neben sich sah, war der leer. Der alte Mann war weg, das Feuer erloschen. Sie fror mit einem Mal und zog eine Decke um ihre Schultern.

Der schwarze junge Mann, der am Nachmittag mit Horatio gesprochen hatte, kam auf sie zu. »Es wird Zeit, dass Sie gehen, Miss.« Seine Stimme klang streng.

»Sicher.« Ruth erhob sich, wobei ihr die Decke von den Schultern glitt.

Der Schwarze reichte sie ihr. »Hier, nehmen Sie die mit, und verschwinden Sie von hier.«

»Warum sind Sie so feindselig? Ich habe Davida nicht getötet.«

»Ihre Familie hat mehr Unglück über die Namas gebracht als alle Kriege zuvor. Ihre Familie ist schuld daran, dass wir heute Sklaven der Weißen sind. Ihr habt unsere Seele gestohlen, unser Land, unsere Kultur.«

Ruth schüttelte den Kopf. »Nein, Sie irren sich. Das kann nicht sein.«

Der Schwarze trat so dicht an Ruth heran, dass sie seinen Atem auf ihrem Gesicht spürte. »Niemand hat es gewagt, die Saldens zu verfluchen. Sie durften nur hier sein, weil alle Angst vor euch haben. Ich aber habe keine Angst. Und ich, Davida Oshohas Enkelsohn, verfluche Sie, Sie und Ihre Familie.«

Plötzlich wurde der Stein zwischen Ruths Brüsten eiskalt, so kalt, dass sie aufschrie, weil er auf ihrer Brust brannte. Es dauerte nur einen Augenblick lang, doch Ruth wusste, dass sie ein Mal zurückbehalten würde, das sie für immer an diesen Moment erinnern würde. Sie rannte. Fort, nur fort von diesem Ort.

Während Ruth lief, meinte sie die Blicke des Schwarzen in ihrem Nacken wie Stiche spüren zu können. *Ich habe geahnt, dass ich hier nichts zu suchen habe,* dachte sie. Und gleichzeitig wusste sie, dass die Entscheidung, hierherzukommen, richtig gewesen war. Atemlos erreichte sie die Straße, verlangsamte ihren Lauf und ging schließlich angemessenen Schrittes in Richtung ihres Autos. Dort traf sie auf Horatio. Er stand an den Pick-up gelehnt, die Arme vor der Brust verschränkt, die Füße überkreuzt, und hatte offensichtlich schon auf sie gewartet. Sein weißes Hemd leuchtete in der Dunkelheit.

»Was ist mit Ihnen?«, fragte er, als sie, noch immer keuchend, bei ihm stehenblieb, ihr wildes Haar im Nacken zusammennahm und es wieder mit einer Spange bändigte.

Ruth überlegte kurz, ob sie ihm von dem Fluch erzählen sollte. Am liebsten hätte sie ihm alles erzählt, ihr ganzes Leben, ihre Angst, einfach alles. Doch bevor die Worte aus ihr heraussprudeln konnten, hielt sie inne. Er war ein Nama und würde einer Weißen nicht glauben. Oder steckte er gar mit den anderen unter einer Decke? Hatte auch er sie heimlich verflucht? »Ich bin müde«, sagte sie daher nur. »Wir sollten uns langsam ein Plätzchen zum Schlafen suchen.«

Horatio nickte und stieg in den Bakkie, als gehöre er ihm. »Ich kenne in der Nähe ein gutes Fleckchen, nahe an einem Bach. Dort können wir übernachten.«

Ruth setzte sich ans Steuer, startete den Wagen und warf noch einen letzten Blick auf das Haus, in dem Davida Oshoha einst gelebt hatte. Dann fuhren sie in die Dunkelheit.

»Woher kennen Sie diese Gegend?«, fragte Ruth nach einer Weile.

»Das alles ist ehemaliges Namaland, das die Hereros erobert haben. Ich kenne es, weil ich das ganze Land kenne, weil ich dazugehöre. Zu diesem Land, zu diesem Volk.«

Etwas in seiner Stimme ließ Ruth aufhorchen. War es Trotz? War es Stolz oder Wehmut? »Und glauben Sie auch an die Wirkung von Flüchen, an den Gott des Feuers und all die anderen Dinge, an die die Namas glauben?«, fragte sie.

Horatio lächelte. »Es gibt mehr Dinge zwischen Himmel und Erde, als wir ahnen«, sagte er. »Wenn Sie jetzt aber meinen, dass ich an Voodoo glaube oder daran, dass ein Mensch von den Göttern so viel Macht über andere Menschen bekommen hat, dass er sie vernichten kann, so irren Sie sich.«

»Also keine Flüche? Keine Nadeln in Puppen?«

»Nein, Ruth.« Er sah sie aufmerksam an, doch Ruth wich seinem Blick aus. »Sie müssen keine Angst haben, Ruth«, sagte er, als ahne er, was sie bewegte. »Die Religion der Schwarzen bewirkt nur so viel wie die Religion der Weißen. Ich bin nicht Ihr Feind.«

Später, das Zelt war aufgebaut, ein Lagerfeuer in einem Ring aus Steinen entfacht, saßen Ruth und Horatio nebeneinander im Veld. Ruth sah zum Himmel hinauf und suchte ihren Stern. Sie brauchte etwas, das ihr Trost spendete.

»Was wollen Sie nun machen?«, fragte Horatio leise. »Haben Sie erfahren, was Sie wollten?«

Ruth zuckte mit den Schultern. »Ich weiß nicht, was genau ich erfahren habe. Ich kann es noch nicht richtig einschätzen, aber ich werde gleich morgen nach Lüderitz weiterfahren.

131

›Dort beginnen und enden alle Spuren‹, hat Davidas Bruder gesagt.«

Horatio nickte, nahm einen Stock und stocherte damit im Feuer herum. »Ich werde Sie begleiten«, erklärte er nach einer Weile mit fester Stimme.

Ruth stutzte. Ihr schien es, als stünde das für ihn schon lange fest. »Warum wollen Sie das? Was haben Sie mit meiner Familiengeschichte zu tun?«

»Nichts. Überhaupt nichts. Mein Interesse gilt auch nicht Ihnen und Ihrer Familie, sondern einzig meiner Arbeit. Lüderitz ist der Sitz des Diamond-World-Trust. Es gibt dort ein Archiv, zu dem ich als Historiker Zugang habe. Ich muss etwas recherchieren, und ich biete Ihnen bei Ihrer Suche meine Hilfe an. Ohne mich kommen Sie nicht in dieses Archiv. Dafür nehmen Sie mich mit an die Küste. Eine Zugfahrt würde viel zu lange dauern. Außerdem habe ich schon lange geplant, nach Lüderitz zu fahren.«

»Und warum wollen Sie mir helfen, wenn Sie an meiner Geschichte nicht interessiert sind? Im Übrigen muss man nicht mit dem Zug fahren; es gibt auch Busverbindungen.«

Horatio zuckte mit den Schultern. »Vielleicht hängt das eine mit dem anderen zusammen. So wie alles mit allem zusammenhängt. Außerdem haben Sie eine von uns nicht alleingelassen, als sie in Ihren Armen starb. Wir sind Ihnen etwas schuldig.«

»Unfug. Niemand ist mir etwas schuldig! Jeder hätte an meiner Stelle dasselbe getan.« Ruth sah in die Flammen. Sie griff nach ihrem Feuerstein, wartete auf die Vision, auf das Bild des gefräßigen Feuers, aber nichts geschah. Alles blieb ruhig und friedlich. Nur in der Ferne kläfften ein paar wilde Hunde den Mond an.

Während Horatio sich bald darauf in seine Decke rollte, Ruth eine gute Nacht wünschte und die Augen schloss, blieb sie noch ein wenig am Feuer sitzen. Sie würde nach Lüderitz fahren. Erst in dem Moment, als sie die Worte vorhin ausgesprochen hatte, war ihr Entschluss gefallen. Sie musste nach Lüderitz, wenn sie das Geheimnis ihrer Großeltern lösen wollte. *Erst, wer die Vergangenheit kennt, kann an der Zukunft bauen.* Ians oft geäußertes Lebensmotto erhielt auf einmal eine neue Bedeutung. Warum in aller Welt aber wollte Horatio sie begleiten?

Ich bin ein Nama, hörte sie ihn sagen. Und eine andere Stimme ergänze: *Das Feuer der Wüste ist die Seele der Namas. Ihre Familie hat uns die Seele gestohlen.*

Wollte Horatio sie begleiten, um das »Feuer der Wüste« zu finden? War er aufgebrochen, um die Seele der Namas zu retten?

Ruth erwachte beim Morgengrauen. Horatio war nicht da. Sie sah sich suchend um und entdeckte ihn schließlich ein Stück weiter weg, wo er Holz für das Feuer sammelte. Ruth reckte und streckte sich, dann ging sie zum Bach, warf sich zwei Hände voll Wasser ins Gesicht und füllte den Kessel.

Als sie zum Feuer zurückkam, starrte Horatio sie mit ein paar trockenen Ästen in der Hand an.

»Was ist mit Ihnen? Ist Ihnen der Gott des Feuers erschienen?« Sie lachte, und es klang böse. Sofort entschuldigte sie sich: »Tut mir leid, ich wollte Ihre Gefühle nicht verletzen.«

Horatio starrte weiter. »Es sieht aus, als käme die Sonne direkt aus Ihrem Inneren«, sagte er. Sein Gesicht zeigte etwas, das Ruth sich selbst nur als »heilige Andacht« umschreiben konnte. »Es sieht so aus, als stünden Ihre Haare in Flammen.«

Ruth lächelte schief. »Die Sprüche kenne ich«, erklärte sie. »Als ich in Gobabis zur Schule gegangen bin, haben die anderen Kinder mich immer so gerufen: ›Rotschopf, Rotschopf! Die Esse brennt!‹«

»Nein, nein, so meine ich das nicht.« Horatio hob beschwichtigend die Hände, und Ruth begriff, dass er ihr ein Kompliment hatte machen wollen. Sie spürte, dass sie rot wurde, suchte in den Taschen ihres Overalls nach einem Gummi und band wortlos ihr Haar zusammen.

Eine Viertelstunde später saßen sie am Feuer und hielten Blechtassen mit dampfendem Kaffee in den Händen. Ruth atmete tief ein und aus. Sie genoss die Stille, die nicht wirklich still war, sondern vom Gesang der Vögel erfüllt. Sie nahm das Aroma des Veldes in sich auf, roch den Staub, die aufsteigende Hitze des jungen Tages und den Duft der Pflanzen. Und sie sah das Strahlen des Himmels über sich, der sich von einem dunklen Violett in ein zartes Rosa verfärbte, ehe die aufgehende Sonne alles in ein kräftiges Orange tönte. »Es ist schön hier, nicht wahr? Ich kann mir nicht vorstellen, wie es ist, in der Stadt zu leben. Ich liebe das Veld, das Land, seine Tiere.«

»Ich liebe dieses Land ebenfalls. Es ist unseres.«

Ruth fuhr herum. »Fangen Sie schon wieder mit dem Nama- und Hereroaufstand an?«

»Nein«, erwiderte Horatio. »Ich wollte damit sagen, dass Ihr Land auch mein Land ist. Weil wir es lieben. Nur deshalb.«

Ruth war versöhnt. »Erzählen Sie mir etwas von dem Aufstand?«, fragte sie. »Von dem, was 1904 geschah?«

134

Horatio lachte. »Es ist noch zu früh für Politik und zu früh für Streit. Soll ich Ihnen stattdessen nicht lieber erzählen, wie es kam, dass es weiße und schwarze Menschen gibt? Wollen Sie wissen, warum die Namas die Weißen ›weiße Geister‹ nennen? Und warum die Weißen Angst davor haben, so genannt zu werden?«

Ruth dachte einen Augenblick lang nach. Sie hatte nie Zeit gehabt, sich um die Riten und Bräuche ihres Landes zu kümmern. Jetzt aber hatte sie Zeit. Die Farm – wenn es denn überhaupt noch ihre Farm war – musste im Moment ohnehin ohne sie auskommen. Santo würde sich um alles kümmern; er wusste Bescheid, und Ruth vertraute ihm. »Also gut, reden Sie«, bat Ruth und goss sich noch einen Becher Kaffee ein.

Horatio lehnte sich gegen einen Baumstamm. »Gottvater hatte zwei Söhne«, erzählte er mit ruhiger Stimme, »Manicongo und Zonga. Er liebte sie beide mit ganzer Kraft, doch nur einer von ihnen war dazu bestimmt, die Menschen zu leiten. Also stellte er ihnen eine Aufgabe. Sie sollten am nächsten Morgen zum nahen See gehen und darin baden. Das Wasser sollte entscheiden, wer der wahre Herrscher über die Menschen sein sollte.

Zonga, der feinfühligere, ehrgeizigere der Söhne, nutzte die Nacht, um an sein Ziel zu gelangen. Am nächsten Morgen erreichte er den See, noch bevor die Sonne aufgegangen war. Er stieg ins Wasser und erlebte eine Überraschung: Das Wasser wusch allen Dreck und Staub von ihm ab, sodass er weiß wie eine Lilie wurde.

Manicongo, der älteste Sohn, war die Ruhe und Gelassenheit selbst. Er liebte das Leben mit seinen Überraschungen und Vergnügungen. Als er den Auftrag seines Vaters erhielt, ließ er sich ein kräftiges Mahl kochen, trank ein paar Flaschen Wein, sang und tanzte die halbe Nacht hindurch. Als der Morgen graute, ging er zu Bett, und als er aufwachte, war es schon Mittag. Er eilte zum See, so schnell er konnte, und wollte darin eintauchen. Doch der See war nicht mehr da. Nur eine winzige Pfütze erinnerte noch an ihn. Manicongo sprang in die Pfütze, griff mit den Händen nach dem Wasser, doch nur seine Handflächen und die Sohlen der Füße färbten sich weiß.

So beschloss Gottvater, dass der ehrgeizige Zonga die Herrschaft über die weißen Menschen bekam und der lebenslustige Manicongo die über die schwarzen Menschen. Zonga ging über den Ozean und regierte sein Volk, vermittelte ihm seine Stärken. So kam es, dass die Weißen reicher und reicher wurden. Manicongo sollte über die Schwarzen regieren, und er tat es, so gut er konnte. Und so kommt es, dass die Schwarzen am liebsten gut essen, trinken, singen und tanzen.

Nun, Ruth, was sagen Sie dazu? Wer von uns hat es besser getroffen?« Horatio sah sie an.

»Wir haben wohl beide nicht das große Los gezogen.« Ruth zuckte mit den Schultern. »Wer nur arbeitet und das Vergnügen nicht kennt, hat wenig vom Leben. Und wer sich nur vergnügt und die Arbeit nicht kennt, hat auch nicht gerade viel von seinem Dasein. Die Mitte macht es.« Sie sah Horatio an. »Euer Gott ist ein Dummkopf, denke ich.«

Horatio lachte. »Oh nein! Das ist nicht unser Gott, der das entschieden hat. Es muss der Ihre gewesen sein. Wir haben zwei Gottheiten – eine gute und eine böse. Beide zusammen bestimmen das Schicksal der Menschen. Tsui-Goab, der gute Gott, wohnt im roten Himmel, also dort, wo die Sonne aufgeht; Gaunab, der böse Gott, ist verantwortlich für

136

Krankheiten, Unglücksfälle, kurz: für alles Böse, das den Namas wiederfährt.«

»Ja, ich weiß, der gute Gott mit dem heiligen Feuer.«

»Genau, Tsui-Goab, der Gott, der das Feuer der Sonne hütet. Bei meiner Arbeit bin ich auf einen Hererostamm gestoßen, der einen etwas anderen Glauben hat. Früher nämlich, in den alten Zeiten, sprachen die Hereros nur ihre eigene Sprache, Otjiherero. Damals nannten sie die Weißen ›Otjirumbo‹, was so viel wie ›dickes, fahles Ding‹ bedeutete. Die ersten Weißen kamen über das Meer. Das Meer aber war für die Hereros das Totenreich. Wer also aus dem Totenreich zurückkehrte, musste der mächtigste der Götter sein. Das schwarze Volk unterwarf sich diesen weißen Geistern auf der Stelle und machte es ihnen somit leicht, die Hererogebiete zu erringen.«

»Ist mein Volk jetzt schuld daran, dass euer Volk so abergläubisch ist?«

Horatio schüttelte den Kopf. »Nein, das wohl nicht. Ich stelle mir nur vor, wie es wohl sein muss, wenn man fremdes Land betritt, dort ehrfürchtig empfangen und wie ein Gott behandelt wird und diese Freundlichkeit ausnutzt.«

»Pff!«, machte Ruth. »Sparen Sie sich Ihre Sprüche! Sie haben selbst gesagt, dass die Weißen Ehrgeiz haben, die Schwarzen dagegen lieber das Leben genießen. So ist es auch. Jeder ist seines Glückes Schmied. Im Übrigen gibt es auch Schwarze, die ihr Glück gemacht haben. Haben Sie sich einmal überlegt, wie vielen es jetzt besser geht als je zuvor? Die Kinder können zur Schule, ihre Eltern wohnen in Häusern, müssen das Vieh nicht mehr durch das dürre Veld treiben. Es gibt Ärzte, eine Eisenbahn, halbwegs ordentliche Straßen. Das alles haben die Weißen ins Land gebracht.«

Horatio schwieg.

»Was ist?«, fragte Ruth herausfordernd.

»Nichts«, erwiderte er. »Ich wünsche mir nur manchmal, dass wir einander besser verstehen, dass die Schwarzen und die Weißen miteinander Freund sind und nicht ständig gegeneinander aufrechnen, wer wann was wo und wie wem angetan oder zu verdanken hat. Es ist nicht so einfach, Ruth, wie Sie das sehen. Die Straßen, Eisenbahn, Schulen und Ärzte haben wir um den Preis unserer Kultur und unserer Identität bekommen. Wir haben die Weißen nicht gerufen. Wir haben Eisenbahnen, Straßen, Schulen und Ärzte nicht vermisst. Wir haben unser Vieh gehütet, und die Alten haben den Jungen beigebracht, was sie wissen mussten. Unsere Schule war das Leben. Und wenn es jemandem von uns schlecht ging, waren die Schamanen für uns da. Nein, Ruth, wir waren glücklich ohne die Weißen. Jetzt aber sind sie da und erwarten von uns, dass wir so leben wie sie. Tun wir es nicht, halten sie uns für faul. Niemand will verstehen, dass wir einfach anders sind. Nicht besser, nicht schlechter. Nur anders.«

Ruth seufzte. »Reden Sie nicht so viel. Stehen Sie lieber auf und helfen Sie mir, unsere Sachen ins Auto zu laden. Wir haben noch einen weiten Weg vor uns und keine Zeit für so einen Mumpitz. Jedenfalls nicht jetzt.« Sie schämte sich und hatte bewusst verletzende Worte gesucht. Sie wusste genau, was die Weißen den Schwarzen angetan hatten, was sie ihnen noch immer antaten, indem sie ihre Lebensart nicht akzeptierten und meinten, die einzig richtige Art zu leben wäre die der Weißen.

Schweigend sammelte Ruth die Sachen zusammen, verstaute sie ordentlich unter der Plane des Pick-ups und setzte sich ans Steuer. »Wollen Sie noch immer mit mir nach Lüderitz, oder soll ich Sie lieber am nächsten Truckstop rauslassen?«

»Auf nach Lüderitz«, erklärte Horatio. »Worauf warten wir noch?«

Siebtes Kapitel

Sie waren viele Stunden lang gefahren und hatten unterwegs nur zwei Mal gehalten, um zu tanken. Obwohl noch heller Tag war, senkte sich Düsternis über das Land. Dunkle Wolken jagten über den Himmel, bauten sich am Horizont zu gelbschwarzen Türmen auf.

»Es wird ein Unwetter geben«, sagte Ruth. »Wir müssen sehen, dass wir rechtzeitig eine Herberge in einer kleinen Stadt erreichen oder auf einer Farm unterkommen.«

Horatio sah sich um. »Hier draußen ist nichts: keine Farm, keine Stadt, nicht einmal ein Eingeborenendorf. Wir befinden uns mitten im Veld. Es würde mich nicht wundern, wenn wir die Ersten wären, die heute hier entlanggekommen sind. Ich sehe nicht einmal Vieh auf den Weiden, keine Windräder, von Häusern und Höfen ganz zu schweigen.«

»Wo sind wir genau?«

»Am Rande der Kalahari. Wohin man auch blickt, nichts als Sand, rötlicher Sand, dazwischen ein paar Sträucher, vertrocknete Grasbüschel und verdorrtes Holz. Es ist unglaublich heiß, finden Sie nicht?«

»Das ist in der Wüste so«, erwiderte Ruth trocken, doch ihre Bluse klebte am Rücken, zwischen ihren Brüsten liefen kleine Rinnsale von Schweiß, das Armaturenbrett war von Sand bestäubt. Sie tippte auf die Straßenkarte, die hinter der Augenblende über dem Beifahrersitz steckte. »Die Kalahari ist riesig. Ich wollte eigentlich wissen, wo genau wir uns

140

befinden, welche Ortschaft als nächstes kommt, ob es in der Nähe eine Farm gibt oder wenigstens einen Truckstop.«

Horatio angelte nach der Karte, entfaltete sie umständlich. »Vor einer Stunde sind wir durch Kalkrand gekommen. Die nächste Ortschaft müsste also Mariental sein. Es sind noch rund zwei Stunden bis dorthin.«

Ruth sah auf die Wolken, deren Ränder sich mittlerweile schwefelgelb gefärbt hatten. »Das schaffen wir nicht. Der Regen wird uns einholen. Dann weicht die Pad so auf, dass wir keine Meile mehr vorwärtskommen.« Im selben Augenblick kam eine Windböe auf, zerrte an dem dürren Steppengras, trieb Sandwolken vor sich her.

»Was sollen wir also tun?«, fragte Horatio.

Ruth warf ihm einen mitleidigen Blick zu. »Was schon? Wir suchen eine Farm. Sie halten an den Straßenrändern Ausschau nach einem Schild, klar?«

»Yeap.«

Der Wind wurde von Minute zu Minute stärker, zwang die wenigen zerrupften Sträucher am Straßenrand, sich gen Boden zu neigen, wirbelte Sandschwaden vor die Windschutzscheibe und behinderte die Sicht. Ruth war auf dem Fahrersitz inzwischen so weit nach vorn gerutscht, dass sie mit der Nase fast an der Scheibe klebte. Windhosen wirbelten den Sand der Kalahari meterhoch auf. Es war, als führen sie durch dichten roten Nebel.

»Sehen Sie immer noch kein Schild? Geht nirgendwo eine Straße ab?« Ruth musste schreien, um das Brüllen des Windes zu übertönen.

»Da vorn. Da steht eins.«

»Wo?«

»Hier rechts.«

141

Ruth bremste. Die Scheiben des Wagens bedeckten sich auf der Stelle mit einer dicken Sandschicht. Sie stieg aus, stemmte sich gegen den Wind, legte die Hände schützend über die Augen. »Kant's Beester & Donkey Plaas«, verkündete das Schild auf Afrikaans. Ruth eilte zum Wagen zurück, sprang hinein. »Eine Farm für Rinder und Esel«, erklärte sie und schüttelte den Kopf. »Merkwürdig, ich habe noch nie gehört, dass jemand Esel züchtet.«

»Na ja, irgendwoher müssen sie ja kommen.«

Ruth stellte den Scheibenwischer an und verzog das Gesicht, als er knirschend Streifen auf die Windschutzscheibe malte. Sie gab Gas und bog in die Schotterpiste zur Kant's Plaas ein. Vor dem zweistöckigen Farmhaus hielt sie an, sprang aus dem Wagen, betätigte den Türklopfer. Sie sah immer wieder zum Himmel, der jetzt schwarz-violett gefärbt war. In der Ferne grollten Donner.

Endlich öffnete sich die Tür. Ein dicker Mann in kurzen Hosen und einem gerippten Unterhemd stand breitbeinig im Hauseingang. Aus seinen Arbeitsschuhen ragten geringelte Socken hervor. »Was ist?«, bellte er.

»Mister Kant? Wir sind auf dem Weg nach Keetmanshoop und wollten fragen, ob Sie uns bei dem Unwetter Unterschlupf gewähren können.«

Der Mann kratzte sich am Kinn. Es war ihm anzusehen, dass er nicht gerade auf Ruth gewartet hatte. »Meine Frau ist bei ihrer Schwester. Sie müssten sich das Gästezimmer selbst zurechtmachen. Und Essen habe ich auch nicht viel im Haus.«

»Wir haben selbst etwas dabei. Und, bitte, machen Sie sich keine Umstände. Wir werden in unseren Schlafsäcken übernachten.«

»Also gut, kommen Sie herein«, brummte Kant. »Aber

142

machen Sie schnell. Ich will nicht, dass der Sturm mir noch mehr Dreck ins Haus weht.«

Ruth nickte, rannte zum Wagen zurück. »Kommen Sie, nehmen Sie die Schlafsäcke!«, rief sie Horatio zu.

Schon knallten die ersten dicken Tropfen auf das Wagendach. Horatio lud sich das Gepäck auf, und mit geduckten Schultern, die Köpfe eingezogen, rannten sie zum Haus zurück.

Der Farmer stand noch immer in der Tür. Als die beiden eintreten wollten, schob er seinen Arm wie einen Riegel vor. »Augenblick mal. Sie hatten nicht gesagt, dass Sie einen Kaffer dabeihaben. Mein Haus ist nur für Weiße. Der Schwarze kann bei meinen Arbeitern fragen, ob sie ein Plätzchen für ihn haben. Ihre Hütten stehen eine halbe Meile nörd-« Ein Donner unterbrach den Mann krachend. Blitze zuckten, als schleudere Gott selbst sie auf die Erde.

»Hören Sie, wir sind zusammen gekommen. Machen Sie keinen Aufstand, und lassen Sie uns hinein. Wir bezahlen auch für Ihre Gastfreundschaft.« Ruth wollte an ihm vorbei, doch der Mann hatte seinen Arm wie einen Prellbock in den Türrahmen gestemmt.

»Haben Sie nicht gehört, Miss? In mein Haus kommt kein Kaffer.«

»Gut, Mister. Sie sind der Boss. Aber beten Sie zu Gott, dass Sie nicht eines Tages einmal die Hilfe eines Kaffers in Anspruch nehmen müssen. Und beten Sie, dass der Kaffer dann hilfsbereiter ist als Sie.« Sie wandte sich um. »Komm.«

Ohne zu merken, dass sie Horatio gerade geduzt hatte, packte sie ihn am Ärmel und zog ihn durch den Regen zum Auto, während Kant die Tür hinter sich zuknallte.

»Unverschämtheit«, brummelte Ruth vor sich hin. »Und so

143

etwas nennt sich die viel gepriesene Gastfreundschaft der Oukies. Dass ich nicht lache!« Sie war so erbost, dass sie mit den
Fingern auf das Lenkrad trommelte. »Stört Sie das etwa überhaupt nicht?«

Horatio schüttelte den Kopf. »Nein, nicht besonders. Ich
bin das gewöhnt. Ich bin ein Schwarzer, ein Kaffer, ein Affe,
wissen Sie? Haben Sie schon einmal einen Schwarzen in Ihr
Herrenhaus gebeten?«

»Was soll denn das heißen? Mama Elo und Mama Isa leben
im Herrenhaus – oder zumindest im Gästetrakt.«

»Ja, aber sie arbeiten für euch. Hatten Sie schon einmal einen Schwarzen zu Gast? Einen, der mit Ihnen bei Tisch saß
und von Ihrem guten Wein getrunken, in Ihrem Gästezimmer
übernachtet hat?«

Ruth schüttelte den Kopf. »Was soll das jetzt? Ich kenne
nur die Schwarzen auf unserer Farm und die von den Nachbarfarmen. Die haben ihre eigenen Betten und brauchen unser Gästezimmer nicht.«

»Aber befreundet sind Sie mit keinem von ihnen, oder?«

Ruth wischte mit der Hand durch die Luft. »Sie haben
recht, ich bin nicht mit den Schwarzen befreundet, aber mit
den Weißen auch nicht.« Sie dachte an Santo, an seine schöne
Frau, an Elo und Isa und an Nath. »Aber wenn ich wählen
müsste, dann hätte ich wohl eher schwarze Freunde. Und auf
Salden's Hill ist noch niemand abgewiesen worden, der Hilfe
brauchte.«

»Oh.«

»Ist das alles? *Oh?* Und was machen wir jetzt?«

Horatio zuckte mit den Schultern. »Sie sind die erfahrene
Buschfrau. Ich bin nur ein Kaffer aus der Stadt.«

»Also gut, dann fahren wir weiter, solange wir noch können.

Irgendwo muss es eine Hütte für die Viehtreiber geben. Dort übernachten wir.«

Sie startete den Motor und fuhr langsam vom Hof. Der Regen knallte wie kleine Steine aufs Dach, der Schmutz auf den Scheiben vermischte sich mit dem Regen, floss in grauroten Bächen die Scheibe hinab und verschmierte die Sicht mit einem undurchdringlichen Film.

»Dahinten, da steht eine Hütte.« Horatio wies mit der Hand in die Dunkelheit. »Dort, sehen Sie?«

»Es scheint eine Behausung für die Wanderarbeiter zu sein. Hoffen wir, dass sie gerade nicht bewohnt ist und der alte Kant zu träge, um bei dem Wetter nach seiner Hütte zu sehen.«

Sie hatten Glück. Der steinerne, windschiefe Flachbau war leer, die Fenster waren notdürftig mit Brettern vernagelt. Nur ein alter Gaskocher ohne Gas stand darin, dazu ein wackliger Tisch und zwei Stühle mit durchgesessenen Sitzen. Der Boden war voller Dreck, von den Wänden hingen die Spinnweben herunter.

»Nicht gerade das Hilton, aber besser, als im Regen durchzuweichen.«

»Das was?«

Ruth sah auf. »Das Hilton. Eine berühmte und sauteure Hotelkette. Ich kenne sie aus den Zeitschriften meiner Mutter.«

»Aha.«

Ruth packte ihren Schlafsack aus und breitete ihn auf dem Boden aus. »Haben Sie noch Hunger?«, fragte sie, wieder beim Sie angelangt.

Horatio schüttelte den Kopf. »Aber ein Bier wäre jetzt gut.«

»Können Sie haben.« Ruth kramte in einer Segeltuchtasche

145

und warf Horatio eine Flasche Hansa Lager zu. »Gekühlt ist es nicht, aber vielleicht kommen Sie trotzdem damit klar.«

»Ich gehe raus, unter das Vordach. Ein solches Wetter erlebt man in der Stadt nicht allzu häufig.«

Ruth schloss sich ihm an. Nebeneinander an die Wand gelehnt betrachteten sie den Himmel. Der war noch immer dunkelviolett, ab und zu rissen Blitze das Dunkel auf. Dazwischen brüllten Donner, peitschte der Wind. Den normalerweise staubigen Boden vor der Hütte hatte der Regen aufgeweicht, der auf das Vordach prasselte und in einzelnen Tropfen durch es hindurchsickerte. In den Pfützen platzten Blasen. »Als würde Gott die Welt untergehen lassen«, sagte Ruth leise. »Mal sehen, ob wir morgen hier wieder wegkommen. Die Pad wird voller Schlamm sein. Erst auf der Schotterstraße sind wir sicher.«

Horatio nickte. »›Der Feuergott zürnt‹, hat meine Großmutter früher immer gesagt, wenn Gewitter kam, und immer hatte ich ein schlechtes Gewissen, weil ich dachte, Gott zürnt mir.«

Ruth lachte. »Nicht gerade bescheiden, oder? Haben Sie wirklich gemeint, Gott veranstaltet den ganzen Zirkus nur, weil Sie vergessen haben, Ihr Spielzeugauto wegzuräumen?«

»Ich hatte kein Spielzeugauto. Ich hatte überhaupt kein Spielzeug, das man in einem Laden kaufen konnte«, erwiderte Horatio fröhlich. »Nur einen Lumpenball, einen Plastikreifen und eine Art Puppe, die meine Mutter selbst genäht hatte. Ach, und einmal haben mir meine Brüder aus alten Obstkisten und Kinderwagenrädern eine Seifenkiste gebaut.«

»Oh.« Ruth sah zu Boden.

Der Regen war inzwischen so stark geworden, dass sie

146

ihren Platz unter dem Vordach aufgeben und ins Innere der Hütte gehen mussten.

»Ich bin in einer Wellblechbude aufgewachsen. Meine beiden älteren Brüder waren stark wie Bären. Sie konnten schon als kleine Jungs das bisschen Feld hinter dem Haus bewirtschaften, die beiden Ziegen hüten. Ich dagegen war schwach und immer kränklich. Einmal sollte ich die Ziegen hüten, weil meine Brüder Holz hacken mussten. Ich saß also auf einem Stückchen trockner Steppe, hatte einen Stock in der Hand und musste nichts tun, als nur auf die beiden Ziegen achtgeben. Ich malte mit dem Stock Zeichen in den Staub und sah ab und zu nach den Tieren. Jedes Mal waren sie ein Stückchen weiter weg, aber immer noch so nah, dass ich sie erkennen konnte. Plötzlich aber bewegten sie sich nicht mehr. Ich dachte, sie wären müde, und ließ sie in Ruhe. Es war heiß, die Menschen litten unter der Hitze. Warum also sollten die Ziegen nicht auch müde sein? Ich saß da, sah immer wieder nach den beiden grauen Flecken, die ganz ruhig mitten im Veld standen. Als es dämmerte, stand ich auf und wollte die Ziegen holen. Da erst sah ich, dass ich die ganze Zeit auf zwei Felsblöcke aufgepasst hatte. Die Ziegen waren weg.«

Horatio brach ab und sah zu Ruth. »Verstehen Sie? Ich konnte schlecht sehen, aber niemand hat es bemerkt, niemand hatte Zeit, es festzustellen. Und so habe ich die Ziegen, den wertvollsten Besitz unserer Familie, verloren.«

Obwohl er seine Verzweiflung hinter einem Grinsen zu verbergen suchte, sah Ruth in Horatios Gesicht die ganze Enttäuschung seines Lebens. Sie fasste kurz nach seiner Hand. »Sie konnten nichts dafür. Es war nicht Ihre Schuld, dass Ihre Augen so schlecht sind.«

»Ich weiß. Meine Eltern hatten trotzdem kein Geld für eine

Brille. Als der Nachbar starb, erbte ich seine. Ich konnte damit nur verschwommen sehen, aber wenn ich mir etwas dicht vor die Augen hielt, ging es.« Er hielt inne. »Der Nachbar war Hausmeister in einer Missionsschule, hatte auch einige Bücher. Da mich nach dem Verlust unserer Ziegen niemand mehr zur Arbeit brauchen konnte, begann ich zu lesen. Ich las alles, was mir unter die Finger kam. Der Pfarrer bemerkte meine Lesewut und lieh mir seine Bücher. Er war es auch, der dafür sorgte, dass ich in die Schule kam. Meine Eltern stimmten zu. Es gab kostenloses Mittagessen in der Schule, und so mussten meine Eltern einen Esser weniger versorgen. Der Lehrer war ein Baster, der Sohn eines Weißen und einer Schwarzen vom Stamme der Khoikhoi.«

»Einer Hottentotten-Frau?«, fragte Ruth dazwischen.

»Ja, ihr Weißen nennt sie wohl so. Die Namas sind die eigentlichen Hottentotten, aber auch die San gehören dazu. Mein Lehrer interessierte sich sehr für Geschichte; und schon bald war es auch mein größtes Hobby. Die anderen Kinder beachteten mich nicht, spotteten höchstens über mich, wenn ich wieder einmal über meine eigenen Füße gestolpert war. Ich war eine Niete beim Footballspiel, dafür bekam ich regelmäßig hervorragende Zensuren. Aber ich wünschte mir nichts mehr, als eines Tages den entscheidenden Treffer zu landen. Einmal nur, für einen einzigen Tag lang, wollte ich der Footballstar der Schule sein.

Nun ja, stattdessen bezog ich Prügel, weil ich im Unterricht zu viele Fragen stellte. Es hieß, ich wollte mich bei meinem Lehrer einschleimen, aber das stimmte nicht. Ich hatte doch nichts anderes als mein Wissen.

Ich schloss die Schule als bester Schüler ab. Das war nicht besonders schwierig, weil ich der Einzige war, der nicht zu

Hause mit anpacken musste. Meine ganze Zeit konnte ich hinter Büchern verbringen.

Für die Familie aber war ich nach wie vor nutzlos. Ich wusste, dass sie wollten, dass ich weggehe, obwohl sie es niemals gesagt haben. Ich war nur ein unnützer Esser, einer, der Platz zum Schlafen wegnahm. Der Lehrer setzte es durch, dass ich auf eine Universität kam. Ein Kaffer auf einer Universität! Das hatte es noch nie gegeben, und im Grunde war ich auch nie ein richtiger Student. Ich durfte an den Vorlesungen teilnehmen, aber immatrikuliert wie die Weißen war ich nie. Offiziell arbeitete ich dort als Hausmeister. Und wieder hatte ich Glück. Jemand erkannte meine Begabung für Sprachen. Ich durfte Geschichte und die Sprachen der Schwarzen studieren, durfte die Bibliothek benutzen. Man war sich sicher, dass man einen wie mich später einmal als Vermittler brauchen könnte. Ich wurde gedrängt, nach dem ›Studium‹ für die Regierung zu arbeiten, also für die Verwaltung in Südafrika, für die Weißen. Und ich stimmte zu, weil ich sonst nicht zu den Prüfungen zugelassen worden wäre.«

»Was hat sich die Regierung davon versprochen?«, fragte Ruth leise.

»Die Namas gelten als die Hüter der Diamanten«, erklärte Horatio. »Na ja, und ein Nama, der für die Weißen arbeitet und dem eigenen Volk die Geheimnisse entlockt, war von Nutzen für sie. Nach dem Studium lehnte ich es ab, für die Diamantenhaie zu arbeiten; schließlich hatte ich mich nur verpflichtet, für die namibische Verwaltung zu arbeiten, nicht für die Wirtschaft. Ich wollte meine Promotion über die verschiedenen Völker und Stämme und ihre Sprachen in Namibia fertigstellen. Aber bis heute habe ich keinen Doktorvater gefunden. Ich bin ein Nichts, bin einer, der von gewissen

149

kleinen Forschungsaufträgen lebt … Im Augenblick arbeite ich an einer Studie über den Aufstand der Nama und Herero 1904 aus der Sicht der Schwarzen. Erforscht für die Weißen. Nun wissen Sie es.«

»Wollen Sie immer noch ein Footballstar sein?« Es war mittlerweile so dunkel in dem Cottage, dass Ruth die Hand vor Augen nicht sehen konnte. Wo Horatio lag, wusste sie nicht, sie hörte nur seinen Atem und sprach in die Richtung, aus der das Geräusch kam.

Er lachte leise. »Ja, ein Footballstar zu sein, das wäre schön. Aber haben Sie jemals einen Footballspieler mit Brille gesehen?«

Ruth hörte, wie er sich auf die andere Seite drehte.

»Und Sie? Wovon träumen Sie?«, fragte er.

Groß, schlank und schön zu sein, dazu Giraffenbeine zu haben und die Anmut einer Gazelle, dachte Ruth, *und natürlich davon, meine Farm zu behalten und eines Tages wundervollen Käse herzustellen,* doch sie schwieg.

»Schlafen Sie gut«, sagte er nach einer Weile.

»Ja, Sie auch.«

Ruth musste sich eingestehen, dass Horatios Geschichte sie angerührt hatte. Auch er war also einer, der von niemandem gewollt und gebraucht wurde. Warum kam er mit ihr nach Lüderitz? Wollte er am Ende beweisen, was für ein guter Nama er war? Kam er nur mit ihr, um das »Feuer der Wüste« für sein Volk zurückzuerobern? Oder wollte er es seinen Eltern, den Brüdern und den ehemaligen Schulkameraden zeigen?

Am nächsten Morgen hatte sich der Wind gelegt. Noch immer jedoch hingen Wolken tief über dem Veld, trist und grau wie ein altes Laken.

150

Ruth seufzte. Es würde ein harter Tag werden. Nach all dem Regen würden die Pads aufgeweicht sein und die Weiterfahrt nicht einfach machen. Sie weckte Horatio. Dann tranken sie einen Kaffee, aßen ein paar trockene Kekse und fuhren los.

Der Motor des Dodge stotterte.

»Kennen Sie sich mit Automotoren aus?«, fragte Ruth.

»Wie? Nein, nein. Davon verstehe ich nichts. Ich kann noch nicht einmal ein Auto fahren.«

Ruth unterdrückte einen Seufzer und warf einen Seitenblick zu Horatio, der den Kopf gesenkt hielt und seine Brille am Zipfel seines Hemdes putzte. Sie war bereits mit zwölf Jahren Auto gefahren. Natürlich nur heimlich und wenn Ian neben ihr am Steuer gesessen hatte, doch seit ihrem vierzehnten Lebensjahr fuhr sie auch öffentlich und sogar in die Stadt. Die meisten, die sie kannte, besaßen keinen Führerschein. Wozu auch? Verkehr gab es in Namibia nicht mehr als Regen in der Wüste. Doch so wichtig der seltene Regen nun einmal für die Wüste war, so wichtig war die Kunst des Autofahrens für diejenigen, die in der Wüste oder an deren Rand wohnten.

Langsam und ohne viel Gas zu geben fuhr Ruth den Wagen weiter. Sie wich, wo sie konnte, den Wassertümpeln aus, die sich auf der Pad gebildet hatten.

»Sie verachten mich, nicht wahr?«

»Was?« Ruth schrak zusammen, als sie Horatios Frage hörte. Sie war hochkonzentriert, hatte den Blick fest auf die schmierige, löchrige Pad geheftet.

»Sie verachten mich, stimmt's?«

»Nein, tue ich nicht. Hören Sie, ich muss auf die Straße achten. Warum in aller Welt sollte ich Sie denn verachten?«

»Ich kann es Ihrer Stimme anhören. Sie verachten mich,

weil ich nichts von den Dingen verstehe, mit denen Sie sich täglich herumschlagen müssen. Ich habe keine Ahnung von Schafen. Ich kann noch nicht einmal auf zwei Ziegen aufpassen. Wenn ein Baum quer über der Pad liegt, weiß ich nicht, wie ich ihn da wegbekommen soll. Es fällt mir schwer, ein Feuer zu entzünden, und von Motoren verstehe ich auch nichts. Sie müssen mich doch verachten. Ein richtiger Mann – egal, ob schwarz oder weiß – sollte all das können.«

Ruth spürte die Verzagtheit, die Traurigkeit in seiner Stimme. »Männer, die Autos reparieren und Vieh treiben können, kenne ich zur Genüge. Die meisten von ihnen sind behaart wie Schafböcke und riechen auch so.«

Es waren nicht die tröstenden, mitfühlenden Worte, die Ruth eigentlich hatte sagen wollen, aber Horatio lachte leise und sah wieder aus dem Fenster. Nach einer Weile sagte er: »Wir könnten über Keetmanshoop nach Lüderitz fahren.«

Ruth runzelte die Stirn. »Keetmanshoop? Was in aller Welt sollen wir da? Ich dachte, wir fahren auf der Straße in Richtung Keetmanshoop, aber nur bis Mariental und biegen dort nach rechts auf eine andere Pad ab.«

»Keetmanshoop wurde von einem Deutschen erbaut. Viele, die mit den Minen in Lüderitz zu tun hatten, lebten später in Keetmanshoop. Sie sind von der Geisterstadt Kolmanskop dorthin gezogen. Vielleicht finden wir dort Hinweise auf Ihre Großeltern. Vielleicht gibt es auch noch ein paar alte Leute, die früher in Kolmanskop gelebt haben. Außerdem ging früher alle Post über Keetmanshoop. Das alte Postamt steht noch. Vielleicht weiß man dort etwas, das Sie interessieren könnte.«

»Und Hinweise auf die Namas, gibt es die auch? Hören Sie, ich habe keine Ahnung, was das soll, aber warum wollen Sie mich nach Keetmanshoop locken?«

Horatio seufzte. »Ihr Misstrauen schmeichelt mir nicht gerade.«

»Es ist auch nicht meine Aufgabe, Ihr Selbstwertgefühl zu stärken«, entgegnete Ruth, obwohl sie vor ein paar Minuten genau das hatte tun wollen.

»Ob Sie es glauben oder nicht, ich wollte Ihnen einen Gefallen tun. Ich kann nichts von dem, was Sie brauchen können, aber ich denke wissenschaftlich. Wenn es Zeugnisse aus der Generation Ihrer Großeltern gibt, die noch dazu mit Diamanten zu tun haben, dann doch wohl dort.«

»Sie meinen Zeugnisse über das ›Feuer der Wüste‹? Jetzt weiß ich endlich, worauf Sie hinauswollen.« Ruth gab so abrupt Gas, dass Horatio in den Sitz gepresst wurde.

»Hey«, hörte sie Horatio leise sagen. »Ich bin nicht Ihr Feind, Ruth.«

Sie hatte gerade eine deftige Erwiderung auf der Zunge, als vor ihr das Ortsschild von Mariental auftauchte und dahinter gleich ein Truckstop. Sie hielt, tankte den Dodge, füllte zwei Benzin- und drei Wasserkanister auf.

Das Innere des Truckstops war menschenleer. Ein paar Plastikstühle standen wie verlorene Verwandte an drei Tischen. Hinter der Theke lehnte ein älterer Mann in einem vergrauten Shirt und spähte zwischen den Süßigkeiten hindurch.

»Den Dodge, vollgetankt, dazu drei Kanister«, sagte Ruth. Der Mann nickte stumm, beugte sich zum Fenster und las die Anzeige an der Tanksäule ab. »Noch etwas?«

»Vier Sandwiches, zwei Schokoriegel und zwei Kaffee.«

»Wohin wollt ihr?«

»In Richtung Keetmanshoop«, antwortete Ruth, »an der Abzweigung der B1 dann weiter nach Lüderitz.«

»Keine gute Idee.«

»Warum?«

»Die B1 ist gesperrt. Die Polizei hat schon in der Nacht mit den Aufräumarbeiten begonnen. Die halbe Pad ist unterspült. Hinter Marienthal gibt es weder Strom noch Telefon.«

»Der Sturm?«

Der Mann nickte. »Hab ich noch nicht erlebt, so was. Die Victoriafälle sind ein Scheiß dagegen.«

Ruth nickte. »Wie sieht es östlich der B1 aus?«

Der Mann zuckte mit den Schultern. »Heute morgen kam ein Trucker. Er ist westlich gefahren, durch die Kalahari. Von Gibeon bis zur Spielmans Logde und dann hierher.«

Ruth schüttelte den Kopf. »Der Sand wird sich inzwischen vollgesaugt haben. Der Dodge wird steckenbleiben.«

»Gut möglich. Dann östlich oder warten.«

Ruth deutete auf eine Karte, die an der Wand hing. »Östlich also? Aber wie? Auf der C19 in Richtung Maltahöhe?«

»Wäre möglich«, erwiderte der Tankwart. »Zehn Meilen hinter Mariental gibt es eine Farm. Wenn mich nicht alles täuscht, führt von dort ein unbefestigter Weg zurück nach Gibeon.«

Ruth nickte, kramte in ihrer Geldbörse und gab dem Mann, was sie zu zahlen hatte.

»Viel Glück«, rief er ihr nach.

»Danke, werde ich brauchen.«

Horatio hatte unterdessen die Scheiben gereinigt. Ruth reichte ihm ein Sandwich und einen Kaffee. Schweigend aßen und tranken sie.

»Und wie geht es jetzt weiter?«, fragte Horatio schließlich und klopfte sich einige Brotkrümel vom Hemd.

»Richtung Maltahöhe auf der C19. Die Hauptstraße, die

B1, ist hinter Mariental gesperrt.« Sie öffnete die Wagentür und schwang sich auf den Sitz. »Sollen wir dann los?«

»Warten Sie!«, rief Horatio und verschwand im Truckstop. Wenige Augenblicke später kam er mit vier belegten Sandwiches wieder.

»Was haben Sie vor?«, fragte Ruth.

»Nichts«, erwiderte er. »Ich wollte einfach Vorsorge treffen.«

»Tsss«, machte Ruth und schüttelte den Kopf. »Stadtmensch.«

Dann fuhren sie los.

Die Landschaft rechts und links der Straße unterschied sich gründlich von der gestrigen. Das vormals harte graue Wüstengras hatte eine grünliche Farbe angenommen und säumte die Pad, die hier nur teilweise mit Schotter bestreut war und ansonsten aus festgestampftem Sand bestand. Hin und wieder lagen Äste auf dem Weg, doch keine umgestürzten Bäume. Einmal mussten sie dennoch halten, weil eine Rinderherde vor ihnen her lief. Zwei Reiter trieben die Tiere mit lauten Rufen auf die Weide zurück: »Ho! Ho! Bewegt euch!«

»Gut im Futter«, stellte Ruth fachmännisch fest. »Zweijährige, nehme ich an. Auf einer Viehauktion bringen sie jetzt schon gutes Geld. Ich würde trotzdem noch warten, würde sie ein- bis zweimal kalben lassen und erst dann verkaufen.«

»Hmm«, machte Horatio und reichte Ruth ein Sandwich. »Hier, nehmen Sie. Wir können ja doch im Moment nichts tun.«

Als die Viehtreiber ihnen nach einer Weile das Zeichen dazu gaben, fuhren sie langsam weiter. Horatio pfiff vor sich hin. Er hatte das Fenster auf seiner Seite heruntergekurbelt und hielt sein Gesicht in den Wind. »Ich wusste gar nicht, dass es im Veld so frisch sein kann«, erklärte er und pfiff weiter.

»Seien Sie mal ruhig«, fuhr Ruth ihn an.

»Was ist denn?«

»Der Motor klappert. Er läuft nicht rund. Hören Sie das etwa nicht?«

»Und was heißt das?« Horatio sah Ruth fragend an.

Der Wagen begann zu ruckeln, dann hüpfte er noch einmal und blieb stehen.

»Mist!« Ruth zog den Zündschlüssel ab und sprang aus dem Wagen. Sie riss die Motorhaube hoch, prüfte die Zündkerzen, den Ölstand und die Kühlerflüssigkeit. Alles in Ordnung. »Los, zeig mir schon, was mit dir los ist.« Hilflos sah Ruth auf den Motor ihres Bakkies.

Horatio war neben sie getreten. »Vielleicht der Keilriemen?«, schlug er vor.

»Pfft! Was verstehen Sie denn davon?«

»Nichts. Aber ich habe einmal im Kino einen Film gesehen, da war der Keilriemen bei einem Auto gerissen. Die junge schöne Heldin musste ihre Strumpfhosen ausziehen.«

»Aha. Kann ich mir denken, dass Sie sich das gemerkt haben. Nur dass ich keine Strumpfhosen trage.« Sie beugte sich wieder über den Motor, stocherte darin herum wie ein Kind im Spinat und zerrte schließlich einen schmalen Riemen hervor. Sie starrte darauf, als könne sie ihren Augen nicht trauen.

»Ist das etwa ein Keilriemen?«, fragte Horatio. Er konnte sich ein Grinsen nicht verkneifen.

»Kommen Sie!«, knurrte Ruth. »Nehmen Sie Ihr Herrenhandtäschchen und Ihre Zahnbürste, und kommen Sie endlich. Ich weiß nicht, wie lange das Wetter noch hält.« Sie war

156

ärgerlich und dachte überhaupt nicht daran, ihre Stimmung zu verbergen. Im Fahrerhaus angelte sie nach einem Gürtel, an dem links und rechts Ledertaschen befestigt waren, füllte die Taschen mit Geldbörse und Zahnbürste, schnallte den Gürtel um und verschloss das Auto.

»Was machen wir jetzt?«, fragte Horatio.

»Was schon? Wir laufen zur nächsten Farm und versuchen dort, einen Keilriemen aufzutreiben.«

»Oder eine Strumpfhose?«

Ruth blieb stehen und funkelte ihren Reisegefährten wütend an. »Es wäre besser gewesen, im Kino genau hinzugucken, wie der Mann den Keilriemen austauscht, anstatt auf die nackten Schenkel der Frau zu glotzen.«

Mit einem Ruck wandte sie sich ab und schritt mit energischen Schritten die Pad entlang. Horatio folgte ihr mit schlendernden Armen.

Nach zwei Stunden waren sie endlich an einer kleinen Farm angelangt. Das Schild am Eingang wies sie als »Norman's Green« aus, obwohl rings umher kein Grün zu sehen war. Das Land war vielmehr so trocken und karg, dass die wenigen Pflanzen eine graue Farbe hatten und sich nur schlecht von ihrem Untergrund abhoben.

Sie gelangten vor das flache, einstöckige Farmhaus, dessen weiße Fenster durch das graue Licht leuchteten.

»Hallo«, rief Ruth. »Ist hier jemand?«

Niemand antwortete. Sie lief um das Gebäude herum und kam so zu den Stallungen. Eine Tür stand offen, und durch diese Tür dröhnte Lärm. Schafe blökten, Männer unterhielten sich, elektrische Gerätschaften waren eingeschaltet. Ruth spähte durch die offene Tür. »Hey!«, rief sie wieder, und sogleich verstummten die Geräte. Ein junger und ein alter Mann

157

sahen hoch. Jeder von ihnen hatte ein Schaf zwischen die Knie geklemmt und hielt in der rechten Hand einen Scherapparat.

»Was wollen Sie, Miss?«

»Oh, mein Wagen ist liegengeblieben. Es ist der Keilriemen. Zwei Stunden von hier in Richtung Mariental. Sie haben nicht zufällig einen ... ähem ... Damenstrumpf oder so etwas im Haus?«

Der junge Mann kicherte. Der Ältere fragte: »Was ist das für ein Wagen?«

»Ein Dodge 100 Sweptside.«

»Kann sein, dass ich genau dafür noch einen Keilriemen habe, wenn Sie sich nicht unbedingt mit Halbheiten zufriedengeben wollen. Aber ich kann hier jetzt nicht weg. Sie sehen ja, die Schafe. Morgen Früh kommt der Truck. Bis dahin müssen alle Biester geschoren sein. Die Schafscherer sind nicht gekommen, wahrscheinlich wegen des Sturms. Weiß der Kuckuck, wo die Kerle jetzt stecken.«

»Vielleicht können Sie mir den Riemen schnell geben, ich repariere das Auto auch allein.«

»Würde ich gern, Miss, aber ich müsste ihn suchen. Dafür fehlt mir die Zeit.« Der Mann schaltete den Scherapparat wieder an und machte sich über das Schaf her.

Ruth sah ihm einen Augenblick lang zu und schaute dann zum Himmel, der immer noch grau über dem Land hing. »Hören Sie!«, rief sie erneut und wartete darauf, dass die Männer ihre Apparate noch einmal ausschalteten. »Ich bin Farmerin, komme von Salden's Hill, drüben bei Gobabis. Habe selbst Schafe. Ich könnte beim Scheren helfen. Sie lassen mich und meinen Begleiter bei sich übernachten, und morgen früh, nachdem Ihr Truck weggefahren ist, sehen wir nach meinem Wagen.«

158

Als sie sah, wie skeptisch der alte Mann sie musterte, zog sich Ruth kurz entschlossen die Bluse über den Kopf. »Habt ihr einen Overall oder so was für mich?«

Der junge Mann zeigte auf eine verschlissene Arbeitshose, die neben der Tür an einem Haken hing. »Nehmen Sie die.«

Ruth zog sich ohne Verlegenheit ihre schwarze Hose aus, kroch in die Jeans, krempelte sie bis zu den Knien hoch und zog einen Strick durch die Gürtelschlaufen. »Fertig. Habt ihr noch einen Scherplatz?«

Der Ältere deutete wortlos auf einen von der Decke hängenden Scherapparat.

»Dann los.« Ruth öffnete das Gatter, warf mit einer einzigen Bewegung ein Schaf auf den Rücken, packte es bei den Vorderbeinen und zog es auf den Scherplatz. Dann klemmte sie sich das Tier so zwischen die Beine, dass es nicht wegkonnte, schaltete den Apparat ein und begann zu scheren.

Die Männer sahen einen Augenblick lang sprachlos zu. Ruth blickte auf. »Na, so eilig scheint ihr es doch nicht zu haben, wenn ihr Zeit habt, einer Farmerin bei der Arbeit zuzusehen.«

Der Jüngere grinste, während der Ältere sich an den Hut tippte und mit einem »Yeap« seine Arbeit fortführte.

Niemand hatte auf Horatio geachtet, der in der Tür stehengeblieben war, das weiße Hemd bis zu den Ärmeln aufgekrempelt, die feinen Stadtschuhe voller Staub. Ruth sah hoch und fuhr ihn an: »Wollen Sie zugucken oder sich ein wenig nützlich machen?«

»Letzteres«, erklärte Horatio.

»Dann schaffen Sie die Wolle dort drüben auf den Sortiertisch und kehren den Boden zwischen den Scherplätzen.«

»Yeap, Bass.«

159

Und schon hatte Horatio die Arme voller Wolle. Sein weißes Hemd war bereits nach wenigen Minuten von Schafsdreck, Blut und Wollfusseln übersät. Ungerührt schleppte er das Vlies zum Sortiertisch und fegte den Boden um die Scherplätze herum, als hätte er sein halbes Leben als Schergehilfe verbracht.

Achtes Kapitel

Horatio stöhnte und hielt sich den schmerzenden Rücken. »Ich glaube, ich war in meinem ganzen Leben noch nicht so schmutzig.«

Er stand mit dem jüngeren Mann, der sich als Tom vorgestellt hatte, vor dem Herrenhaus und bemühte sich, die dreckigen Schuhe von den Füßen zu bekommen.

»Für einen Mann aus der Stadt hast du dich gut geschlagen.« Tom öffnete zwei Flaschen Hansa Lager und reichte eine davon Horatio, dann tranken beide, sagten laut »Ahh!« und wischten sich den Schaum vom Mund.

»Das Mädchen, die kleine Farmerin aus Gobabis, wie heißt sie noch?«

»Ruth.«

»Na ja, sie ist besser als alle Mädchen hier in der Gegend. So eine wie sie könnten wir gut auf unserem Hof brauchen. Weißt du mehr über sie?«

Horatio schüttelte seinen Kopf. »Sie hat eine eigene Farm, und ich glaube auch nicht, dass ihr der Sinn nach Männern steht.«

Tom runzelte die Stirn. »Wieso nicht? Jedes junge Mädchen will heiraten, gleichgültig, ob Farmerin oder nicht. Das liegt in der Natur. Kinder kriegen und so.«

»Sie nicht.«

»Woher weißt du das? Hast du sie gefragt?«

Horatio lachte. »Sieh mich an, ich bin schwarz. Hast du je

gehört, dass eine weiße Farmerin sich von einem Schwarzen zu ihren Heiratsplänen befragen lässt?«

Tom grinste schief, dann stieß er seine Flasche gegen Horatios. »Hast recht, Kumpel. Gehört habe ich davon noch nie. Aber das heißt ja nicht, dass es so etwas nicht gibt. Du meinst also nicht, dass ich bei ihr Chancen hätte?«

Horatio sah Tom an. Er war ein stattlicher Bursche mit kräftigen Händen und einem ehrlichen, zuverlässigen Gesicht. Er würde ohne Zweifel einen guten Ehemann abgeben, einen stolzen Vater. Aber der Gedanke, Ruth an der Seite dieses Mannes zu sehen, behagte Horatio nicht. »Lass es sein«, sagte er daher kurz. »Soweit ich weiß, ist sie schon versprochen.«

»Dachte ich mir«, erwiderte Tom. »Frauen wie sie gibt es nicht allzu häufig hier.«

Ruth stand unter der Dusche, genoss das heiße Wasser. Ihr Rücken tat weh, nachdem sie Stunden in gebückter Haltung zugebracht hatte. Dennoch lächelte sie, als sie an Horatio dachte, der geschuftet hatte, als würde er jeden Tag beim Schafscheren helfen. Er hatte sich die Hosenbeine hochgekrempelt, hatte nicht viel gefragt, sondern einfach angepackt. Die Arbeitsatmosphäre war unerwartet angenehm gewesen, denn zwischen den Männern gab es nicht wie sonst auf Salden's Hill einen Wettkampf um den besten und schnellsten Scherer, sondern nur konzentriertes Arbeiten, unterbrochen von kleinen Pausen, in denen wortlos die Bierflaschen herumgereicht wurden.

Machen, einfach machen und nicht zu viel fragen und reden – das war eine Form der Arbeit, eine Form des Lebens, die Ruth sehr schätzte. Durch Reden, das hatte sie inzwischen gelernt, hatte sich noch nie etwas zum Besseren verändert.

Als sie später, nach einem Essen, das aus Lammsteaks, Bohnen und Speck bestand, mit den anderen vor dem Kamin saß, fühlte sie sich leicht, beinahe unbeschwert. Sie hielt eine Flasche Bier in der Hand und sah in die Flammen. Ein Fenster stand offen, die Abendkühle drang herein und ließ sie frösteln.

»Warum sind Sie nicht auf Ihrer Farm?«, fragte Walther, der Ältere, der Toms Vater war.

Ruth überlegte nicht lange. Sie fühlte sich in diesem Haus so wohl, so geborgen, so unter ihresgleichen, dass sie ihr übliches Misstrauen vergaß. »Meine Farm steht vor dem Ruin. Ich sollte den Nachbarn heiraten, um sie zu retten, doch ich weiß, dass er eine Molkereifabrik dort hinstellen würde. Mein Land will er verwüsten und«, sie zögerte einen Augenblick, »und er will mich unter seine Knute bringen. Das geht nicht. Ich bin ohnehin die Einzige, die die Farm retten will. Meine Mutter würde lieber in der Stadt leben.«

Walther nickte. »Es ist schwer für die Farmer, schwerer noch für die Farmerinnen. Auch hier in der Gegend haben schon einige aufgeben müssen. Aber was wollt ihr in Lüderitz?«

Ruth sah dem älteren Mann in die Augen. Sie las darin Interesse und Anteilnahme. »Meine Großeltern, so heißt es, sind mitten in den Nama- und Hereroaufstand geraten«, erklärte sie. »Mein Großvater ist dabei ums Leben gekommen, meine Großmutter mitsamt einem wertvollen Diamanten verschwunden. Ich möchte herausfinden, was damals auf Salden's Hill geschah, möchte mich vergewissern, dass dort tatsächlich meine Heimat ist und dass es sich lohnt, um die Farm zu kämpfen.« Sie lachte ein wenig verlegen. »Vielleicht suche ich aber auch nur ein bisschen Kraft für das, was vor mir liegt.«

Walther nickte bedächtig, dann wandte er sich an Horatio. »Und Sie? Gehören Sie auch zu Salden's Hill?«

Der Historiker schüttelte den Kopf. »Nein, ich arbeite an einer Geschichte meines Volkes, der Namas, und hoffe, im Archiv der Diamantengesellschaft in Lüderitz neue Erkenntnisse zu finden.«

Wieder nickte Walther bedächtig. Dann erzählte Tom von der Farm, von einem geplanten Zuchtprogramm und von einem neuen Verfahren bei der Bekämpfung von Giftpflanzen auf den Weiden. Ruth sah auf Walthers Zeichen zu Horatio und musste lächeln. Der Historiker hing im Sessel. Er hatte die Beine weit von sich gestreckt, seine Arme baumelten links und rechts über die Lehnen. Die Brille war ihm auf die Nase gerutscht, der Kopf auf die Brust gesunken. Er stieß leise Schnarchlaute aus.

Walther stand auf. »Ich habe euch eine Kammer gerichtet. Ihr könnt schlafen gehen. Wir sind alle müde. Gleich nach dem Frühstück werde ich mich um den Dodge kümmern.«

Er nickte Tom zu, der sich an den Schwarzen wandte und ihm leicht auf die Schulter klopfte, bis Horatio die Augen aufschlug. »Komm, ich zeige dir, wo du schlafen kannst.«

Als die beiden Männer den Raum verlassen hatten, stand auch Ruth auf. »Ich gehe auch zu Bett.«

»Einen Augenblick, Meisie«, bat Walther, der noch einmal zurückgekommen war.

Ruth setzte sich wieder. »Ja?«

»Traust du ihm? Dem Schwarzen, meine ich.«

Ruth zuckte mit den Schultern. »Ich weiß es nicht. Bisher habe ich nur gute Erfahrungen mit ihm gemacht, aber ich kenne ihn kaum.«

Walther zündete sich eine Zigarette an, stieß den Rauch langsam von sich. »Was weißt du über die Namas?«

Ruth schüttelte den Kopf. »Nicht viel. Das, was alle Weißen wissen.«

»Und was weißt du vom ›Feuer der Wüste‹?«

Ruth konnte nicht verhindern, dass sie zusammenzuckte, als Walther den Namen des Diamanten aussprach. Sie war sich sicher, den im Gespräch nicht genannt zu haben. »Nichts«, sagte sie.

»Dann will ich dir etwas darüber erzählen. Das ›Feuer der Wüste‹, so sagt ein Teil der Namas, ist der größte Schatz des Stammes. In diesem Diamant ist das heilige Feuer gefangen, dort kann es nie verlöschen. Der Stein ist Heiligtum und Gott zugleich. In seinem Glanz zeigt sich der Ahnherr. Ewig hat das ›Feuer der Wüste‹, gehütet vom Häuptling der Namas, die Schwarzen vor Unglück bewahrt. Bis zu dem Tag, an dem die Weißen kamen. Sie raubten das ›Feuer der Wüste‹, nahmen den Schwarzen das Land und die Frauen und versklavten sie. Der Glaube der Namas besagt, dass der Verlust des Diamanten die Schuld am Leid der Namas trägt. Und dass dieses Leid erst endet, wenn das ›Feuer der Wüste‹ zurück beim Häuptling ist. Verstehst du, Meisie?« Walther sah sie eindringlich an.

Ruth schüttelte den Kopf. »Was wollen Sie damit sagen? Dass das ›Feuer der Wüste‹ heilig ist und die Seele des Volkes symbolisiert, weiß ich mittlerweile.«

»Noch immer suchen die Namas nach dem Stein. Immer wieder aufs Neue werden junge, starke Männer losgeschickt, um ihn zu finden.«

»Und Sie meinen, dass auch Horatio nach ihm sucht? Dass er mich nur benutzt, um an das ›Feuer der Wüste‹ zu kommen?«

165

Walther zuckte mit den Schultern. »Ich meine gar nichts. Der Junge hat gut gearbeitet, er hat ein ehrliches Gesicht. Und er ist gut zu Tieren. Ich wollte dich nur warnen. Von Farmer zu Farmerin.«

Ruth dankte ihm. Sie mochte Horatio, seine ungeschickte, aber bemühte Art, sein weißzahniges Lachen. Sie fühlte sich wohl in seiner Gegenwart, nicht zu dick, nicht zu dünn, sondern gerade richtig. Er gab ihr das Gefühl, so sein zu dürfen, wie sie war. Doch ihr war auch nicht verborgen geblieben, dass er sie manchmal nachdenklich ansah, als frage er sich, inwieweit sie ihm von Nutzen sein könnte. In diesen Augenblicken befielen sie Zweifel.

Ihre Hand fuhr zu dem Lederband, an dem Mama Elos Stein befestigt war. Als sie den Stein berührte und in die verlöschenden Flammen im Kamin blickte, erschienen im Dunkel Bilder. Eine junge Frau stand auf einem grünen Hügel, es war derselbe wie bei ihrer ersten Vision. Die Frau schaute zum Horizont, schützte die Augen mit der Hand vor der Sonne. Ein Reiter tauchte auf, kam schnell näher, und die junge Frau griff sich vor Aufregung an die Kehle, trippelte auf der Stelle hin und her, bis sie es nicht mehr aushielt und dem Reiter entgegenrannte. »Wolf!«, rief sie dabei. »Wolf!«

Und er rief, das Pferd noch mehr antreibend: »Meine Rose, du meine schönste aller Rosen!«

Sie umarmten sich, küssten sich. Immer wieder nahm die junge Frau das Gesicht des Mannes zwischen ihre Hände und sah ihn an. Immer wieder fuhren ihre Finger über seine Schultern, als könne sie nicht glauben, dass er wieder da war.

»Du zerdrückst mich ja«, sagte der Mann und machte sich behutsam los. »Jetzt wird alles gut, meine Rose. Jetzt beginnt unser Leben.« Und er holte aus der Satteltasche eine Urkunde mit Band und Siegel und reichte sie der jungen Frau.

Sie nahm, las, riss die Augen auf und rief: »Salden's Hill! Du hast es wahr gemacht. Unsere Farm, unsere eigene Farm.« Dann fiel sie dem Mann um den Hals.

»Ja, Salden's Hill. Aber das ist noch nicht alles, meine Liebe …«

»Ruth? Ruth! Ist alles in Ordnung?«

»Wie?« Ruth schüttelte sich, als wäre sie aus einem Traum erwacht. Sie betrachtete die Härchen auf ihrem Unterarm, die sich aufgestellt hatten. »Es ist nichts, ich muss wohl kurz eingenickt sein.«

Walther stand vor ihr, hatte eine Hand auf ihre Schulter gelegt. »Geh schlafen, Meisie. Morgen ist auch noch ein Tag.«

Am nächsten Morgen reparierte Walther den Dodge, füllte die Wasserkanister auf und wünschte Ruth und Horatio eine gute Reise.

Die Pad war inzwischen wieder ohne Weiteres befahrbar, und so bogen Ruth und Horatio schon nach zwei Stunden auf die B1 ab, die sich zu ihrer Freude ebenfalls in gutem Zustand befand.

»Na, Muskelkater von gestern?«, fragte Ruth, die bisher sehr wortkarg gewesen war. Den ganzen Morgen hatte sie über Walthers Worte nachgedacht, hatte jedes Gespräch mit Horatio noch einmal in Gedanken Revue passieren lassen. Ruth war keine Frau, die gut mit Ungewissheiten leben konnte. Sie musste unbedingt herausfinden, woran sie mit Horatio war.

»Es geht. Man kann sich daran gewöhnen. An die Arbeit, meine ich.« Horatio sah entspannt aus dem Fenster. Er trug

167

ein T-Shirt, das Tom ihm geschenkt hatte, weil sein weißes Hemd so verschmutzt gewesen war.

Dann bremste Ruth plötzlich den Wagen, fuhr an den Straßenrand und sah Horatio in die Augen. »Wem gehört das ›Feuer der Wüste‹ eigentlich?«, fragte sie.

»Was?« Horatio nahm erstaunt die Füße vom Handschuhfach.

»Wem genau gehört das ›Feuer der Wüste‹?«

»Wie kommen Sie darauf?«

»Der Stein muss einen Besitzer haben, oder nicht? Alles hat einen Besitzer. Sie sind mit mir gekommen, um den Stein für die Namas zurückzugewinnen. Sie sind mit mir gekommen, damit die Weißen nicht länger über die Schwarzen herrschen können. Geben Sie es doch endlich zu!«

Horatio schüttelte den Kopf. Er lachte, aber es war kein fröhliches Lachen. Er schüttelte den Kopf, stieg aus dem Wagen und lief ein paar Schritte die Pad entlang.

Ruth verließ den Dodge ebenfalls, setzte sich jedoch ein paar Schritte weiter unter einen Kameldorn und betrachtete das riesige Vogelnest, das die Seidenweber dort gebaut hatten. Voller Bewunderung sah sie die vielen Eingänge, die sicherlich dreihundert Vögeln ein Zuhause gaben. Auch auf Salden's Hill gab es einen Baum mit einem solchen Nest. Es hatte einen Durchmesser von rund zwei Metern und war schon in diesem Baum, so lange Ruth denken konnte. Ian hatte ihr erzählt, dass diese Nester bis zu dreißig Jahre alt werden könnten, und stets war Ruth von der Baukunst der handtellergroßen Vögel fasziniert gewesen.

Horatio wandte sich um und kam langsam auf sie zu. Einen Schritt vor ihr blieb er stehen, sah auf sie herab. Seine breiten Lippen zuckten, die Nasenflügel waren vor Ärger gebläht, seine Augen hinter den Brillengläsern blitzten. »Wissen Sie, was Sie sind?«, fragte er und sprach weiter, ohne die Antwort abzuwarten: »Sie sind eine reaktionäre Weiße, eine Rassistin, wenn nicht gar Schlimmeres.«

Ruth riss einen Grashalm aus, kaute unbeeindruckt darauf herum und nickte. »Das sagt irgendwann jeder Schwarze über die Weißen. Jetzt sind Sie es auch los. Erzählen Sie mir nun, warum Sie auf der Jagd nach dem ›Feuer der Wüste‹ sind?«

Horatio schnaubte noch einmal, ließ sich dann aber neben Ruth nieder. »Es geht doch gar nicht um den Diamanten. Das ist ein Aberglaube. Die jungen Schwarzen, vor allem die in den Städten, glauben längst nicht mehr, dass der Stein ihr Schicksal ändern könnte. Viele von ihnen haben sich der SWAPO angeschlossen, kämpfen im Untergrund gegen die Unterdrückung durch das Apartheidregime. Sie werden sehen, es dauert nicht mehr lange, dann gibt es die SWAPO offiziell.«

»Wenn es nicht um den Diamanten geht, worum geht es Ihnen dann? Und wem gehört er rein rechtlich?«

Horatio schwieg. Er sah hinaus ins Veld, beobachtete einige Geier, die wohl über dem Kadaver einer Antilope, eines Springbocks, Gnus oder Kudus kreisten. »Von Gesetzes wegen gehört der Diamant Ihrer Familie, der Familie Salden. Er wurde immerhin auf Ihrem Besitz gefunden und angemeldet. Es gibt ein Gerichtsurteil dazu, es stammt aus dem Jahre 1905 und ist noch immer gültig. Aber was nützt das Urteil, wenn Ihre Großmutter samt Stein verschwunden ist?«

»Nichts«, bekräftigte Ruth. »Und deshalb können Sie mir auch sagen, warum Sie auf der Jagd nach dem Diamanten sind. Und überhaupt: Woher wissen Sie von dem Gerichtsurteil? Warum haben Sie mir nichts davon gesagt?«

»Eins nach dem anderen. Zuerst: Was soll ich mit einem Diamanten?«, fragte Horatio müde, aber Ruth konnte sich nicht vorstellen, dass er dafür keine Verwendung hätte. »Und zum Zweiten: Wir waren zusammen im Archiv der *Allgemeinen Zeitung*. In einem Artikel aus dem Jahre 1924 habe ich es gelesen. Ich dachte, Sie hätten es auch gelesen.«

Keetmanshoop, die kleine Stadt im Süden des Landes, hatte früher »Swartermodder« geheißen, schwarzer Schlamm. Deutsche hatten sie einst gegründet, und die Rheinische Missionsgesellschaft hatte 1866 eine kleine Kirche gebaut und den Ort in Keetmanshoop umbenannt. All das wusste Ruth noch aus dem Geschichtsunterricht in der Schule.

Sie sah sich neugierig um. Offensichtlich bestand die Stadt heute vor allem aus einer Siedlung halb verlassener, einfacher Häuser und einer Innenstadt, in der die Straßen keine Namen, sondern lediglich Nummern trugen. Es gab zwar keine Restaurants oder Pubs, aber immerhin eine Kaffeestube, eine Tankstelle, ein Lebensmittelgeschäft, einen deutschen Arzt, das Kaiserliche Hauptpostamt und einen Bahnhof, an dem die Züge von Windhoek nach Lüderitz Station machten.

Ruth fand ein billiges Zimmer im ehemaligen Schützenhaus, Horatio aber wurde nur ein Zimmer in einem Trakt ohne fließend Wasser und Strom angeboten. Dessen ungeachtet spazierten sie am Nachmittag gemeinsam durch das Städtchen. Niemand war auf der Straße. Nicht einmal im Viertel der Schwarzen saß jemand auf den üblichen Plastikstühlen vor der Tür. Über einen weiten Platz trieb der Wind eine alte Zeitung. Ansonsten lag Keetmanshoop still und verlassen.

Vor der Missionskirche blieben Ruth und Horatio stehen. Um sie hatte es in der letzten Zeit immer wieder

170

Auseinandersetzungen gegeben. Die Stadtbewohner wollten die Kirche behalten, die Regierung in Südafrika aber hatte die Kirche geschlossen, da sie der Meinung war, inmitten einer weißen Stadt gebe es nichts zum Missionieren. Und so war die Kirchentür verriegelt, der Bank seitlich des Eingangs fehlte ein Brett, der kleine Platz war von Vogeldreck übersät.

»Mein Gott, was für ein schrecklicher Ort«, stellte Ruth fest. »Kaum zu glauben, dass man hier leben, lachen und lieben kann.« Ihr Blick fiel auf einen vorbeifahrenden Pick-up, einen schwarz lackierten Chevrolet, dessen hintere Scheiben mit dunklem Papier abgeklebt waren. »Aber das Städtchen scheint für manche Leute dennoch von großem Interesse zu sein.«

Horatio blickte kurz zum Wagen und zuckte gleichgültig mit den Schultern.

Ruth beschirmte ihre Augen mit der Hand, um besser sehen zu können. Der Pick-up hielt vor einer kleinen Bed & Breakfast-Herberge. Drei junge schwarze Männer stiegen aus. Einer der Männer kam ihr vage bekannt vor, doch Ruth erinnerte sich nicht, wo sie ihn schon einmal gesehen haben könnte. Ihr Gedächtnis für menschliche Gesichter war denkbar schlecht, dafür konnte sie beinahe jedes einzelne ihrer Karakulschafe auseinanderhalten. Menschen, fand sie, sahen sich einfach zu ähnlich. Fragend sah sie Horatio an, doch der hatte dem Chevrolet den Rücken gekehrt und starrte auf die Außenfassade der kleinen Kirche und sah nicht, wie die drei in einer kleinen Seitengasse verschwanden.

Plötzlich hatte Ruth eine Idee. Wenn sie schon in diesem Kaff übernachten musste, dann sollte sich das wenigstens lohnen. Sie sah noch einmal kurz zu Horatio, der immer noch mit einer Inbrunst die Wand studierte, als wolle er sie malen. Dann schlich sie sich davon, ohne ein Wort zu sagen.

Schnell fand sie, was sie gesucht hatte. Das Kaiserliche Hauptpostamt lag am Hauptplatz des Städtchens, gegenüber einer Fläche, die mit einer Handvoll Bäumen bewachsen war und von den Bewohnern »Central Park« genannt wurde. So zumindest verkündete es ein Schild.

Die Halle des Postamts war klein und kühl und genauso unbelebt wie die restliche Stadt. Eine junge Frau saß gelangweilt hinter einem Schalter und betrachtete ihre Fingernägel.

»Entschuldigung, ich suche ein Archiv zur Stadtgeschichte oder so etwas in der Art.«

Die junge Frau runzelte die Stirn. »Ich weiß nicht, ob es so etwas in Keetmanshoop gibt. Gehen Sie zu Sam Eswobe. Wenn einer etwas über die Stadt weiß, dann ist er es.«

»Wo finde ich ihn?«

Die junge Frau überlegte einen Moment.

Ein alter schwarzer Mann, der gerade hereingeschlurft war, kam ihr zu Hilfe. »Wo wird Sam schon sein?« Er lachte keckernd. »Seine Alte wird ihn mit dem Besen hinausgefegt haben. Unterm Köcherbaum wird er sitzen, beim Friedhof.«

Ruth dankte, ließ sich den Weg zum Friedhof beschreiben. Unterwegs hielt sie immer wieder Ausschau nach den drei jungen schwarzen Männern, doch sie traf nur einen streunenden Köter, zwei Hühner, die sich um ein paar Körner stritten, und zwei Hererofrauen, erkennbar an ihren großen Hörnerhauben und den ausladenden farbigen Kleidern, die schwatzend unter einem Baum standen. In einem offenen Fenster bewegten sich dünne Vorhänge im Wind, irgendwo hörte sie einen Mann pfeifen. Doch davon abgesehen lag die Stadt noch immer wie ausgestorben da.

Den Köcherbaum vor dem Friedhof sah sie schon von Weitem. Er reckte seine Zweige rund fünf Meter hoch in den Himmel. Je näher Ruth kam, umso besser konnte sie die pergamentartige Rinde des Baumes erkennen. Ihr Vater hatte ihr einst erklärt, dass die Schwarzen die Äste früher ausgehöhlt hatten, um Köcher für ihre Pfeile zu bauen. Ruth erinnerten die Köcherbäume aber eher an Pusteblumen, riesige halbrunde Pusteblumen.

Unter dem Köcherbaum stand eine Bank, und auf der Bank saß ein alter Mann. Er trug einen Hut, wie ihn die weißen Farmer tragen. Ja, das musste Sam Eswobe sein. Genau so hatte die junge Frau auf dem Postamt ihn beschrieben.

Ruth trat auf ihn zu. »Guten Tag. Sind Sie Sam Eswobe?«

»Ja, das bin ich, Miss. Sam. So heiße ich.« Er schob den speckigen Hut mit einem Finger ein Stück höher und betrachtete sie. Dann winkte er sie zu sich heran. »Kommen Sie näher, Miss. Meine Augen sind schlecht. Ich sehe nur, was direkt vor mir steht.« Er kicherte. »Und auch das nur in Umrissen.«

»Oh, das tut mir leid.«

»Das muss Ihnen nicht leidtun, Miss. Es hat auch Vorteile, nicht alles sehen zu müssen. Kommen Sie, setzen Sie sich zu mir.«

Er schlug mit der Hand neben sich auf die Bank, und Ruth setzte sich.

»Der Stimme nach zu urteilen sind Sie eine Weiße. Sie sprechen Afrikaans wie die Leute oben in Gobabis. Sie sind noch jung und wahrscheinlich sehr hübsch, aber das wissen Sie noch nicht.«

»Ja, das ist richtig. Ich komme aus Gobabis, aber hübsch bin ich nicht.«

»Warum nicht?«, fragte der alte Mann.

173

»Warum ich nicht hübsch bin?«, fragte Ruth verblüfft zurück.

»Ja.«

»Sie tun gerade so, als ob das meine Entscheidung wäre. Ich bin ein bisschen stämmig wie mein Vater. Meine Haare sind rot und kraus, und auf meiner Nase sitzen Sommersprossen wie Fliegen auf einer Klatsche.«

Der Mann lachte. »Sage ich doch: Hübsch sind Sie. Und Schönheit, mein Kind, ist unabhängig von einem dicken Po und wilden Haaren. Sie müssen sich nur selbst schön finden, dann finden die anderen das auch.«

Ruth seufzte. »Wenn es so einfach wäre.«

»Es ist so einfach, glauben Sie mir. Sie merken, man braucht nicht unbedingt die Augen, um zu sehen.«

Ruth lachte verlegen. »Sind Sie schon lange hier in Keetmanshoop?«, fragte sie.

»Mein ganzes Leben lang. Ich war schon hier, als die alte Missionskirche gebaut wurde. Ich war hier, als der große Regen sie weggespült hat, und ich war hier, als die neue gebaut wurde. Aber dazwischen habe ich in Kolmanskop gelebt und gearbeitet.« Seine Stimme klang stolz, als er das sagte.

»Einer von den Ersten, wie?«

»Sie sagen es, Miss.«

»Dann wissen Sie bestimmt viel über Diamanten und darüber, wo man sie finden kann, oder?«

Der alte Sam richtete sich auf. »Was wollen Sie wissen? Sind Sie eine Diamantenjägerin?« Er wirkte plötzlich feindselig.

Ruth spürte, dass sie zu schnell einen Schritt zu weit gegangen war. Deshalb fragte sie vorsichtig weiter: »Nein, ich bin keine Jägerin, sondern Farmerin. Aber ich wüsste gern, welcher der größte Diamant der Welt ist.«

»Der ›Cullinan‹«, erwiderte der Alte, als wäre er in der Schule. Er ließ sich zurück gegen die Banklehne sinken. »Er wurde 1908 in der Nähe von Pretoria gefunden. Es heißt, er wäre über ein Pfund schwer gewesen, sogar mehr als sechshundert Gramm soll er gewogen haben.«

»Was ist mit ihm geschehen?«

»Er wurde nach Europa gebracht und dort in über hundert Steine aufgespalten. Der größte Stein heißt ›Der große Stern von Afrika‹. Die neun größten der Steine sind heute britische Kronjuwelen.«

»Oh«, stieß Ruth erstaunt aus. »Das wusste ich nicht. Und hier? Wann wurden hier die ersten Diamanten gefunden?«

Der alte Mann kicherte. Er legte seine Hand auf Ruths Knie und beugte sich zu ihr herüber. »Offiziell heißt es 1908. Aber das ist ein Witz. Ein Witz der Weißen, die glauben, erst mit ihnen hätte das Leben hier begonnen.«

»Das verstehe ich nicht«, gestand Ruth.

»Kleine weiße Lady, da gibt es nichts zu verstehen. Die Hereros, Namas und die anderen Stämme des Landes waren und sind nicht so dumm, wie die Weißen sagen. Vor langer, langer Zeit, lange vor Ihnen und vor mir, fanden die Namas einen Diamanten, in dem das heilige Feuer gefangen war.«

Ruth hielt den Atem an. »Erzählen Sie mir von diesem Stein.«

»Da gibt es nicht viel zu erzählen. Die Namas bauten ihm einen Schrein und beteten zu ihm. Er war für sie das Zeichen, das Sinnbild der heiligen Ahnen. Dann kamen die Weißen, und die Namas versteckten ihr Heiligtum. Nur sehr wenige wussten, wo der Stein gerade war. Er blieb nie lange an einem Ort, wie auch die Namas nie mehr lange an einem Ort bleiben konnten.«

»Und wo ist er jetzt?«

Der Alte zuckte mit den Schultern, lehnte sich wieder zurück und schob seinen Hut zurecht. »Das weiß niemand.« Er kratzte sich mit der Hand am Kinn, dann sprach er weiter. »Wahrscheinlich ist es das Beste so. Der Stein ist verschwunden. Die Namas müssen sich auf ihre eigene Kraft besinnen. Verstehen Sie?«

»Nein«, sagte Ruth wahrheitsgemäß.

»Das Feuer muss in *ihnen* leuchten, nicht in einem leblosen Stein. Die Kraft muss aus dem Inneren der Menschen kommen. Sie müssen die Verantwortung für ihr Leben selbst in die Hand nehmen. Die Ahnen werden ihnen nicht dabei helfen.«

»Aber die SWAPO.«

»Vielleicht die SWAPO, vielleicht jeder an dem Ort, an dem er sich gerade befindet. Die Schwarzen können von den Weißen viel lernen. Das gilt auch umgekehrt. Fest steht nur, dass ein Stein eben nur ein Stein und kalt ist, auch wenn in seinem Inneren ein Feuer leuchtet.«

Der Alte verschränkte die Arme vor der Brust. »Gehen Sie jetzt, Meisie. Das ist alles, was ich weiß.«

Ruth stand auf. »Ich danke Ihnen sehr.«

Der Mann nickte. Als Ruth schon einige Schritte gegangen war, rief er ihr hinterher: »Wissen Sie, was merkwürdig ist, kleine Miss?«

»Nein.«

»Dass seit Jahrzehnten niemand mehr nach dem ›Feuer der Wüste‹ gefragt hat. Und heute sind Sie schon die Zweite.«

»Was?« Ruths Aufmerksamkeit war geweckt. Ihr Herz raste. »Waren vor mir schon Leute bei Ihnen?«

Der Alte nickte. Ohne sich dessen bewusst zu sein, griff

Ruth nach dem Stein an ihrer Kette. Die untergehende Sonne schien ihr direkt ins Gesicht. Sie sah auf den roten Feuerball und verspürte plötzlich ein Kribbeln in der Hand, die den Stein hielt. Und wieder tauchten Gesichter vor ihr auf.

Sie sah, wie die junge Frau schwanger auf den grünen Hügel zulief. Sie hatte eine Hand schützend auf ihren Bauch gelegt, in der anderen trug sie einen Weidenkorb. Schnellen Schrittes näherte sie sich einer Viehtreiberhütte, die sich am Fuße des Hügels befand. Kurz davor wandte sie sich nach allen Seiten um, dann betrat sie die Hütte.

Auf einer Strohmatratze lag ein schwarzer Mann, der aus einer Wunde am Bein heftig blutete. Er wälzte sich auf der Erde hin und her, seine Stirn war glühend heiß vor Fieber. Die junge weiße Frau nahm eine Wasserflasche aus ihrem Korb, versuchte, dem Kranken das Wasser einzuflößen. Dann bedeckte sie seine Stirn mit einem kühlen Lappen, versorgte die Wunde an seinem Bein, wobei der Mann vor Schmerzen laut aufschrie. Sie löffelte ihm ein wenig Suppe in den Mund, wechselte das Tuch auf seiner Stirn und gab ihm zu trinken. Plötzlich hielt sie inne. Pferdegetrappel war zu hören. Die Frau äugte aus einem glaslosen Seitenfenster der Hütte und sah ein paar Reiter näher kommen. Der Sand, den sie aufwirbelten, war so dicht, dass die Frau die Reiter nur als bloße Schemen wahrnahm. Sie packte den Korb und steckte alles ein, was von ihrer Anwesenheit zeugte.

»Sie kommen?«, fragte der Mann.

Die Frau nickte.

Vor Anstrengung zitternd bat er sie mit einer Handbewegung zu sich. Er deutete auf eine kleine Öffnung in der Wand, in der ein Ziegelstein fehlte. »Nehmen Sie das Päckchen da raus. Verstecken Sie es gut. Es ist ein Heiligtum. Der Inhalt

177

des kleineren Päckchens ist für Sie. Tragen Sie den Stein. Er wird Sie schützen.«

Die Frau tat, was er gesagt hatte, verbarg den in einen Lappen gehüllten Gegenstand unter ihrem Rock, den anderen in ihrem Mieder.

»Jetzt gehen Sie. Schnell.«

»Aber ich kann Sie doch hier nicht alleinlassen!«, begehrte die Frau auf.

Der schwarze Mann verzog sein Gesicht. »Wollen Sie mit mir sterben? Sie und Ihr Baby? Gehen Sie! Los! Machen Sie, dass Sie wegkommen.«

Die Frau war hin- und hergerissen, doch dann malte sie dem Mann ein Kreuzzeichen auf die Stirn. »Gott schütze Sie«, sagte sie und fügte hinzu: »Verzeihen Sie, dass ich mein Kind retten will.«

»Sie haben mehr für mich getan als sonst ein Mensch«, erwiderte der Mann. »Es gibt keinen Grund, dass Sie sich etwas vorwerfen. Aber bitte hüten Sie das Päckchen. Lassen Sie nicht zu, dass um seinetwillen immer wieder Blut fließt.«

Und dann war das Bild verschwunden. Ruth zitterte. Ihr war plötzlich kühl. Sie öffnete die Augen und sah, dass die Sonne inzwischen untergegangen war. Die Bank vor ihr war leer, der alte Mann verschwunden.

In der Nacht konnte sie nicht schlafen. Sie holte sich aus dem Kühlschrank des Schützenhauses eine Flasche Bier, warf Geld in die dafür bestimmte Dose und ging hinaus. Sie fand eine Bank hinter dem Haus, setzte sich dorthin, trank das Bier in langsamen Schlucken und dachte über die seltsamen Worte des alten Mannes nach. *Die Kraft muss in den Menschen wohnen, nicht in Dingen, die sie verehren. Steine sind tot, und in*

Toten gibt es keine Kräfte. Die Kräfte, die scheinbar in ihnen wirken, gibt der Mensch ihnen. Ruth hörte die Worte klar und deutlich, doch sie konnte sich nicht daran erinnern, dass der Mann sie zu ihr gesagt hatte. Sie erinnerte sich nur noch daran, wie der Stein in ihrer Hand zu glühen begonnen hatte und vor dem Hintergrund der untergehenden Sonne Bilder aufgetaucht waren. Jetzt aber blieb der Stein in ihrer Hand kühl.

Als Ruth hinter sich Schritte hörte, ließ sie die Hand sinken. Horatio setzte sich neben sie. Schweigend sahen beide in den Sternenhimmel.

»Wenn die Sonne auf Ihr Haar scheint, dann ist es, als stünden Sie in Flammen«, sagte er leise. »Im Mondlicht aber schimmert es wie flüssiges Silber.« Sein Gesicht hatte einen liebevollen, besorgten Ausdruck. Er nahm eine Decke und legte sie behutsam über Ruths Schultern. »Ich möchte nicht, dass Sie krank werden«, sagte er und sah ihr in die Augen.

Ruth erwiderte seinen Blick, und diesmal wirkten seine Augen auf sie wie schwarze Opale. Das Feuer in ihnen schien direkt aus Horatios Seele zu kommen.

Behutsam hob Horatio eine Hand, strich ihr zart eine Haarsträhne aus der Stirn. Ruth spürte die Berührung auf ihrer Haut, und ihr Körper begann zu beben, als fröre sie. Am liebsten hätte sie ihr Gesicht in seine Hand geschmiegt, doch sie traute sich nicht. Noch nie hatte ein Mann sie auf diese Weise berührt. So, als ob er ihre Seele streichelte, nicht nur ihren Körper. Sie wagte nicht, sich zu rühren, und hoffte, er würde weiter über ihr Haar streichen. Mit dem Daumen strich er sanft über ihre Lippen. Ruth schloss die Augen, als er sein Gesicht dem ihren näherte, erwartete seinen Mund auf ihrem, doch da kam nichts. Sie schluckte und sah zu ihm.

Er saß wieder in der alten Stellung auf der Bank und

betrachtete sie. »Sie sind schön wie das Feuer, hell wie das Licht und in der Nacht dunkel wie die Haut meiner Mutter«, flüsterte er.

Ruth spürte, dass seine Worte ein großes Kompliment waren, und wurde noch verlegener. Sie hob die Flasche an den Mund und trank, weil sie nicht wusste, wohin mit ihrem Blick, wohin mit ihrer durstigen Kehle, wohin mit ihrer Scham und ihrer Starrheit, die sie insgeheim verfluchte, wohin auch mit dem plötzlichen Kribbeln in ihrem Bauch. Für einen Augenblick kam ihr Corinne in den Sinn. Ihre schöne Schwester hätte sicher gewusst, was in einem solchen Moment zu tun war. Sie selbst aber wäre vor Verlegenheit beinahe in Tränen ausgebrochen.

Ruth war froh, als Horatio sich ebenfalls eine Flasche Bier öffnete, die Flasche sanft gegen ihre stieß und trank.

Nach einer Weile sagte er leise: »Wir sollten zurückfahren. Sie sollten nach Salden's Hill zurückkehren, gleich morgen Früh.«

»Warum das?«, fragte Ruth. »Wir werden morgen Lüderitz erreichen. Warum sollte ich so kurz vor dem Ziel aufgeben?«

»Ihre Farm braucht Sie. Die Menschen, die dort leben, brauchen Sie.«

»Ach.« Ruth winkte ab. »Die kommen auch mal ohne mich klar. Meine Mutter sucht sicherlich weiter nach einer Wohnung in Swakopmund, nahe bei meiner Schwester. Für Mama Elo und Mama Isa ist einstweilen gesorgt. Es wird ein Stückchen Land übrig bleiben, auf dem sie wohnen können, so lange sie wollen. Die Arbeiter werden anderswo unterkommen. Oder wollen Sie mich plötzlich loswerden? Gibt es etwas, bei dem ich störe?« Ihre weiche Stimmung war wie weggewischt, die Zweifel hatten die Oberhand gewonnen.

»Vertrauen Sie mir, Ruth. Ich will Ihnen nicht schaden, aber glauben Sie mir, es ist das Beste für Sie, nach Hause zurückzukehren.«

Ruth rückte ein Stück von Horatio ab, kniff die Augen zusammen und sah ihm prüfend ins Gesicht. »Wissen Sie etwas, das ich auch wissen sollte?« Für einen Moment kam ihr der schwarze Pick-up in den Sinn und der junge Mann, dessen Gesicht ihr bekannt vorgekommen war. »Was haben Sie heute Nachmittag eigentlich gemacht?«

»Ich habe mir die Stadt angesehen, nachdem Sie fortgelaufen sind. Ich bin auch in der Kaffeestube gewesen, habe mit einigen Leuten gesprochen, aber das war nicht sehr ergiebig.«

»Ich werde den Eindruck nicht los, dass Sie mehr wissen, als Sie mir sagen.«

Horatio schüttelte den Kopf. »Ich weiß nichts, gar nichts. Aber es geht hier nicht nur um Ihre Großeltern, es geht auch um einen Diamanten von rund hundertsechzig Gramm. Wenn man ihn bearbeitet und schleift, werden vielleicht noch fünfhundert Karat übrig sein. Derzeit werden für ein Karat im Rohzustand ungefähr dreihundert amerikanische Dollar gezahlt. Es geht also um viel Geld, Ruth. Sehr viel Geld. Es wurden schon Menschen für weniger ums Leben gebracht. Und ich möchte nicht, dass Ihnen etwas zustößt.«

Ruth sprang auf. »Ah! Jetzt verstehe ich!«, zischte sie erbost. »Es geht um Geld. Sie wollen den Stein. Sie allein. Für sich allein. Und wissen Sie was? Ihr ›Feuer der Wüste‹ ist mir ganz gleichgültig. Ich will nur mein Leben zurück, meine Vergangenheit und vor allem meine Farm.«

Neuntes Kapitel

Ruth erzählte Horatio nichts von ihrer Begegnung mit dem alten Mann unter dem Köcherbaum, und sie schwieg auch über den schwarzen Chevrolet und die drei Männer. Horatio gab ebenfalls keine weitere Auskunft darüber, wie er den gestrigen Nachmittag und den Abend verbracht, mit wem genau er gesprochen hatte. Schweigend fuhren sie über die Pad.

Ruth war an diesem Morgen ganz besonders zeitig aufgestanden. Sie hatte vorgehabt, Horatio hier zurückzulassen und allein nach Lüderitz weiterzufahren. Doch als sie das Schützenhaus verließ, lehnte der Historiker bereits an ihrem Wagen und tat so, als wäre am letzten Abend nichts vorgefallen. Und Ruth war ebenso selbstverständlich in den Wagen geklettert und hatte ihm die Beifahrertür geöffnet.

Die Wolken hatten sich verzogen, der Himmel war so blau, dass seine Helligkeit in den Augen brannte. Die Sonne stach mit spitzen Stacheln. Einmal hielten sie im Städtchen Goageb, um zu tanken. In Aus, dem letzten Ort vor dem Diamantensperrgebiet, aßen sie im Bahnhofslokal zu Mittag und tranken Kaffee. Dann fuhren sie am Naukluftpark entlang und hatten Lüderitz erreicht, als die Kirchturmuhr die vierte Nachmittagsstunde verkündete.

In der Hoffnung auf weitere Informationen hatten Ruth und Horatio zuvor auch in Kolmanskop noch einmal gehalten, doch die Stadt hatte ihrem Beinamen »Geisterstadt« alle Ehre gemacht: Die Häuser lagen verlassen, der Sand hatte

182

Besitz von ihnen ergriffen, und über allem schwebte der Geist einer vergangenen Zeit. Hier lebte schon seit Jahren niemand mehr, und daher gab es hier auch keinen, der Ruth hätte Auskunft geben können.

Es war kühl in Lüderitz, Schwaden von Küstennebel trieben wie Wattefetzen vorüber. Der Wind blies so stark, dass Ruth den Schildern, die davor warnten, das Auto in Windrichtung zu parken, auf der Stelle glaubte. Der Wind wirbelte Sand hoch, der sich auf Ruths Gesicht setzte. Ihre Zähne knirschten, die Augen brannten, und sie hörte, wie die Sandkörner den Lack ihres Wagens angriffen. Ruth nahm ein Tuch aus ihrem Rucksack und band es sich vor das Gesicht. Die Augen schützte sie mit einer Sonnenbrille.

»Sie sehen aus wie eine Mischung aus Nomadin und amerikanischem Filmstar«, spottete Horatio.

Ruth lächelte schief und betrachtete die karge Felslandschaft ringsum. Die Häuser waren mitten in die Felsen gebaut, schmiegten sich an den grauen Stein.

Horatio sah sich aufmerksam auf dem Parkplatz um.

Ruth schien es, als suche er etwas. »Ist alles in Ordnung?«, fragte sie.

Horatio nickte zerstreut. Er wirkte besorgt oder zumindest aufmerksam.

Ruth war sich sicher, dass er etwas wusste oder plante, von dem sie nichts erfahren durfte. Etwas in ihr sträubte sich, von ihm Schlechtes zu erwarten, etwas anderes in ihr hielt das alte Misstrauen wach. Sie sah sich suchend um. In großer Entfernung, hinter einem Baum und von diesem fast verborgen, entdeckte sie einen schwarzen Pick-up. Sie näherte sich ihm auf ein paar Schritte, bis sie erkannte, dass es sich um einen Chevrolet handelte.

Horatio war mit ihr gegangen. Er beugte sich sogar ein wenig nach unten, um das Nummernschild lesen zu können.

»Kennen Sie den Wagen?«, fragte Ruth und war sich selbst nicht sicher, ob es derjenige war, den sie am Tag zuvor in Keetmanshoop gesehen hatte.

»Nein«, versicherte Horatio eilig. »Er gefällt mir nur, das ist alles. Hätte ich Geld, ich glaube, ich würde einen solchen Wagen fahren.« Er lachte mit der Verlegenheit kleiner Jungen, die steif und fest behaupten, später einmal zum Mond zu fliegen.

Ruth bemerkte, wie der Ärger des Vorabends wieder in ihr aufstieg. »Nun, wenn Sie das ›Feuer der Wüste‹ finden, können Sie sich ihn ja leisten. Vorher sollten Sie aber noch fahren lernen. Wie man einen Keilriemen wechselt, wissen Sie ja schon.« Sie wandte sich brüsk ab.

Horatio lief ihr hinterher. »Hören Sie«, sagte er, und Ruth fiel mit einem Mal auf, dass die meisten seiner Sätze so begannen. »Hören Sie, Ruth, wir sollten nicht streiten. Wir haben dasselbe Ziel. Es ist wichtig, dass wir einander vertrauen und zusammenarbeiten.«

»So? Wir haben also dasselbe Ziel? Was wäre das denn für eins?« Sie konnte nicht verhindern, dass ihre Stimme vor Hohn triefte.

»Wir wollen beide das Geheimnis Ihrer Großeltern und das des Diamanten entdecken.«

Sie musste zugeben, dass er recht hatte, trotzdem drängte ein Teufel in ihr weiterzufragen. »Bei mir geht es um die Zukunft, um mein ganzes Leben, meine Heimat. Und Ihnen? Um was geht es Ihnen?«

Horatio lächelte schwach. »Ich habe nicht viel gegen Ihre Argumente vorzuweisen. Mir geht es nur um die Arbeit, aber glauben Sie mir: Meine Arbeit ist mir genauso wichtig wie Ihnen die Ihre.«

Ruth ließ es dabei bewenden. Sie deutete mit dem Finger auf das große Gebäude. »Ist es das?«

Horatio nickte. »Ja, dort befinden sich die Verwaltung und das Archiv der Deutschen Diamantengesellschaft, die sich jetzt allerdings *Diamond World Trust*, abgekürzt DWT nennt.«

Ruth sah an der Fassade hinauf. Der lieblose Verwaltungsbau mit grauem Anstrich und blitzenden Fensterscheiben erinnerte sie an das Gebäude der Farmersbank in Windhoek – keine angenehme Erinnerung. Kurz war ihr, als sähe sie ein Gesicht hinter einer der Scheiben, doch die Sonne blendete trotz der dunklen Brille so, dass sie ihren Augen nicht traute.

»Kommen Sie«, sagte Horatio. »Ich habe uns im Archiv angemeldet.«

Nebeneinander liefen sie über den Parkplatz. Der Wind pfiff ihnen um die Ohren, hob immer wieder Blätter oder anderen Abfall empor und trieb ihn über den Platz.

»Ich wusste gar nicht, dass der Wind so laut sein kann«, erklärte Ruth, kaum hatten sie das Gebäude betreten. Sie entfernte das Tuch und nahm die Sonnenbrille ab. »Was ist?«, fragte sie. Schon wieder stand Horatio vor ihr und starrte sie an.

»Nichts«, stammelte er und schluckte. »Sie sind schön, das ist alles.«

»Ach, kommen Sie!«, erwiderte Ruth ärgerlich. »Sparen Sie sich die Schleimereien. Ich weiß selbst, dass ich plump bin und zu dick und mein Haar widerspenstig. Das ist schlimm genug; Sie müssen mich nicht obendrein noch verhöhnen. Lassen Sie mich einfach in Ruhe und verschwinden Sie.« Sie spürte Tränen aufsteigen und drehte sich abrupt um.

185

Hinter der Rezeption, die eher einem Pförtnerhäuschen ähnelte, saß ein Mann und las in einer alten Ausgabe der *Allgemeinen Zeitung*.

»Ich möchte ins Archiv«, verlangte sie barsch.

Der Mann lies die Zeitung sinken. »Name?«

»Salden. Ruth Maria Salden.«

Der Mann blätterte in einer Liste, suchte mit dem Finger zahlreiche Spalten ab. »Tut mir leid, Miss. Sie sind nicht angemeldet.«

Ruth öffnete den Mund zu einer Erwiderung, doch Horatio drängte sich vor sie. »Natürlich sind wir angemeldet. Horatio, Horatio Mwasube, Universität Windhoek. In Begleitung meiner Assistentin Ruth Maria Salden, ebenfalls Universität Windhoek.«

Ruth wollte empört widersprechen, doch Horatio nahm ihre Hand und drückte sie so fest, dass sie schwieg.

Wieder blätterte der Mann in den Listen, dann nickte er und überreichte Horatio einen Schließfachschlüssel. »Zum Archiv geht es durch die linke Tür. Sie müssen Ihre Sachen einschließen. Im Archiv ist das Fotografieren verboten. Notizen müssen dem Personal vorgelegt werden. Außerdem müssen Sie sich ausweisen.«

Horatio bedankte sich, dann zog er Ruth mit sich fort.

»Was sollte das denn?«, flüsterte sie und riss ihre Hand los.

»Das Archiv ist nicht öffentlich. Man darf hier nur mit einer Sondergenehmigung rein. Ich bitte Sie, jetzt keinen Aufstand zu machen.«

»Ach, und Sie dürfen, ja? Ein Anruf aus Windhoek, und man öffnet Ihnen Tür und Tor.«

»Nein, so einfach war es nicht. Ich habe aus dem Sekretariat des Rektors dessen Briefpapier gestohlen. Ich habe ein Blatt abgestempelt, die Unterschrift des Rektors gefälscht und gehofft, dass es keine telefonischen Nachfragen gibt. Also halten Sie jetzt einfach den Mund, und kommen Sie.«

Ruth schwieg beeindruckt. Sie schlossen ihre Sachen in das ihnen zugewiesene Schließfach und betraten dann das Archiv. Gleich hinter der Tür saß ein Wachmann. »Ausweise!«, schnauzte er auf Horatios freundlichen Gruß hin.

Stumm zeigten Ruth und Horatio ihre Pässe vor und sahen zu, wie der Wachmann die Daten abschrieb. »Das Archiv hat noch eine Stunde geöffnet«, brummte er. »Also Beeilung, bitte.«

Horatio nickte und zog Ruth zu einer Nische, in der zwei leere Schreibtische einander gegenüberstanden. Wie wenige Tage zuvor in der Redaktion der *Allgemeinen Zeitung* war Ruth beeindruckt von den vielen Büchern. Auch auf Salden's Hill gab es zwar einen Bücherschrank, aber Ruth hatte sich nie für Romane interessiert. Wenn sie einmal las, dann Bücher über Schaf- oder Rinderzucht. Alles andere war in ihren Augen Zeitverschwendung gewesen, eine Beschäftigung für Faulpelze. Hier aber schüchterten sie die vollen Regale ein wenig ein. Vielleicht hätte sie doch mehr lesen sollen, dann würde sie sich neben Horatio auch nicht so unwissend fühlen. Unwissend und, ja, auch ein wenig dumm. Ruth unterdrückte einen Seufzer.

»Wir müssen planvoll vorgehen«, flüsterte Horatio. »Ich habe keine Ahnung, wann mein Schwindel auffliegt. Aber ich denke, es wäre besser, wenn wir dann schon weit fort wären.«

»Warum tun Sie das alles?«, fragte Ruth.

»Später«, erwiderte Horatio.

Er verschwand zwischen den Regalen und kam kurz darauf mit zwei Aktenordnern zurück. »Hier, das ist die Chronik von Lüderitz. Und das hier ist die Chronik der Deutschen Diamantengesellschaft.«

Er schob ihr die Stadtchronik zu, und wenige Minuten später war Ruth in die Lektüre vertieft:

»Am 1. Mai des Jahres 1883 kaufte der 21-jährige Kaufmannsgehilfe Heinrich Vogelsang im Auftrag des Bremer Großkaufmanns Franz Adolf Eduard Lüderitz dem Häuptling der Nama, Josef Frederick, für 200 alte Gewehre und 100 englische Pfund – das entsprach 10 000 Mark – die Bucht von Angra Pequena sowie fünf Meilen des dazugehörigen Hinterlandes ab.

Während Frederick davon ausging, dass es sich bei den fünf Meilen um die üblichen englischen Landmeilen von 1,61 Kilometern handelte, machte Lüderitz nach Vertragsabschluss klar, dass er die preußische Landmeile von 7,5 Meilen zugrunde legte. Der Namahäuptling fühlte sich betrogen, zudem nun klar wurde, dass er den größten Teil des Nama-Stammlandes verkauft hatte ...«

»Schluss jetzt!« Die Stimme des Wachmannes wurde nur zum Teil von den mit Papier gefüllten Regalen verschluckt. »Es ist Feierabend. Ich will nach Hause.«

Alles in Ruth drängte danach, ihm gehörig die Meinung zu sagen, doch sie dachte an Horatios Worte und hielt den Mund. Das hier war eine Welt, die ihr fremd war, in der Gesetze herrschten, die sie nicht verstand.

Horatio räumte die Sachen weg, dann verließen sie das Archiv. Sie hörten zwar, wie jemand hinter ihnen die Treppe herunterkam, kümmerten sich aber nicht darum.

»Wer war das, und was wollten sie?« Der große schlanke Mann mit den kurzen weißen Haaren und den überraschend hellen Augen hatte sich fast unbemerkt ins Archiv geschlichen.

Der Wachmann schrak zusammen. »Ich weiß es nicht, Bass. Sie standen auf der Liste.«

Der Mann betrachtete den Schwarzen abfällig. »Zeig mir, wo sie sich eingetragen haben.«

»Sehr wohl, Bass.« Der schwarze Wachmann beeilte sich, die Liste zu holen, und händigte sie seinem Chef aus.

Der strich sich über den feinen Leinenanzug, während er die Einträge des Tages durchging. »Ruth Salden«, murmelte er. »Ruth Maria Salden. Na endlich. Auf dich habe ich schon lange gewartet.« Er unterbrach sich und wandte sich an seinen Untergebenen: »Was haben sie gelesen, die Frau und der Kaffer? Welche Sachen haben sie aus den Regalen geholt, welche Notizen angefertigt, wonach gefragt?«

Der Wachmann zuckte bei der beleidigenden Bezeichnung für einen Schwarzen ein wenig zusammen. »Ich weiß es nicht, Bass, habe nicht darauf geachtet.«

»Kein Wunder. So schwarz du bist, so dumm bist du auch. Verschwinde!«

»Sehr wohl, Bass.«

Der Wachmann packte seine Brotblechbüchse ein und trollte sich, während sein Chef aufmerksam die Regale entlangwanderte. »Aha«, sagte er einmal und zog eine Akte heraus, die nicht wie die anderen in Reih und Glied stand. »Die *Chronik von Lüderitz.*« Er zog den Band heraus, blätterte ein wenig darin herum und steilte ihn zurück ins Regal.

»Wachmann!«, brüllte er so laut, dass eine Scheibe leise klirrte.

»Jawohl, Bass.«

Der Wachmann hatte sich umgezogen und stand nun in einer abgetragenen Stoffhose und einem blauen Hemd vor ihm.

»Haben die gesagt, ob sie morgen wiederkommen?«

Der Wachmann schüttelte den Kopf. »Gesagt haben sie nichts, aber ich denke, sie waren noch nicht fertig mit dem, was sie tun wollten. Sie waren mitten in der Arbeit, als ich ihnen gesagt habe, dass jetzt Feierabend ist. Stimmt etwas nicht, Bass?«

»Kümmer du dich um deinen Dreck. Und wenn sie morgen kommen, dann achte darauf, welche Akten sie lesen. Wenn du es dir nicht merken kannst, dann schreibe es auf. Schreiben kannst du doch, oder?«

»Sehr wohl, Bass. Ich habe es in der Missionsschule gelernt.«

»Ja, ja … Tu einfach, was ich dir sage. Wenn sie weg sind, kommst du zu mir und berichtest. Hast du das verstanden?«

Der Schwarze nickte eifrig. »Dürfen sie alle Akten lesen, Bass?«

Der Weiße überlegte einen Augenblick. Dann ging er zu einem Regal, zog einen Ordner heraus und steckte ihn in einen fleckigen Pappkarton, der unter einem Schreibtisch stand. Er wandte sich zu dem Schwarzen. »Natürlich dürfen sie alles lesen. Sie haben immerhin die Erlaubnis dazu eingeholt. Wir halten uns an die Vorschriften, hast du verstanden?«

Der Weiße zog aus seiner Jacketttasche eine Münze und warf sie dem Schwarzen hin, wie man einem Hund einen Knochen zuwirft. »Und jetzt mach, dass du fortkommst.«

»Sehr wohl, Bass, und vielen Dank auch, Bass.« Der Schwarze steckte die Münze ein, machte auf dem Absatz kehrt und verließ das Archiv. Sein Chef aber kehrte in sein Büro zurück und fasste einen Entschluss.

Ruth und Horatio waren in einer kleinen Bar eingekehrt und tranken Bier. »Was haben Sie herausgefunden?«, fragte Ruth.

Horatio schüttelte den Kopf. »Nicht viel, fürchte ich. Und Sie?«

»Ich habe gelesen, wie der Bremer Kaufmann Adolf Lüderitz die Nama um viel Land betrogen hat. War das wirklich so?«

Horatio nickte und starrte vor sich hin. Dann sah er aus dem Fenster, und Ruth schien es, als zuckte er ein wenig zusammen. »Hören Sie«, sagte er. »Vielleicht sollten Sie wirklich besser nach Hause fahren. Es kann gefährlich werden.«

»Wie kommen Sie darauf? Das ganze Leben ist gefährlich. Warum wollen Sie mich eigentlich ständig zurück nach Salden's Hill schicken?« Ruth war genervt. Sie war so weit gefahren, hatte ihre Farm so lange allein gelassen. Wie konnte Horatio glauben, sie ließe sich so kurz vor dem Ziel einfach nach Hause schicken wie ein kleines Kind?

Ihr Begleiter schluckte, dann sah er auf die hölzerne Tischplatte. »Ich mache mir einfach Sorgen um Sie. Ist das so schwer zu verstehen?«

Ruth schwieg. Noch nie hatte sich jemand um sie gesorgt. Höchstens Mama Elo und Mama Isa, die stets Befürchtungen um ihre Gesundheit hegten, sie ermahnten, nicht barfuß über die kalten Küchenfliesen zu laufen, nicht mit nassen Haaren ins Freie zu gehen, die Nieren schön warm zu halten und jeden Tag Obst zu essen. Davon abgesehen war Ruth mit allen Schwierigkeiten allein fertiggeworden, ganz gleich, ob es sich um wütende Rinderbullen, gewaltbereite Viehdiebe oder hinterhältige Wollhändler handelte. Sie hatte Kraft und Mut und wusste sich ihrer Haut zu wehren. Nur wenn Horatio sie so besorgt ansah wie jetzt, wurde ihr ganz warm, und sie fühlte sich weich wie ein Zweig, der sich an den Wind schmiegt. Ruth wusste, dass sie in solchen Augenblicken ihre Stärken vergaß, aber das durfte nicht sein. Also räusperte sie sich und zog ihre Hand zurück, die ganz von selbst über den Tisch in die Richtung von Horatios Hand gekrochen war. »Es wird Zeit, dass Sie mir endlich etwas über die Nama- und Hereroaufstände erzählen. Ich weiß längst, dass diese bei der Geschichte meiner Großeltern eine Rolle spielen.«

Horatio nickte. »Also gut. Ich beginne ganz am Anfang. Schon immer waren die Nama und die Herero verfeindete Stämme. Als die deutsche Besiedlung und Verwaltung begann, schlossen die weniger aufsässigen Herero mit den Deutschen einen Schutzvertrag, der auch die Hilfe der Deutschen gegen die Nama beinhaltete. Dann kam die große Rinderpest, das war 1897. Die meisten Hereros, die schon immer von der Rinderzucht lebten, verloren den Großteil ihres Viehs. Eine anschließende Heuschreckenplage verwüstete die Weiden, sodass auch die restlichen Rinder an Hunger krepierten. Die Weißen nützten die Notlage der Hereros aus und kauften ihnen ihr restliches Land für einen Apfel und ein Ei ab, sodass sich viele Hereros als Farmarbeiter bei den Weißen verdingen mussten. Von einem Tag auf den anderen mussten sie wie Sklaven auf dem ehemals eigenen Grund und Boden schuften. Natürlich begehrten die Hereros auf. Immer wieder kam es zu Auseinandersetzungen zwischen den Schwarzen und ihrem Bass. Die Spannungen nahmen zu, und schließlich verlangten die Weißen von der Regierung, dass die abgeschaffte

192

Prügelstrafe für die Schwarzen wieder eingeführt werden sollte.«

Horatio blätterte in seinen Unterlagen und wies auf ein Dokument. »Hier, sehen Sie. Das ist eine Abschrift der Eingabe vom Juli 1900 an die Kolonialabteilung des Auswärtigen Amtes. Es handelt sich um die Abschrift eines Originaldokumentes. Soll ich vorlesen?«

Ruth nickte.

»›Für Milde und Nachsicht hat der Eingeborene auf die Dauer kein Verständnis: Er sieht nur Schwäche darin und wird infolgedessen anmaßend und frech gegen den Weißen, dem er doch nun einmal gehorchen lernen muss, denn er steht geistig und moralisch tief unter ihm‹«, zitierte Horatio. Dann schaute er sie schweigend an.

Ruth schien es, als würde er darauf warten, dass sich die Worte in ihrem Gedächtnis festsetzten. »Sie sehen mich an, als hätte ich diese Eingabe verfasst«, beschwerte sie sich.

»Tja, viele Weiße denken heute noch so.«

»Aber ich nicht. Und wissen Sie, warum nicht?«

»Nein.«

»Weil ich eine Frau bin, darum. Denken Sie sich das Wort ›Eingeborener‹ weg und setzen Sie dafür das Wort ›Frau‹ ein, dann wissen Sie, wie Männer denken. Und zwar nicht nur weiße Männer.«

Horatio schaute sie fasziniert an. »Ihre Mimik ist lebhafter als ein Kriminalfilm im Kino«, sagte er und erschrak, als Ruths Augen plötzlich gefährlich zu funkeln begannen.

»Sehen Sie!«, rief sie so laut, dass die Leute an den Nachbartischen sich umwandten. »Sie sind genauso. Regen sich auf über Unterdrückung, denken aber keine Sekunde daran, mich ernst zu nehmen. Weil ich eine Frau bin, deshalb. Und

193

somit sind Sie keinen Deut besser als ein Weißer. Und nur weil Sie schwarz sind, sind Sie kein Rassist, sondern nur ein Chauvinist.«

Kaum hatte Ruth die Worte ausgesprochen, biss sie sich auf die Zunge. »Verzeihung«, sagte sie leise. »Erzählen Sie weiter von dem Aufstand.«

»Nur wenn Sie mich ausreden lassen und aufhören, mich zu beschimpfen.«

Ruth sog tief die Luft ein, sah nach rechts und dann nach links.

»Also?«

»Yeap. Ich halte den Mund«, lenkte Ruth ein. »Und jetzt reden Sie endlich!«

»Es begann eine Zeit politischer Grabenkämpfe. Die Deutschen waren nicht auf einen Krieg in ihrer Kolonie vorbereitet. Doch die Hereros rüsteten auf. Es gab ungefähr eine Dreiviertelmillion Hereros zu dieser Zeit, und siebentausend davon waren gute Krieger und zu allem bereit. Sie sammelten sich in der Region von Waterberg. Die Weißen glaubten zunächst, es ginge um die Austragung von Nachfolgestreitigkeiten, denn der Hererohäuptling Kaojonia Kambazembi war gerade gestorben. Stattdessen erließ der neue Häuptling, Samuel Maharero, einen Befehl für sein Volk.«

Horatio blätterte in seinen Aufzeichnungen und zog dann ein weiteres Blatt hervor. »›Okahandja, im Januar. An alle Hereros in diesem Land‹«, las er. »Ich bin Samuel Maharero, der Häuptling des Stammes. Ich habe einen Befehl für alle meine Leute angefertigt, dass sie nicht weiter ihre Hände legen an Folgende: Engländer, Bastards, Bergdamara, Nama, Buren. Alle diese rühren wir nicht an. Tut das nicht!‹«

Er legte das Blatt zur Seite und richtete sich auf. »Damit war

194

die Feindschaft zwischen den Stämmen und Clans der Eingeborenen vorerst beendet, denn es gab einen neuen Feind, der sie alle einte: die Deutschen. Zunächst ging es den deutschen Siedlern an den Kragen, dann folgten neben Angriffen auf Farmen weitere gegen Eisenbahnlinien, Depots und Handelsstationen. Im ganzen Land gab es Gefechte zwischen deutschen Truppen und den Kriegern der Herero und Namas. Schließlich übernahm General Lothar von Trotha den Befehl über die deutschen Truppen. Er war ein Mann, der nicht lange fackelte. Im August gab er den Befehl, einen Großteil der schwarzen Krieger in der Nähe des Waterberges einzukesseln und zu vernichten. Als die Schwarzen in die Wüste flohen, gab General von Trotha den Befehl, das Sandfeld abzuriegeln, die Fliehenden zu verfolgen und ihnen den Zugang zu den Wasserstellen abzuschneiden. Im Oktober desselben Jahres erließ von Trotha eine Proklamation an die Hereros, die der Beginn eines Pogroms war. Ruth, ich lese Ihnen den Befehl vor, wenn Sie nichts dagegen haben.«

Ruth hatte das Kinn in die rechte Hand gestützt, den Ellbogen auf der Tischplatte. Sie seufzte, dann schüttelte sie den Kopf und sagte leise: »Ich will nicht glauben, was ich da höre, will nicht zum selben Volk gehören wie die, die Ihr Volk in die Wüste getrieben haben. Wie viele Menschen, wie viele Frauen und Kinder, wie viel Vieh sind wohl dabei umgekommen?«

Horatio hob ein wenig die Augenbrauen, dann zog er ein mit Schreibmaschine bedrucktes Blatt aus seinen Unterlagen. »Hier können Sie den Befehl von Trothas nachlesen. Hier steht es schwarz auf weiß.«

»Lesen Sie vor, bitte.«

»»Ich, der große General der deutschen Soldaten, sende diesen Brief an das Volk der Herero. Die Herero sind nicht mehr deutsche Untertanen. Sie haben gemordet, haben gestohlen, haben verwundeten Soldaten Ohren, Nasen und andere Körperteile abgeschnitten und wollen jetzt aus Feigheit nicht mehr kämpfen. Ich sage den Herero: Jeder, der einen Häuptling an einer meiner Stationen als Gefangenen abliefert, erhält eintausend Mark, wer mir Samuel Maharero bringt, erhält fünftausend Mark. Das Volk der Herero muss jedoch das Land verlassen. Wenn das Volk dies nicht tut, so werde ich es mit Waffen dazu zwingen. Innerhalb der deutschen Grenzen wird jeder Herero mit und ohne Gewehr, mit oder ohne Vieh erschossen, ich nehme keine Rücksicht auf Frauen und Kinder, treibe sie zu ihrem Volk zurück oder lasse auf sie schießen. Dies sind meine Worte an das Volk der Herero. Der große General des mächtigen Deutschen Kaisers, Lothar von Trotha.‹«

Er sah ihr in die Augen. »Mit Herero meinten die Deutschen natürlich nicht nur die Herero, sondern auch Mitglieder anderer Stämme. Sie haben sich noch nie viel Mühe gegeben, unsere Völker voneinander zu unterscheiden. Schwarz ist eben schwarz, Kaffer gleich Kaffer.«

»Stimmt das?«, hakte Ruth ein, die sich auf diffuse Weise schuldig fühlte. »Haben die Herero wirklich den Deutschen Nasen und Ohren abgeschnitten? Haben sie nicht nur die Farmer getötet, sondern auch deren Frauen und Kinder?«

Horatio sah auf. »Ja, das haben sie. Es herrschte Krieg. Ein Krieg, den die Weißen begonnen haben, indem sie uns das Land unserer Väter raubten.«

Ruth dachte eine kleine Weile nach, während die Kellnerin ein neues Bier brachte. Sie wollte nicht schon wieder mit Horatio streiten. »Erzählen Sie, wie es weiterging. Wie ist es den Herero und Nama in der Wüste ergangen?«

»Das können Sie sich sicher denken. Sie hatten kein Wasser, kein Vieh, konnten weder essen noch trinken. Zuerst starben die Schwächsten, die Alten und die Kinder. Unterdessen aber hatte man selbst in Deutschland Bedenken gegen den Ausrottungsbefehl von Trothas. Auf ausdrückliche Anweisung des Generalstabes in Berlin sollte die Tötung der Schwarzen ausgesetzt und diese zu Arbeitssklaven gemacht werden. Doch es war zu spät. Fünfzehntausend Schwarze hatten bereits ihr Leben gelassen, als elf Abgesandte der Schwarzen nach Ombakala zu Verhandlungen mit den Deutschen geschickt wurden. Die deutschen Schutztruppen erschossen sie kurzerhand. Und so sah Häuptling Maharero sich gezwungen, mit dem Rest seiner Leute, immerhin noch ungefähr achtundzwanzigtausend Menschen, auf britisches Gebiet zu flüchten.«

»Sie haben zumeist von den Hereros gesprochen. Was haben nun die Namas mit dem Aufstand zu tun?«, fragte Ruth.

»Warten Sie, darauf komme ich jetzt. Im Juli 1904 überfiel der Nama Jakob Morenga mit elf seiner Anhänger deutsche Farmen. Von einem dieser Überfälle war wahrscheinlich auch Salden's Hill betroffen. Die Deutschen wehrten sich und töteten einige der rebellischen Nama. Daraufhin wiederum kündigte Hendrik Witbooi, ein weiteres Oberhaupt der Nama, den mit den Deutschen geschlossenen Schutzvertrag und wechselte offiziell die Seite. Nun standen Nama und Herero Seite an Seite. Vierzig deutsche Siedler fielen den Angriffen der Schwarzen zum Opfer. Doch die Frauen und Kinder der Weißen wurden verschont, zum Teil sogar bis zur nächsten deutschen Station geleitet. Es ist möglich, Ruth, dass Ihr Großvater Opfer dieser Angriffe wurde. Die Flucht Ihrer Großmutter spricht dafür.«

»Dagegen spricht aber, dass sie ihre Tochter zurückgelassen hat«, erwiderte Ruth rasch.

»Das stimmt allerdings. Hören Sie, wie es weiterging. Ich weiß, das ist ein bisschen kompliziert und verwirrend, aber wenn Sie wirklich wissen wollen, was passierte, kann ich Ihnen einige Details nicht ersparen.« Horatio hielt kurz inne und nahm einen Schluck aus seinem Bierglas. »Überall im Land begannen nun Schlachten. Blutig zumeist. Zwar waren die Deutschen mit Kriegsmaschinerie besser ausgerüstet, doch es gelang ihnen weder 1904 noch 1905, den Unruhen ein Ende zu bereiten. Am 29. Oktober 1905 wurde Hendrik Witbooi erschossen, als er mit seinen Leuten versuchte, eine deutsche Transportkolonne zu überfallen. Die anderen Nama waren vom Tod ihres Häuptlings so geschockt, dass sie sich geschlossen ergaben. Wenige Monate später begannen die Friedensverhandlungen. Der Nama- und Hererokrieg hatte bis dahin rund zehntausend Nama und zwanzigtausend Herero das Leben gekostet.« Horatio nahm seine Bierflasche und trank sie in einem Zug leer.

Ruth starrte nachdenklich aus dem Fenster. Dann nickte sie kurz, griff nach ihrem Zopf, löste den Gummi und band ihn neu zusammen. »Ich glaube«, sagte sie dann, »dass Salden's Hill bei den ersten Überfällen der Nama dabei war. Auf der Farm arbeiteten damals wie heute Nama. Es wäre ihnen ein Leichtes gewesen, fremde Nama auf das Land zu schmuggeln. Außerdem, ich sagte es vorhin schon, ist meine Großmutter geflohen und hat ihr Kind zurückgelassen.«

»Vielleicht ist Ihre Großmutter aber auch nur geflohen, weil sie wusste, dass die Nama die Kinder verschonen. Wäre das nicht auch ein Grund?«

Ruth nickte gedankenversunken. Plötzlich hielt sie es in

der rauchgeschwängerten Bar nicht mehr aus. Vor ihrem inneren Auge sah sie die Farm, wie sie 1904 ausgesehen haben mochte. Obwohl sie erst lange nach den Aufständen geboren worden war, fühlte sie sich schuldig. »Ich gehe mir ein wenig die Füße vertreten«, sagte sie und war schon draußen, ehe Horatio die Zeche bezahlen konnte.

Ruth ging dem Sonnenuntergang entgegen. Ihre Hand glitt zu dem Stein zwischen ihren Brüsten. Sie erschrak nicht, als er kalt wie ein Eiswürfel zwischen ihre Finger glitt. Sie sah in die Sonne, spürte wieder dieses Kribbeln, das jetzt ihren ganzen Körper erfasst hatte. Und noch während sie in die untergehende Sonne sah, entstand vor ihrem Auge ein neues Bild. Sie sah Salden's Hill, sah brennende Hütten. Eine Frau schrie, ein Baby weinte. Und sie sah einen Mann, der bis zu den Hüften in einem Brunnenloch stand. Der Mann bückte sich, hob einen Stein hervor, der aussah wie ein faustgroßes Stück Kandis. Er hielt den Stein in der Hand.

Eine Frau trat ins Bild, deren Gesicht Ruth nicht erkennen konnte. »Ich bitte dich«, sagte die Frau. »Um Christi willen, lass den Stein.« Doch der Mann schüttelte den Kopf. Da knallten Schüsse, und der Mann fiel vornüber, während der faustgroße Stein in den Dreck fiel.

Die Frau wandte sich um, sah in einen Gewehrlauf, sah ebenfalls ein Gesicht, jedoch nur als Schatten. »Gib mir den Stein!«, herrschte jemand sie an. »Na los, mach schon! Gib mir den verdammten Stein.«

Die Frau schüttelte den Kopf. Im selben Augenblick richtete der Mann sein Gewehr auf das Baby. »Los, gib ihn her, sonst töte ich dein Balg.«

»Nicht! Bitte! Nicht mein Kind.« Sie sank auf die Knie, wühlte tränenüberströmt in ihrem Mieder. Doch plötzlich kamen aus einer anderen Richtung Männer auf Pferden und schossen.

»Scheiße«, brüllte der Mann mit dem Gewehr. Bevor er wegrannte, wandte er sich noch einmal zu der Frau. »Ich finde dich. Wo immer du bist, ich werde dich finden!«

Zehntes Kapitel

Das Frühstück in Uschis Pension war so deutsch wie ein Frankfurter Würstchen. Es gab weiße Buttersemmeln, viel zu süße Erdbeerkonfitüre von einem Werk aus Schwartau in Deutschland, dazu Honig und Schmierkäse. Ruth hätte lieber Miliepap gegessen, aber Uschi verzog auf ihre Frage hin nur abfällig das Gesicht. »Mir esse hier, was mir in Deutschland immer gegesse habe. Mir halte was von Traditione, gell.«

Ruth nahm an, dass Uschi nur so sehr an ihren hessischen Traditionen klebte, weil sie hoffte, eines Tages dem berühmten Diamantenhändler und Minenbesitzer Oppenheimer, einem gebürtigen Friedberger, ihre klebrige Marmelade und die pappigen Brötchen vorsetzen zu können.

Anders als sie biss Horatio so genussvoll in seine Semmel, dass die Krümel nach allen Seiten spritzten. »Nicht alles, was aus Deutschland kommt, ist schlecht«, stellte er fest und löffelte sich großzügig von der Erdbeerkonfitüre auf sein Brötchen.

»Aber schlecht für die Zähne«, beklagte sich Ruth. »Ich kriege schon vom Hingucken Karies. Mama Elo und Mama Isa haben ihr Leben lang Miliepap gegessen und haben keine einzige Plombe.«

»Das überzeugt mich«, verkündete Horatio und langte nach dem nächsten Brötchen.

»Jetzt beeilen Sie sich doch«, drängelte Ruth. »Wir müssen ins Archiv.« Obwohl sie seit ihrer Geburt in Namibia lebte, fiel es ihr dennoch manchmal schwer, sich an die Langsamkeit der Eingeborenen zu gewöhnen. Sie war ungeduldig, alles musste zügig erledigt werden. Mußestunden kannte Ruth nicht, und Langsamkeit zu genießen – dieser Gedanke war ihr so fremd wie Schnee.

Horatio kaute unbeeindruckt weiter und angelte sich sogar ein weiteres Brötchen aus dem Korb, während Ruth ungeduldig mit den Fingern auf die Tischplatte trommelte.

»Was genau suchen wir eigentlich heute?«, fragte Ruth und zog den Korb mit dem letzten Brötchen zu sich.

»Nun, Ihr Großvater wurde 1904 ermordet. Der erste Diamant wurde 1908 beim Bau der Eisenbahn gefunden. Wir sollten also in Erfahrung bringen, was in den Jahren geschah, in denen Ihr Großvater in dieser Gegend unterwegs war.«

»Aha«, sagte Ruth und stützte wieder das Kinn in ihre Hand. Sie hatte sich in der Nacht ähnliche Gedanken gemacht. Woher zum Beispiel hatte ihr Großvater das Geld für Salden's Hill gehabt?

Ruth dachte daran, was sie in einer ihrer Visionen gehört und gesehen hatte. Wieder griff ihre Hand nach dem Stein. Sie seufzte. Es widerstrebte ihr, den Bildern zu glauben, die der geheimnisvolle Feuerstein von Mama Elo ihr vor die Augen zauberte. Ruth hatte nichts, aber auch gar nichts mit übersinnlichen Dingen am Hut. Sie glaubte nur, was sie sehen und anfassen konnte. Und dennoch … Es war, als wäre die Vergangenheit ihrer Großeltern in Mama Elos Stein gefangen. Wie oft hatte sie in den Nächten nach den seltsamen Bildern über sich selbst gelacht, ihren Aberglauben ins Lächerliche gezogen. *Ich bin schon wie eine Schwarze,* hatte sie gedacht. *Demnächst werde ich meine Rinder heiligsprechen lassen und mit Sie anreden, damit mir der Feuergott nicht zürnt.*

Doch allem Spott zum Trotz, mit dem sie sich zu schützen

suchte, glaubte ein Teil in ihr an die Bilder, glaubte ein Teil in ihr an Kräfte, die man nicht sehen und anfassen konnte. *Mama Elos und Mama Isas Geschichten machen mich ganz wirr im Kopf*, hatte sie sich getröstet und gleichzeitig gewusst, dass dies nicht der Wahrheit entsprach.

»Ich glaube«, sagte sie jetzt so vorsichtig, als fürchte sie, die Worte könnten ihr im Mund zerbrechen, »dass mein Großvater zum Goldsuchen in die Walfischbucht gegangen ist. Und als er von dort wiederkam, hat er die Farm gekauft und meine Großmutter geheiratet.«

Horatio nickte, als wäre er davon wenig überrascht. »Hat er Gold mitgebracht?«

Ruth schüttelte den Kopf. »Davon weiß ich nichts. Ich glaube nicht. Mama Elo und Mama Isa hätten sicher irgendwann einmal von Gold gesprochen. Und meine Mutter besitzt nur Schmuck aus Perlen und Platin. ›Gold‹, sagt sie immer, ›ist der Reichtum der armen Leute. Protzklunkern.‹«

Ruth lachte ein wenig.

»Dann wird Ihr Großvater wohl alles Geld in die Farm gesteckt haben.«

Ruth nickte, stand auf. »Lassen Sie uns arbeiten. Wir haben dem lieben Gott schon genug Zeit gestohlen.«

Der schwarze Wachmann im Archiv war nicht weniger misstrauisch als am Tag zuvor. Er ließ sich noch einmal ihre Pässe zeigen, notierte die Daten erneut und begleitete sie missmutig zu ihren Schreibtischen. »Sie zeigen mir die Akten, die Sie einsehen. Haben Sie das verstanden?«, knurrte er.

»Warum?«, fragte Ruth. »Was geht es Sie an, was wir lesen?«

»Pscht!« Horatio stellte sich einen Schritt vor Ruth und zwinkerte ihr beruhigend zu. »Meine Kollegin ist noch neu und unerfahren mit der Arbeit in Archiven. Selbstverständlich zeigen wir Ihnen jede Akte, bevor wir sie lesen, und danach jede einzelne Notiz.«

Der Wachmann nickte grimmig und trollte sich zurück an seinen Tisch.

Ruth studierte die Chronik von Lüderitz weiter, doch sie fand keinerlei Hinweise auf ihre Großeltern. *Wie auch?*, dachte sie. *Wolf Salden war ja nie hier.*

Dass sie auch keine Einträge fand, die von ihrer Großmutter kündeten, war schon etwas seltsamer. Ruth überlegte, was sie machen würde, hätte sie einen so großen Diamanten gefunden. Auf der Flucht, nichts an Besitz als diesen Stein. Zu einem Straßenhändler, einem sogenannten Diamanten-Digger, würde sie damit nicht gehen, das wäre viel zu auffällig. Im Übrigen war auch nicht damit zu rechnen, dass ein einfacher Diamantenhändler genug Geld für einen Stein hätte, der so groß war wie das »Feuer der Wüste«.

Ich würde zu einer Diamantmine gehen. Dort verfügen sie über die besten Kontakte, und überdies fallen wohl auch die ganzen Provisionen weg, überlegte Ruth. Vielleicht finde ich also ein paar Notizen über meine Großmutter in den Jahren nach 1904.

Ohne es zu merken, hatte sie bereits Horatios wissenschaftliche Vorgehensweise übernommen. Sie blätterte die Seiten vor und zurück, las jedes Wort, betrachtete jedes Bild, doch vergebens. Hier in Lüderitz hatte niemand von einer Frau namens Margaret Salden Notiz genommen.

Enttäuscht schielte Ruth zu Horatio hinüber, der völlig versunken in der Chronik der Deutschen Diamantengesellschaft las. Eifrig machte er sich Anmerkungen, wühlte in seinen Unterlagen und verglich Daten.

»Was ist? Haben Sie was?«, fragte Ruth.

Horatio schüttelte den Kopf, doch Ruth sah das Jagdfieber in seinen Augen glimmen und glaubte ihm nicht.

»Ich muss auf die Toilette«, sagte sie, und Horatio nickte.

Der Wachmann verlangte, dass Ruth sich schriftlich abmeldete, und kontrollierte auch ihren Pass, als sie von der Toilette zurückkehrte.

Dann schlenderte sie an einer Regalreihe vorbei, zog da und dort eine Akte heraus. Sie hoffte, ganz durch Zufall auf etwas zu stoßen, das ihr weiterhalf. Sie stutzte. An einer Stelle des Regals fehlte ein Ordner. Ruth erkannte am Staub, dass er noch vor Kurzem, vor sehr kurzer Zeit, hier gestanden haben musste. Sie spähte durch die Lücke – und sah direkt auf Horatios Schreibtisch. Doch wo war der Historiker?

Ruth stellte sich auf die Zehenspitzen und glaubte, ihren Augen nicht zu trauen. Horatio hockte auf dem Boden unter seinem Schreibtisch, auf den Knien einen verstaubten Ordner, neben sich die Pappkiste, die Ruth für einen unkonventionellen Papierkorb gehalten hatte. Was tat er jetzt? Ruth hielt die Luft an. Horatio sah sich nach allen Seiten um, dann riss er zwei Blätter aus dem Ordner, faltete sie in Windeseile zusammen und ließ sie in seiner Hosentasche verschwinden.

Ruth sprang hinter dem Regal hervor und erwischte Horatio noch auf dem Boden. »Was tun Sie hier?«, fragte sie.

»Oh, mein Stift. Er ist mir heruntergefallen.«

»Sonst nichts?«

»Nein, sonst nichts. Was sollte sein?«

»Und in dem Pappkarton?«

Horatio stieß mit der Hand leicht gegen die Kiste. »Mit dem Papierkorb? Was ist damit?«

Ruth atmete tief ein und aus. »Nichts«, sagte sie dann.

»Es ist nichts. Ich bin wohl nur ein bisschen nervös, weil der Wachmann so feindselig ist.« Doch im Stillen beschloss sie, nun doppelt auf der Hut zu sein. Horatio verbarg etwas vor ihr, etwas sehr Wichtiges, über das er nicht sprechen wollte. Auf welcher Seite stand der Schwarze eigentlich wirklich? Konnte sie ihm vertrauen? War er ihr Freund, wie er immer behauptete, oder zählte er zu ihren Feinden?

Sie sah auf ihre Armbanduhr. »Es ist gleich Mittag. Mir schwirrt der Kopf. Ich glaube nicht, dass ich in den Ordnern noch etwas finde. Zumindest nicht in der Chronik von Lüderitz.«

»Heißt das, Sie wollen gehen?«

Ruth nickte und kniff die Augen leicht zusammen. »Ich habe Hunger.«

Im selben Augenblick erschien der Wachmann, in der Hand seine Blechbrotbüchse, und komplimentierte sie aus dem Lesesaal hinaus. »Wir machen um drei wieder auf, falls Sie noch immer nicht fertig sind.«

Horatio seufzte theatralisch, dann räumte er seine Sachen zusammen.

»Wollen wir etwas essen gehen?«, fragte er, als sie vor dem Gebäude in der Sonne standen.

Ruth suchte in ihrer Tasche nach der Sonnenbrille. »Wie? Äh, nein. Ich habe noch keinen Hunger.«

»Aber eben sagten Sie es doch.«

»Jetzt aber nicht mehr. Ich will nichts essen.« Sie setzte die Sonnenbrille auf und stapfte davon, ohne sich nach Horatio umzusehen. Sie hörte nur noch, wie er ihr nachrief: »Wir sehen uns dann später.«

Ruth hob eine Hand zum Gruß und beschleunigte ihre Schritte. Sie rannte fast, als wolle sie vor Horatio fliehen. Sie musste jetzt allein sein, musste ihre Gedanken ordnen. Und ihr fehlte Bewegung. Schon immer hatte sie am besten nachdenken können, wenn sie in Bewegung war.

Sie eilte durch die Stadt, die sich dicht an einen riesigen Granitfelsen schmiegte, als suche sie Schutz vor den Wellen und Stürmen des Atlantischen Ozeans, vor dessen Küste der kalte Benguelastrom floss, der die Stadt jeden Morgen in Nebel hüllte. Ruth eilte durch die Straßen, ohne etwas zu sehen. Sie lief an den Fischhändlern vorbei, die Austern und Langusten verkauften, den Berg hinauf zur Felsenkirche.

Ruth setzte sich auf eine Bank, betrachtete kurz die prächtigen Buntglasfenster, doch sie fand auch hier keine Ruhe. *Was soll ich hier?*, fragte sie sich. *Warum fahre ich nicht wirklich zurück nach Salden's Hill? Was habe ich denn bisher erreicht? Nichts. Gar nichts. Mein Großvater ist tot, meine Großmutter verschollen, angeblich mit der Seele der Nama. Ich habe einen Feuerstein, der mir Bilder vorgaukelt, mit denen ich nichts anfangen kann. Vielleicht ist meine Fantasie einfach überreizt, vielleicht bin ich erschöpft, weil ich das Reisen und Umherfahren nicht gewöhnt bin. Ich sollte nach Hause, sollte einen Teil der Weiden und Herden verkaufen. Wenn das Geld dann noch immer nicht reicht, um die restliche Farm zu erhalten, sollte ich zum alten Miller gehen. Er ist reich; vielleicht gibt er mir ein Darlehen, auch wenn ich seinen Sohn Nath nicht heirate. Wenn er Sicherheiten will, gut, dann werde ich mich, wenn mir nichts anderes einfällt, an Corinnes Mann wenden. Hier, in Lüderitz, kann ich meine Farm nicht retten.*

Sie wollte aufstehen und energischen Schrittes die Felsenkirche verlassen, doch sie saß wie angenäht. Tränen traten ihr in die Augen. Sie warf einen Blick zum Altar, spürte die Nässe auf ihren Wangen. *Ich kann nicht*, dachte sie. *Ich kann jetzt nicht einfach aufgeben. Jetzt bin ich hier, jetzt muss ich herausfinden, was damals 1904 auf Salden's Hill geschah.* Als sie an Horatio dachte, flossen ihre Tränen schneller. Bis sie ihn heute Morgen heimlich im Archiv beobachtet hatte, hatte Ruth geglaubt, einen Freund gefunden zu haben. Die beiden Blätter, die er aus dem Ordner herausgerissen und versteckt hatte, hatte er auch vor ihr versteckt. All die schönen Worte, die er über sie gesagt hatte, all die Komplimente, die er ihr gemacht hatte – nichts davon war ehrlich gemeint gewesen.

Sie strich sich mit einer Hand über ihr langes Haar, das leise knisterte. *Einmal,* dachte sie seufzend, *nur ein einziges Mal habe ich mich in Gegenwart eines Mannes nicht plump und dick und hässlich gefühlt. Einmal ist es mir beinahe geglückt, den Worten eines Mannes zu glauben. Doch dann stellt sich heraus, dass er ein Betrüger ist.*

Ruth faltete die Hände. *Was soll ich nur tun?* Sie dachte an ihre Mutter und an Corinne und fand plötzlich wieder Kraft. »Nein, ich will so nicht leben. Ich werde niemals einen unstillbaren Groll gegen meine Vorfahren hegen, ihnen mein ganzes Unglück in die Schuhe schieben. Von meinem Vater habe ich gelernt, dass jeder für sich selbst verantwortlich ist, dass jeder eine Geschichte hat, die ihn prägt. Und ich bin aufgebrochen, diese Geschichte zu finden. Warum also sollte ich aufgeben?« Ohne es zu merken, hatte Ruth gesagt, was sie dachte. Und zu ihrer Überraschung fühlte sie sich ein wenig erfrischt. Sie stand auf, verließ die angenehm kühle Kirche, schlenderte an den Schaufenstern der Bismarckstraße vorüber und betrat schließlich ein kleines Café.

Obwohl es mittlerweile Nachmittag war, war das Café gut besucht. Die Tische waren von Weißen besetzt, die Cocktails tranken und sich lauthals unterhielten. Ruth bestellte sich ein Sandwich, dazu eine Cola und eine Portion Biltong und belauschte die Gespräche der anderen Gäste. Sie konnte englische von deutschen und afrikaansen Wendungen unterscheiden.

»Verzeihen Sie bitte, meine Dame, ist hier noch ein Platz frei?«

Ruth sah auf. Vor ihr stand ein junger Mann, dessen blaue Augen leuchteten wie das Meer an einem Sommermorgen. Obwohl Ruth der Sinn nicht nach Gesellschaft stand, nickte sie kurz und wies mit der Hand auf den freien Stuhl. »Bitte sehr.«

»Ist das Biltong zu empfehlen?«, fragte der Mann mit einem Blick auf ihren Teller.

»Es ist nicht besser und nicht schlechter als anderswo«, erwiderte Ruth.

Der Mann lachte auf, wobei sich ein Grübchen in seiner linken Wange bildete. Er strich sich das dunkelblonde Haar aus dem Gesicht und krempelte die Ärmel seines blauen Hemdes so weit nach oben, dass Ruth die teure Uhr erkennen konnte. »Sie haben recht«, sagte er. »Diese getrockneten Fleischstreifen schmecken immer und überall irgendwie gleich – ganz egal, ob sie aus Rind, Oryx, Springbock oder Kudu gemacht worden sind. Nur die Gewürze unterscheiden sich. Das beste Biltong habe ich übrigens in Gobabis gegessen. Kennen Sie die Gegend?«

Ruth, die normalerweise nicht an Kaffeehausgesprächen interessiert war, horchte auf. »Gobabis? Wo da? Etwa in Stephanies Winkel?«

»Ja, genau. Dort war es. Köstlich, einfach köstlich.«

Jetzt lachte Ruth. »Dann haben Sie Biltong gegessen, dessen Fleisch von meinen Rindern stammt.« Sie spürte, wie gut

209

es ihr tat, von zu Hause zu reden. Es war, als hätte sie in all dem Trubel plötzlich einen winzigen Anker gefunden.

»Ach, Sie sind Farmerin?«

»Ja.«

»Gestatten Sie mir die Bemerkung, dass ich mir echte Farmerinnen ganz anders vorgestellt habe.«

Ruth kniff ein wenig die Augen zusammen. »Wie denn? Wie muss Ihrer Meinung nach eine Farmerin aussehen?«

Der Mann lachte wieder, und erneut bemerkte Ruth die Grübchen in seiner linken Wange. »Ich weiß es gar nicht genau, irgendwie groß und breitschultrig, mit Cowboystiefeln und Hut, dazu ein rot-weiß-kariertes Hemd und ein Tuch um den Hals. Und mit lauter Stimme. Wissen Sie, laut vom Anschreien der Tiere und ein bisschen rau von den vielen Zigaretten, auf die sie noch nicht einmal beim Reiten verzichten kann. Und dann der Gang. Sehen Sie?«

Er stand auf, winkelte die Arme etwas ab und lief mit gespreizten Beinen ein paar Schritte durch das Café.

Ruth musste lauthals lachen. »Nein, so bin ich nicht. Aber es gibt solche Farmerinnen, das stimmt. Kathi Markworth, unsere Nachbarin, ist so.« Ruth beugte sich ein wenig nach vorn und flüsterte kichernd: »Sie spuckt sogar auf den Boden und säuft jeden Schafscherer unter den Tisch.« Ruth genoss das Gespräch immer mehr. Die Spannung fiel von ihr ab, Leichtigkeit machte sich breit.

»Das kann ich mir bei Ihnen überhaupt nicht vorstellen. Ich sehe Sie mit wehendem Haar auf einem Pferd. Elegant und kraftvoll. Wie eine Amazone. Und wenn Sie absitzen, dann tun Sie das mit Anmut, während Ihre Nachbarin Kathi wahrscheinlich wie ein nasser Sack vom Pferd plumpst und dabei mordsmäßige Flüche ausstößt. Und ich wette, Ihre

Bierflasche halten Sie so, wie die vornehmen Frauen in Windhoek und Swakopmund ihre Champagnergläser halten.«

Wieder musste Ruth lachen. Sie schüttelte den Kopf. »Nein, nein, das stimmt nicht. Ich bin auch eine Farmerin, die mit den Schafscherern auskommen muss. Ich bin es gewohnt, Säcke zu schleppen und Zäune zu reparieren. Und ich trinke gerne Bier, am liebsten aus der Flasche. Mit Champagner dagegen kann ich wenig anfangen.«

Sie sah auf ihre Hände und bemerkte unter dem Zeigefinger der rechten Hand eine winzige Schmutzspur. »Können Sie sich vorstellen, dass ich mir noch nie im Leben die Nägel lackiert habe?«, fragte sie und wunderte sich über sich selbst. Wie kam es, dass sie diesem Fremden so intime Details aus ihrem Leben erzählte? Das hatte sie noch nie getan. Die Verwirrung in ihrem Kopf schien stärker zu sein, als sie gedacht hatte.

Der Mann langte über den Tisch, nahm ihre Hand in die seinen und betrachtete sie. »Es wäre eine Verschwendung, wenn Sie das täten. Sie haben wunderschöne Hände mit Fingern wie eine Pianistin.«

Ruth entzog ihm ihre Hand. Der Mann machte sie verlegen, sehr verlegen sogar. Doch sie fühlte sich wohl in seiner Nähe. Er strahlte eine Unbeschwertheit, eine Leichtigkeit aus, die Ruth nicht einmal aus ihrer frühen Jugend kannte, aber bei ihren Altersgenossen immer bewundert hatte.

»Was machen Sie in Lüderitz?«, fragte Ruth, um ihre Verlegenheit zu überspielen.

»Oh, ich lebe und arbeite hier.« Er beugte sich zu ihr herüber. »Ich bin sogar hier geboren. Ein echter Lüderitzer sozusagen.«

»Und wo arbeiten Sie?«

211

Er zuckte mit den Schultern. »Ich habe Jura studiert wie mein Vater und dessen Vater. Jetzt arbeite ich für den Diamond World Trust in der Rechtsabteilung. Sie sehen, nichts Aufregendes. Jeden Tag Akten, jeden Tag Staub schlucken. Ich wette, Ihre Arbeit auf der Farm ist sehr viel abwechslungsreicher und unterhaltsamer.«

»Wenn man Ihnen zuhört, meint man fast, Sie wünschen sich insgeheim, ein Farmer zu sein«, stellte Ruth fest.

Der Mann erwiderte nichts, deutete nur auf Ruths leeres Colaglas. »Darf ich Sie zu etwas einladen? Ich habe mich lange nicht mehr so gut mit einer schönen Frau unterhalten. Sie haben ein Strahlen um sich, hat Ihnen das noch niemand gesagt?«

Ruth griff verlegen nach einer Haarsträhne. Horatio hatte so etwas gesagt. Aber ach, Horatio. Wer wusste schon, ob das nicht auch nur eine Lüge, eine Unaufrichtigkeit gewesen war? »Einen Kaffee hätte ich gern noch.«

»Mit größtem Vergnügen.«

Sie saßen eine kleine Weile schweigend an dem kleinen Tisch, bis die Kellnerin die Getränke gebracht hatte. Ruth sah aus dem Fenster, und einmal schien es ihr, als würde sie in der Menge draußen Horatios Gesicht mit den großen Brillengläsern entdecken.

»Was führt Sie weg von Ihrer Farm und her nach Lüderitz?«, fragte der Mann. »Es heißt, die paar Touristen, die wir haben, machten lieber einen Bogen um unsere Stadt. Es gäbe hier nichts zu sehen, steht in den Reiseführern. Was also machen Sie hier?«

Das weiß ich selbst nicht so genau, dachte Ruth und sagte: »Wollen wir uns nicht erst miteinander bekannt machen?«

»Oh, ich bitte um Entschuldigung. Henry Kramer ist mein

212

Name.« Der Mann war aufgestanden und nahm behutsam Ruths Hand, die sie ihm entgegenstreckte. »Henry Kramer, zweiunddreißig Jahre alt, Jurist, ledig, Schuhgröße dreiundvierzig. Möchten Sie noch etwas wissen?«

Ruth lachte und schüttelte den Kopf. Dann sagte sie: »Ich heiße Ruth Salden, bin Farmerin und trage am liebsten derbe Arbeitsstiefel. In High Heels kann ich nicht laufen.«

»Dazu sind sie auch nicht da, diese hohen Dinger, wussten Sie das nicht?«

»Nein.«

»High Heels«, dozierte Henry Kramer, »haben schwache Männer für starke Frauen erfunden. Die Frauen sollen darin ja gar nicht laufen können, sie sollen sich auf den Armen der Männer abstützen, sich auf die Manneskraft verlassen.«

»Oh, gut zu wissen. Ich werde ab sofort meine weißen Pumps also nur noch tragen, wenn ich mit einem Mann ausgehe.«

»So ist es gedacht. Haben Sie nicht Lust, Ihre Schuhe heute Abend zum Essen auszuführen? Ich kenne da ein wunderbares Lokal, in dem es die besten Austern und Langusten gibt.«

Ruth verzog den Mund. »Ich glaube nicht, dass meine weißen Schuhe so sehr auf Austern stehen.«

»Ich wünsche mir jedenfalls, die Herrin der weißen Schuhe einmal so richtig verwöhnen zu können.« Henry Kramer sah Ruth tief in die Augen.

Ihr war, als streichle er mit seinen Blicken ihr Gesicht. Wieder wusste sie vor Verlegenheit nicht, was sie sagen oder machen sollte, also huschten ihre Finger über den Tisch und zerrupften das Zuckertütchen, das eigentlich für den Kaffee gedacht war.

»Sie können es sich ja noch überlegen«, kam ihr der Mann

zu Hilfe. »Ich werde jedenfalls pünktlich um acht Uhr hier auf Sie warten.«

Ruth nickte, froh, um eine Entscheidung herumgekommen zu sein. Sie trank ihren noch heißen Kaffee beinahe in einem Schluck und verabschiedete sich dann eilig. »Ich muss los, ich habe noch einige Dinge zu erledigen.« Sie wusste selbst nicht genau, was sie forttrieb, wahrscheinlich ihre Verlegenheit. Noch nie hatte ein Mann so mit ihr geflirtet.

»Schade«, erwiderte Henry Kramer galant. »Umso mehr hoffe ich, Sie heute Abend als meinen Gast wiederzusehen. Sie ahnen ja gar nicht, welchen Reiz diese kleine Stadt bei Mondschein hat.«

Ruth runzelte die Stirn.

»Oh, bitte verstehen Sie mich nicht falsch. Ich wollte Ihnen auf gar keinen Fall zu nahe treten. Es ist nur so, wie ich Ihnen vorhin schon sagte: Mit wenigen Frauen kann man sich so gut unterhalten wie mit Ihnen. Und wenn Ihnen Lüderitz gefällt, wenn ich Ihnen die schönsten Seiten der Stadt zeige, nun, vielleicht kommen Sie dann bald einmal wieder hierher.«

Ruth fühlte die Röte in ihre Wangen schießen. Sie wandte sich ab und verließ wortlos das Café. Sie war kurz versucht, noch einen Blick durch das große Fenster hineinzuwerfen, Henry Kramer vielleicht sogar zu winken, doch sie wagte es nicht, stolperte weiter und steuerte direkt ein Schuhgeschäft auf der noch immer belebten Bismarckstraße an.

Sie ließ sich von einer schlechtgelaunten Verkäuferin beraten und kaufte sich schließlich ein Paar schwarze Schuhe, vorn sehr spitz und hinten mit einem Pfennigabsatz versehen. Obwohl die Schuhe nicht besonders hoch waren, konnte Ruth in ihnen nur mit Mühe laufen. Doch was sie normalerweise selbstkritisch beobachtet und kommentiert hätte, störte

214

sie jetzt nicht. Ruth war von einer ihr bislang unbekannten, aufgeregten Heiterkeit erfüllt. Sie dachte an nichts als den Abend. Einen Abend, an dem sie mit Henry Kramer bei Kerzenlicht Austern schlürfen würde ...

Sie unterbrach ihre Träume abrupt, als ihr siedend heiß einfiel, dass sie für eine solche Gelegenheit nichts zum Anziehen hatte. Sie blieb vor einem Schaufenster stehen, die Tüte mit den neuen Schuhen in der Hand, und entdeckte ein rotes Kleid, das demjenigen ähnelte, das Corinne immer getragen hatte, wenn sie früher zum Tanz gegangen war. Der Preis auf dem Schildchen erschreckte sie zwar, doch dann hob sie trotzig das Kinn. *Sagt Rose nicht immer, ich habe viel zu wenige Kleider?*, machte sie sich Mut. Dann betrat sie entschlossen den Laden.

Staunend sah sie sich um. In solch einem edlen Geschäft war sie noch nie gewesen. Die Wände waren mit goldenen Stangen versehen, an denen Kleider in jeder Farbe hingen, Blau, Schwarz, Weiß, Rot und sogar Gelb. Einige der Kleider reichten bis auf den Boden, andere wurden am Hals lediglich von einem breiten Band zusammengehalten.

Vorsichtig befühlte Ruth den Stoff, der ihr wie fließendes Wasser durch die Hände glitt. Rein und kühl. Sie dachte an ihre Einkäufe in Bemans Bekleidungsgeschäft in Gobabis, einem verwinkelten Eckladen, den sie notgedrungen einmal im Jahr betrat. Sie probierte dann immer eine schwarze Stoffhose an, dazu eine weiße Bluse, ließ sich von beiden je zwei Stück einpacken. Dazu kaufte sie noch weiße Shirts im Dutzendpack und drei Arbeitsoveralls. Wenn sie in übermütiger Stimmung war, erstand sie vielleicht noch eine Jeans und ein rotes T-Shirt, doch etwas anderes hatte sie bisher nie gekauft.

»Kann ich Ihnen behilflich sein?«

»Bitte?« Ruth hatte die Verkäuferin nicht kommen sehen, die sie möglichst unauffällig von Kopf bis Fuß musterte. Ruth wurde der Blicke dennoch gewahr und sah nun auch selbst an sich herab. Plötzlich verstand sie nicht mehr, wie ein so gutaussehender Mann ein plumpes Mädchen wie sie in verknitterten, praktischen und in keiner Weise schicken Sachen zum Essen einladen konnte. Ob er sich einen Scherz mit ihr erlaubt hatte? Ruth fröstelte. Der Blick der Verkäuferin bestätigte nur allzu sehr, was sie selbst heimlich dachte.

»Für welchen Anlass suchen Sie etwas? Soll es ein Kleid sein oder ein Kostüm oder eher etwas Sportliches?«

Ruth schluckte. »Das weiß ich eigentlich auch nicht. Ein Kleid vielleicht.« Sie war so eingeschüchtert, dass ihre Stimme ein wenig zitterte.

»Für einen Ball oder eher für eine nachmittägliche Cocktailparty? Oder ist es für einen feierlichen Anlass, eine Hochzeit vielleicht?«

»Nein, eher für ein Abendessen.«

»Eine Gesellschaft?«

Ruth presste die Lippen zusammen, wünschte sich weit weg und schüttelte den Kopf.

»Ach, ich verstehe.« Die Verkäuferin nickte. »Es handelt sich wohl um ein romantisches Dinner zu zweit.«

Ehe die Frau noch mehr Vermutungen über Ruths Privatleben anstellen konnte, riss Ruth das rote Kleid von der Stange, hielt es sich an und betrachtete sich im Spiegel. »Das hier möchte ich anprobieren.«

Die Verkäuferin wiegte den Kopf hin und her. Ihr war anzusehen, dass sie von Ruths Wahl nicht überzeugt war. Dennoch sagte sie: »Ziehen Sie es an. Die Umkleidekabinen befinden sich hinten rechts.«

Ruth nickte und ging zu den Kabinen. Es dauerte, bis sie ihre Sachen aus- und das rote Kleid angezogen hatte. Dann trat sie erwartungsvoll vor den Spiegel. Doch sie sah darin nicht, was sie erwartet hatte: keinen neuen Mensch, nur eine Farmersfrau in einem Kleid, das aussah, als wolle sie zum Farmersball gehen. Sie kniff die Augen ein wenig zusammen, drehte sich nach links und nach rechts, doch es blieb, wie es war.

Die Stimme der Verkäuferin drang durch den roten Plüschvorhang. »Ist alles recht? Sind Sie zufrieden?«

Zufrieden? Nein, zufrieden war Ruth nicht. Sie hatte sich etwas anderes erhofft. Etwas, das sie aus Corinnes Zeitschriften kannte: das hässliche Entlein, das – schwups, in ein neues Kleid gehüllt – zum schönen Schwan wird. In ihrem Fall eine glatte Lüge. Sie hatte es geahnt, aber nicht wahrhaben wollen. Ruth zog den Vorhang zur Seite. »Ich weiß nicht recht«, sagte sie und sah hilflos an sich herab.

Die Verkäuferin lächelte. »Sie haben so wundervolles Haar. Sie sollten es leuchten lassen. Schauen Sie her, meine Liebe, das rote Kleid nimmt Ihrem Haar den Glanz. Rot und Rot, das harmoniert selten. Hier, sehen Sie sich dieses grüne Kleid an.« Die Frau lächelte sie freundlich und aufmunternd an.

Zögernd griff Ruth zu, hielt es sich vor. »Aber der Ausschnitt!«, sagte sie fassungslos. »Da kann ich mir ja gleich ein Schild mit der Aufschrift ›Sonderangebot‹ umhängen.«

Die Verkäuferin kicherte. »Probieren Sie es an, meine Liebe. Der Ausschnitt muss gefüllt werden. Ich habe da keine Befürchtungen.«

Ruth seufzte, schlüpfte aber in das Kleid.

»Machen Sie Ihr Haar auf«, riet die Verkäuferin von draußen.

Ruth löste die Spange, lockerte ihre Mähne, reckte das Kinn, streckte den Rücken. Und auf einmal schaute ihr aus dem Spiegel die Frau entgegen, die sie schon immer gern sein wollte. Zumindest manchmal. Eine Frau, nicht schön, aber wild und weiblich.

»Das ist es!«, jubelte sie und riss den Vorhang zur Seite.

»Nicht schlecht«, staunte die Verkäuferin. »Ich habe Ihnen ja gesagt, dass Ihnen Grün gut steht. Haben Sie auch feine Wäsche dazu?«

Ruth runzelte die Stirn. »Was soll ich bei einem romantischen Abendessen mit Seidenbettlaken?«

»Nein, nein, meine Liebe.« Ruth sah, dass die Mundwinkel der Verkäuferin belustigt zuckten. »Ich meinte Unterwäsche. Feine, seidene Wäsche. Dessous.«

»Braucht man so was?«, fragte Ruth. »Zerreißt das nicht, wenn ich nur auf die Toilette gehe? Ist das nicht überhaupt zu kühl? Für die Nieren, meine ich?« Ruth sah bereits die missbilligenden Blicke von Mama Elo und Mama Isa vor ihrem inneren Auge.

»Nun, diese Wäsche ist nicht so sehr dazu da, Sie zu wärmen. Sie soll vielmehr bewirken, dass Sie sich schön und anziehend finden. Sie soll dem Mann gefallen, den Sie lieben.«

Ruth hätte gern gefragt, was ihre Unterwäsche mit den Gefühlen eines Mannes zu tun haben sollte, doch da erinnerte sie sich an das Spitzenzeug von Corinne, das in ihren Augen immer so ausgesehen hatte wie die alberne Verzierung einer Hochzeitstorte. Doch bevor sie noch weiter darüber nachdenken konnte, hatte die Verkäuferin Ruth auch schon ein Unterkleid aus grüner Seide in die Kabine gereicht, dessen Farbe nur einen winzigen Ton heller war als das Kleid.

Bei dem Blick auf das Preisschild zuckte Ruth zusammen.

Für diese Summe würde sie in Bemans Bekleidungsgeschäft in Gobabis sämtliche Unterkleider und einen Wäscheständer dazu bekommen. Sie stellte sich vor, wie ihre Arbeiter gucken würden, wenn plötzlich auf der Wäscheleine in Salden's Hill ein solches Unterkleid im Winde wehte. Und wenn dann vielleicht noch Nath Miller vorbeikam! Sie musste kichern. Nicht auszudenken!

Nein, zwang sich Ruth einen Augenblick später zur Ruhe. *So etwas ist für Stadtfrauen gemacht. Für mich ist das nichts.*

»Und, wie ist es?«, fragte die Verkäuferin.

Ruth reichte das Unterkleid durch den Vorhang. »Nein, das lasse ich lieber. Ich lebe auf einer Farm. Das Kleidchen auf der Leine würde im Nu von den Schafen gefressen. Und was soll ich dann dem Tierarzt sagen?«

»Und Nachtwäsche?«

»Braucht man die auch?«

»Aber ja. Ein Mann, der Sie zu einem romantischen Abendessen einlädt, möchte vielleicht danach noch mit Ihnen die Sterne betrachten. Und wenn er Ihnen gefällt, laden Sie ihn vielleicht noch zu einer Tasse Kaffee ein.«

Ruth steckte den Kopf aus der Umkleidekabine. »Ich wohne in einer Pension. Ich glaube nicht, dass es da nach acht Uhr abends noch Kaffee gibt.«

Jetzt seufzte die Verkäuferin ein klein wenig. »Na ja«, sagte sie. »Es muss ja nicht unbedingt Kaffee sein, was er von Ihnen will.«

»Huch!« Ruth schlug sich die Hand vor den Mund. »Ach, *das* meinen Sie?«

Die Verkäuferin nickte und reichte Ruth wenig später ein weißes Hemdchen in die Kabine, das so winzig war, dass es nicht einmal zum Naseputzen taugen würde, wie Ruth fand. Aus Angst, es könne in ihren Händen zerreißen, verzichtete sie darauf, das winzige Teilchen in der engen Kabine anzuziehen. Stattdessen stellte sie sich vor, wie sie darin aussehen würde – wahrscheinlich wie ein Posaunenengel mit Gewichtsproblemen. Nein, das Nachthemdchen war nun wirklich nicht dazu geeignet, irgendetwas zu verstecken! Also reichte Ruth es kurz entschlossen wieder hinaus. »Ich brauche das nicht. Schlafanzüge habe ich genug. Und überhaupt schlafe ich am liebsten in einem Shirt.«

Mein Gott, was wird allein das Kleid wohl kosten?, dachte sie gleichzeitig. *Wahrscheinlich bekäme ich in Gobabis einen gesunden Schafbock dafür.* Gleich darauf schob sie die Unterlippe nach vorn. *Aber was nützt mir ein Bock, wenn ich schon bald keine Farm mehr habe?* Also zog sie sich an und stiefelte selbstbewusst zur Kasse, hinter der die Verkäuferin schon ihren Platz eingenommen hatte.

»Halten Sie mich bitte nicht für aufdringlich, aber haben Sie auch daran gedacht, sich heute Abend ein wenig zu schminken?«

Ruth schluckte und schüttelte energisch den Kopf. »Oh nein, das ist nichts für mich.«

»Nur ein wenig die Augen betonen.« Die Verkäuferin sah Ruth beinahe schüchtern an. »Ich habe alles hier. Wollen wir es nicht einmal versuchen?«

»Ich ... ähem ... Ich weiß noch gar nicht, ob ich heute Abend überhaupt hingehe. Zu der Einladung, meine ich. Wahrscheinlich ist es auch gar nicht romantisch.«

Die Verkäuferin drehte ein wenig den Kopf. »Aber warum denn nicht, meine Liebe?«

»Weil ... weil ... Ach, ich weiß auch nicht.« Ruth zuckte hilflos mit den Schultern.

»Ist er nett?«

»Ja«, sagte Ruth. »Sehr nett sogar.«

»Bringt er Sie zum Lachen?«

»Ja, auch das.«

»Zeigt er Interesse an dem, was Sie tun?«

Ruth nickte.

»Dann sollten Sie hingehen. Was kann schon passieren? Sie werden gut essen, werden Komplimente bekommen, vielleicht sogar Champagner trinken. Und wenn Ihnen an ihm wider Erwarten doch etwas nicht gefällt, nun, so bestellen Sie sich noch im Restaurant ein Taxi und fahren zurück in Ihre Pension. Also? Wovor haben Sie Angst?«

Ruth lächelte schief. »Sie haben recht. Was habe ich schon zu verlieren? Im Gegenteil: Endlich erlebe ich auch einmal ein Abenteuer.«

»So ist es gut, meine Liebe. Man sollte Versuchungen nie aus dem Weg gehen. Wer weiß, ob sie wiederkommen. Und jetzt setzen Sie sich hierher. Was immer auch passiert: Heute Abend jedenfalls werden Sie einfach nur hinreißend aussehen. Einen Moment, ich bin gleich wieder da.«

Während die Verkäuferin hinter einem Vorhang verschwand, ließ Ruth sich schicksalsergeben auf einen Stuhl sinken. Die Frau hatte recht. Sie konnte jederzeit aufstehen und gehen. Und wenn sie erst einmal zurück auf der Farm war, konnte sie womöglich sogar mitreden, wenn sich ihre Altersgenossinnen einmal wieder über ihre Lieblingsthemen unterhielten. Es tat sicherlich gut, einmal nicht im Abseits zu stehen. Und wenn es dafür notwendig war, sich ein Kleid zu kaufen und sich schminken zu lassen …

»So, da bin ich wieder«, unterbrach die Verkäuferin Ruths Gedanken. Sie hatte ein kleines weißes Plastikkästchen mit einer schwarzen Paste mitgebracht, die Ruth an Schuhcreme erinnerte. Dazu ein winziges Bürstchen. »Machen Sie die Augen schön weit auf, und versuchen Sie, nicht zu blinzeln«, mahnte sie. Dann fuhr sie mit dem Bürstchen in Ruths Wimpern umher, dass Ruth meinte, sie müsse am Ende der Prozedur unweigerlich blind sein. Doch da nahm die Frau schon einen Stift aus ihrer Tasche und machte sich an Ruths Augenbrauen zu schaffen. Zum Schluss schraubte sie einen Lippenstift auf und umrundete damit Ruths Mund. »So, jetzt sind Sie fertig, meine Liebe. Wollen Sie sich einmal anschauen?«

Sie hielt Ruth einen kleinen Spiegel vor, und Ruth sah staunend hinein. »Das bin ich ja«, stellte sie überrascht fest.

»Ja, das sind Sie. Wunderschön, nicht wahr?«

Ruth antwortete nicht, aber sie hätte zu gern genickt. »Sagen Sie«, fragte sie schüchtern. »Ist das schwierig? Das Schminken, meine ich?«

Die Verkäuferin lachte. »Aber nein, die Übung macht's. Eigentlich ist es ganz einfach. Sie brauchen nur ein bisschen Tusche für Ihre Wimpern. Dazu mischen Sie einen Tropfen Wasser in das schwarze Kästchen. Wenn kein Wasser da ist, reicht auch Spucke. Mit dem Bürstchen tragen Sie die schwarze Creme auf. Hier, das ist ein Augenbrauenstift. Damit stricheln Sie Ihre Brauen ein wenig nach, das umrahmt Ihre Augen. Und zum Schluss ein bisschen Lippenstift. Nicht so grell und nicht zu rot, damit sich der Farbton nicht mit Ihren Haaren beißt. Und vergessen Sie nicht: Der Lippenstift ist nicht kussecht.«

Ruth kicherte. »Ich nehme das schwarze Bürstchen und den Lippenstift vielleicht beim nächsten Mal«, sagte sie. »Das Kleid soll für heute genügen.«

Als sie einige Minuten später bezahlte, versuchte Ruth,

das schlechte Gewissen zu unterdrücken. Sie hatte sich kurzerhand doch noch entschieden, auch die Schminkutensilien mitzunehmen, und musste sich zwingen, die Summe nicht in Kraftfutter oder Weidezaunrollen umzurechnen. Doch als sie sich von der freundlichen Verkäuferin verabschiedete und das Geschäft verließ, gewann der Trotz in ihr die Oberhand. *Warum soll ich mir nicht auch einmal etwas gönnen?*, fragte sie sich. *Würde Corinne an meiner Stelle die Farm leiten, gäbe es schließlich mit Sicherheit mehr winzige Nachthemdchen auf Salden's Hill als Schafe.*

Elftes Kapitel

Ruth schlenderte durch die Straßen und schwenkte übermütig ihre Tüten mit dem neuen Kleid, den Schuhen und der Schminke. Jedes Mal, wenn sie an einem Schaufenster vorbeikam, betrachtete sie sich darin. Vor Freude über ihr neues Selbst und vor Vorfreude auf den Abend hätte sie am liebsten laut gejuchzt. Ihr Magen fühlte sich an, als wäre er voller Brausepulver. Corinne hatte immer wieder von diesem Prickeln gesprochen, und Ruth hatte jedes Mal so getan, als wüsste sie genau, wovon die Rede war. Doch erst jetzt kannte Ruth dieses Gefühl selbst. Mit einem Mal schien es ihr, als würden sie die Menschen in der Lüderitzer Bismarckstraße allesamt wohlwollend anlächeln.

Lüderitz, dachte Ruth, *Lüderitz ist eine wunderschöne Stadt. Ich bin hier eine ganz andere als in Gobabis. Kann eine Stadt einen Menschen verändern?*

»Ruth! Ruth! So warten Sie doch.«

Ruth erschrak, blieb stehen und wandte sich nach dem Rufer um. Horatio kam auf sie zu gerannt, die Brille verrutscht, das Haar wirr, als hätte er die letzten Stunden im Archiv zugebracht und sich die Haare gerauft.

»Was ist?« Ruth bemühte sich, so hoheitsvoll zu schauen, wie sie es vermochte. Sie reckte das Kinn, streckte den Rücken, bog die Schultern nach hinten.

Kurz vor ihr stoppte Horatio. Ein Leuchten ging über sein Gesicht, als er sie sah. Er betrachtete ihr Gesicht, ihr offenes

Haar, und sein Mund verzog sich zu einem breiten weißzahnigen Lächeln.

»Wenn Sie mir etwas mitteilen wollen, dann beeilen Sie sich«, sagte Ruth ruppig. »Ich habe heute Abend eine Einladung zu einem romantischen Dinner.«

Vom einen auf den anderen Moment verfinsterte sich Horatios Gesicht. »Mit wem?«, fragte er.

»Das geht Sie nichts an. Ich frage Sie ja auch nicht, was Sie treiben, wenn ich gerade nicht dabei bin.« Die eilig versteckten Blätter fielen ihr ein, ihre Kränkung darüber, dass er ihr etwas offenbar Wichtiges verheimlichte.

»Gut.« Horatio nickte, nun ebenfalls beleidigt. »Ich wollte Ihnen nur etwas sagen, das für Sie vielleicht von Bedeutung sein könnte. Aber wenn Sie Wichtigeres vorhaben ...«

»Und was?« Ruth warf hochmütig ihr Haar in den Nacken.

Horatio trat einen Schritt näher, sah ihr ins Gesicht. »Was ist mit Ihnen passiert? Sie sehen verändert aus. Ist Ihnen schlecht?«

Ruth schluckte. »Ich bin geschminkt. Das ist alles. Und jetzt entschuldigen Sie mich bitte, ich bin in Eile.« Ohne ihn eines weiteren Blickes zu würdigen, eilte sie mit einem Nicken an Horatio vorbei.

»Gehen Sie auf den Markt!«, rief er ihr hinterher. »Tun Sie es gleich.«

»Was? Ich war schon einkaufen.«

»Gehen Sie auf den Markt. Dort steht ein Junge, ganz am Rand. Er trägt eine Kette, die Sie interessieren könnte.«

»Pfft!«, machte Ruth. »Ich habe schon eine Kette.«

»Gehen Sie dorthin!«, drängte Horatio. »Sie werden schon sehen, dass es wichtig ist.«

Ruth nickte kurz, ohne sich umzusehen, und bog um die

nächste Ecke. Dort sah sie auf ihre Armbanduhr. Es war schon spät, die ersten Läden ließen ihre schweren Eisengitter herunter. Sie hatte nur noch eine Stunde Zeit, um sich auf den Abend mit Henry Kramer vorzubereiten. Eine Stunde, um zu duschen, das neue Kleid anzuziehen, ihr Haar zu bürsten, die Nase zu kürzen, zehn Kilo abzunehmen und ihre Füße um zwei Nummern zu verkleinern. Unmöglich, all das zu schaffen. Erst recht unmöglich, vorher noch auf dem Markt vorbeizugehen. »Ach«, murmelte sie verächtlich. »Soll der Teufel die Kette holen! Morgen ist auch noch ein Tag.«

Sie schlüpfte in die Pension, warf der Inhaberin einen übermütigen Gruß zu und verschwand nur wenige Augenblicke später mit einem Handtuch in der einzigen Dusche, die am Ende des Flurs lag.

Später stand sie in ihrem Zimmer, bürstete das Haar mit langen Strichen, bis es weich und wellig über ihren Rücken floss. Sie betrachtete sich im Spiegel, der in der Innenseite des Schrankes hing. Ihr Gesicht war ein helles Oval, fast weiß, aber mit einem rosa Schimmer, darin Hunderte braune Pünktchen. *Wie Fliegenschisse,* dachte Ruth und verzog das Gesicht. Die schwarz getuschten Wimpern wirkten wie Fliegenbeine, die dunklen Augenbrauen wie quer gelegte Ausrufungszeichen. Sie biss sich auf die Lippen, wie sie es von Corinne gelernt hatte, um ein wenig Farbe hineinzubringen, doch die schöne Frau aus der Boutique war verschwunden. Auch das Kleid, vorhin noch ein Traum, hing an ihr herunter, als wolle es von ihrem Körper fliehen.

Ruth verstand nicht, was die Veränderung ausgelöst hatte. War die Boutique verhext? War alles, was sie dort gesehen hatte, nur ein Traum gewesen? Hatte sich der schöne Schwan unbemerkt wieder in ein hässliches Entlein verwandelt?

226

Ruth schluckte und biss die Zähne zusammen. »Ich werde heute Abend eine schöne Frau sein«, knurrte sie leise. Sie richtete sich auf, nahm die Schultern zurück – und siehe da: Die Brüste waren mit einem Mal weniger rund, das Kleid nicht mehr labberig. Dafür zeigte ihr Spiegelbild so viel unbedeckte Haut, dass Ruth sich fast nackt vorkam. Sie griff in den Schrank, wollte ihre geliebte graue Stickjacke herausholen, doch sie sah selbst, dass diese ganz und gar nicht passte. *Da friere ich doch lieber.*

Sie stieg in die Schuhe und stöhnte auf, als sie die engen Riemchen schloss. Dann blickte sie erneut in den Spiegel, diesmal weitaus zufriedener. Nur eines störte noch das Bild der glamourösen jungen Frau: das Lederband, an dem der Feuerstein zwischen ihren Brüsten hing.

Nimm es niemals ab, hörst du. Es bewahrt dich vor dem Bösen, hörte sie Mama Elos Stimme, und doch glitten Ruths Hände zum Hals und lösten das Band. Im gleichen Augenblick war es Ruth, als fahre ein Kältestoß durch ihren Körper. Sie fror plötzlich so, dass ihre Zähne aufeinanderschlugen, und an ihren Unterarmen hatten sich alle Härchen aufgestellt. *Das ist die Aufregung, die hohe Erwartung,* versuchte sie, sich selbst zu beruhigen. *Immerhin hatte ich noch nie eine Einladung zu einem romantischen Abendessen.* Doch dann hörte sie ein Wimmern, als ob ein Kind allein in einem dunklen Raum sei und sich fürchtete. Schnell stopfte sie die Halskette in den leeren Schuhkarton und schob diesen unter das Bett. Im gleichen Moment verschwand das Wimmern, die Kälte ließ nach.

Ruth schüttelte noch einmal ihr Haar, dann verließ sie die Pension, als wolle sie vor einem Unheil fliehen. Sie eilte die Straße entlang, bis sie zu schwitzen begann. Erst hier, drei

Ecken entfernt von der Pension, hielt sie inne. Das Café lag ganz in der Nähe, und Ruth zwang sich, den Rest des Weges langsam zu gehen.

Ruth sah Henry Kramer schon von Weitem. Er wartete offensichtlich auf sie und ging, die Hände in den Hosentaschen seines leichten Sommeranzuges, ein paar Schritte die Straße hinauf und wieder hinab. Ruth blieb an der Ecke stehen und verbarg sich hinter einem Baum, um ihn zu beobachten. Sie sah, wie er sich alle Augenblicke nach allen Seiten umsah, dann einen Blick auf die Uhr warf, ein Dutzend Schritte nach rechts ging, dann wieder die Straße hinauf- und hinabspähte, einen weiteren Blick auf die Uhr richtete, seufzte und ein Dutzend Schritte in die andere Richtung ging, ohne seine Ungeduld zu verbergen.

Ruth war gerührt. Noch nie hatte jemand so ungeduldig auf sie gewartet – vielleicht auf ihre Rinder, wenn sie zu spät zu einer Auktion eintraf, vielleicht auf die Lämmer ihrer Karakulschafe, aber noch nie auf sie.

Sie verließ ihren Platz hinter dem Baum und schlenderte in Richtung des Cafés, als hätte sie alle Zeit der Welt und wäre es gewohnt, Männer auf sich warten zu lassen.

»Da sind Sie ja endlich«, wurde sie von Henry Kramer begrüßt.

Ruth runzelte die Stirn.

Er lachte auf. »Oh nein, das war kein Vorwurf! Ich konnte es nur kaum erwarten, Sie zu sehen. Lassen Sie sich anschauen!«

Wieder fühlte Ruth sich beinahe nackt unter seinem Blick. Sie musste an sich halten, um die Arme nicht vor der Brust zu verschränken. *Lieber Gott,* betete sie im Stillen, *lass mich wie einen Schwan ausschauen. Nur dieses eine Mal.*

»Sie sehen wundervoll aus«, sagte Henry Kramer.

Ruth sah ihn an, suchte in seinem Blick das, was am Nachmittag in Horatios Blick geschrieben stand. Eine stille Form der Bewunderung. Doch da war nichts. »Sie sehen ganz und gar wundervoll aus«, tönte es stattdessen aus seinem Mund, »wie die Meerjungfrau aus dem Märchen.«

»Danke.«

»Kommen Sie, wir fahren mit meinem Wagen.« Er nahm sie beim Arm und führte sie zu einem Auto mit offenem Verdeck. Ruth kannte die Marke nicht, aber sie vermutete, dass das Auto sehr teuer war. Überall blitzte Chrom, die Armaturen waren aus glänzendem Holz, die Sitze aus weichem Leder.

»Bitte sehr.« Henry Kramer öffnete Ruth galant die Tür. Zwei junge weiße Mädchen sahen ihnen mit offenem Mund zu und brachen in Kichern aus, als Henry Kramer den beiden fröhlich zuwinkte. Dann setzte sich Henry neben Ruth, drehte sich zur Rückbank und reichte ihr ein in Seidenpapier eingeschlagenes Päckchen.

»Was ist das?«, fragte Ruth.

»Ein kleines Geschenk.«

»Warum schenken Sie mir etwas? Ich habe nicht Geburtstag, habe Ihnen keinen Gefallen getan, mein Bock hat noch nicht einmal Ihre Schafe besamt.«

Er lachte. »Machen Sie sich keine Gedanken. Ich liebe es, schöne Frauen mit Geschenken zu verwöhnen.«

Misstrauisch nestelte Ruth an dem Papier. »Und ich liebe es ganz und gar nicht, als Frau gesehen zu werden, die man mit Geschenken ›verwöhnen‹ muss.«

»Ach, seien Sie mir nicht böse. Packen Sie einfach aus, und Sie werden sehen, dass ich nicht anders konnte.«

Ruth verstand nichts, löste aber dennoch das leise knisternde Seidenpapier. Ein weißer Schal! So fein gewebt, dass er wie ein Spinnennetz durch ihre Finger glitt.

»Ich hatte vergessen, Ihnen zu sagen, dass wir mit meinem Wagen fahren. Nun, und ich dachte, dass es Ihnen vielleicht während der Fahrt zu kühl werden könnte. Deshalb der Schal. Sie sehen, ich versuche damit nur, meinen eigenen Fehler auszubügeln.«

Ruth brachte es nicht über sich, sich bei ihm zu bedanken. Sie ließ den feinen Stoff wieder und wieder bewundernd durch ihre Finger gleiten, ängstlich bemüht, ihn nicht auf der Stelle zu zerreißen. Dann breitete sie den Schal aus, legte ihn sich um die Schultern und war erstaunt, dass sich der Stoff so zart wie Badeschaum anfühlte. Und plötzlich hatte Ruth keine Sorge mehr, ein hässliches Entlein zu sein. Sie fühlte sich schön. Der Schal, dieses kostbare, zerbrechliche Etwas, das sich auf ihrer Haut so natürlich anfühlte, machte sie schön. Das Kichern der beiden Mädchen, die bewundernden Blicke, mit denen sie Henry Kramer verschlangen, machten sie schön. Das Kleid, der attraktive Mann, das teure Auto – all diese Dinge bewirkten, dass sich Ruth ebenfalls kostbar und wertvoll fühlte.

Henry Kramer sah sie prüfend an, doch noch immer konnte Ruth kein Wort des Dankes hervorbringen. »Wollen Sie nicht losfahren?«, fragte sie schließlich. »Ich sterbe vor Hunger.«

»Ganz, wie Madame wünscht.«

Henry Kramer gab Gas, und schon glitten sie durch die Stadt Lüderitz, in Richtung der Felsenkirche.

»Wohin geht es?«, fragte sie.

»Oh, zu einem Hotel direkt am Strand. Ich weiß ja, dass Sie gutes Essen lieben. Essen, ja, das gehört ohne Frage zu den schönsten Dingen des Lebens. Man sollte hin und wieder aus einer Mahlzeit ein Fest machen. Und heute ist genau der richtige Tag dafür, finden Sie nicht auch?«

Sie hielten vor einem steinernen Bau direkt am Meer. Die Wellen brandeten sanft an den Strand, Möwen flogen schreiend über ihre Köpfe.

»Und?«, fragte Kramer. »Gefällt es Ihnen?«

Ruth betrachtete das wärmende Licht, das von einer Vielzahl von Fackeln ausging, die rund um einen kleinen Pool in den Boden gesteckt waren. »Ja«, sagte sie. »Es gefällt mir gut hier.« Sie stieg aus, stakste mit ihren neuen schwarzen Riemchenpumps über den Schotter, knickte einmal beinahe um, sodass Henry ihren Arm nehmen musste.

»Glauben Sie mir jetzt, dass diese Art Schuhe von Männern ersonnen wurde?«, fragte er.

Ruth nickte wortlos und ließ es verwundert zu, dass er ihr den Arm um die Taille schlang.

Kramer hatte in einer windgeschützten Nische der Terrasse einen Tisch für zwei Personen bestellt. Er war bereits eingedeckt, mit feinem deutschem Porzellan, Gläsern aus Kristall, Silberbesteck und einem Tafeltuch aus Damast. In der Mitte prangte ein silberner Leuchter, der sanftes Kerzenlicht verströmte. Es roch nach Oleander.

Der Wind, der die Nische erreichte, war warm und mild. Am Himmel glitzerten die Sterne wie ein kostbares Diamantkollier.

»Es ist wirklich wunderschön hier«, sagte Ruth leise.

»Der richtige Rahmen für eine schöne Frau?«

Der Kellner kam, reichte die Getränkekarte, doch Kramer beachtete sie nicht, sondern bestellte, ohne Ruth zu fragen, zwei Gläser Champagner als Aperitif.

Der Sekt kam, sie stießen an. »Auf weitere traumhaft schöne Abende mit Ihnen«, brachte er als Toast aus.

Ruth hätte gerne etwas erwidert, doch sie wusste nicht, was. Sie fühlte sich ein wenig überfahren. Kramer hatte die Leitung des Abends in seine Hände genommen, und Ruth blieb nur übrig, alles zu bewundern. Das war sie nicht gewohnt, und es irritierte sie. Gleichzeitig aber genoss sie es, einmal nicht für alles verantwortlich zu sein, einmal die Dinge geschehen zu lassen und sich der Leitung eines Mannes anzuvertrauen. Und wer verdiente ihr Vertrauen mehr als Henry Kramer? Ein Mann, der sogar an einen Schal für ihre nackten Schultern gedacht hatte.

»Danke«, sagte sie einfach, aber Kramer schüttelte den Kopf. »Ich muss mich bei Ihnen bedanken. Nicht jeden Tag habe ich die Gelegenheit, eine Meerjungfrau zum Essen auszuführen. Und da sind wir gleich beim Thema. Mögen Meerjungfrauen Austern? Oder essen sie außerhalb des Wassers lieber Fleisch?«

Ruth hatte noch nie Austern gegessen; wo sollte sie auf Salden's Hill auch welche herbekommen? Fleisch dagegen aß sie zu Hause fast jeden Tag, sodass sie wahrhaftig neugierig war auf das Meeresgetier, von dem sie schon so viel gehört hatte und ohne das, wie sie von Corinne wusste, die Schönen und Reichen dieser Welt nicht leben mochten. Aber wie aß man die verfluchten Austern? Sie sah sich schon hier sitzen und so lange ungeschickt an einer Auster herumfuhrwerken, bis ihr diese ihr ins Dekolleté flutschte. Sie musste kichern.

»Warum lachen Sie?«

»Ich habe noch nie Austern gegessen.«

»Dann wird es aber Zeit.« Henry Kramer bestellte für jeden ein Dutzend Austern als Vorspeise.

232

Während sie auf das Essen warteten, fragte Ruth, was sie fragen wollte, seit sie ihn zum ersten Mal gesehen hatte: »Warum interessieren Sie sich für mich? Ich meine, ein Mann aus der Stadt, wahrscheinlich wohlhabend und weltgewandt. Was will so einer mit einem Landei wie mir, unter dessen Fingernägeln wahrscheinlich noch ein bisschen Schafsdreck hängt?«

Henry Kramer stützte das Kinn in die Hand und sah Ruth lange an. »Können Sie sich das nicht selbst denken?«, fragte er schließlich.

Ruth schüttelte den Kopf.

»In der Stadt ist alles künstlich: die Lichter, der Geruch, die Frauen. Die meisten von ihnen wissen nicht mehr, wie man richtig lacht oder weint. Wenn sie weinen, dann immer nur um sich. Wenn sie reden, dann immer nur, um zu gefallen. Und wenn sie lachen, dann scheppert es wie bei einem kaputten Auto. Sie gehen nicht im Meer schwimmen, weil es ihnen die Frisur ruiniert. Sie gehen nicht wandern, weil sie dafür nicht die richtigen Schuhe haben und Blasen kriegen könnten. Sie fahren nicht mit dem Fahrrad, aus Angst, stramme Waden zu bekommen. Sie gehen nicht fischen, weil sie nicht schweigen können und zudem befürchten, nach Fisch und Tang zu riechen. Für alles, was geschieht, für alles, was sie tun, brauchen sie eine Gebrauchsanweisung. Sie haben verlernt, sie selbst zu sein, trauen den blöden Zeitschriften mehr als ihren Instinkten.«

»Oh!« Mehr fiel Ruth dazu nicht ein.

»Sie sind anders, Ruth. An Ihnen ist alles echt. Wenn Sie lachen, dann darum, weil Sie fröhlich sind, weil etwas Sie erheitert. Wenn Sie in diesen Schuhen wandern gehen müssten, so würden Sie sie wahrscheinlich nach den ersten Metern von sich werfen und barfuß weiterlaufen. Und ich wette, Sie haben schon oft im nächtlichen Fluss gebadet, ohne auf Ihr Haar zu achten. Wahrscheinlich trugen Sie dabei nicht einmal einen Badeanzug.«

Ruth wurde rot. Er hatte recht; sie besaß gar keinen Badeanzug. Und sie hatte schon oft nackt im Fluss gebadet. Trotzdem konnte sie sich ihn einfach nicht auf einer Farm vorstellen. Mit seinem Auto, den teuren Anzügen und den sauberen Fingernägeln gehörte er einfach nicht aufs Land.

Als der Kellner die Austern brachte, starrte Ruth ein wenig hilflos und gleichzeitig amüsiert auf ihren Teller, der mit seltsamen graubraunschwarzen Gebilden und Zitronenscheiben auf einer dicken Eisschicht übersät war. Vorsichtig tippte sie mit dem Finger gegen eines der Gebilde. »Das also sind Austern.«

»Ja, frisch von der Küste. Tagesfrisch. Sie werden von Lüderitz aus in die ganze Welt exportiert. Und wissen Sie auch, warum? Der Benguelastrom macht, dass die Austern hier schneller reifen als in Europa. Schon nach neun Monaten sind sie verzehrfertig. Sie gelten als die besten Austern der Welt. In Paris zum Beispiel bekommt man sie nur in den teuersten Restaurants. Und in London gibt es ein berühmtes Kaufhaus, in dem man sie erwerben kann. Ebenso in Berlin. Sie haben sicher schon vom KaDeWe gehört.«

Ruth schüttelte den Kopf. »Kaufhäuser interessieren mich nicht besonders. Und schon gar nicht solche, in denen ich nicht einkaufen kann. Was habe ich davon zu wissen, dass es irgendwo ein KaDeWe gibt? Was ist so besonders an den Austern? Sie sehen ziemlich unspektakulär aus.«

»Der Geschmack, Ruth. Es ist allein der einzigartige Geschmack. Nichts auf der Welt schmeckt ähnlich. Außerdem heißt es, Austern regen die Liebeslust an.«

234

Ruth runzelte die Stirn, nahm eine Auster in die Hand, träufelte Zitronensaft darüber, wie sie es am Nachbartisch gesehen hatte. »Und jetzt?«

»Jetzt führen Sie die Auster zum Mund und schlürfen sie aus.«

Ruth tat, was Kramer gesagt hatte, hob und schlürfte – und schüttelte sich.

»Was ist?«

»Ich glaube, diese hier war verdorben«, meinte Ruth.

Henry Kramer nahm die leere Austernschale und roch daran.

»Sie riecht köstlich!«

»Kann sein, aber sie schmeckt wie das Dreckwasser aus dem Hafenbecken.«

Da lachte Henry Kramer, lachte so, dass er den Kopf in den Nacken warf. Es dauerte eine kleine Weile, in der Ruth dumm dasaß, bis er sich wieder beruhigt hatte. »Nicht die Austern, nein, *Sie* sind köstlich! Wie das Wasser aus dem Hafenbecken! Wissen Sie was? Sie haben recht. Austern schmecken nicht. Wahrscheinlich denken alle Leute wie Sie, aber niemand wagt es, das auszusprechen. Fort mit den Austern!« Er machte dem Kellner ein Zeichen und bat, die Austern wegzuräumen.

»Sind sie nicht recht, mein Herr?«, fragte der Kellner irritiert.

»Sie schmecken wie das Dreckwasser im Hafenbecken«, erklärte Henry Kramer und lachte noch einmal los, als er das verdutzte Gesicht des Kellners sah.

»Soll ich Ihnen frische bringen?«

»Nein, danke. Bringen Sie uns einfach einen Teller Antilopensteaks und Pommes frites dazu.«

Als der Kellner mit den Austern verschwunden war, rutschte Ruth unbehaglich auf ihrem Sitz hin und her. »Ich habe etwas Falsches gesagt, nicht wahr? Ich habe mich und Sie gerade eben furchtbar blamiert.«

»Nein, denken Sie doch so etwas nicht.« Er griff über den Tisch nach ihrer Hand, strich sanft darüber. »Das meinte ich vorhin: Sie sind echt. Sie sagen, was Sie denken, lassen sich vom schönen Schein nicht trügen.«

»Danke«, sagte Ruth, weil sie glaubte, es in einem solchen Moment sagen zu müssen. Dabei fühlte sie sich nach wie vor nicht sonderlich außergewöhnlich.

»Sie haben mir heute Nachmittag eine Frage nicht beantwortet«, wechselte er das Thema. »Was hat Sie nach Lüderitz verschlagen? Was machen Sie hier?«

Ruth winkte ab. »Ach, ich muss einiges erledigen.«

»Und das können Sie nicht in Windhoek oder Gobabis? Die beiden Städte liegen doch viel näher. Oder sind Sie doch eine Meerjungfrau, die es immer wieder zurück in die Heimat zieht?«

Ruth sah zum Meer hinüber. Sie hörte die Brandung, roch die salzige Luft. Dann schüttelte sie den Kopf. »Inzwischen weiß ich nicht mehr genau, was ich eigentlich hier will. Oder wollte.« Im gleichen Augenblick wurde Ruth bewusst, dass sie die Wahrheit sprach. Es gab noch mehr im Leben als die Farm. Noch war sie sich dieser Erkenntnis nicht ganz sicher, aber die leise Ahnung in ihrem Inneren ließ sich nicht mehr verdrängen. Ihr war, als sähe sie das Leben plötzlich mit anderen Augen. Es gab so viel, von dem sie nichts wusste. Und auf einmal verspürte sie große Lust, die Welt kennenzulernen und die Menschen, die in ihr lebten.

Henry Kramer legte die Unterarme auf den Tisch und

beugte sich leicht zu ihr hinüber. »Und aus welchem Grund sind Sie aufgebrochen?« Sein Gesicht war aufmerksam und konzentriert, sein Blick ruhte wohlwollend auf ihr.

Ruth zuckte mit den Schultern. »Ich wollte weg. Zu Hause war es plötzlich so kompliziert.«

»Was heißt das?«

»Wollen Sie das wirklich wissen?«

»Ja, natürlich«, erwiderte Henry Kramer. »Es wäre mir eine große Ehre, wenn Sie mich an Ihrem Leben teilhaben ließen.«

Ruth starrte ihn verblüfft an. Sie hasste es, wenn Menschen nur von sich selbst redeten, und ihm war es *eine Ehre*, ihre Geschichte anzuhören! So etwas hatte sie noch nie erlebt. Horatio hatte zwar ebenfalls Anteil an ihrem Leben genommen, doch wer wusste schon genau, was er damit bezweckte? Henry Kramer jedenfalls interessierte sich wirklich für sie. Da war sich Ruth sicher. »Meine Farm, sie steht vor dem Ruin«, begann sie zögernd zu erzählen. »Meiner Mutter ist das recht; sie träumt schon lange von einem Leben in der Stadt. Aber mein Leben, alles, was ich liebe, mein Zuhause, meine Heimat, mein Vieh sind bedroht. Ich muss bis zum Jahresende fünfzehntausend englische Pfund aufbringen, sonst wird Salden's Hill versteigert. Oder noch schlimmer: Ich muss heiraten.«

»Und was hat das mit Lüderitz zu tun?«

»Das weiß ich nicht. Nichts wahrscheinlich. Ich war in Windhoek auf der Bank, bin in eine Demonstration der Schwarzen geraten. Eine Frau starb in meinen Armen. Sie nannte als Letztes den Namen meiner Großmutter, Margaret Salden. Ich habe meine Großmutter nie kennengelernt. Sie war schon lange Jahre weggegangen, als ich geboren wurde.«

»Und jetzt sind Sie auf der Suche nach ihr?«

»Ja. Sie ist 1904 verschwunden, hat ihr Baby, meine Mutter, einfach zurückgelassen.«

Henry Kramer nickte. »Sie muss in großer Not gewesen sein. Keine Mutter lässt ohne Weiteres ein Neugeborenes im Stich.«

Ruth wiegte den Kopf. »Vielleicht.« Dann schwieg sie, nahm ihr Glas und trank, während Kramer sie weiter fragend ansah. Sie hätte ihm von dem Diamanten berichten können, vom ›Feuer der Wüste‹. Aber dann hätte er vielleicht gedacht, sie sei gierig nach dem Stein, gierig nach seinem Wert. Doch das war sie nicht. Der Stein war ihr egal.

»Und Sie haben nie wieder etwas von Ihrer Großmutter gehört?«

»Nein.«

»Warum suchen Sie dann ausgerechnet in Lüderitz nach ihr?«

Ruth lächelte. »Ein alter Mann, der meine Großmutter kannte, hat gesagt, ich solle hierher fahren. ›In Lüderitz‹, sagte er, ›beginnen und enden alle Spuren.‹«

Henry Kramer verzog das Gesicht. »Wie kommt er darauf, der alte Mann?«

»Ich weiß es nicht. Vielleicht weiß er mehr, als er gesagt hat. Jedenfalls bin ich nun in Lüderitz. Ich war im Archiv des Diamond World Trust.«

»Und?« Henry Kramer wirkte mit einem Mal angespannt. »Was haben Sie dort gefunden?«

Ruth hob die Schultern. »Nichts.«

Henry Kramer lehnte sich zurück. »Und? Wollen Sie weitersuchen?«

»Ich weiß es nicht. Ich weiß es wirklich nicht. Wahrscheinlich ist meine Großmutter schon lange tot, und ich vertue hier meine Zeit, anstatt um Salden's Hill zu kämpfen. Ich sollte zurückfahren. Meine Jungschafe sind bockig, vielleicht gelingt es mir, die Lämmer für einen guten Preis zu verkaufen und so ein Stück Land zu erhalten.«

Henry Kramer nickte. Er griff nach ihrer Hand, drückte sie leicht. »Ja, alte Geschichten können auch Enttäuschungen bringen. Ihre Farm scheint Sie zu brauchen.«

Ruth zog die Augenbrauen hoch. »Sie wollen also auch, dass ich zurück nach Salden's Hill fahre?«, fragte sie.

Henry Kramer lachte. »Um Gottes willen, nein! Ich würde alles dafür geben, Sie noch eine Weile in Lüderitz zu halten. Sehen Sie, Ruth, ich mag Sie so gern, dass ich nicht einmal eigennützig sein kann. Aber wenn Sie es mir gestatten, so können Sie sicher sein, dass ich jede Stunde mit Ihnen genieße und nur eines hoffe: nämlich, dass die Zeit stillsteht. Und wenn ich Ihnen bei Ihrer Suche irgendwie behilflich sein kann, dann scheuen Sie sich nicht, es mir zu sagen.«

Ruth dankte mit einem Kopfnicken. Das waren genau die Worte, auf die sie gewartet hatte. Es tat so gut, in Henrys Nähe zu sein. Sie fühlte sich in seiner Gegenwart so verstanden und geborgen wie bei keinem anderen Mann zuvor.

Das Hauptgericht unterbrach Ruths Gedanken, der Kellner servierte es mit ausdrucksloser Miene. Während des Essens herrschte Schweigen. Ruth war sich nun beinahe sicher, dass es wirklich besser wäre zurückzukehren. Aber dann würde sie auch Henry Kramer nicht wiedersehen. Es würde keine romantischen Abende mehr geben, niemanden, der ihr sagte, dass sie schön und unterhaltsam und echt wäre. Sie seufzte.

»Was ist?«, fragte der Mann.

239

»Nichts«, erwiderte Ruth. »Es ist nur so schön hier, so schön mit Ihnen, dass ich nur ungern daran denke, dass alles bald vorbei sein wird.«

Kramer nahm erneut ihre Hand. »Das muss es nicht, Ruth Salden. Ich habe in Ihnen einen Schatz gefunden. Und einen Schatz gibt man nicht wieder her. Gobabis liegt nicht aus der Welt.«

Ruth schluckte und senkte die Augen.

Der Kellner kam, räumte die Teller ab, goss kühlen Weißwein in die Gläser. Im selben Augenblick erklang Musik. Ein kleines Streichquartett war auf die Terrasse getreten und spielte nun zum Tanz auf.

Henry Kramer stand auf, knöpfte sein Jackett zu und verbeugte sich galant vor ihr. »Darf ich um diesen Tanz bitten?«

»Ich … Ich kann nicht tanzen.«

»Ruth, dies ist ein Walzer. Es gibt keine Frau, die nicht Walzer tanzen kann, sondern nur Männer, die es nicht verstehen, die Frauen zu führen. Kommen Sie, vertrauen Sie mir.«

Er zog sie hoch, legte ihr den Arm um die Taille. Und Ruth tanzte Walzer. Es war, wie er gesagt hatte. Ihr Körper reagierte auf den sanftesten Druck seiner Hände, drehte sich nach links, nach rechts. Sie fühlte sich schlank und anmutig in seinen Armen. Es schien, als gehorchten ihre Füße plötzlich einer Macht, die sie bisher nicht kannte. Alles in ihr, alles an ihr wurde Musik.

Als der Walzer zu Ende war, stand sie ein wenig außer Atem vor Kramer, sah ihn mit leuchtenden Augen an. Er nahm ihr Gesicht in seine Hände, erwiderte ihren Blick. Dann kam er langsam näher. Ruth sah seine Lippen, den weichen Mund, der einen gierigen Zug hatte, aber ach, er war so glatt und so

weich und so nahe. Und als seine Lippen ihren Mund berühr-
ten, schmetterlingszart, einem warmen Windhauch gleich, da
schloss sie die Augen und neigte sich ihm entgegen.

Zwölftes Kapitel

Ruth trällerte vor sich hin, als sie die Treppen der Pension hinaufschwebte, die schwarzen Riemchenpumps schlenkerten in ihrer rechten Hand. Sie war ein bisschen beschwipst, vom Champagner und von Henrys Küssen, und kicherte, als sie die Standuhr im Frühstückszimmer zwei Uhr schlagen hörte. So lange war sie noch nie aus gewesen.

Sie schloss ihr Zimmer auf, schlug die Tür hinter sich mit der Ferse zu, ließ Schal und Schuhe auf den Boden fallen und sich selbst auf das Bett.

»Hach!«, schwärmte sie und träumte mit offenen Augen. »Hach!« Noch nie war sie so aufgewühlt gewesen, so unbeschwert, so übermütig und fröhlich. Am liebsten wäre sie draußen auf den Nussbaum geklettert und hätte dem Mond ein Lied gesungen.

Es klopfte. Für einen Augenblick glaubte Ruth, Henry sei gekommen. *Henry!* Ihr Herz machte einen erschrockenen Satz, um dann wie ein Wildpferd in ihrer Brust herumzugaloppieren.

»Ruth, machen Sie auf! Es ist wichtig!« Die Stimme gehörte nicht Henry, sondern Horatio.

Ruths Herz stoppte mitten im Galopp und fiel in einen enttäuschten Trab zurück. »Was ist?«, fragte sie grimmig.

»Machen Sie auf, ich muss mit Ihnen reden.«

Widerwillig öffnete Ruth die Tür. Horatio schlüpfte hinein und hielt inne, als er Ruth im grünen Kleid sah.

»Was glotzen Sie so?«, fragte sie ärgerlich.

»Ich … ähem … Nichts.«

»Und? Was ist?«

»Ich wollte nur fragen, ob Sie auf dem Markt gewesen sind.«

»In diesem Kleid?« Ruth drehte sich übermütig vor Horatio hin und her.

»Nein, wohl eher nicht.«

»Sie haben es erraten. Ich war überall, nur nicht auf dem Markt. Was sollte ich da auch?«

»Haben Sie vergessen, was ich Ihnen erzählt habe? Der schwarze Junge, die Kette … Wissen Sie nicht mehr?«

Ruth zog die Stirn kraus. Doch, da war etwas gewesen. Aber was? Sie konnte sich beim besten Willen nicht mehr daran erinnern und schloss die Augen. Plötzlich war ihr ein wenig schwindelig. Sie spürte, wie Horatio sie bei den Schultern packte und sanft schüttelte. »Hey, Ruth, schlafen Sie jetzt nicht ein. Auf dem Markt war ein Namajunge. Er trug eine Kette um den Hals. Eine Gemme hing daran. Eine Gemme mit Ihrem Bildnis.«

»Was?« Ruth schüttelte Horatio ab. »Ich habe Champagner getrunken, und Sie sind besoffen?«, fragte sie belustigt. »Was reden Sie da? Wie kann ein Junge, den ich nie gesehen habe, mein Bildnis um den Hals tragen?«

»Verstehen Sie denn nicht, Ruth? Es muss nicht Ihr Bildnis sein, es kann ebenso gut das Abbild Ihrer Großmutter gewesen sein.«

Jetzt war Ruth wach. Sie schüttelte sich, bat Horatio, alles, was er gesagt hatte, zu wiederholen.

»Sie waren wirklich nicht auf dem Markt?«, fragte er ungläubig.

243

»Nein«, bekannte Ruth zerknirscht.

»Wollen wir hoffen, dass er noch da ist, wenn der Markt in ein paar Stunden wieder öffnet. Sie kommen doch mit, oder haben Sie schon wieder etwas anderes vor?«

»Wie? Nein.« Ruth schüttelte den Kopf. Sie tastete nach dem Schrank, um sich festzuhalten. Das Zimmer drehte sich auf einmal um sie. Sie hörte sich selbst wie durch Watte sagen: »Ich glaube, mir wird schlecht.«

»Mama Elo, mach das Fenster zu, die Vögel brüllen so laut! Und die Sonne, sie sticht mir in die Augen. Mach das alles weg!« Ruth stöhnte, legte eine Hand auf ihre schmerzende Stirn und wollte sich das Kissen über den Kopf ziehen. Dann hörte sie jemanden leise lachen. Sie stutzte. Das Lachen kam nicht von Mama Elo.

Vorsichtig öffnete sie ein Auge und erblickte eine geblümte Tapete, die ihr vage bekannt vorkam, aber gewiss nicht zu ihrem Zimmer auf Salden's Hill gehörte. Behutsam, weil schon die geringste Bewegung schmerzte, öffnete sie auch das andere Auge und sah einen offenen Schrank, in dessen Innentür ein Spiegel angebracht war. »Wo bin ich?«, fragte sie und drehte sich auf den Rücken, um gleich darauf zu stöhnen: »Oh, verdammt, mein Kopf!«

»Hier, trinken Sie das!« Ein Glas Wasser, gehalten von einer schwarzen Hand, erschien in ihrem Blickfeld.

Mühsam richtete sie sich auf und stürzte das Wasser hinunter.

»Hier, und jetzt das!« Die schwarze Hand hielt ihr zwei Tabletten hin.

Ruth nahm sie und spülte sie mit dem Rest Wasser nach.

»Aspirin«, sagte die Stimme. »Gut gegen Kater.«

Ruth blinzelte. An ihrem Bettrand stand ein schwarzer Mann, der langsam die Konturen von Horatio annahm. »Wo sind wir hier?«, fragte sie. »Was ist passiert?«

»Wir sind in Lüderitz, eigentlich auf der Suche nach Ihrer Großmutter und dem ›Feuer der Wüste‹. Sie haben aber gestern Abend etwas ganz anderes gefunden, scheint mir. Etwas, das womöglich nur mit Alkohol zu ertragen ist.«

»Ach, ja.« Langsam kehrten Ruths Erinnerungen zurück. Henry Kramer fiel ihr ein. Ein Lächeln huschte über ihr Gesicht. »Ich habe Austern gegessen«, flüsterte sie beglückt. »Und Walzer getanzt.«

»Prima«, sagte Horatio trocken. »Aber jetzt steht etwas anderes auf dem Programm. Los, stehen Sie auf. Wir haben heute viel vor. Zuerst gehen wir auf den Markt.«

»Auf den Markt? War da was?«

»Allerdings. Ein Junge, der eine Kette mit Ihrem Bildnis um den Hals trägt.«

Sofort kam Leben in Ruth. Sie richtete sich kerzengerade auf. »Stimmt«, sagte sie, stieß die Decke von sich und wollte sich schon aus dem Bett schwingen, als sie merkte, dass sie nur Unterwäsche trug. »Drehen Sie sich gefälligst um«, blaffte sie.

Horatio lachte und tat, wie ihm befohlen. »Gern, aber raten Sie mal, wer Sie gestern Nacht ausgezogen und ins Bett gelegt hat.«

»Oh!« Ruth riss die Decke zu sich und presste sie gegen ihre Brust. »Aber das gibt Ihnen noch lange kein Recht, mich anzustarren, wenn ich gerade nicht hilflos bin. Also los, raus mit Ihnen. Ich bin in zehn Minuten unten beim Frühstück.«

»Wie Sie wollen. Ich nehme an, Sie bevorzugen heute große Mengen an Kaffee und Wasser.«

»Raus!«, rief Ruth und warf zur Bekräftigung ihrer Worte noch ein Kissen in Richtung Tür.

Eine Viertelstunde später betrat Ruth mit nassen Haaren den Frühstückssaal.

»Sie sind ganz schön blass«, teilte ihr Horatio mit.

»Das kann man von Ihnen weiß Gott nicht behaupten«, entgegnete Ruth schlagfertig. Sie holte sich zwei Scheiben Toast und Rührei, ließ beides aber nach ein paar Bissen stehen.

»Schmeckt's nicht?«, erkundigte sich Horatio scheinheilig.

Ruth schob die Unterlippe vor. »Ich habe gestern Abend so gut gegessen, dass ich mir heute nicht mit diesem Zeug den guten Geschmack verderben will.«

»Ich wusste gar nicht, dass das Dreckwasser im Hafenbecken so lecker war.« Horatio kicherte. »Sie reden im Schlaf, Ruth. Hat Ihnen das noch niemand gesagt?«

Ruth schob den Teller mit einem Ruck von sich. »Woher wissen Sie das?«

»Ich habe die ganze Nacht über Sie gewacht.«

»Heißt das etwa, Sie waren die ganze Nacht in meinem Zimmer und haben mir beim Schlafen zugesehen? Unverschämtheit!«

»Ja, habe ich.« Horatios Stimme war laut geworden. »Ich konnte Sie doch nicht allein lassen. Am Ende hätten Sie sich im Schlaf erbrochen und wären daran erstickt. Aber eins können Sie mir glauben: Ein Vergnügen war das wahrhaftig nicht.«

Ruth senkte beschämt den Kopf, betrachtete die weißgelben Flocken des Rühreis. »Habe ich sonst noch etwas gesagt?«

»Nichts von Belang. Geschwätz halt wie bei allen jungen Gänsen.«

Ruth hatte sich eigentlich bei Horatio bedanken wollen, aber die Bemerkung über die Gänse machte sie wütend. »Sie hätten ja nicht hinhören müssen, wenn Sie das so gestört hat.«

»Es hat mich auch so nicht gestört.«

»Na also.«

»Ja, na also.«

Schweigend ließ Ruth sich noch einmal Kaffee nachschenken, Horatio trank – ebenso schweigend und in Ruths Augen aufreizend langsam – ein Glas Milch nach dem anderen.

Ungeduldig trommelte Ruth mit ihren Fingerspitzen auf der Tischplatte herum. »Jetzt spielen Sie nicht die beleidigte Leberwurst«, brach es aus ihr schließlich heraus. »Reden Sie endlich! Was war das für ein Junge? Wo war er her? Woher hatte er die Kette? Warum trug er sie um den Hals?«

Horatio stellte sein Glas ab. »Das weiß ich alles nicht, Ruth. Ich bin zu ihm hingegangen und habe ihn gefragt, woher er die Kette hat. Aber er hat nicht geantwortet, sondern in seinen Sachen herumsortiert, als wäre ich nicht da. Ich hatte den Eindruck, er hat Angst.«

»Na prima«, stellte Ruth fest. »Jetzt können wir nur hoffen, dass Sie ihm nicht so große Angst eingejagt haben, dass er heute gleich zu Hause geblieben ist.« Sie schüttelte genervt den Kopf. Henry Kramer wäre sicher nicht so ungeschickt gewesen. Wahrscheinlich hätte er die Kette, ach was!, den ganzen Jungen samt Kette gekauft und ihr auf einem silbernen Tablett dargeboten.

»Jetzt hören Sie mal«, brauste Horatio auf. »Ich habe gestern immerhin gearbeitet, habe Erkundigungen eingezogen und Ausschau gehalten, während Sie sich mit fremden

Männern amüsiert und in feinen Lokalen herumgehockt haben.«

Ruth wusste, dass er recht hatte, und hatte sogleich ein schlechtes Gewissen. *Aber es war doch so schön*, dachte sie. *Habe ich nicht auch einmal ein Anrecht auf ein bisschen Romantik in meinem Leben?* Um von sich abzulenken, fragte sie mit schief gelegtem Kopf: »Sagen Sie mal, hatten Sie eigentlich jemals eine Freundin?«

»Warum wollen Sie das wissen?«

»Hmm, nur so.«

»Ähem ... Ja ... hin und wieder ... mal auf ein Bier ... aber ...«

Ruth ließ Horatio nicht ausreden. »Aha, das habe ich mir doch gleich gedacht! Und wollen Sie auch wissen, warum Sie noch nie eine Freundin hatten? Weil Sie keine Ahnung von Frauen haben, deshalb!« Ohne es zugeben zu wollen, ärgerte sich Ruth auch über sich selbst. Sie hatte doch tatsächlich für ein paar Stunden den eigentlichen Zweck ihrer Reise vollkommen aus den Augen verloren.

»Ach, und der Champagner gestern Abend hat Sie zur Spezialistin in Liebesdingen gemacht, ja?«, gab Horatio scharf zurück.

Ruth zuckte mit den Schultern, schwieg einen Moment und legte dann eine Hand auf Horatios Unterarm. »Hören wir auf, uns zu streiten. Schließlich sitzen wir in einem Boot. Wir wollen beide meine Großmutter und das ›Feuer der Wüste‹ finden. Jetzt lassen Sie uns endlich damit anfangen, ehe wir noch mehr Zeit vertrödeln.«

Horatio setzte zu einer Erwiderung an, aber Ruth stand einfach auf, verließ den Frühstücksraum und stand kurz darauf schon abmarschfertig vor der Pension. Schweigend liefen sie zum Markt. Ruth musterte demonstrativ die vorübergehenden Männer, während Horatio sich bemühte, die Aufmerksamkeit der Frauen zu erregen.

Plötzlich, sie waren nur noch eine Straßenecke vom Markt entfernt, rief Horatio: »Da! Das ist er!«

Der Junge sah sich um, erblickte Horatio und rannte los. Horatio folgte ihm eilig.

Ruth blickte sich um und überlegte kurz, was sie machen sollte. Dann entdeckte sie eine kleine schmale Gasse. Sie hetzte durch die Gasse, stieß dabei fast mit dem Jungen zusammen und packte ihn am Ärmel.

»Bleib stehen!«, brüllte sie, als er versuchte, sich aus ihrem Griff zu winden. »Halt endlich still, oder ich rufe die Polizei!« Ruth hatte nicht die geringste Ahnung, was sie der Polizei erzählen sollte, aber aus Erfahrung wusste sie, dass die meisten Schwarzen Angst vor den Ordnungshütern hatten. Und tatsächlich verfehlte die Drohung ihre Wirkung nicht. Der Junge zappelte zwar immer noch, aber mit deutlich weniger Energie als zuvor.

»Wo ist die Kette?«, fragte sie, nachdem auch Horatio sie erreicht hatte.

Der Junge sah auf den staubigen Boden, kratzte mit dem nackten Zeh ein Muster und schüttelte verstockt den Kopf.

»Hey, ich rede mit dir!«, fuhr ihn Ruth barsch an. »Wirst du mir gefälligst antworten?«

Der Junge schüttelte nochmals den Kopf, ohne hochzusehen.

»Lassen Sie mich mal«, mischte sich Horatio ein. »Ich glaube, von schwarzen Männern haben Sie noch weniger Ahnung als von weißen.« Er trat vor den Jungen, griff nach seinem Kinn. »Sieh die weiße Miss an!«, befahl er und drückte das Kinn des Jungen so hoch, dass sein Blick auf Ruth fallen musste.

Der Junge schrak zusammen, schluckte und bekreuzigte sich wie ein Christ.

»Kennst du diese Frau?«, fragte Horatio.

Der Junge starrte Ruth mit weit aufgerissenen Augen an. »Bist du der Geist der weißen Frau?«, fragte er und wich ängstlich zurück.

Ruth schüttelte den Kopf. »Denk, was du willst. Wenn es hilft, bin ich eben ein Geist. Wo ist die weiße Frau? Wo ist die Kette?«

Der Junge schüttelte den Kopf. Er öffnete den Mund, als wolle er etwas sagen, schloss ihn aber sogleich wieder. Seine Nasenflügel bebten, aus seinen Lippen war alle Farbe gewichen.

»Hör zu, ich tue dir nichts. Der schwarze Mann hier ist mein Zeuge. Ich will auch nichts von dir – nicht deine Seele, nicht deinen Körper, noch nicht einmal dein Geld. Nur die Kette will ich sehen. Und ich will wissen, wo die weiße Frau ist.« Sie griff nach dem Hals des Jungen, zog an einem Lederband und förderte den Anhänger zu Tage, der unter seinem Shirt verborgen war.

Ruth starrte ihn an, als wäre sie es jetzt, die einen Geist vor sich sah. »Das ist das Abbild meiner Großmutter«, flüsterte sie erstaunt und fuhr mit dem Finger zärtlich die in Elfenbein geschnitzten Gesichtszüge nach. Dann packte sie den Jungen bei den Schultern und schüttelte ihn. »Wo ist die Frau? Kennst du sie? Sag mir auf der Stelle, was du von ihr weißt!«

Da der Junge weiter nur vor sich hin starrte und schwieg, versuchte Ruth es auf eine andere Art. »Wenn du mir erzählst, was du weißt, bekommst du ein Geschenk. Du darfst dir etwas wünschen.«

Der schwarze Junge presste die Lippen zusammen und schüttelte entschlossen den Kopf. »Niemand darf sagen, wo die weiße Frau ist. Niemand darf es wissen«, stieß er hervor.

»Warum nicht?«, fragte Ruth.

»Weil die weiße Frau von den Ahnen kommt. Die Ahnen haben die weiße Frau geschickt, damit sie die Seele der Nama hütet.«

»Die Seele der Nama? Du meinst den Stein? Den Diamanten? Das ›Feuer der Wüste‹?«

Der Junge zuckte mit den Schultern. »Ich weiß nichts von einem Stein. Niemand hat die Seele der Nama je gesehen. Die Seele ist unsichtbar. Nur die weiße Frau kann sie sehen. Sie weiß alles, was geschieht. Sie weiß sogar, was jeder heimlich denkt.«

»Hast du die weiße Frau schon einmal mit eigenen Augen gesehen?«, fragte Ruth, auf einmal ganz sanft und mit einer Stimme, mit der sie sonst mit ihren Karakullämmern sprach.

Der Junge nickte. »Abends, wenn es dunkel ist, kann man die weiße Frau sehen. Dann kommt sie aus ihrer Hütte. Sie darf nicht in die Sonne, denn die würde sie verbrennen. Deshalb kann man sie nur nachts sehen und mit ihr reden.«

Ruth ging in die Knie, um dem Jungen in die Augen blicken zu können, doch der Junge wandte den Blick ab. »Hast du schon einmal mit der weißen Frau gesprochen?«, fragte sie.

Der Junge schüttelte den Kopf. »Aber sie hat mit mir gesprochen. Schon oft.«

»Was hat sie zu dir gesagt?«

»Sie fragt mich manchmal, ob es mir gut geht. Und ich nicke dann.«

251

»Und sonst?«

»Sonst sagt sie nichts zu mir.«

Ruth seufzte. »Muss man dir denn jedes Wort aus der Nase ziehen?«

Der Junge schrak zurück, fasste sich an die Nase.

»Nein, nein, ich will nichts von deiner Nase! Man sagt das nur so, wenn einer wenig redet. Was hat sie zu den anderen Kindern gesagt?«

»Einmal, als meine Schwester noch ganz klein war, da hat sie sie auf den Arm genommen und auf die geschlossenen Lider geküsst. Meine Mutter stand daneben. ›Wie soll sie heißen?‹, hat meine Mutter die weiße Frau gefragt. Und die weiße Frau hat gesagt, was sie immer sagt, wenn die Frauen sie fragen.«

»Was hat sie denn gesagt, die weiße Frau?«

Der Junge schloss die Augen und hob den Zeigefinger ans Kinn, als müsse er scharf nachdenken. »Sie hat gesagt, alle Mädchen sollten Rose heißen.«

Ruth zuckte zusammen und sah zu Horatio hinüber, der hinter dem Jungen stand und ihm eine Hand auf die Schulter gelegt hatte. »Wo ist die weiße Frau jetzt?« Ruth bemühte sich, ihre Aufregung zu unterdrücken. Das Herz schlug ihr bis zum Halse.

»In ihrer Hütte. Die Sonne scheint doch.«

»Und wo steht diese Hütte?«

»Da, wo ich wohne.«

Ruth musste an sich halten, um nicht die Geduld zu verlieren. »Und wo wohnst du?«

Der Junge schaute nach dem Stand der Sonne, dann zeigte er in eine Richtung. »Dort wohne ich.«

»Wie kommt man da hin?«

»Zu Fuß. Aber man muss viele Tage laufen, ehe man die Stadt auf dem Hügel sieht.«

»Und was siehst du unterwegs?«

»Das Meer«, sagte der Junge, »gleich hinter dem Sperrgebiet.«

»Kann sein, er meint die Hottentotsbai«, sagte Horatio.

Der Junge sah ihn an und nickte eifrig. »Ja, so sagen die anderen. Dort, an der Hottentotsbai muss ich nach rechts abbiegen.«

»Ins Veld? Hinein in die Namibwüste?«

»Natürlich in die Wüste, wohin denn sonst?« Der Junge sah Ruth verwundert an. »Ich muss mich so drehen, dass ich die Awasiberge in der Ferne sehen kann, und auf sie zu laufen. Wenn die Umrisse deutlich werden, kommt bald eine Wasserstelle. Und dann ist es nicht mehr weit.«

»Wie lange brauchst du für den Weg?«

»Wenn alles gutgeht, zwei Tage. Ich übernachte bei Verwandten in der Hottentotsbai. Am nächsten Tag laufe ich auf den Hügel zu. Dann verkaufe ich die Sachen, die meine Leute geschnitzt haben, in der Stadt und gehe wieder zurück nach Hause.«

»Ganz allein?«

»Nein, man findet immer jemanden, der eine Zeitlang denselben Weg hat. Außerdem bin ich schon groß.«

»Natürlich.« Ruth nickte und schluckte die Bemerkung hinunter, die ihr auf der Zunge gelegen hatte. *Du bist ein tapferer kleiner Junge*, dachte sie.

»Kriege ich jetzt mein Geschenk?«, fragte der Junge.

»Aber ja, was willst du denn? Ein Auto oder vielleicht einen Ball?«

Der Junge deutete auf einen Stand, der ein paar Meter

entfernt war, dann winkte er Horatio und Ruth, ihm zu folgen. Dort angelangt deutete er auf eine knallgrüne Plastiksonnenbrille, deren Bügel mit silbernen Plastikschmetterlingen verziert waren.

»Die da.«

»Eine Sonnenbrille?«

Der Junge nickte ernst.

»Also gut.« Ruth nahm die Brille vom Ständer, bezahlte den Händler und reichte sie an den Jungen weiter.

Der setzte die Brille sofort auf und strahlte. »Danke, Miss.«

»Gern geschehen.«

Der Junge sah zur Sonne. »Ich muss jetzt los«, bemerkte er.

»Alles Gute für dich«, sagte Ruth, aber der Junge schüttelte den Kopf.

»›Alles Gute‹ sagt man nur, wenn man sich nie wiedersieht. Aber wir sehen uns bald wieder.«

»Woher weißt du das?«, fragte Ruth. »Weil ich der Geist der weißen Frau bin?«

»Nein, weil Sie einen Stein um den Hals tragen, der Sie zu uns zieht. Einen Sehnsuchtsstein. Der führt den Menschen immer zu demjenigen zurück, der ihn ausgesandt hat.«

Dreizehntes Kapitel

Ruth sah dem Jungen einen Moment lang hinterher, dann wandte sie sich an Horatio. »Was machen wir nun? Am liebsten wäre mir, wir würden ihn zu seinem Stamm begleiten. Wenn wir uns beeilen, könnten wir vielleicht sogar mit dem Dodge fahren, den Jungen einfach mitnehmen.«

Als Horatio nicht antwortete, wurde Ruth plötzlich zappelig. Sie riss an seinem Hemdsärmel. »Los doch, worauf warten Sie noch? Der Junge entwischt uns, wenn wir nicht gleich handeln. Mein Gott, warum bin ich nicht gleich darauf gekommen! Warum habe ich ihn überhaupt gehen lassen?«

»Wir wissen doch gar nicht, ob er wirklich noch heute zu seinem Stamm geht. Immerhin gibt es hier morgen ein Altstadtfest mit vielen Verkaufsständen. Ich nehme an, er wollte uns loswerden. Morgen ist er sicher noch da.«

»Ja, vielleicht«, gab Ruth zu und beruhigte sich etwas. Dass sie noch einen Tag in Lüderitz bleiben konnten, kam ihr sehr zupass. Immerhin konnte sie so ihre Verabredung mit Henry einhalten, mit dem sie sich am Mittag treffen wollte. Wenn sie es sich recht überlegte, war es wirklich besser, den Jungen zunächst allein gehen zu lassen. Er würde sie ankündigen, sodass der Stamm sich auf ihre Ankunft vorbereiten konnte und womöglich nicht dachte, es kämen Feinde.

Henry. Ruth unterdrückte einen Seufzer. Es verging fast keine Minute, in der sie nicht an ihn dachte. Sie konnte es kaum erwarten, ihn zu sehen, mit ihm zu sprechen, aber das musste Horatio nun wirklich nicht wissen. »Na gut«, erwiderte sie schließlich nur. »Dann fahren wir eben morgen in die Namib. Und jetzt? Was machen wir jetzt? Es sind noch zwei Stunden bis zum Mittag. Sollen wir noch einmal ins Archiv gehen?«

Horatio schüttelte den Kopf. »Ich nicht, Ruth. Ich … Ich habe einen Termin. Es ist wichtig.«

»So? Was ist das für ein Termin?«

Horatio winkte ab. »Oh, ich muss da noch etwas nachprüfen.«

»Was denn, Herrgott?«

Horatio wollte nach Ruths Hand greifen, entschied sich aber auf halber Strecke dagegen. »Ich kann es Ihnen noch nicht sagen. Ich weiß noch zu wenig. Spekulationen helfen uns nicht, wir brauchen Fakten. Und die muss ich beschaffen. Deshalb der Termin.«

»Sie orakeln herum wie ein Schamane in der Wüste.«

»Tut mir leid.«

»Mir auch.«

»Dann bis später.«

»Mal sehen.«

»Bye.«

»Ja. *Bye bye. Stay well.*«

Ruth sah Horatio nach, als er um die nächste Ecke bog. Sie fühlte sich alleingelassen, irgendwie ausgesetzt und merkte, wie sich ihre Gedanken verloren. Auf einmal merkte sie auf. Ein schwarzer Pick-up fuhr die Straße entlang und nahm offensichtlich denselben Weg wie Horatio. In der Hoffnung, die Marke des Bakkies zu erkennen, trat Ruth einen Schritt vor. Aber sie wusste auch so, dass es sich um einen Chevy handelte. »Ich bin zu viel mit Schwarzen zusammen, ich fange langsam auch schon an, Gespenster zu sehen«, murmelte sie. »In einer Stadt wie Lüderitz wird es nicht nur einen schwarzen Chevy geben.«

Über sich selbst verärgert löste sie den Blick von der Straßenecke und schaute sich um. Ihr Blick blieb an einer jungen Frau hängen, die am Arm eines hochgewachsenen Mannes über den Gehsteig schritt. Sie trug eine enge weiße Hose, die in Knöchelhöhe abschloss, Ballerinas und dazu eine blauweiß karierte Bluse und eine Sonnenbrille, die ihr halbes Gesicht bedeckte. Ruth war auf der Stelle fasziniert. Die Frau wirkte weiblich und jung und hübsch und fröhlich, so, wie auch Ruth gern sein wollte. Zumindest manchmal, und jetzt, da sie Henry Kramer kannte, öfter als je zuvor.

Sie sah der Frau nach, lächelte und fasste einen Entschluss.

»Die Stadt scheint einen ganz besonderen Reiz auf dich auszuüben. Einen Reiz, der auch dich reizvoller denn je macht.« Henry Kramer zog sie an sich, küsste sie, küsste auch ihre Stirn und ihr Haar. Dann nahm er Ruths Hand, hob sie in die Höhe. »Dreh dich mal.«

Ruth tat, was er gesagt hatte, und drehte sich vor ihm im Kreis. Sie trug eine neue Siebenachtelhose aus dunkelblauem Stoff, eine blau-weiß gepunktete Bluse und neue weiße Ballerinas.

»Du siehst zauberhaft aus. Eine ungekünstelte Farmerin mit Stil und Geschmack. Hach, davon habe ich lange Jahre geträumt! Komm, setz dich zu mir.«

Ruth strahlte. Wie schön sie sich heute wieder fühlte! Vergessen war, dass sie vorhin bei der Anprobe gefunden hatte, ihre Beine sähen in der Hose wie griechische Säulen aus –

257

dazu gemacht, ganze Häuser zu stützen. Und sie dachte auch nicht mehr daran, dass die Ballerinas schon jetzt, nachdem sie kaum einen halben Kilometer damit gelaufen war, drückten und in spätestens einer Stunde unerträglich sein würden.

»Wie hast du geschlafen?«, fragte Henry. »Ich habe von dir geträumt. Es war wundervoll. Wir lagen Haut auf Haut, Herz auf Herz, und dein Haar fiel wie ein Zelt über uns.«

»Ja«, erwiderte Ruth zerstreut. Sie musste daran denken, dass Horatio die ganze Nacht lang neben ihr gesessen hatte, um zu verhindern, dass sie an ihrem eigenen Erbrochenen erstickte. Dann fiel ihr der Junge mit der Kette ein. »Ich habe einen Hinweis auf meine Großmutter gefunden«, sprudelte es aus ihr heraus. »Es gibt da einen Jungen, einen schwarzen Namajungen, der trug eine Gemme aus Elfenbein um den Hals. Die Gemme zeigt das Bildnis meiner Großmutter.«

»Wo war das? Wo ist der Junge jetzt? Wie sah er aus? Wo lebt er? Lebt deine Großmutter auch dort? Wie kommt man da hin?« Henry schien wie vom Schlag getroffen und konnte doch nicht aufhören, Fragen zu stellen.

Ruth schüttelte sich. »Wo der Junge jetzt ist, weiß ich auch nicht. Wahrscheinlich noch irgendwo in der Stadt. Schließlich ist morgen Altstadtfest. Den Weg zu seinem Stamm hat er beschrieben.« Sie lachte verlegen. »Na ja, beschrieben ist übertrieben. Von hier zur Hottentotsbai, von dort Richtung Awasiberge und an der nächsten Wasserstelle abbiegen.« Sie stutzte, sagte dann mehr zu sich selbst: »Vielleicht wäre es doch besser gewesen, wenn ich den Jungen gleich zu seinem Stamm begleitet hätte.«

Als sie aufsah, nahm Henry ihr Gesicht in seine Hände. »Nein, Liebes, du hast richtig gehandelt. So lange hast du darauf gewartet, deine Großmutter zu treffen, da kommt es auf einen Tag mehr oder weniger wirklich nicht an. Ich aber habe dich erst gestern gefunden.«

Ruth lachte. »Vielleicht hast du recht. Vielleicht ist es sogar besser zu warten. Die Eingeborenen lieben es nicht, überrascht zu werden.«

»Nach links oder nach rechts?«

Ruth schüttelte verwundert den Kopf. »Was meinst du?«

»Die Wasserstelle hinter den Awasibergen. Dort sollst du abbiegen – nach links oder nach rechts?« Henry hatte auf einmal ein geschäftstüchtiges Gesicht aufgesetzt und betrachtete Ruth wie eine Klientin.

»Ist das für dich so wichtig?«, fragte sie.

»Aber ja. Ich denke, ich sollte dich begleiten, wenn du dorthin fährst. Du willst doch dorthin, oder? Morgen wahrscheinlich?«

»Ja. Nein. Ich weiß nicht.«

»Was ist los mit dir, Ruth?«

Sie legte eine Hand an ihre Stirn und seufzte. »Ich weiß wirklich noch nicht, wann ich in die Namib aufbreche. Ich bin sehr gern mit dir zusammen, aber wenn ich vielleicht das erste Mal im Leben auf meine Großmutter treffe, wäre ich lieber allein.«

Ruth verschwieg, dass sie keinesfalls allein sein würde, sondern den Ausflug in die Namib mit Horatio plante. Davon nämlich sollte Henry Kramer nichts wissen. Er sollte nicht schlecht von ihr denken. Wer wusste schon, in welchem Zustand sie ihre Großmutter antreffen würden, wer wusste, ob Henry ihr nicht am Ende doch unterstellen würde, sie sei hinter dem Diamanten her, jetzt, da er wusste, dass ihre Farm am Ende war?

»Ich verstehe dich gut.« Henry griff verständnisvoll nach ihrer Hand. »Ich könnte unweit des Dorfes auf dich warten.«

»Ja, vielleicht.« Ruth schwieg.

»Du wirkst zerstreut«, stellte Henry fest und streichelte ihr über die Hand.

»Nein, nicht zerstreut, nur nachdenklich. Weißt du, in den letzten zwei Wochen ist so unheimlich viel passiert. Ich habe wahnsinnig viele Dinge erfahren. Ich muss diese Dinge in meinem Kopf erst ordnen, ehe ich entscheiden kann, wie der nächste Schritt aussieht, verstehst du?«

»Ich hoffe sehr, du bist vorsichtig bei allem, was du tust.«

»Und was ist eigentlich mit dir los?« Ruth stützte die Ellbogen auf die Tischplatte.

»Wieso? Was meinst du?«

»Du wirkst angespannt, Henry. So, als säße dir die Zeit im Nacken.«

»Tut mir leid, Liebste. Ich wollte nicht, dass du es bemerkst, aber ich sehe schon, ich kann vor dir nichts verbergen. Ja, du hast recht. Ich ersticke beinahe in Arbeit.«

»Warum hast du nichts gesagt? Du hättest mich in der Pension anrufen können.«

Henry hob die Schultern, breitete die Arme aus und drehte die Handflächen nach oben. »Ich wollte dich nicht enttäuschen, Liebste.«

Zehn Minuten später saß Ruth allein am Tisch. Die Bedienung hatte ihr eine Bœrewors gebracht, eine fettige heiße Wurst. Ruth probierte kurz, schüttelte sich und schob den Rest der Wurst angewidert von sich. »Eine Cola bitte«, signalisierte sie.

Sie schaute an sich hinunter. *Vielleicht hätte ich mir die*

Siebenachtelhose doch nicht kaufen sollen, dachte sie kurz. Dann musste sie lächeln. Zu gern würde sie Henrys Gesicht sehen, wenn er an einem ganz normalen Arbeitstag auf Salden's Hill vorbeikäme, um sie zum Mittagessen auszuführen. Unmöglich! Bestimmt wäre ausgerechnet an diesem Tag die halbe Herde durch einen kaputten Zaun geflohen oder sonst irgendetwas Unvorhergesehenes passiert. *Entweder Arbeit oder Liebe,* schoss ihr durch den Kopf. *Beides geht nicht. Wer arbeitet, hat keine Zeit für die Liebe. Und wer liebt, hat keine Zeit zum Arbeiten.*

Sie erschrak. Seit sie in Lüderitz angekommen waren, erkannte sie sich selbst nicht mehr. Arbeit und Liebe, das musste sich doch irgendwie vereinbaren lassen. Woher sonst kamen die Kinder?

Ich bin müde, dachte sie. *Die letzte Nacht war viel zu kurz für mich. Ich werde in die Pension gehen und schlafen, damit ich heute Abend für Henry ausgeruht bin und gut aussehe.*

Sie zahlte, stand auf und machte sich auf den Weg in die Pension.

»Ja, was ist denn?« Ruth zwang sich aus dem Bett und musste sich kurz am Tisch abstützen, weil sie noch taumelig vom Schlaf war. Da klopfte es bereits wieder an der Tür, diesmal energischer. »Ja, ja, ich komme ja schon!« Sie rieb sich die Augen, schlurfte zur Tür, riss sie heftiger auf, als es nötig gewesen wäre – und starrte in einen Strauß tiefroter Rosen.

»Hier, für Sie. Ich wünschte, mir würde auch mal jemand so etwas schicken.« Die Pensionswirtin hielt ihr den Strauß entgegen.

Ruth steckte ihre Nase für einen Augenblick in die köstlichen Rosen. »Von wem ist er denn?«

Die Pensionswirtin lachte. »Das weiß ich doch nicht. Sind Ihre Verehrer so zahlreich, dass Sie sie nicht mehr auseinanderhalten können?«

Ruth hörte die Häme, riss der Frau die Blumen aus den Händen und angelte nach dem Kärtchen. Sie las es noch in der Tür.

»Und? Von wem sind nun die Rosen?« Neugierig streckte die Pensionswirtin den Kopf ins Zimmer.

»Jedenfalls nicht vom Finanzamt«, erwiderte Ruth bissig und stieß ein »Pfft!« durch die Zähne, als die Wirtin sich beleidigt davonmachte.

Ruth knallte die Tür hinter sich zu, lehnte sich mit dem Rücken dagegen und lächelte mit halb geöffnetem Mund vor sich hin. Dann strich sie sanft mit einem Finger über die samtigen dunkelroten Blätter. »Danke, Henry«, flüsterte sie. Sie spürte noch ein wenig dem Duft nach, betrachtete die Blumen und fühlte sich so jung und schön und unbeschwert wie jedes Mal, wenn es um Henry Kramer ging. Dann las sie noch einmal die Karte. »Diese Rosen für die schönste aller Rosen«, stand da, und weiter: »Ich freue mich auf heute Abend, habe wichtige Neuigkeiten für dich.«

Heute Abend? Ruth sah zum Fenster. Der Himmel hatte sich inzwischen orange gefärbt. Sie musste richtig eingeschlafen sein. Hektisch schaute sie zur Uhr auf ihrem Nachttisch: sieben Uhr. Sie hatte tatsächlich fast vier Stunden geschlafen. Schnell griff sie nach ihrem Handtuch, sprang unter die Dusche, wusch sich das Haar. Sie war gerade in ihr Zimmer zurückgekehrt, um die neuen Sachen anzuziehen, als es wieder an der Tür klopfte.

»Wer ist da?«

»Ich bin's, Horatio.«

Ruth seufzte, dann zog sie die Bluse über und öffnete die Tür. »Was ist?«

»Ich muss mit Ihnen reden. Es ist dringend.« Sein Blick fiel auf die Rosen, die Ruth zwischenzeitlich in einem gelben Plastikeimer deponiert hatte. »Haben Sie Geburtstag oder so etwas?«

»Eine Frau muss nicht unbedingt Geburtstag haben, um von einem Mann Blumen geschenkt zu bekommen«, erwiderte Ruth patzig, stellte sich demonstrativ vor den Spiegel und bürstete ihr nasses Haar.

»Also sind die Blumen von Ihrem Verehrer, nicht wahr? Von diesem Henry Kramer.«

Ruth fuhr herum. »Woher kennen Sie seinen Namen? Spionieren Sie mir etwa nach?«

»Nein, aber es wäre wohl besser gewesen, ich hätte es getan.«

»Pfft!« Ruth nahm das Döschen mit der schwarzen Wimperntusche in die Hand, spuckte hinein und kratzte mit einem winzigen Bürstchen in der Farbe herum. »Was soll das denn heißen?«

»Dass Henry Kramer womöglich nicht der ist, für den Sie ihn halten. Er ist nicht Ihr Freund, Ruth.«

Ruth ließ das Bürstchen sinken und trat ganz dicht an Horatio heran. »Ich habe keine Ahnung, warum Sie immer wieder versuchen, mir mein Vergnügen schlechtzureden«, sagte sie erbost. »Eigentlich habe ich auch keine Ahnung, was Sie von mir und überhaupt hier wollen. Die Story über Ihre Forschungen zum Hereroaufstand nehme ich Ihnen schon lange nicht mehr ab. Also unterstehen Sie sich, schlecht von Henry Kramer zu reden. Und jetzt raus!«

Sie packte ihn am Ärmel und zog ihn zur Tür.

»Nein, Ruth, Sie müssen mich anhören. Es geht um Ihre Sicherheit. Ich bin nicht Ihr Feind.«

»Raus! Raus habe ich gesagt. Aber hastig!« Sie stieß ihn die letzten beiden Meter regelrecht zur Tür hinaus, knallte sie hinter ihm zu und drehte den Schlüssel im Schloss um.

Von draußen hörte sie seine Stimme. »Ruth, hören Sie, ich will Ihnen doch nichts Böses. Im Gegenteil: Ich will Sie beschützen. Hören Sie mir zu. Nur eine Minute!«

Ruth ging zu dem kleinen Radio, das auf dem Nachttisch stand, stellte es an und drehte den Lautstärkeregler auf die höchste Stufe. Dann schminkte sie sich weiter, bürstete ihr Haar und betrachtete sich in aller Seelenruhe im Spiegel. Als die Uhr zehn Minuten vor acht zeigte, lauschte sie an der Tür. Stille. Horatio war gegangen.

Minuten später schlüpfte sie aus der Pension. Sie trug ihren neuen Schal in der einen Hand und die Ballerinas in der anderen, um im Gang ja keinen Lärm zu machen. *Er ist eifersüchtig,* dachte sie. *Deshalb dieses Theater!* Dass nun auch Horatio an ihr Gefallen gefunden haben könnte, gefiel ihr und ärgerte sie zugleich.

Der Gedanke war jedoch rasch vergessen. Denn vor der Tür wartete bereits Henry. Er hatte ein frisches weißes Hemd angezogen, fuhr sich jungenhaft mit der Hand durch die Haare und lächelte breit, als er sie sah. »Bist du noch schöner geworden seit heute Mittag?«, fragte er.

Ruth lachte. »Nein, ich habe nur fast vier Stunden geschlafen und fühle mich jetzt so ausgeruht, als hätte ich drei Tage lang nichts getan.«

»Oh, das passt prima. Ich habe heute viel mit dir vor, meine Liebste. Darf ich bitten?«

Er hielt ihr den Wagenschlag auf, und Ruth stieg ein. Auf

der Rückbank entdeckte sie einen Weidenkorb und eine Decke. »Was hast du vor?«, fragte sie.

»Schau nach oben. Was siehst du?«

»Eine glühendrote Feuerkugel, die langsam hinter dem Hügel versinkt.«

»Und was riechst du?«

Ruth schnupperte. »Ein bisschen riecht es nach den Abgasen und dem Schweiß der Stadt. Ein bisschen nach Früchten, nach Meer, nach Sonne.«

»Und was fühlst du auf deiner Haut?«

Ruth sah auf ihren nackten Arm. »Den warmen Fahrtwind. Es fühlt sich ein bisschen so an, als streichle er mich.«

»Sehr gut. Und das alles kannst du bei einem Picknick noch intensiver genießen.«

»Oh!«, erwiderte Ruth. »Ein Picknick.«

»Was ist? Magst du kein Picknick?«

»Aber ja doch, sehr gerne sogar«, behauptete sie. Sie dachte an die Freiluftmahlzeiten, die sie bisher erlebt hatte, meist während eines Viehtrecks, und es grauste ihr davor. Man band die Pferde an, hielt Ausschau, ob in der Nähe eine Wasserstelle war, an der man sich wenigstens Gesicht und Hände waschen konnte. Dann holte man einen Kocher heraus, bereitete Kaffee oder Tee oder trank gleich Bier aus der Flasche. Dazu aß man die mitgebrachten Sandwiches, die seit dem Aufbruch am Morgen in der Satteltasche mitgeritten waren. Am Abend wölbten sich die Käsescheiben senkrecht nach oben, die Wurst hatte die Farbe gewechselt, und das Brot schmeckte wie ein alter Pappkarton. Auch der Kaffee oder Tee aus den Blechtassen schmeckte nicht besonders, hatte immer ein wenig das Aroma des Blechs angenommen.

Und das war für Ruth noch nicht einmal das Unangenehmste

265

an einem Picknick. Viel schlimmer war, dass Fliegen Mensch und Sandwich umschwirrten, sodass man stets eine Hand zum Essen und die andere zum Fliegenverscheuchen brauchte. Hinzu kamen verschiedene andere Insekten, die nichts anderes im Sinn hatten, als menschliches Blut zu zapfen. War das Essen beendet, rollte man sich in seinen Schlafsack und suchte sich eine Stelle, an der gerade kein Ast am Knie drückte, kein Stein zwischen den Schulterblättern hin- und herrollte, kein Buschgras einen an der Stirn kitzelte. Lange blieb man nie an einer Stelle liegen.

Während Henry mit ihr durch den lauen Abend ins Innere des Landes fuhr, überlegte Ruth, wie sie die sicherlich nicht vermeidbaren Grasflecken von den weißen Ballerinas und die eingetrockneten Blutspritzer der gemeuchelten Fliegen aus ihrer Bluse würde entfernen können.

»Ich freue mich sehr darauf, mit dir die Natur zu genießen«, sagte Henry in diesem Augenblick und schenkte ihr ein breites Lächeln.

Ruth lächelte ein wenig gezwungen zurück. »Ja, ich mich auch.«

»Ach, und da sind wir auch schon!«, verkündete Henry und parkte sein Auto am Rande der Straße. »Komm, hier entlang!« Er führte Ruth ein paar Meter weiter zu einem ausgetrockneten Flusslauf, der sich zwischen scharfkantigen Felsen befand. Dann holte er eine karierte Decke aus dem Auto und einige weiche Kissen und drapierte alles auf dem Boden vor sich. Er breitete ein weißes Damasttischtuch in der Mitte der Decke aus, stellte einen Sektkühler darauf und entnahm dem Korb langstielige Kristallgläser.

Es fehlt nur noch ein silberner Lüster, dachte Ruth, halb belustigt, halb beeindruckt. Was Henry da für sie aufbaute, war alles andere als ein Viehtreiberpicknick! Und tatsächlich holte Henry jetzt auch einen silbernen Kerzenständer aus dem Korb, steckte eine Kerze darauf und zündete sie an. Es folgten Töpfchen und Näpfchen und Döschen und Schächtelchen und Pfännchen und Körbchen voller Köstlichkeiten.

Ruth stand daneben, starrte auf die Decke, die sich immer mehr füllte, und fühlte sich, als sei sie in einem Grandhotel unter freiem Himmel. Es hätte sie nicht gewundert, wenn Henry nun auch noch einen befrackten Stehgeiger aus seinem Korb gezaubert oder ein grandioses Feuerwerk entzündet hätte.

Hach!, dachte Ruth. *Das ist schöner und romantischer als alles, was ich bisher erlebt habe.* Ihr Blick ruhte auf Henrys Gesicht, war erfüllt von Zärtlichkeit und Bewunderung.

»Darf ich dann zu Tisch bitten?« Henry reichte Ruth die Hand und stützte sie ein wenig, als sie sich auf der Decke niederließ.

Ruth kostete von einer Pastete, naschte eine Feige, verspeiste ein Stück Ziegenkäse, biss vom knusprigen Brot ab, trank einen Schluck Champagner, aß ein bisschen von der gesalzenen Butter und ließ eine Trüffelpraline auf ihrer Zunge zergehen. Dann war sie satt, ließ sich zurück auf die Decke sinken, den rechten Arm unter ihrem Kopf, die linke Hand auf dem wohlgefüllten Bauch. Sie fühlte sich satt und warm und leicht, und hätte man sie gefragt, wie sie sich das Paradies vorstellte, dann hätte sie wohl geantwortet: »Genau so.«

Erst jetzt merkte Ruth, dass mittlerweile Nacht geworden war. Der Himmel über ihr trug ein samtiges Schwarz und hatte sich glitzernde Sterne auf sein Kleid genäht. »Und, was hast du heute Nachmittag gemacht?«, fragte sie schließlich, den Blick zu den Sternen gerichtet, Henrys Hand auf ihrem Schenkel spürend.

Sie hörte, wie er leise aufstöhnte und richtete sich abrupt auf. »Was ist?«

»Ach, ich möchte nicht diesen wunderbaren Abend zerstören«, erwiderte Henry.

Ruth ließ sich wieder zurücksinken und reckte sich wohlig. »Dann ist es bestimmt auch nicht so wichtig«, sagte sie. Was sollte jetzt auch dringend sein? Alles, alles konnte warten, bis dieser zauberhafte Abend vorüber war.

»Aber ich muss mit dir reden.« Henrys Stimme klang mit einem Mal angespannt.

»Ja?« Ruth schloss die Augen, bettete ihren Kopf an seine Schulter, nahm seine Hand und schmiegte ihre Wange hinein. »Müssen wir unbedingt reden?«, flüsterte sie. »Ich möchte lieber geküsst werden.«

Sogleich spürte sie Henrys Lippen auf ihrem Mund, doch sein Kuss wirkte fahrig, wie eine Pflichtübung. Sie richtete sich auf. »Also, was ist los? Was musst du mir unbedingt erzählen?«

Henry erhob sich ebenfalls, saß im Schneidersitz vor Ruth, griff nach ihrer Hand, spielte mit ihren Fingern. »Als Jurist beim Diamond World Trust habe ich Zugang zu bestimmten Unterlagen, die nicht im Archiv gelagert werden. Ich wollte dir helfen, Ruth, das musst du mir glauben.«

»Ja?« Sie war hellhörig geworden, hätte gern nach ihrer Kette mit dem Feuerstein, dem Sehnsuchtsstein gegriffen. Aber dann erinnerte sie sich, dass sie ihn auch heute Abend wieder im Schuhkarton unter ihrem Bett verstaut hatte, weil er ihr nicht vornehm genug erschien. Sie runzelte die Stirn, löste ihre Hand aus Henrys und legte sie in den Schoß. »Was ist?«

»Ich weiß nicht, wie ich es dir sagen soll, ohne dich zu

verletzen, Liebling, aber ich habe in alten Listen den Namen deiner Großmutter gefunden.«

»Aha. Sprich weiter.« Ruths Herz schlug angstvoll gegen ihre Brust. Unbehagen breitete sich in ihr aus.

»Na ja, sie hat dem Unternehmen einen Diamanten zum Kauf angeboten, das ›Feuer der Wüste‹.«

»Ach ja?« *Sie hat getan, was ich auch getan hätte,* dachte Ruth beruhigt.

»Ja. Damals war es nicht möglich, den Wert eines Steins sofort zu bestimmen; die Diamantenbörse in Antwerpen musste hinzugezogen werden. Das hat seine Zeit gedauert. Das Unternehmen, damals noch allein in deutscher Hand, hat Margaret Salden vertröstet, ihr einen neuen Termin gegeben.«

»Und?«

»Sie ist zu diesem Termin nicht erschienen.«

»Ist das alles?« Ruths Hände verkrampften sich. Sie fühlte sich wie bei einem Arzt, der im Begriff war, eine schwerwiegende Diagnose zu verkünden.

»Nein, das ist leider nicht alles. Erkundigungen haben ergeben, dass Margaret Salden den Stein an einen Unbekannten verkauft hat, und zwar für sehr, sehr viel Geld. Damit hat sie sich eine Schiffspassage nach Europa gekauft. Die Deutsche Diamantengesellschaft hat einige Briefe nach Deutschland geschrieben, doch deine Großmutter und das ›Feuer der Wüste‹ sind nach wie vor verschollen. Es gilt aber als sicher, dass sie in Deutschland unter einem neuen Namen ein neues Leben begonnen hat.«

Obwohl sie nicht glaubte, was sie gerade gehört hatte, nickte Ruth. Was sollte Margaret Salden in Deutschland? Und wenn sie tatsächlich dorthin gegangen war, warum hatte sie Rose nicht später zu sich geholt? Nein, sie konnte nicht glauben, was Henry erzählte. »Aber wie kann es dann sein, dass ein schwarzer Namajunge eine Elfenbeingemme mit ihrem Bild um den Hals trägt?«, fragte sie nach.

Henry Kramer hob die Hand und strich Ruth über das Gesicht. Ruth wich zurück. »Sag! Wie kann das sein?«

»Ich weiß es nicht. Die Nama sind – wie bekanntermaßen alle Schwarzen – tückisch. Wer weiß, was für Lügen der Junge dir erzählt hat? Das Bildnis mag alt sein; er kann es gefunden haben.«

Ruth schüttelte den Kopf. »Das kann ich mir nicht vorstellen. Elfenbein vergilbt mit der Zeit. Seine Gemme aber war weiß wie ein frisches Hühnerei.«

»Nun, vielleicht trägt er das Bildnis auch als Schutz vor einem bösen Zauber? Deine Großmutter hat immerhin die Seele der Nama gestohlen. Für die naiven Schwarzen muss sie der Teufel persönlich sein. Womöglich denken sie: ›Teufel erkannt, Teufel gebannt‹, und tragen deshalb die Gemme, haben sie nach ihrer Erinnerung geschnitzt.«

Nein! Nein, das konnte nicht sein. Ruth sah zum Himmel, der nun kein schwarzsamtenes Glitzerkleid mehr trug, sondern nur noch Sterne, die Millionen von Jahren entfernt waren. Sterne, die es vielleicht schon gar nicht mehr gab.

»Ruth? Ruth? Warum sagst du nichts? Glaubst du mir etwa nicht? Ich habe dir nur erzählt, was in unseren Akten steht.«

»Glauben heißt nicht wissen. Ich war nicht dabei; ich kenne meine Großmutter nicht. Woher soll ich wissen, was stimmt?«

Der Zauber des Abends war nun gänzlich verflogen. Ruth fühlte sich auf eine Art betrogen, die sie nicht benennen konnte. Plötzlich hatte sie Heimweh, Sehnsucht nach ihrem normalen Leben, nach der Farm, nach Klette, nach Mama Elo und Mama Isa.

»Du solltest jedenfalls unter keinen Umständen in das Dorf in der Namib fahren«, sprach Henry weiter. Er schien Ruths Stimmungswechsel nicht zu bemerken. »Es kann sein, dass die Schwarzen dich dort für den Teufel halten oder den bösen Geist oder sonst irgendetwas Böses, an das sie glauben, das für ihre Situation herhalten muss. Es kann sogar sein, dass sie dich töten, wenn sie dich sehen.«

Ruth nickte abwesend. Sie wusste nicht, wie sie auf Henrys Enthüllungen reagieren sollte. Ihre Großmutter sollte eine Verbrecherin sein? Eine Frau, die ihr Kind ohne Grund im Stich lässt und sich heimlich mit einem Diamanten aus dem Staub macht? Ruth konnte und wollte sich das nicht vorstellen. Andere Großmütter mochten so handeln, nicht aber die ihre.

»Ruth?«

Sie schrak aus ihren Gedanken. Für einen Augenblick hatte sie vollkommen vergessen, dass es Henry gab.

»Ja? Hast du noch mehr Dinge erfahren, von denen ich nicht weiß, ob ich sie wirklich wissen will?«

Er neigte den Kopf leicht zur Seite und zuckte mit den Schultern. »Ich weiß nicht, ob es etwas zu bedeuten hat, aber ich mache mir schon ein wenig Sorgen um dich. Man erzählt sich im Unternehmen, dass einige Nama nach dem Verbleib des Diamanten forschen. Das tun sie immer mal wieder. Ihr ›Feuer der Wüste‹ hat für sie eine große Bedeutung. Sie würden für den Stein töten. Sie haben seinetwegen sogar schon getötet. Es ist gerade fünf Jahre her, dass es hier in Lüderitz sogar zu einer richtigen Schlacht zwischen zwei verfeindeten Namastämmen kam, die jeder für sich den Stein zurückholen wollten. Und nun ist wieder jemand aufgetaucht, der zu viele Fragen stellt. Er gibt sich als Historiker aus, ein Schwarzer mit dicker Brille.«

»Was ist ungewöhnlich daran, dass ein schwarzer Historiker nach alten Geschichten sucht?«

»Natürlich, seine Nachforschungen könnten auch harmlos sein«, lenkte Henry ein. »Harmlos und im Dienste der Wissenschaft. Aber er hat sich heute Nachmittag mit anderen Schwarzen getroffen, die einen schwarzen Chevrolet-Pick-up fahren und gestern bei einem südafrikanischen Händler heimlich Waffen gekauft haben. Außerdem haben sie Proviant für eine Wüstentour eingekauft, dazu ein Dutzend gefüllte Benzin- und Wasserkanister.«

»Vielleicht besuchen sie Verwandte?«

»Mit Waffen auf der Rückbank?«

»Es könnte eine Schwiegermutter dabei sein«, versuchte Ruth einen Scherz.

»Sei nicht albern, Ruth! Ich will nur dein Bestes. Ich möchte auf jeden Fall vermeiden, dass dir etwas zustößt. Sei vorsichtig, und versprich mir, weder in die Namib zu fahren noch mit irgendwelchen Schwarzen zu sprechen – schon gar nicht über Diamanten.«

Ruth nickte automatisch. Alles in ihrem Kopf drehte sich. Sie wäre jetzt gerne allein gewesen und sehnte sich gleichzeitig nach einem Mann, an dessen Schulter sie ausruhen konnte, nach jemandem, der ihr sagte, was gut und richtig war und was sie tun sollte. »Woher weißt du das alles?«, fragte sie schließlich.

Henry Kramer lächelte fein. »Ich habe meine Quellen, habe Leute beauftragt, mir alles Ungewöhnliche mitzuteilen. Ich habe es für dich getan, Liebste.«

272

Ruth zog die Knie an die Brust und schlang die Hände darum. Etwas in ihr schien sich zusammenzuziehen.

»Komm her, Liebste!« Henry Kramer breitete die Arme aus, und Ruth stürzte sich hinein. In seinen Küssen schmeckte sie Wildheit, seine Arme verrieten Kraft, seine Lenden einen starken Willen. Ruth kam sich vor wie auf einem aufgewühlten Meer, hin- und hergeworfen, emporgehoben, hinabgestürzt und aufgefangen.

Hinter seinen Küssen, unter seinen Fingern kamen ihre Gedanken zur Ruhe, verschwanden. Und Ruth lachte und weinte und seufzte und wimmerte und lachte wieder und stöhnte, keuchte, jauchzte, schrie und war endlich ganz still und ausgefüllt.

Hand in Hand liefen Ruth und Henry durch das ausgetrocknete Flussbett.

Henry hatte die Picknicksachen zuerst im Korb, dann in seinem Auto verstaut, die Decke und Kissen ausgeschüttelt und ebenfalls weggepackt. Ruth hatte dabeigestanden und ihm zugeschaut. Sie war jetzt eine Frau. War gerade zur Frau geworden. Gerade geboren. Vorsichtig setzte sie einen Fuß vor den anderen. Als sie den nachtwarmen Felsen unter ihren Füßen spürte, wusste sie, dass sie gehen konnte. Gehen und sprechen und lachen und denken. Eben noch hatte sie gedacht, die ganze Welt sei anders, nachdem sie selbst sich so verändert hatte. Nun war sie ein wenig enttäuscht, dass die Wüste noch immer nach Wüste roch und der Himmel noch immer so unendlich fern war.

Und Henry Kramer ist noch immer Henry Kramer. Ruth unterdrückte ein Seufzen. Es verwunderte sie, dass er ihr nicht unter die Haut gegangen war, obwohl sie ihn liebte, obwohl sie einander gerade geliebt hatten. Wenn man mit einem Mann schlief, so hatte sie bisher gedacht, dann musste das wie eine Hochzeit sein, ein Eheversprechen. Ein »Sicherkennen«. Sie hatte gedacht, sie müsste nach dem ersten intimen Zusammensein alles über ihn wissen, hätte durch seine Haut alle seine Geheimnisse mit ihm geteilt und umgekehrt. Sie hatte geglaubt, danach die Hälfte eines Doppels zu sein, und merkte nun, dass die Hälfte eines Doppels eben doch nur eins ergibt.

Als sie ihn dabei beobachtet hatte, wie er die Inhalte der Näpfchen und Töpfchen achtlos in den Sand schüttete, den restlichen Champagner weggoss und nicht einmal Sand mit dem Fuß über die Hinterlassenschaften häufte, als wäre ihm das alles plötzlich lästig, hatte sie nicht gewusst, ob sie froh oder enttäuscht sein sollte.

Doch als er ihre Hand genommen und ihre Fingerspitzen geküsst hatte, hatte sich Ruth auf einmal doch als die Hälfte eines Doppels gefühlt. Eines Doppels, das vielleicht nur noch ein bisschen mehr Zeit brauchte, um ganz ineinander zu verschmelzen.

Vierzehntes Kapitel

Kaum war Ruth zurück in ihrem Zimmer, hockte sie sich auf den Boden und angelte nach dem Schuhkarton. Sie holte den Sehnsuchtsstein, ihren Feuerstein am Lederband, wieder hervor und band ihn sich um den Hals. Ohne Henry fühlte sie sich allein. Sie hatte Sehnsucht nach Geborgenheit und hoffte, dass der Stein diese Sehnsucht mit seiner Wärme stillte.

Jetzt erst sah sie den Brief auf dem Boden. Jemand musste ihn während ihrer Abwesenheit unter der Tür durchgeschoben haben. Sie hob ihn auf, las ihren Namen, erkannte Horatios Handschrift – und war mit einem Mal wieder unendlich erschöpft. *Männer,* dachte sie, *sind noch anstrengender als eine Herde triebwütiger Schafböcke.*

Achtlos steckte Ruth den Brief in die Tasche ihrer neuen Hose. Sie entkleidete sich rasch, schlüpfte in ihr Schlafshirt und dann ins Bett. Trost suchend umklammerte Ruth den Sehnsuchtsstein und sah durch das offene Fenster nach ihrem Stern, doch noch bevor sie ihn am Nachthimmel ausfindig machen konnte, war sie auch schon eingeschlafen. Sie träumte, träumte von einer Frau, die ein Baby im Arm hielt und ihre Wange an die Wange des schlafenden Säuglings schmiegte. Tränen rannen ihr über das Gesicht. Und Ruth erkannte, dass die Frau vor einem brennenden Haus stand.

»Schlaf, meine Rose, mein Röschen, schlaf, schlaf.« Die Frau küsste dem Kind sanft die Stirn, starrte auf sein Gesichtchen, als wolle sie sich jeden einzelnen Zug einprägen.

Eine schwarze Frau stand daneben. Sie streckte die Arme nach dem Säugling aus, der sich leise regte und blubbernde Laute ausstieß. »Sie müssen sich beeilen, Misses«, sagte die Schwarze. »Geben Sie mir die Kleine.«

Die Frau blickte wie erstarrt auf ihr Kind, bis die schwarze Frau näher trat und den Säugling langsam aus ihren Armen löste. »Gehen Sie, Misses, schnell.«

Die Frau nickte mechanisch und blieb doch mit leeren Armen stehen, als wüsste sie nicht, wohin. Das Feuer brannte heller; hohe Flammen schlugen aus dem Dachstuhl. »Passen Sie gut auf sie auf, Eloisa«, flüsterte die Frau und strich dem Säugling noch einmal über die vom Schlaf geröteten Wangen. »Achte gut auf sie, versprich es mir.«

»Bei meinem Leben verspreche ich es und beim Leben meiner Ahnen. Ich werde sie hüten und schützen, werde sie nicht nur erziehen, als wäre sie mein Kind, sondern so, wie es sich für ein weißes Mädchen geziemt.«

»Es reißt mir das Herz heraus, dich alleinzulassen, meine Rose. Aber es geht nicht anders«, wisperte die Frau. »Verzeih mir. Bitte! Eines Tages werden wir uns wiedersehen, das verspreche ich dir.« Sie küsste das Kind noch einmal und umarmte auch die Schwarze. »Ich danke dir, Eloisa.«

Die andere nickte. »Machen Sie sich keine Sorgen, Misses. Sie sind eine gute Mutter, die beste Mutter, die man sich denken kann. Und Sie lassen sie nicht allein, sondern sorgen dafür, dass sie leben kann.«

»Ja, das sagt mir der Verstand, aber mein Herz ist so schwer.«

»Gehen Sie jetzt, schnell!«

Ein Mann kam näher. Er führte ein Pferd am Zügel. »Es wird allerhöchste Zeit, Misses. Wenn Sie jetzt nicht sofort aufbrechen, haben Sie keine Chance mehr. Sie werden gleich da sein.«

Die Frau nickte, schwang sich auf das Pferd und ritt in die Nacht.

Als Ruth erwachte, tastete sie sofort nach ihrem Stein. Sie atmete auf, als sie ihn fühlte. *Sie ruft mich,* dachte sie. *Meine Großmutter ruft mich. Sie ist noch hier, ganz in der Nähe. Was immer Henry Kramer herausgefunden hat, es muss nicht stimmen. Die Leute reden viel, wenn der Tag lang ist. Und was immer Horatio vorhat, ich werde dabei keine Rolle spielen. Meine Mutter hat recht. Jeder ist sich selbst der Nächste.*

Sie sah zum Fenster und entdeckte am Horizont einen zartrosa Schimmer. Sie fühlte sich ausgeruht und frisch, als hätte sie viele Stunden geschlafen. Kurz entschlossen sprang sie aus dem Bett, packte ihre Sachen zusammen und verließ die Pension, ohne Horatio oder Henry Kramer eine Nachricht zu hinterlassen.

Ruth startete den Dodge, fuhr zur nächsten Tankstelle, füllte Tank und Kanister, kaufte sich einige Flaschen Bier, einige Flaschen Cola sowie zwei Sandwiches und fragte den Truckstopbesitzer, wie weit es von Lüderitz bis zu den Awasibergen sei.

»Warum nur will alle Welt plötzlich zu den Awasibergen?«, brummte er. »Sie sind schon die Zweite innerhalb von zwei Tagen, die danach fragt. Einhundert Meilen, so Pi mal Daumen. Aber Sie werden schlecht vorankommen, der Weg dorthin ist an vielen Stellen vom Sand überweht. Hoffe, Sie haben gute Reifen.«

»Habe ich. Danke.« Ruth verließ den Truckstop und

überprüfte noch einmal, ob sie noch genug Luft in den Reifen hatte. Dann fuhr sie los in Richtung Hottentotsbai.

Es gab keine Küstenstraße, doch selbst wenn es eine gegeben hätte, hätte Ruth sie nicht benutzen können, da das ganze Gebiet Diamantensperrgebiet war. Sie musste also auf jeden Fall durch die Wüste.

Noch war die Luft kühl, und Ruth fuhr mit geöffneten Fenstern aus der schlafenden Stadt hinaus. Nur wenige Menschen waren um diese Zeit schon auf der Straße, zumeist Schwarze, die bis zu ihren Arbeitsstellen einen weiten Fußweg hatten. Einige transportierten auf Eselsrücken Gemüse und Früchte auf den Markt, andere waren auf dem Weg zur Mine. Ruth erkannte sie an den grauen Gesichtern, die selten im Sonnenlicht, umso häufiger aber in der feuchten Dunkelheit der Diamantmine gebadet hatten.

Als Ruth die Stadt endlich hinter sich gelassen hatte, war die Sonne aus ihrem Bett gestiegen und wärmte die Luft so stark, dass Ruth die Fenster schloss. Links und rechts neben der Pad erstreckten sich die gelben Sanddünen wie Frauenkörper. Wenn der Wind darüberstrich, so war es, als bekämen sie eine Gänsehaut wie ein Weib im Liebesrausch. Hin und wieder ragten dürre, struppige Büschel von Steppengras aus dem Sand empor, schmiegten sich an den Wind. Ruth hoffte, dass der nicht auffrischte, denn in einem Sandsturm würde sie nicht nur nicht mehr weiterfahren können, es war auch ziemlich wahrscheinlich, dass ihr Dodge danach bis zum Fahrgestell im Sand stand.

Obwohl es rings um sie still war, dröhnten Ruth die Ohren. Es war eine tröstliche Stille, die nur der Motorenlärm des Dodge unterbrach. Vor Ruth lag die Namib, über ihr spannte sich ein plusterblauer Himmel, unter dem die Wolken wie

278

frisch geborene Lämmchen entlangzogen. Ruth hielt an, kurbelte das Fenster herunter, um einen Moment lang die Stille zu genießen.

Nach einer Weile fuhr sie weiter. Ein Straußenpaar lief ein paar Schritte links neben dem Wagen her, dann blieb es stehen und sah ihr nach, bevor es abbog und in eine andere Richtung weiterrannte. Am Horizont erkannte Ruth bald den Kirchberg, der sich mit seinen tausend Metern vergeblich bemühte, den Himmel zu berühren. Schroff und zerfurcht wie das lange Gesicht einer alten Jungfer ragte er über den sattgelben Sanddünen auf.

Eine Gruppe von Springböcken kreuzte Ruths Weg. Sie lachte über die wilden Sprünge der Tiere, die sie mitten im Lauf wie aus purem Übermut ausführten. Eine kleine Herde Zebras fraß in der Ferne Buschgras. Oryxantilopen zogen vorbei, sicherlich auf dem Weg zur nächsten Wasserstelle.

Die Sonne stieg immer höher, die Luft wurde heiß und heißer. Schon bald klebte Ruths Zunge am Gaumen, das Haar in ihrem Nacken war feucht, zwischen ihren Brüsten rann ihr der Schweiß in einem kleinen Rinnsal den Körper hinab.

Müde und erschöpft hielt Ruth unter einem Baum an. Sie trank eine Cola, aß ein Sandwich, füllte Kühlwasser nach und fuhr dann weiter. Einmal begegnete ihr ein Geländewagen mit dem Signet des Namib-Naukluftparks an der Tür. Ruth nahm den Fuß vom Gas und suchte im Handschuhfach nach dem Permit, der Genehmigung, die Namibwüste zu befahren. Sie hatte das Permit im Truckstop gekauft, doch der Fahrer des Geländewagens hielt nicht an, sondern tippte nur grüßend an den Hut, als er mit Ruth auf gleicher Höhe war.

Davon abgesehen war Ruth allein, mutterseelenallein, doch sie fühlte sich gut. Die unendliche Weite der Natur ängstigte sie nicht, sondern schenkte ihr im Gegenteil Geborgenheit, Schutz und Ruhe. Anders als in der Stadt fürchtete sie hier draußen, weit weg von jeglicher Zivilisation, nichts. Sie vermisste Henry zwar und konnte sich vorstellen, dass es schön wäre, ihn an ihrer Seite zu haben. Andererseits war sie froh, allein zu sein. Sie wollte unbedingt zu ihrer Großmutter, musste etwas erledigen, das ihn nichts anging.

Einen Augenblick lang fragte sich Ruth, warum sie kein Bedürfnis verspürte, alles mit Henry zu teilen. Sie hatte immer geglaubt, das gehöre zur Liebe dazu. Was sie mit Henry verband, war jedoch anders. Drängender, fordernder. Es war schön und rauschhaft. Und doch: Je länger sie allein durch die Wüste fuhr, je länger sie allein mit sich war, mit ihren Gedanken und Gefühlen, umso stärker vermisste sie in ihrer Beziehung zu Henry Nähe und Vertrautheit. Auch das gehörte in ihrer Vorstellung zur Liebe unbedingt dazu.

Ruth bremste, um zwei Gnus vorübertrotten zu lassen. *Vielleicht will ich zu viel auf einmal,* überlegte sie. *So eine Liebe braucht womöglich Zeit, um sich zu entwickeln. Vertrauen und Nähe müssen wachsen, während Leidenschaft und Begehren wie ein Gewitter über uns hereinbrechen.* Sie kicherte. *Ich höre mich schon an wie die Figur aus einem Liebesroman,* dachte sie und fuhr weiter.

Sie war schon einige Stunden unterwegs und rechnete jeden Augenblick damit, die von dem Jungen beschriebene Wasserstelle zu erreichen. Die aber ließ noch auf sich warten. Als Ruth sie endlich erspähte, war die Hitze unerträglich geworden. Ruth schwitzte aus jeder Pore, Sand klebte ihr am Gaumen und zwischen den Fingern und hatte auch den Dodge graugelb überzogen.

Die Wasserstelle war nicht viel mehr als ein winziger See,

ein großer Tümpel, an dem sich Springböcke und Oryxe, Kudus, Warzenschweine und Wasserböcke labten. Eine kleine Baumgruppe stand in einiger Entfernung, daneben ein Hochstand. Unter dem Hochstand hockte ein Junge.

Als Ruth den Wagen stoppte, stand er auf und schlenderte zum Dodge hinüber. »Da sind Sie ja endlich«, sagte er. »Ich warte schon eine ganze Weile auf Sie.« Er trug die grüne Sonnenbrille, die Ruth in Lüderitz gekauft hatte, und schob sie nun mit einem Handgriff in sein krauses schwarzes Haar.

»Wie bist du denn hierhergekommen?«, fragte Ruth erstaunt. »Wolltest du nicht eigentlich noch in Lüderitz sein?« Sie hatte zwar gehofft, den Jungen hier zu sehen, doch gleichzeitig hatte sie nicht wirklich damit gerechnet.

»Wenn der Sehnsuchtsstein ruft, müssen wir gehorchen«, erwiderte er kurz. »Bitte kommen Sie. Ich bin hungrig.«

Ruth reichte dem Jungen eine Flasche Cola und ein Sandwich. »Hast du deinen Leuten schon von mir erzählt? Und der weißen Frau?«

Der Junge kaute, nickte und schluckte. »Ich musste doch. Der Sehnsuchtsstein. Wissen Sie denn nicht?«

Ruth schüttelte den Kopf, zuckte mit den Schultern, legte einen Augenblick lang eine Hand auf ihre Stirn, stützte dann beide Hände in die Seiten und drehte sich langsam einmal um sich selbst. »Schön ist es hier. Fast wie im Paradies.«

»Wo ist Ihr Mann?«, fragte der Junge.

»Welcher Mann?« Ruth wusste genau, dass sie in Gegenwart des Jungen nicht von Henry Kramer gesprochen hatte. »Und wie heißt du eigentlich?«

»Karl.«

»Bitte?«

»Ich heiße Karl. Wie Karl der Große. Die weiße Frau hat

gesagt, dass ich seinen Mut und seine Klugheit habe. Deshalb hat mich meine Mutter so genannt. Mein Bruder heißt Wolf.«

»Aha.« Ruth wunderte sich langsam über gar nichts mehr.

»Sie können mich auch Charly nennen. Das tun die meisten.«

»Gut, Charly.«

»Und was ist mit Ihrem Mann? Warten wir noch auf ihn?«

Ruth sah den Jungen verständnislos an. »Wen meinst du?«

»Na, der große Nama mit der Brille.«

»Ach, du meinst Horatio. Das ist nicht mein Mann. Der ist noch nicht einmal mein Freund. Höchstens *ein* Freund, aber auch das steht nicht fest.«

»Er ist Ihr Mann«, beharrte Charly.

»Wie kommst du darauf?«

Der Junge sah sie an, als könne er nicht fassen, wie begriffsstutzig sie war. »Weil er Sie liebt, und weil Sie ihn lieben und er und Sie zusammengehören. Das sieht doch jedes Kind.«

Ruth seufzte. »Ich wusste gleich, dass ich dir die Sonnenbrille nicht hätte kaufen sollen. Sie verdunkelt dir den Blick.« Sie stieg in den Dodge und bedeutete dem Jungen, sich auf den Beifahrersitz zu setzen. »In welche Richtung müssen wir?«

»Nach links. Ich zeige Ihnen den Weg. Deshalb bin ich ja hier.«

Ruth gab Gas, dann fuhren sie los. Zunächst war die Pad noch gut sichtbar, aber nach einer Weile deutete Charly in Richtungen, in denen kein Weg mehr zu erkennen war. Ruth fuhr hochkonzentriert, da sie das Fahren auf Sand nicht gewohnt war. Es gab nichts, woran sie sich orientieren konnte. Einmal kam der Wagen nach einem falschen Lenkmanöver ins Schleudern, aber Ruth hatte ihn gleich wieder fest im Griff.

Der Junge schwieg, betrachtete sie aber die ganze Zeit von der Seite.

»Was ist?«, fragte sie schließlich. »Warum starrst du mich die ganze Zeit so an?«

»Die weiße Frau hat gesagt, wenn Sie kommen, geschieht das Wunder, auf das wir alle so lange gewartet haben. Sie werden die Seele der Nama befreien.«

»Versprich dir von diesen Worten bloß nicht zu viel. Ich bin aus ganz anderen Gründen hier.«

»Ich weiß, dass die weiße Frau recht hat. Aber ich weiß auch, dass Sie es noch nicht wissen – so, wie Sie ganz vieles nicht wissen, das eigentlich auf der Hand liegt.«

»Na, dann habe ich ja richtig Glück, dass ich dich getroffen habe.«

Der Junge schüttelte energisch den Kopf. »Der Sehnsuchtsstein.«

»Ach ja.« Ruth griff nach dem Stein und spürte wieder dieses Kribbeln. »Der war es also, der mich hierher geführt hat.«

»Ganz genau.«

Ruth warf einen spöttischen Blick auf Charly und war versucht, ihm zu sagen, was sie vom Aberglauben der Schwarzen hielt, doch der deutete in diesem Augenblick nach vorn.

Ruth bremste so abrupt, dass der Wagen erneut ins Schleudern kam und sich einmal um die eigene Achse drehte. Sie starrte durch die verdreckte Windschutzscheibe, als könne sie ihren Augen nicht trauen.

Vor ihr stand eine Frau, wie aus den Sanddünen gewachsen und umgeben von einem Kranz aus kniehohem Steppengras. Obwohl das Alter ihr hüftlanges Haar weiß gefärbt hatte, stand sie aufrecht. Nur der Wind spielte ein wenig mit den

283

Strähnen. Die Frau lächelte und breitete langsam ihre Arme aus.

»Träume ich?«, fragte Ruth. »Siehst du, was ich da gerade sehe?«

»Aber natürlich sehe ich es«, erwiderte Charly. »Das ist die weiße Frau. Sie ist gekommen, um Sie willkommen zu heißen.«

Ruth stieg aus dem Wagen und ging wie von Fäden gezogen auf die weiße Frau zu. Einen Augenblick lang fragte sie sich, was sie sagen sollte. »Hallo, Großmutter«, oder: »Guten Tag, weiße Frau«? Die aber wartete nicht ab, was Ruth sagen wollte, sondern nahm sie einfach in die Arme, drückte sie an sich. Ruth fühlte sich in ihren Armen so geborgen wie in ihrem Bett auf der Farm. Der Duft, den die Frau verströmte, war so vertraut und wohlig, dass sich Ruth wünschte, niemals wieder von ihr wegzumüssen. Es war, als habe sie endlich ein menschliches Zuhause gefunden. Das Zuhause, nach dem sie zeit ihres Lebens gesucht hatte.

Plötzlich kamen ihr die Worte wie von selbst über die Lippen. »Da bist du ja. Da bist du ja endlich.«

Und die Frau lachte leise und sagte: »Und da bist du. Da bist du endlich.« Dann nahm sie Ruth an der Hand, strich ihr mit der anderen über das Gesicht, fuhr ihr mit dem Finger über die Brauen, die Lider, die Nase, zeichnete die Umrisse des Mundes nach und wiederholte leise: »Da bist du ja endlich.« Dann fragte sie: »Wie geht es Rose?«

»Sie vermisst dich«, erwiderte Ruth. Im gleichen Moment erkannte sie, dass Rose tatsächlich in all den Jahren ihre Mutter vermisst hatte, sich nach einem Menschen gesehnt hatte, der sie so vorbehaltlos liebte, wie es nur eine Mutter konnte.

Die Frau nickte, winkte dem Jungen und zog Ruth mit sich fort.

Kaum hatten sie den Kamm der Sanddüne erreicht, entfaltete sich vor Ruth ein Paradies. Hinter der Düne verbarg sich eine grüne Oase: ein winziger See, der von einem kleinen Flusslauf gespeist wurde, Bäume, Sträucher und ein Dutzend Pontoks aus Zweigen und Lehm. Vor ihnen saßen schwarze Frauen, hielten ihre nackten Kinder an die Brust, redeten, lachten und deuteten mit dem Finger auf Ruth und die weiße Frau.

Eine rief der nächsten etwas zu, Gemurmel erhob sich. Aus den Hütten traten weitere Frauen und Kinder und sammelten sich auf dem Platz zwischen den Pontoks. Über der großen Feuerstelle drehte sich ein Spieß, auf dem eine gehäutete Antilope steckte. Im Feuer standen rauchschwarze Töpfe.

»Das also ist dein Dorf«, stellte Ruth fest.

»Es ist mehr, es ist meine Heimat«, erwiderte Margaret Salden.

»Wo sind die Männer?«

»Sie haben die ganze Nacht gejagt, um Fleisch für das heutige Festmahl zu haben. Jetzt liegen sie hinter der Werft im Schatten, um sich auszuruhen.«

Ruth blieb stehen. »Bist du hier glücklich?«

Margaret Salden nickte. »Nein, glücklich bin ich nicht. Ihr fehlt mir, habt mir in all den Jahren gefehlt. Aber ich bin zufrieden hier, hier ist mein Zuhause.«

»Und ich auch. Ich bin hier auch daheim«, mischte sich Charly ins Gespräch, den sie ganz vergessen hatten.

Während Margaret den Jungen lobte und ihn hinunter ins Dorf schickte, betrachtete Ruth ihr Gesicht. In den hellen Augen ihrer Großmutter schien sich der Himmel über

285

der Namib zu spiegeln. Das Gesicht war von winzigen Fältchen überzogen wie kostbares Elefantenpapier, geädert wie der wertvolle Marmor, den sich die reichen Farmer aus Carrara in Italien schicken ließen. Margaret Saldens Mund unterschied sich grundlegend von allen weißen Mündern, die Ruth kannte. Diesen Mund hatte auch das Alter nicht nach unten gebogen; er hatte sich nicht in sich selbst zurückgezogen, war nicht mehr nur noch als Strich zu sehen. Margaret Saldens Mund war der Mund einer jungen Frau, die sich auf die Zukunft freute – voll und prall, bereit, jederzeit ein Lächeln zu zeigen.

Ruth war so berührt, dass es ihr die Sprache verschlug. Dieser Mund berichtete mehr über ihre Großmutter und ihr Leben, als alle Erzählungen es vermocht hätten. Dieser Mund sprach von einem Leben, das sich gelohnt hatte.

»Du bist so schön!«, stieß Ruth hervor.

Margaret lächelte, strich Ruth sanft über die Wange. »Das bist du auch, mein Kind.« Sie betrachtete Ruth aufmerksam.

»Du suchst Rose in mir, nicht wahr?«, fragte Ruth.

Margaret nickte.

»Du wirst sie nicht finden. Ich sehe aus wie mein Vater, ein irischer Bär. Rose ist anders. Sie ist schmal und feingliedrig, sie hat deine Augen, aber dichtes, leicht gewelltes dunkles Haar, das bis heute keine einzige weiße Strähne zeigt.«

»Dann sieht sie aus wie Wolf. Und wie ist sie?«

Ruth seufzte. »Ich weiß es nicht genau. Wer kennt schon die eigene Mutter? Sie sucht etwas, sagte Mama Elo. Sie hat immer nach etwas gesucht, aber niemand weiß, was es ist. Seit ich dich gesehen habe, denke ich, dass du es bist, die sie sucht und immer gesucht hat.«

»Vielleicht ist das tatsächlich so«, erwiderte Margaret, und um ihren schönen Mund zeigte sich ein schmerzlicher Zug. Als die Frauen in der Werft zu singen und in die Hände zu klatschen begannen, lächelte sie jedoch wieder.

Schon tauchten Männer zwischen den Pontoks auf, hockten sich in der Nähe des Feuers auf den Boden und sahen freundlich zu ihnen herüber.

»Komm mit, das Fest beginnt gleich«, sagte die Großmutter und zog Ruth zu einem Platz inmitten der anderen.

Und obwohl Ruth all das fremd war, fühlte sie sich wohl, mitten in der Namibwüste, in einem Eingeborenendorf, an der Hand ihrer Großmutter.

Auf einmal wusste sie, dass sie jetzt nichts mehr fürchten musste, dass jetzt alles gut werden würde.

Fünfzehntes Kapitel

Es dauerte lange, bis alle Töpfe leergegessen und der schwere Bratspieß von der Feuerstelle genommen war. Die Männer und Frauen hatten Ruth auf ihre Art begrüßt, hatten Lieder gesungen, auf Trommeln geschlagen, sogar getanzt, doch keiner von ihnen hatte auch nur ein einziges Wort mit ihr gesprochen. Nur die Kinder waren neugierig zu Ruth gekommen, hatten an ihren langen roten Haaren gezupft, sie mit zur Seite geneigten Köpfchen angelächelt und in einer merkwürdigen Sprache zu ihr gesprochen. Und obwohl Ruth kein Wort verstand, hatte sie zurückgelächelt. Immer wieder hatte sie Margaret angesehen, als müsse sie sich davon überzeugen, dass die Frau von der Sanddüne wahrhaftig ihre Großmutter war und nicht ein Geist, den der Sehnsuchtsstein ihr vorgegaukelt hatte. Manchmal hatte sie nach Margarets Hand gegriffen, sie kurz gedrückt und sanft gestreichelt. So fremd und seltsam dieses Fest in den Dünen der Namib auch war, Ruth fühlte sich in ihrer Gegenwart so geborgen wie schon seit Kindertagen nicht mehr.

Nun aber war das Fest zu Ende. Die Kinder schliefen, die Frauen hatten das Geschirr weggeräumt und waren in ihren Pontoks verschwunden. Die Männer hatten sich aus der Ferne vor den weißen Frauen verbeugt und waren ebenfalls zu Bett gegangen. Nur Ruth und Margaret Salden saßen noch am verlöschenden Feuer und sahen in die Glut.

»Wie ist das alles gekommen?«, unterbrach Ruth

nach einer Weile das Schweigen. »Erzähl mir die ganze Geschichte.«

»Was weißt du darüber?«, fragte Margaret.

Ruth zuckte mit den Schultern. »Nicht viel, eigentlich fast nichts. Was ich weiß, weiß ich aus meinen Träumen, von denen ich vermute, dass sie mit dem Sehnsuchtsstein in Verbindung stehen.« Sie holte den Stein aus ihrem Ausschnitt, um ihn ihrer Großmutter zu zeigen.

Margaret nickte und trank einen Schluck Wasser. »Der Stein, ja, man sagt tatsächlich, er wirke Wunder. Aber erst jetzt, da er dich hierher geführt hat, glaube auch ich daran. Sieh ihn dir genau an. Was siehst du?«

Ruth schürzte die Lippen. »Einen Stein eben. Von der Farbe dreckigen Kandiszuckers. An den Rändern wie mit schwarzer Schlacke beklebt. Scharfkantig an der einen Seite, als wäre er beschnitten worden. An der anderen Seite griffig, wie ihn die Natur geschaffen hat.«

Margaret Salden lächelte. »Er ist ein Teil des ›Feuers der Wüste‹, ein Rohdiamant.«

Ruth riss die Augen auf, starrte auf den Stein. »Ein Diamant? So groß? Mein Gott, da trage ich die ganze Zeit die Lösung all meiner Probleme um den Hals wie einen Mühlstein?«

Margaret nickte. »Das ist manchmal so.«

»Was?«

»Dass die Lösung unserer Probleme uns sehr unglücklich macht, uns wie einen Stein zu Boden zieht. Du hast ihn von Eloisa, nicht wahr?«

»Ja, Mama Elo gab ihn mir, als ich von Salden's Hill weggegangen bin.«

»Sie ist eine wunderbare Frau, steckt vom Kopf bis zu

den Zehen voller Weisheit. Was hat er dir erzählt? Der Stein, meine ich.«

Ruth kniff die Augen zu, um sich besser konzentrieren zu können, dann fasste sie ihre Traumbilder zusammen.

»Du kannst dem Stein Glauben schenken«, sagte Margaret, nachdem ihre Enkelin geendet hatte. »Alles, was du gesehen hast, ist genau so geschehen.«

»Nur eins weiß ich nicht. Wie bist du an das ›Feuer der Wüste‹ gekommen?«

Margaret seufzte. »Es war eine unruhige Zeit damals. Im ganzen Land gab es die Aufstände der Nama und Herero. Obwohl auch wir zu denen gehörten, die sich auf Hereroland eine eigene Farm aufgebaut hatten, wussten wir doch, dass die Schwarzen mit ihren Forderungen recht hatten. Doch wer gibt schon her, was er einmal mit Geld bezahlt hat? Selbst wenn es viel zu wenig Geld war …

Eines Tages – ich war schon schwanger und ritt trotzdem die Weiden ab, da unsere schwarzen Farmgehilfen sich weigerten, weiter für uns zu arbeiten – fand ich einen verletzten Nama. Er hatte einen Schuss ins Bein bekommen und schien mir auch innere Verletzungen zu haben. Ich wollte einen Arzt holen, doch er verbot es mir. Also schleppte ich ihn in die alte Viehtreiberhütte und versorgte ihn, so gut ich konnte. Er war noch so jung, er wollte leben, verstehst du? Außerdem war er ganz sicher, dass seine Stammesbrüder ihn schon sehr bald holen würden. ›Ich habe etwas, ohne das sie nicht sein können. Sie werden sehen, Misses, schon morgen holen sie mich nach Hause‹, sagte er und wirkte dabei so zuversichtlich, dass ich ihm Glauben schenkte.

Aber unser Gebiet war mittlerweile von den Herero besetzt. Die deutschen Soldaten errangen zwar täglich Gebiete dazu, die wurden ihnen in der Nacht jedoch von den Schwarzen wieder abgenommen. Es war ein heilloses Durcheinander. Keiner wusste mehr genau, wo die Grenzen verliefen. Es gab Orte, an denen Nama und Herero wie Brüder Seite an Seite gegen ihren gemeinsamen Feind kämpften. An anderen Orten richteten sie die Waffen gegeneinander. Und dazwischen lagerten immer wieder deutsche Truppen, die wahllos um sich schossen und nichts anderes im Sinn hatten, als sämtliche Schwarze in die Wüste zu treiben, damit sie dort verdursteten. Und da lag dieser junge Nama in unserer Hütte. Seine Augen leuchteten im Glauben an die Zukunft. Er war nicht willens, hier zu sterben.

Ich tat, was ich konnte, das musst du mir glauben. Eloisa half mir. Sie braute Tränke und stellte Salben aus Wüstenkräutern her, kochte leichte Speisen, schlachtete bald jeden zweiten Tag ein Huhn, um dem Mann mit kräftigender Brühe wieder auf die Beine zu helfen. Einmal fuhr ich sogar zur Apotheke nach Gobabis und besorgte mir unter einem Vorwand Penicillin. Aber nichts half. Der junge Nama wurde mit jedem Tag schwächer. Sein Bein hatte sich entzündet, färbte sich an den Rändern schon schwarz. Er halluzinierte im Fieber, aber sein Glauben lebte.

Ruth, du hättest seine Augen sehen sollen! Alles in seinem Inneren war entzündet, zerstört. Einzig seine Hoffnung hielt ihn am Leben. Ich hätte niemals gedacht, dass so etwas möglich ist.«

Ruth sah, dass ihrer Großmutter bei der Erinnerung an die Ereignisse die Tränen in die Augen stiegen. Sie nahm Margarets Hand in die ihre und erschrak, wie kalt diese war.

Sie reichte der Großmutter den Wasserbecher. Erst als die alte Frau ihre Fassung wiedergefunden hatte, fragte sie leise: »Und wie ging es weiter?«

»Rings um die Farm tobten Kämpfe. Es war abzusehen, dass es nicht mehr lange dauern konnte, bis die Herero oder die Deutschen kommen würden. Und eines Tages war es so weit. Als der junge Schwarze die ersten Geschützdonner hörte, verlosch sein Glauben. Ich konnte zusehen, wie er verfiel, blass und bleicher wurde, schwach und schwächer. Dann schickten die Deutschen Späher auf Pferden aus. Der Schwarze hörte das Schnauben der Tiere bis in sein Versteck und wusste, dass seine Zeit gekommen war. Die Zeit aufzugeben, Zeit zum Sterben, aber auch die Zeit der Einsicht. Er gab mir ein Päckchen und beschwor mich, das Päckchen wie mein Leben zu hüten. Eines Tages, wenn Frieden herrscht, so sagte er, und Gerechtigkeit für Schwarze und Weiße, dann solle ich das Päckchen vernichten.«

»Und in dem Päckchen war das ›Feuer der Wüste‹?«

»Das ist richtig. Ich sah es erst, als ich wieder im Farmhaus war. Dein Großvater Wolf, dem der letzte Wunsch eines Sterbenden noch heilig war, versteckte den Diamanten in einem frisch ausgehobenen Brunnenloch. Dort sollte er bleiben, bis endlich Frieden war.

Wir wissen nicht, wer uns und den jungen Nama letztlich verraten hat. Auf unserer Farm arbeiteten damals nicht nur Herero, sondern auch Damara, Owambo, Nama und sogar ein paar San. Einer von ihnen muss den Verletzten entdeckt und mit den Deutschen gemeinsame Sache gemacht haben. Vielleicht war es auch unser deutscher Verwalter. Wir haben es nie erfahren. Jedenfalls fanden wir die Leiche des jungen Schwarzen am nächsten Tag. Man hatte ihn entmannt, ihm die Augen ausgestochen, die Zunge abgeschnitten und die Zähne ausgeschlagen. Eloisa half Wolf und mir, ihn so zu begraben, wie es sich für einen Nama gehörte.

Zwei Tage später brachte ich meine Tochter zur Welt. Währenddessen wurde rings um die Farm weitergekämpft. Die Schlachten entfernten sich von Salden's Hill, kamen wieder näher, verstummten für ein paar Stunden, um danach umso heftiger auszubrechen. Eine ganze Zeit verging, aber in dieser Zeit wurden immer wieder Fremde auf der Farm gesichtet. Fremde, die nicht wegen der Aufstände dorthin getrieben worden waren …

Und dann kam die Nacht, die mein Leben veränderte. Eloisa berichtete, man plane einen Überfall auf Salden's Hill. Wolf lachte darüber, doch Eloisa bedrängte uns, die Farm zu verlassen. Schließlich gab Wolf nach. Er holte das ›Feuer der Wüste‹ aus dem Versteck im Brunnenloch. Und dann ging alles rasend schnell. Zuerst kamen die Rebellen, dann die Soldaten. Sie steckten das Haus an, töteten die wenigen Arbeiter, die uns noch geblieben waren. Wolf, dein Großvater … Er … Er …« Margaret konnte nicht weitersprechen. Tränen erstickten ihre Stimme.

Es dauerte eine Weile, in der Ruth ihr sanft den Rücken streichelte, bis sie ihre Worte wiederfand. »Er wurde erschossen, als er den Stein barg. Erschossen von einem Weißen. Noch heute sehe ich das Gesicht des Mörders vor mir. Ich könnte es malen, jede einzelne Linie seines Gesichtes. Seinen Hass. Seine Gier.« Sie unterbrach sich, trank ein paar Schlucke, dann sprach sie weiter: »Ich rettete den Stein, barg ihn an meinem Herzen. Ich wusste, dass ich von Salden's Hill fortmusste. Ich musste fort, um das Leben meiner Tochter zu retten.«

»Warum hast du Rose nicht mitgenommen?«

Margaret schüttelte den Kopf. »Sie war so winzig und zart. Es wäre unmöglich gewesen, gemeinsam mit ihr zu fliehen.

Sie wäre dabei gestorben. Ich hatte keine Ahnung, woher ich die nächste Mahlzeit bekommen sollte, woher Wasser, woher ein Nachtlager. So ließ ich sie bei Mama Eloisa. Ich wusste, dass sie meine Rose mit ihrem Leben verteidigen würde. Und ich war mir sicher, dass ich nicht lange auf der Flucht sein würde. Schon bald würde ich zurückkehren, um Rose zu holen. Verstehst du, Ruth, mein Leben war bedroht. Wenn Rose bei mir geblieben wäre, hätte das auch ihren Tod bedeuten können.«

»Du bist zu Pferd geflohen, während das Herrenhaus in Flammen stand?«, fragte Ruth. »Ich habe es in meinen Träumen gesehen.«

Margaret nickte. »Ja, so war es. Ich ritt, ohne zu wissen, wohin. Ich hatte kein Zuhause mehr, und – was noch viel schlimmer war – ich wusste nicht, wer meine Feinde waren. Waren es die Herero, die die Seele der Nama rauben wollten? Waren es abtrünnige Nama, die den Stein verkaufen wollten? Oder waren es die Deutschen, die hinter mir her waren? Ich wusste nicht, wem ich trauen konnte, versteckte mich in der Wüste, mied menschliche Siedlungen. Mit Rose hätte ich aufgeben müssen. Wir wären beide gestorben. Am Hunger oder unter den Schüssen der Verfolger.«

»Aber dann bist du doch nach Lüderitz gekommen, nicht wahr?«

»Ja. Ich konnte einfach nicht mehr. Noch immer ging alles drunter und drüber. Noch immer war kein Ende meiner Flucht in Sicht, nur meine Kräfte waren erschöpft. Dazu dieser Stein …

Glaube mir, Ruth, es verging wohl kein Tag, an dem ich ihn nicht verflucht habe. Wegen dieses Steins musste ich meine kleine Tochter verlassen, wegen dieses Steins musste mein

Mann sterben, und wegen dieses Steins war ich auf der Flucht. Ich wollte nichts, als das ›Feuer der Wüste‹ endlich loswerden. Also schmiedete ich einen Plan. Ich wandte mich in Lüderitz an die Deutsche Diamantengesellschaft. Dort behauptete ich, den Stein verkaufen zu wollen. Ich konnte das Glitzern in den Augen dieses Herrn sehen. Er zeigte seine Gier so unverhohlen, dass mir angst und bange wurde.

Er könne mir nicht sofort sagen, welchen Wert der Diamant habe, er müsse sich in Europa erkundigen, sagte er. Das würde dauern, ein paar Tage nur, aber es ginge eben nicht sogleich. Ich solle den Stein dalassen. Im Tresor sei er sicher. Er drängte und bedrängte mich, drohte mir sogar verhohlen. Ich sagte, ich wisse gar nicht, ob ich das Recht hätte, den Stein zu verkaufen, er gehöre mir ja nicht, sei mir nur anvertraut. Der Mann überlegte eine Weile, dann ließ er den Rechtsanwalt des Unternehmens kommen, dazu einen Notar. Schneller, als ich schauen konnte, stellte mir der Notar eine Urkunde aus, die belegte, dass ich die Eigentümerin des ›Feuers der Wüste‹ sei. Die Gesetze waren so formuliert, dass ich nach dem geltenden Recht tatsächlich Besitzerin des Diamanten war. Schließlich hatte ich ihn auf meinem Land, auf Salden's Hill, bekommen. Dass ein Nama mir den Stein gegeben hatte, spielte keine Rolle. Es war mein Land, auf dem der Mann gestorben war, also war ich nach den damals geltenden Gesetzen auch rechtmäßige Erbin und als solche allein berechtigt, den Stein zu verkaufen.

Ich tat, als würde mich das sehr freuen, weigerte mich aber, das ›Feuer der Wüste‹ herzugeben. Ich würde in ein paar Tagen wiederkommen, versprach ich. Dann nahm ich die Besitzurkunde und verschwand. Ich muss meine Rolle als hilflose, ratlose Frau sehr überzeugend gespielt haben; jedenfalls schenkten mir die Diamantenhaie Glauben. In Lüderitz streute ich dann das Gerücht, ich wolle einen Rohdiamanten verkaufen. Ich ging zu verschiedenen Händlern und stellte Fragen. Ja, ich ging sogar zu einem Reeder und erstand, nachdem ich meine Uhr und meinen Schmuck verkauft hatte, ein Billett für ein Schiff nach Hamburg.

Dann sah ich ihn auf einmal, den Mann, der meinen Mann erschossen hatte. Er ging durch Lüderitz, als hätte er nichts zu verbergen, als gehöre der Tag, als gehöre die ganze Welt ihm. Ich ging an Bord des Schiffes, belegte meine billige Kabine, indem ich einen alten Koffer dort deponierte, den ich zuvor auf einem Markt erstanden hatte. Wenig später sah ich den Mann zum zweiten Mal. Er stand mit dem Eigner des Schiffes am Kai, sprach auf ihn ein.

Kurz bevor das Schiff ablegte, schlich ich mich von Bord. Ich verließ Lüderitz im Schutze der Nacht und machte mich auf den Weg zur Hottentotsbai. Dort lebten Verwandte von Eloisa. Ich hoffte, sie würden mir Unterschlupf gewähren.«

»Wolltest du nach Deutschland?«, unterbrach Ruth die Erzählung ihrer Großmutter.

Margaret Salden schüttelte den Kopf. »Nein, von Anfang an hatte ich geplant, die Schiffspassage nur als Ablenkungsmanöver, als falsche Fährte zu gebrauchen. Aber ich ahnte nicht, wie nah mir der Mann schon auf den Fersen war.

Ich will dich jetzt nicht mit den Strapazen dieser Wüstenwanderung langweilen, Ruth, dafür ist später noch Zeit. Nur so viel noch: Ich blieb bei den Nama und wartete darauf, dass Frieden kommt. Das ›Feuer der Wüste‹ trug ich stets bei mir. Ich hörte, dass die Menschen in Lüderitz davon ausgingen, ich sei nach Hamburg gegangen, und dass sie nun dort nach mir und dem Diamanten suchten, allen voran die Deutsche

Diamantengesellschaft. Jeden einzelnen Tag sehnte ich mich nach meiner Tochter. Dabei merkte ich nicht, dass dieser Stamm hier im Laufe der Zeit zu meiner Familie wurde. Als endlich die Waffen schwiegen, waren Jahre vergangen. Ich blieb hier.«

»Warum bist du nicht irgendwann zurück nach Salden's Hill gegangen? Warum hast du Rose nicht später zu dir geholt?«, fragte Ruth.

Margaret seufzte. »Ich habe lange mit mir gerungen. Wäre ich zurückgegangen, so wären mir die Diamantenjäger, gleich ob schwarz oder weiß, sofort auf den Fersen gewesen. Mein Leben und Roses Leben wären dann immer noch in Gefahr gewesen. Ich wusste doch nicht, was aus dem Mörder meines Mannes geworden war, ob er vielleicht noch immer darauf wartete, dass ich eines Tages wieder auftauchte. Aber zu mir holen konnte ich sie auch nicht. Ich hatte sie seit Jahren nicht gesehen. Ein Säugling gewöhnt sich schnell an eine neue Umgebung. Ich war sicher, dass Eloisa ihr eine gute Mutter war. Sollte ich sie aus ihrer vertrauten Umgebung herausreißen und sie mit mir in die Wüste nehmen? Sollte ich ihr alle Chancen auf eine gute Zukunft verbauen?

Ich wollte nur, dass Rose glücklich wird. Ein Mädchen, das zur Schule gehen und lernen kann, ein Mädchen, das einen Beruf hat, ein Zuhause, vielleicht sogar einen Mann und Kinder. Hier wäre das alles nicht möglich gewesen. Ich wollte nur das Beste für mein Kind, Ruth. Aber ich bin mir heute nicht sicher, was für sie das Beste gewesen wäre.«

Margaret schwieg, und Ruth sah, dass sie erschöpft war. Sie legte ihr einen Arm um die Schulter, schmiegte sich an die alte Frau. »Sie hat dich vermisst«, wiederholte sie. »Die ganzen Jahre lang hat Rose ihre Mutter vermisst. Mama Elo hat getan, was sie konnte, aber sie ist eine Schwarze, und Mama ist eine Weiße.«

»Aber es geht ihnen doch gut, nicht wahr?«

»Ja, es geht ihnen gut. Und jetzt sollten wir schlafen gehen. Nur eines noch: Woher stammt der Stein, den die Nama Sehnsuchtsstein nennen? Der, den ich um den Hals trage?«

»Der junge Nama auf der Farm hatte ihn um. Wie ich schon gesagt habe, ist er ein Teil des ›Feuers der Wüste‹. Wer ihn trägt, steht unter dem besonderen Schutz der Nama-Gottheiten. Er gab ihn mir, und ich gab ihn Eloisa, denn damals kannte ich die Bedeutung des Steines nicht. Zu meiner großen Erleichterung hat sich herausgestellt, dass ich damals richtig gehandelt habe.«

Ruth stand auf, reichte ihrer Großmutter die Hand, zog sie hoch. Margaret wies auf eine Holzhütte, die etwas abseits stand. »Dort lebe ich, und dort werden wir schlafen.«

Arm in Arm gingen die Frauen zur Hütte. Unterwegs fiel Ruth noch etwas ein. »Wie haben die Nama reagiert, als sie erfuhren, dass du das ›Feuer der Wüste‹ hast?«

»Es war nicht einfach. Sie schwankten lange Zeit zwischen zwei Gedanken. Einerseits erschien ich ihnen wie von den Ahnen geschickt, andererseits misstrauten sie mir, weil ich eine Weiße war. Wie kam eine Weiße an den Stein? Der Häuptling – er lebt heute nicht mehr – sprach schließlich das entscheidende Wort. Ich sei von den Ahnen geschickt worden, urteilte er, wollte ich Böses, wäre ich nicht in die Namib gekommen. Ich hätte die Seele der Nama zurückgebracht, und deshalb gebührte mir dieselbe Ehre wie einem Nama-Ahnen.«

Sechzehntes Kapitel

Als Ruth am nächsten Morgen erwachte, war sie allein, und doch war sie glücklich. Mit wachen Augen und lächelndem Mund sah sie sich um, erkannte die Felle, erkannte die Hütte. *Großmutter*, dachte sie, *endlich habe ich dich gefunden*. Ruth wusste nicht genau, was sie nun tun sollte und wie, doch das war im Augenblick nicht wichtig. *Jetzt wird alles gut. Alles wird sich fügen.*

Die Hütte wirkte im ersten Morgenlicht kleiner, als Ruth es im Dunkeln geahnt hatte. Und sie war so einfach eingerichtet, wie sich nur denken ließ: am Boden zwei Lager aus Fellen, an der Wand unter dem Fenster ein alter Holztisch mit einer Schublade, auf ihm ein Kerzenständer mit einer Bienenwachskerze, die auch jetzt einen heimeligen Duft verströmte. Links neben dem Fenster war ein hölzernes Regal mit breiten Brettern angebracht, darin lagen ein paar Kleidungsstücke. Neben einem altmodischen Waschgestell stand ein Stuhl, auf ihm eine Kanne und Seife; in der Nähe hing griffbereit ein Handtuch.

Sie sah sich um. An der Wand gegenüber hatte Margaret farbige Tücher aufgehängt, und jede freie Fläche war mit Schnitzereien aus Holz und Elfenbein dekoriert. Ruth erkannte Tiere, einen alten Mann, ein Stück Holz, das die Natur wie ein Krokodil geformt hatte. Und dann, fast verdeckt von zwei Büchern, sah sie ein Foto. Neugierig, was es wohl zeigen mochte, sprang Ruth auf. Sie nahm die vergilbte Fotografie in die Hände und betrachtete sie lächelnd: ein Mann mit dunklem, welligem Haar, der ein Baby im Arm hielt. Das Baby schrie, doch der Mann lachte aus vollem Hals. »Großvater«, flüsterte Ruth. »Großvater und die kleine Rose.«

Sie betrachtete es noch einen Augenblick und stellte das Bild vorsichtig zurück an seinen Platz, um es nicht zu beschädigen. Am Abend hatte sie erfahren, dass es ganz in der Nähe noch eine weitere Wasserstelle gab. Dort wollte Ruth sich waschen, sich den Reisestaub vom Körper spülen, um frisch und duftend ihrer Großmutter gegenübertreten zu können. Sie nahm das Handtuch vom Haken und griff nach der Seife.

Von draußen drang dunkles Gemurmel in die Hütte. Stimmen schwirrten aufgeregt umher, doch kein Lachen, kein Singen, kein Scherzwort mischte sich darunter. Etwas Bedrohliches lag in der Luft, und Ruth spürte, wie sich ihr Herz angstvoll zusammenzog. Sie stürmte aus der Hütte und stieß sofort auf eine Gruppe schwarzer Frauen, die sie mit aufgerissenen Augen anstarrten.

Das Gemurmel erstarb und wich einer Stille, die Ruth das Blut in den Adern gefrieren ließ. »Was ist los? Wo ist meine Großmutter?«, fragte Ruth auf Afrikaans.

Die Frauen hoben hilflos die Hände. Einige sahen zu Boden, zwei junge Frauen weinten.

Charly trat aus der Menge, trotz seiner dunklen Haut ganz bleich. »Sie ist verschwunden, Miss. Jeden Morgen ist sie die Erste am Feuer. Immer, jeden einzelnen Tag. Heute aber war sie nicht da. Wir sorgen uns. Die Frauen haben Angst, die Männer sind unruhig. Wir glauben, sie ist entführt worden.«

»Wie? Entführt? Warum denn? Und wer soll das getan haben?« In Ruth stieg Panik auf. Mit weit aufgerissenen Augen starrte sie den kleinen Jungen an.

Charly zuckte mit den Schultern, deutete dann auf Reifenspuren, die dicht an die Hütte heranreichten.

»Was soll das bedeuten?« Sie trat auf Charly zu, wollte ihn an den Schultern packen und die Informationen, die sie so dringend brauchte, aus ihm herausschütteln, doch der Junge brach in Tränen aus.

»Wir haben schon überall gesucht. Überall, Miss.«

Sie nickte, glaubte ihm sofort. Es war für diesen Stamm schlimm, die weiße Frau zu verlieren. Ruth atmete tief durch und ermahnte sich, jetzt nicht die Nerven zu verlieren, dann legte sie ihre Hand auf die Stirn, sah sich um und versuchte, die aufsteigende Panik zu bekämpfen. »Kann man erkennen, wo die Reifenspuren herkommen?«

Charly nickte. »Sie kamen denselben Weg, den wir gestern genommen haben.«

»Also muss uns jemand gefolgt sein. Und ausgerechnet ich habe diesen Jemand auf diese Spur gebracht.« Horatio kam ihr in den Sinn – Horatio und die Männer im schwarzen Chevy-Pick-up, von denen Henry Kramer erzählte hatte.

Ruth erschrak bis ins Mark, ihr Herz schlug wild gegen ihre Brust. Und als hätte der Schreck ihre Erinnerung aufgeweckt, wusste sie plötzlich, wo sie einen der schwarzen Männer schon einmal gesehen hatte: auf der Trauerfeier von Davida Oshoha. Es war der Mann, der so unfreundlich zu ihr gewesen war, der Mann, der behauptet hatte, die Saldens hätten seinem Stamm nichts als Unglück gebracht! Der Mann, der sich als Davidas Enkel zu erkennen gegeben hatte. Der Mann, den auch Horatio gut kannte. Der Mann, der sie verflucht hatte. Sie und alle anderen Saldens.

»Wie dumm ich doch war!«, rief sie und schlug sich gegen die Stirn. »Wie konnte ich Horatio nur trauen? Er hat meine

Großmutter entführt. Er war es. Von Anfang an hatte er nichts anderes im Sinn als das ›Feuer der Wüste‹. Mein Gott, wie dumm und blind ich doch war!«

Am liebsten wäre sie in Tränen ausgebrochen, doch Ruth wusste, dass ihr das nicht helfen würde. So atmete sie einmal tief durch und versuchte, ihre Gedanken zu sammeln. »Ich fahre zurück nach Lüderitz«, wandte sie sich an Charly. »Jetzt gleich. Der Diamant kann nirgendwo anders an den Mann gebracht werden als dort. Meine Großmutter ist in Lüderitz, das spüre ich deutlich.«

Charly trat ein paar Schritte zurück und deutete auf einen Baum. »Der Wagen, der in der Nacht hier war, ist schwarz, Miss. Sehen Sie, hier an dem Baum haftet noch ein bisschen Farbe.« Der Junge wies auf eine Verletzung des Stammes in Hüfthöhe. »Hier, Miss, der Wagen muss gegen den Baum geprallt sein. Es war stockdunkel. Kommen Sie, sehen Sie selbst.«

Ruth trat näher. Tatsächlich: Streifspuren. Die Rinde des Baumes war waagerecht ein ganzes Stück weit aufgerissen, und an den Rändern hafteten winzige schwarze Lackspuren. Das reichte als Bestätigung. Es konnte nicht anders sein. Die Männer mit dem schwarzen Pick-up und Horatio machten gemeinsame Sache. Ruth hätte sich selbst verfluchen können für das Vertrauen, das sie dem Historiker so leichtfertig entgegengebracht hatte, hätte ihre Gutgläubigkeit, ihre manchmal mehr als freundschaftlichen Gefühle für ihn gerne mit den Füßen in den Wüstensand gestampft, doch dafür war keine Zeit. Mit Horatio würde sie später abrechnen. »Ich fahre sofort los«, sagte sie.

Charly nickte und wandte sich zu den Stammesfrauen. Eine von ihnen trat vor, überreichte Ruth ein Päckchen mit

Proviant und einen prall mit Wasser gefüllten ausgehöhlten Kürbis, der mit Steppengras verschlossen war.

»Ich muss Ihnen zeigen, wo Ihr Wagen steht, Miss.« Charly winkte Ruth, ihm zu folgen. »Ich habe ihn gestern ein bisschen versteckt.«

»Du hast was? Meinen Wagen versteckt? Bist du Popeye oder so was?«

Charly sah sie verständnislos an. »Das macht man so in der Wüste«, erklärte er. »Autos sind selten und sehr begehrt. Ich habe den Wagen hinter eine Düne gefahren.«

»Du?«

»Ja, ich.«

»Wie alt bist du eigentlich? Und wo hast du fahren gelernt?«

Der Junge wölbte stolz den Brustkorb heraus. »Ich bin zwölf, und das Autofahren habe ich von dem Mann gelernt, der mich gestern mitgenommen hat. Ich habe einfach zugeschaut, wie er es gemacht hat. Und einmal sind wir in der Wüste liegengeblieben. Er hat das Auto repariert, und ich habe dringesessen und auf seine Anweisung Gas gegeben und so etwas.«

»Aha«, erwiderte Ruth fahrig.

»Nun kommen Sie, ich bringe Sie hin.«

Ruth hatte den Jungen bereits vergessen, noch ehe der in ihrem Rückspiegel verschwunden war. Wie der Teufel preschte sie durch die Namib. Sie fuhr stundenlang, ohne an Essen oder Trinken zu denken. Der Schweiß rann ihr in Strömen den Rücken hinab, stand ihr auf Stirn und Oberlippe, sammelte sich unter ihren Brüsten, doch Ruth achtete nicht darauf. Sand wehte durch die offenen Fenster, knirschte auf dem Lenkrand unter ihren Händen, zwischen ihren Zähnen. Sie

wich einer Herde Zebras aus, jagte an Springböcken und Antilopen vorbei, ohne ihnen einen Blick zu schenken.

Nach drei Stunden kochte das Wasser im Kühler, aber Ruth
hielt nur kurz an, schüttete das kalte Wasser aus dem hohlen
Kürbis hinein, füllte den Tank aus ihren Kanistern auf und
preschte weiter.

Der Sand brannte in ihren Augen, trocknete die Lippen aus,
doch das bemerkte Ruth nicht. Ein einziger Gedanke trieb sie
an: Sie musste ihre Großmutter finden, bevor es zu spät war.

Als sie den Hügel von Lüderitz erkannte, atmete sie auf. Sie
stoppte den Dodge vor der ersten Polizeistation und stürmte
hinein. »Margaret Salden ist diese Nacht entführt worden!«,
schrie sie. »Sie müssen auf der Stelle Suchtrupps losschicken.
Hören Sie nicht? Meine Großmutter ist verschwunden!«

Der Polizist hinter der Theke rührte sich nicht. »Nur langsam, Miss, aber dann mit einem Ruck. Überlegen Sie mal in
aller Ruhe, wer die alte Dame beerbt, dann wissen Sie auch,
wer sie entführt hat.«

Ruth wäre vor Wut beinahe über die Theke gehechtet.
»Das ist nicht lustig!«, brüllte sie den Mann an. »Es geht hier
um Leben und Tod, begreifen Sie das?«

»Na, dann wollen wir das einmal aufnehmen.« Der Mann
setzte sich an die Schreibmaschine, bot auch Ruth einen Platz
an und fragte dann ernst: »Name der vermissten Person?«

»Margaret Salden. Das sagte ich doch schon.«

»Salden? Den Namen habe ich schon mal gehört.« Er stand
auf, blätterte in einem Aktenordner, nickte schließlich. »Wusste
ich es doch. Hier: Salden, Margaret, vermisst seit 1904, wahrscheinlich nach Hamburg ausgereist.« Er wandte sich zu
Ruth um. »Sie kommen spät, mein Fräulein. Ihre Großmutter ist bereits seit fünfundfünfzig Jahren verschwunden. Und

304

jetzt sollen wir blitzartig ein Einsatzkommando starten?« Er lachte und drohte ihr scherzhaft mit dem Finger, als wäre sie ein Kind, das Ostern den Weihnachtsmann als vermisst meldet, weil die Geschenke vom Hasen zu klein waren.

»Sie ist erst gestern entführt worden. So glauben Sie mir doch. Mit einem schwarzer Pick-up, mitten in der Namibwüste. Sie hat dort gelebt, war die weiße Frau des Stammes. Sie müssen sie finden, bitte, ihr Leben steht auf dem Spiel.«

Der Polizist sah sie mitleidig an. »Waren Sie gestern zu lange in der Sonne, kleines Fräulein? Oder haben Sie getrunken? Sie können es mir ruhig sagen, es gibt nichts, das ich noch nicht erlebt habe. Vielleicht aus Liebeskummer, was?«

Ruth starrte den Polizisten mit offenem Mund an, dann verließ sie grußlos die Polizeiwache. Von diesem Beamten war ohne Zweifel keine Hilfe zu erwarten. Getrieben vom ohnmächtigen Verlangen, etwas tun zu müssen, aber nicht zu wissen, was, blieb sie eine Weile unschlüssig vor der Polizeistation stehen. Dann stieg sie in den Dodge und fuhr zum Hauptgebäude des Diamond World Trust. Wenn ihr jetzt noch einer helfen konnte, dann war das Henry Kramer.

Sie ließ sich beim Pförtner melden, und fünf Minuten später zeigte der Fahrstuhl an, dass jemand von oben herunterkam. Henry!

Henry breitete die Arme aus, als er sie sah. »Wo warst du nur? Wo bist du gewesen, meine Liebste? Ich habe die ganze Stadt nach dir abgesucht.« Er wollte sie in seine Arme ziehen, aber Ruth wehrte ihn ab.

»Später, Henry, später erzähle ich dir alles. Aber jetzt brauche ich deine Hilfe. Meine Großmutter ... Sie ist weg.« In hastigen Sätzen und nach Luft ringend berichtete Ruth, was geschehen war.

305

»Warst du schon bei der Polizei?«

»Ach, das kannst du vergessen!«

Henry nickte. »Ich werde sofort die Ranger des Nationalparks anrufen, damit sie die Augen offen halten. Dann die Diamantenhändler.« Er zog Ruth in seine Arme. Und Ruth, endlich nicht mehr allein, endlich mit Aussicht auf Hilfe, ließ es sich dieses Mal gefallen und begann zu weinen.

»Und ich? Was kann *ich* tun?«, schluchzte sie und fühlte sich hilflos wie ein Kind.

»Geduld musst du haben, Liebes. Am besten, du gehst in die Pension, in der du gewohnt hast. Ich melde mich bei dir, sobald ich kann. Soll ich dir einen Wachmann mitgeben, der auf dich aufpasst?«

»Nein, ich denke nicht, dass das nötig ist.« Auf einmal merkte sie, wie erschöpft sie war. Ihr Magen rumorte vor Hunger, der Durst hatte ihre Lippen rissig und spröde gemacht. Es drängte sie danach, etwas zu tun, aber sie wusste auch, dass Henry recht hatte. Im Augenblick konnte sie nichts tun. Sie ließ sich von ihm küssen und zurück zum Auto begleiten.

»Mach dir keine Sorgen, Liebes, ich tue alles, was in meiner Macht steht. Wir werden sie finden, du wirst sie wiedersehen, das verspreche ich dir.«

Ruth nickte und lächelte müde. »Was soll ich machen, wenn ich Horatio treffe?«, fragte sie. »Soll ich die Polizei rufen?«

»Nein, auf gar keinen Fall. Tu am besten gar nichts. Ruf einfach mich an. Hörst du? Mich! Hier, in der Firma. Meine Nummer hast du ja. Nicht die Polizei.« Henry Kramer hob die Hände. »Womöglich ist er auch für dich gefährlich. Wer weiß, was er vorhat. Immerhin bist du eine Mitwisserin, eine die weiß, was er plant und auch, welche Verbrechen er bereits begangen hat.«

Ruth fühlte sich mit einem Mal so kraftlos, dass sie es kaum schaffte, den Zündschlüssel zu drehen. Sie fuhr beinahe im Schritttempo zur Pension, war froh, dass sie ihr altes Zimmer wieder beziehen konnte. Dann fragte sie nach Horatio. Sie wusste nicht, ob sie sich wünschen sollte, ihn hier zu finden, oder ob es ihr lieber wäre, er wäre fort. In ihrem Kopf herrschte gähnende Leere, und ihr Herz hatte sich zu einem schmerzenden Klumpen zusammengezogen.

»Haben Sie sich nicht getroffen?«, fragte die Pensionswirtin.

»Nein. Wo denn auch?«

»Nun, er kam gestern, kurz nachdem Sie das Haus verlassen haben. Er sagte, er wolle mit Ihnen in die Wüste fahren. Eine Exkursion. Als ich ihm mitteilte, dass Sie schon weg sind, schien er erstaunt und antwortete: ›Sie wird wohl beim Truckstop auf mich warten.‹ Er hat sein Gepäck mitgenommen und ist bis jetzt nicht zurückgekehrt.«

Ruth dankte, schleppte sich nach oben in ihr Zimmer. Ihre Gedanken kreisten um Horatio. Sie war enttäuscht und traurig. Wie hatte Horatio sie nur so betrügen können? *Beinahe,* dachte sie, *beinahe hätte ich ihm ganz und gar vertraut.*

Zu erschöpft, um zu duschen, legte sie sich, wie sie war, aufs Bett und überlegte, was er wohl mit dem Stein vorhatte. Plötzlich richtete sie sich auf. Er würde den Stein verkaufen, sicher, aber bestimmt nicht in Namibia, sondern wahrscheinlicher drüben in Kapstadt, in Südafrika. Das Geld würde er ganz bestimmt der SWAPO vermachen. Die könnte damit eine richtige Organisation bilden, die in ganz Afrika für die Rechte der Schwarzen kämpfen würde. Es war viel wahrscheinlicher, dass Horatio sich nicht auf die Kraft eines Diamanten verließ, wohl aber auf die Kraft der Schwarzen.

Ruth stieß dieser Gedanke grundsätzlich nicht ab. Aber

warum hatte Horatio Margaret Salden entführt? Sie war eine alte Frau und würde ihm nichts nützen. Warum hatte ihm der Stein nicht gereicht? Ob es Margaret gutging? Ob sie genug zu essen und zu trinken bekam? Ruth weigerte sich, sich auszumalen, dass man ihrer Großmutter ein Leid antat. Auch wenn Davida Oshohas Enkel offensichtlich der Überzeugung war, die Saldens wären für Blut und Leid verantwortlich – das durften sie einfach nicht tun!

»Lieber Gott«, flehte Ruth. »Beschütze das Leben meiner Großmutter. Ich gebe auch die Farm auf, wenn es sein muss. Ich heirate Nath Miller oder gehe in die Stadt, aber bitte, lieber Gott, lass nicht zu, dass ihr etwas geschieht.«

Siebzehntes Kapitel

Es war schon spät, fast Abend, als Henry Kramer sich endlich in der Pension meldete.

Ruth hatte einige Zeit auf dem Bett gelegen, doch sie hatte keinen erholsamen Schlaf gefunden. Immer wieder war sie aus Albträumen hochgeschreckt. Träume, in denen Häuser brannten, Babys schrien und Diamanten im Mondlicht glitzerten. Einmal waren auch Horatio und ein schwarzer Pickup in ihren Traumgeschichten aufgetaucht. Als sie schließlich aufgewacht war, hatte Ruth sich noch zerschlagener gefühlt als zuvor. Sie war duschen gegangen, hatte eine Kleinigkeit gegessen, viel zu viel Cola und Kaffee getrunken. Dann war sie in ihrem Zimmer hin- und hergelaufen, hatte stundenlang am Fenster gestanden und in der unsinnigen Hoffnung, dort ihre Großmutter zu sehen, auf die Straße hinabgeblickt.

Am liebsten wäre sie durch Lüderitz gelaufen, hätte in jedes Haus, in jeden Schuppen, jede Werkstatt und jede Hütte geschaut, doch sie hatte Henry Kramer versprochen, die Pension nicht zu verlassen. Sie wusste, dass dies ihrer eigenen Sicherheit diente, und doch trieb alles in ihr hinaus.

Wieder und wieder ließ sie den Vortag Revue passieren. Nein, sie hatte Horatio nicht gesagt, was sie vorhatte, doch er war dabei gewesen, als der Junge den Weg zu seinem Dorf beschrieben hatte. Unterwegs hatte sie sich allein geglaubt. Nicht ein einziges Mal war in ihrem Rückspiegel ein anderer Wagen aufgetaucht. Nun, wahrscheinlich hatten Horatio und seine Mithelfer ihr einfach ein paar Stunden Vorsprung gelassen. Warum hatte sie in der Nacht nur so tief geschlafen? Wieso war sie nicht wach geworden, als man ihre Großmutter entführte? Warum hatte Margaret nicht geschrien, gerufen, Lärm geschlagen?

Kurz kam ihr der Gedanke, dass die Nama in der Wüste womöglich mit Horatio unter einer Decke steckten und ihr und Margaret etwas in die Getränke gemischt hatten, doch sie verwarf diesen Einfall sofort wieder. Mama Elo und Mama Isa hatten ihr immer wieder eingebläut, sich zu fragen, wem diese oder jene Situation von Nutzen sein könnte. »Egal, was du tust oder um was dich jemand bittet, frage dich immer, wem es nützt«, hatten sie gesagt.

Das Verschwinden der weißen Frau nützte den Wüstennama nicht. Sie waren mit ihrem Leben zufrieden, und Ruth hatte nicht den Eindruck, dass man sie mit Geld oder Häusern in der Stadt hätte locken können. Wieso also war die Entführung so still und unbemerkt vor sich gegangen? Hatte man ihre Großmutter betäubt? Mit Äther vielleicht? Und vor allem, wo war Margaret Salden jetzt?

Als Henry Kramer endlich an ihrer Zimmertür klopfte, schluchzte Ruth vor Erleichterung auf. Sie flog zur Tür, flog in seine Arme, hielt ihn ganz fest und barg ihr Gesicht an seiner Brust.

»Was hast du in Erfahrung gebracht?«, fragte sie ihn.

Er löste ihre Arme vorsichtig von seinem Körper und schüttelte den Kopf. »Leider nicht viel, das uns weiterhilft.«

»Kein Lebenszeichen von meiner Großmutter? Kein Hinweis? Keine Spur?«

»Nein, Liebes. Die Ranger haben nichts Auffälliges bemerkt, keinen Wagen, keine verdächtigen Personen. Auch den Diamantenhändlern ist nichts aufgefallen. Ich habe sogar noch einmal den Werkschutz angerufen, ob sich jemand unerlaubt im Diamantensperrgebiet aufgehalten hat, aber auch da: Fehlanzeige.«

»Und nun?« Ruth ließ die Arme hängen. Alle Hoffnung war versiegt. »Was tun wir jetzt?«

Henry drückte Ruth auf das Bett, setzte sich neben sie, hielt ihre Hand. »Ich habe doch etwas in Erfahrung gebracht, das womöglich hilfreich ist. Horatio ist den Behörden kein Unbekannter. Er hat beste Verbindungen zur SWAPO in Südafrika. In Windhoek hat es vor einigen Wochen einen Aufstand gegeben, bei dem bedauerlicherweise elf Menschen getötet wurden. Alles Schwarze.«

»Ich weiß«, flüsterte Ruth. »Ich war dabei. Ganz zufällig, auf dem Rückweg von der Farmersbank.«

»Ich habe mit dem Innenministerium in Kapstadt gesprochen. Dort liegen Informationen vor, die besagen, dass die Schwarzen eine Racheaktion für die elf Toten planen. Einige heimliche SWAPO-Mitglieder, darunter vielleicht auch der selbst ernannte Historiker Horatio Mwasube, sollen bereits mit der Planung befasst sein. Er gibt sich offenbar als Angestellter der Universität in Windhoek aus, aber das ist er im Grunde nicht; er arbeitet meist nur kleinere Aufträge ab. Er hat auch nie regulär in Windhoek studiert.«

»Horatio hat Abitur«, warf Ruth ein. »Außerdem hat er mir gegenüber nie behauptet, an der Universität eingeschrieben gewesen zu sein. Er ist dort als Hausmeister angestellt.« Sie hatte nicht vergessen, dass er von Schwierigkeiten gesprochen hatte, die ein Schwarzer an einer Universität hatte. Und auch nicht, dass sich bis heute kein Doktorvater für sein Projekt gefunden hatte.

311

Sie schüttelte den Kopf. »Was hat meine Großmutter damit zu tun, ob Horatio studiert hat oder nicht?«, fragte sie. »Im Augenblick ist mir wirklich gleichgültig, in wessen Diensten er steht. Ich möchte nur meine Großmutter zurück.«

»Begreife doch, Liebes. Alles hängt mit allem zusammen. Jetzt jedenfalls wird Horatio womöglich von der SWAPO in Südafrika bezahlt. Und es heißt, diese plant einen Aufstand der Schwarzen in Namibia.«

»Schön und gut, aber was hat meine Großmutter mit dem Aufstand der Schwarzen zu tun?«, wiederholte Ruth trotzig. »Warum in aller Welt hat Horatio sie entführt?«

»Warum wohl? Weil sie das ›Feuer der Wüste‹ hat. Eine Revolution, ein Aufstand kostet Geld, Liebes. Und die Armen mögen Stolz und Wut und Kraft haben, aber an Geld mangelt es ihnen nun einmal.«

»Sie hätten den Diamanten auch stehlen können, ohne Großmutter zu verschleppen. Es gibt einfach keinen Grund dafür, Henry.«

Kramer zuckte mit den Schultern. »Was weiß denn ich, was in den Köpfen der Schwarzen vor sich geht? Haben sie jemals logisch gehandelt? Du denkst wie eine Weiße und misst ihr Handeln an deinem Handeln. Aber ein schwarzes Gehirn funktioniert nun einmal anders.«

»Und was nun?«, fragte Ruth. Ihre Enttäuschung war so groß, dass sie regelrecht zusammensackte.

Henry lächelte und zog sie eng an sich. »Jetzt musst du erst einmal etwas essen. Dann sehen wir weiter. Ich habe noch einige Leute auf die Sache angesetzt. Später, am Abend, erwarte ich Neuigkeiten.«

»Also gehen wir raus?«, fragte Ruth, begierig darauf, endlich dieses trostlose Zimmer zu verlassen, begierig darauf, endlich etwas tun zu können, und sei es nur, auf der Straße die Augen aufzuhalten.

»Ja, ich habe einen Tisch für uns reserviert.« Er sah auf seine Uhr. »Aber wir haben noch ein bisschen Zeit für etwas anderes.«

Er zog Ruth in seine Arme und küsste sie lange und lustvoll. Seine rechte Hand griff nach ihrer Brust, streichelte sie.

Ruth stand der Sinn nicht nach einem Schäferstündchen, doch sie wagte es nicht, sich Henry zu widersetzen. Sein Kuss und sein Griff nach ihrer Brust waren fordernd. Außerdem hatte er so viel für sie getan, dass Ruth glaubte, ihm etwas schuldig zu sein. *Eine Hand wäscht die andere,* dachte sie und knöpfte ihre Bluse auf, obwohl sie sich insgeheim wünschte, er möge etwas feinfühliger sein.

Sie fuhren in ein Lokal, das nur wenige Straßenzüge vom Verwaltungsgebäude des Diamond World Trust entfernt lag. Ruth war entsetzt, wie lieblos, ja hässlich die Gastwirtschaft eingerichtet war. Halb verwelkte Blüten lagen als Dekoration auf den Tischen, sodass der ganze Raum wie eine Friedhofskapelle roch. Die Wände waren mit großblumigen grün-braunen Tapeten verziert, die eine düstere, beinahe bedrohliche Urwaldatmosphäre schufen. Selbst die Kellnerinnen trugen Schürzen mit floralen Mustern. Ruth fühlte sich wie lebendig begraben. Begraben unter einem Berg halbwelker Blumen und Kränze, erstickt vom Geruch des Vergänglichen.

Auf der Speisekarte fehlten – wie immer, wenn sie mit Henry ausging – die Preise, und die Gerichte trugen seltsame Namen: »Meister Lampe in Wildthymian«.

Zwar wusste Ruth sofort, dass mit »Meister Lampe« ein Hase oder ein Kaninchen gemeint war, doch die Vermenschlichung des Tieres ließ ihr die Haare zu Berge stehen. Sie war doch kein Kannibale!

Sie entschied sich schließlich für ein Lammgericht, das mit Lavendelblüten und orangeroter Kapuzinerkresse serviert wurde, mit grüner Minze belegt war und einfach nur »Lamm im bunten Rock« genannt wurde.

Henry lächelte, als er ihren verständnislosen Blick sah. »Das Auge isst mit, meine Liebe.«

»Ja, schon«, gab Ruth zu, »aber diese Lammkeule sieht aus, als stünde sie noch mitten auf der Weide. Ich hoffe, sie ist schon geschlachtet.« Mit der Gabel zupfte sie die Blüten vom Fleisch und drapierte sie unordentlich auf dem Tellerrand.

»Das kannst du alles mitessen«, teilte ihr Henry Kramer mit und spießte genüsslich ein Veilchen auf, steckte es zwischen die Zähne und kaute darauf herum.

»Ich weiß, dass man die Kräuter hier mitessen kann, aber gerade eben steht mir der Sinn nicht nach einer Lektion in ›Schulgarten zum Essen‹.« Ruth war unruhig. Sie hatte das Gefühl, sinnlos ihre Zeit zu verplempern. Zeit, in der sie besser ihre Großmutter suchte. Eine Dekoration aus essbaren Blumen war ihr im Augenblick so gleichgültig wie ein Strickmusterbogen.

Langsam füllte sich das Lokal. Henry grüßte nach rechts und nach links, und wie es sich gehörte, lächelte auch Ruth die fremden Frauen mit den kunstvoll hochtoupierten Haaren und den geschminkten Katzenaugen an, die so hübsch zur Einrichtung des Lokals passten. Gleichzeitig schlenkerte sie ungeduldig mit den Füßen.

»Was ist denn los mit dir, meine Liebe?«, fragte Henry, als Ruth bereits zum zweiten Mal sein Schienbein getroffen hatte. »Du solltest wirklich noch ein paar Bissen essen. Wer weiß, wann du das nächste Mal so etwas Gutes vorgesetzt bekommst.«

»Ich kann einfach nicht hier sitzen und mich verwöhnen lassen, während meine Großmutter da draußen womöglich sonst was durchmacht«, sagte Ruth leise.

Dieses Mal fiel Henrys Lächeln ein wenig schmaler aus, und Ruth fühlte sich sofort ein wenig undankbar. Es war immerhin nicht seine Schuld, dass der Tag beinahe vergangen war, ohne dass sie ihrer Großmutter einen Schritt näher gekommen war.

Ruth griff sich ins Haar, zupfte ein paar Strähnen zurecht. »Entschuldige bitte meine Gereiztheit. Ich kann einfach nicht gutgelaunt und entspannt sein, ohne zu wissen, was mit Margaret passiert.«

Henry nickte. »Das verstehe ich doch, meine Liebste. Und vor mir brauchst du dich gewiss nicht zu verstellen. Ich frage mich nur, ob deine Großmutter das ›Feuer der Wüste‹ bei sich hatte, als sie entführt wurde. Hast du in der Hütte danach gesucht?«

Ruth schüttelte den Kopf. »Ich bin sofort aufgebrochen, als ich erfuhr, dass sie verschwunden ist. Aber ich glaube nicht, dass sie den Diamanten einfach in ihrer Hütte unter dem Kissen versteckt hat. Er wird anderswo sein.«

»Und kannst du dir denken, wo?«

»Vielleicht hat sie ihn wirklich bei sich.«

»Ein guter Gedanke.«

Ruth schob ihren Nachtisch von sich, und auch Henry aß nur ein paar Löffel voll. »Ich habe heute einfach keinen Appetit. Mir geht es auch nicht anders als dir.« Er seufzte, sah kurz auf seine Uhr und winkte dann dem Kellner. »Wir sollten jetzt gehen.«

Aus seiner Brieftasche holte Henry einen großen Schein und steckte ihn unauffällig unter die Serviette des kleinen Silbertabletts. »Ich muss noch einmal ganz kurz zur Trust-Verwaltung. Ich brauche einen anderen Wagen. An meinem ist irgendetwas nicht in Ordnung. Auf dem Hinweg habe ich so ein merkwürdiges Geräusch gehört.«

»Dann rufe ich mir ein Taxi«, schlug Ruth vor. Sie spürte wieder die lähmende Müdigkeit, die sie ergriffen hatte, als sie in Lüderitz angekommen war, wusste aber gleichzeitig, dass eine tiefe Unruhe sie nicht schlafen lassen würde. Sie überlegte, ob sie noch einmal in das Viertel der Schwarzen gehen und sich dort umschauen sollte. Vielleicht hatte dort jemand etwas gesehen oder gehört. Irgendetwas musste sie doch tun können!

Henry sah sie prüfend an. »Es ist doch alles in Ordnung mit dir?«

»Aber ja, natürlich. Es war nur ein anstrengender Tag, und ich bin müde.«

»Ich fahre dich selbstverständlich in die Pension«, sagte Henry so laut, dass die Umsitzenden zu ihnen herübersahen. »Du solltest jetzt wirklich nicht allein unterwegs sein. Versprich mir, dass du in der Pension bleibst. Hörst du?« Er zog sie an sich, nahm ihr Gesicht in seine Hände und küsste sie vor aller Augen.

»Du hast recht«, sagte Ruth, nachdem er sie wieder losgelassen hatte. »Ich werde in der Pension bleiben. Ich kann allein ohnehin nichts ausrichten, auch wenn das Warten mich schier umbringt.«

Sie verließen das Lokal und fuhren schweigend zum Parkplatz des Firmengeländes, wo Henry seinen Wagen tauschen wollte.

»Für das, was ich morgen vorhabe, brauche ich einen größeren Wagen, und außerdem muss meiner ohnehin in die Werkstatt. Wir steigen also kurz um, und dann geht es auch sofort in deine Pension«, erklärte er. Er half Ruth aus dem Wagen, schloss das Mercedes-Cabriolet ab, nahm Ruth bei der Hand und steuerte auf einen schwarzen Pick-up zu.

Ruth zuckte zusammen, als sie die Marke des Wagens erkannte. Es war ein Chevrolet, ein schwarzer Chevy-Pick-up, ein Bakkie, wie ihn die Farmer fuhren. Sie beugte sich vorsichtig ein wenig nach vorn, um nach Kratzern Ausschau zu halten, die von einem Baum herrühren konnten, doch es war viel zu dunkel, um etwas zu erkennen.

»Ist das dein Auto?«, fragte sie und konnte ein leichtes Zittern in ihrer Stimme nicht unterdrücken.

Henry Kramer schüttelte den Kopf. »Es ist ein Firmenwagen. Um im Sperrgebiet gut durchzukommen, braucht man einen Wagen wie diesen, mit starkem Antrieb und Ladefläche.«

Obwohl ihr diese Erklärung einleuchtete, beschlich Ruth ein merkwürdiges Gefühl. Diesen Wagen hatte sie schon einmal gesehen, da war sie sich beinahe sicher.

Kaum waren sie eingestiegen, gab Henry Gas, als wäre der Teufel hinter ihm her. Er fegte über die Hauptstraße, ohne nach links und rechts zu schauen, und fuhr auch an der Seitenstraße zur Pension vorbei.

»Was hast du vor?«, fragte Ruth. »Wohin fahren wir?«

»Mir ist gerade eine Idee gekommen«, sagte Henry. »Es gibt einen verlassenen Stollen bei unseren Minen. Viele Arbeiter, auch ehemalige Arbeiter, kennen ihn. Er wurde schon des Öfteren als Versteck für Schmugglerware oder Diebesgut benutzt. Womöglich ist auch deine Großmutter dort.«

Ruth keuchte überrascht. Natürlich! Wo sollte man eine

alte Frau mit einem Diamanten besser verstecken als in einem alten Diamantenstollen? »Schnell, schneller!«, drängte sie Henry und rutschte unruhig auf ihrem Sitz hin und her.

Horatio fiel ihr ein. Ob er von einem solchen Stollen wusste? Oder dieser Enkel von Davida Oshoha?

Henry hielt den Wagen an einer Stelle, die so dunkel war, dass Ruth kaum die Hand vor Augen erkennen konnte. Aus der Ferne hörte sie das Meer rauschen.

»Wo sind wir? Sind wir am Stollen?«, fragte sie und erschrak, als sie merkte, wie schrill ihre Stimme in der Stille der hereinbrechenden Nacht klang.

»Ja.« Henry knipste eine Taschenlampe an, doch noch immer erkannte Ruth nichts, nur eine Landschaft mit aufgerissenem Bauch. Schwarz lag die Erde unter ihr, schwarz und sternenlos der Himmel darüber.

Wie zwischen Himmel und Hölle, dachte sie.

Henry nahm sie hart bei der Hand. »Komm!«

»Au, du tust mir weh«, beklagte sich Ruth.

»Ich werde dir gleich noch viel mehr wehtun.«

Ruth erstarrte. Sie glaubte, sich verhört zu haben. »Was? Was hast du gesagt?«

»Du hast mich schon richtig verstanden.« Seine Stimme klang auf einmal hart und feindselig. »Ich habe das Theater satt. Oder meinst du etwa, es hat mir Spaß gemacht, mich in der ganzen Stadt mit einem Moppel wie dir, einem ungezogenen Landei an der Hand, lächerlich zu machen?«

Ruth war wie vor den Kopf geschlagen. Sie stand ganz starr, unfähig, zu denken oder zu handeln. Ganz hinten in ihrem Bewusstsein aber wuchs der Gedanke, dass dies hier kein Spiel war, ganz hinten dämmerte ihr, dass Henry nicht der war, für den sie ihn gehalten hatte. Sie löste sich aus ihrer

Starre, trat nach ihm, wand sich, strampelte, schlug, doch er war stärker.

Er packte ihre Arme, riss ihr die Beine weg und schleuderte sie grob auf den Boden. Als Ruth aufschrie, lachte Henry nur höhnisch. »Schreie nur, so laut du kannst. Hier hört dich ja doch niemand. Keiner, kein Schwein, verstehst du? Und abhauen kannst du auch nicht. Alles hier ist voller Löcher. Bis zum Morgengrauen wärst du mit Sicherheit in einem ehemaligen Stollen verschüttet. Nicht, dass mir das leidtun würde. Aber noch brauche ich dich. Die Alte will das Geheimnis des Diamanten nicht rausrücken.«

»*Du?* Du hast meine Großmutter?« Ruth war so fassungslos, dass sie aufhörte, sich zu wehren, und es zuließ, dass Henry ihr die Hände auf dem Rücken fesselte.

Rüde zerrte er sie hoch und stieß sie vor sich her bis zum Eingang des Stollens.

»*Du!* Du hast also meine Großmutter entführt? *Du* warst das.« Ruth konnte es noch immer nicht fassen.

»Natürlich. Was dachtest du denn? Es war einfach, den kleinen Jungen abzupassen und ihn mit dem Auto zu seinem Stamm zu fahren. Ich habe ihn sogar ans Steuer gelassen. Er hat mir aus der Hand gefressen.«

»Charly?«

»Was weiß ich, wie das Balg heißt. Den Ranger des Nationalparks hat er mir jedenfalls abgenommen. Warum auch nicht, schließlich hatte ich mir extra dafür einen Wagen vom Nationalpark geborgt und mir eine Rangerjacke mit Aufnäher ausgeliehen.«

»Und er hat dir verraten, wer und wo meine Großmutter ist?«

»Hältst du mich für blöd? Der kleine Bastard ist vernarrt in

319

die Alte. Kein Wort hätte er mir gesagt. Kurz vor der Wasserstelle ist er aus dem Wagen gesprungen. Aber du hast mir von der Kette erzählt und auch, dass es an der Wasserstelle nach links abgeht.« Er lachte hämisch. »Du hast mir *alles* erzählt. Alles, was ich wissen wollte. Ohne dich hätte ich die Alte nie gefunden. Und als du dann auch noch kamst, musste ich nur noch warten. Du hast es mir wirklich leicht gemacht.« Er tätschelte ihr die Wangen. »Mein Liebes, niemand ist so echt wie du.«

Ruth spuckte ihm ins Gesicht. Sie hätte gern noch ganz andere Dinge mit ihm getan, aber die Fesseln hinderten sie daran. Sie riss ihr Bein hoch, um ihn zu treten, doch er wich geschickt aus.

»Oh, kleine Kratzbürste! Hätte ich das gewusst, hätte ich dich im Bett ein bisschen fester angepackt.« Er holte aus und schlug ihr so heftig ins Gesicht, dass Ruths Kopf nach hinten flog. »Versuch nicht noch einmal, mich zu treten!«, zischte er.

Ruth biss die Zähne aufeinander und funkelte Henry wütend an. »Jetzt verstehe ich auch, warum du heute Abend noch mit mir essen gehen wolltest. Du wolltest gesehen werden mit mir, am liebsten in trauter Zweisamkeit. Damit du, falls mein Verschwinden irgendwann ruchbar wird, nicht in Verdacht gerätst.«

Kramer lachte auf. »Ganz schön gerissen, was? Und wenn es je zu einer Suche nach dir kommen sollte, werde ich der Erste sein, der mit Tränen in den Augen nach dir ruft. Ich werde die Polizei, die Feuerwehr, wenn es sein muss, sogar die Armee in Bewegung setzen. Ich bin sicher, ich gebe einen hervorragenden trauernden Liebenden ab. Meinst du nicht auch? Ach ja, und es wird eine Menge Leute geben, die bezeugen können, dass du nicht ganz richtig im Kopf bist. Der Polizist zum Beispiel, bei dem du warst. Oder deine Pensionswirtin. Von den Leuten aus Gobabis ganz zu schweigen.«

Ruth keuchte. Was Henry sagte, war so ungeheuerlich, dass es ihr den Atem raubte. Und doch war alles ganz logisch. Wie blind war sie gewesen!

»Vorwärts jetzt. Du hattest recht, ich habe wirklich nicht viel Zeit. Eine Verabredung am Flusslauf. Du kannst dir sicher denken, wo. Ich darf nicht zulassen, dass der Champagner warm wird.«

Ruth hatte erwartet, dass diese Worte ihr wehtun würden, doch sie waren ihr merkwürdig gleichgültig. »Wo ist meine Großmutter?«

»Wart's ab, Baby. Du kannst ihr gleich in die Arme sinken. Und eines sage ich dir.« Henry Kramer kam so dicht an Ruth heran, dass sie seinen sauren Champagneratem riechen konnte.

Ruth drehte den Kopf weg, aber Kramer griff nach ihrem Kinn, drehte sie zu sich um. »Eines rate ich dir dringend, meine Liebe: Bring aus der Alten raus, wo der Klunker steckt, sonst wirst du es bereuen. Du weißt mittlerweile, dass mir nicht nach Späßen zu Mute ist.«

Ruth biss die Zähne aufeinander und schüttelte den Kopf. »Eher sterbe ich.«

»Ganz wie du willst. So schnell vermisst euch keiner. Außer mir natürlich. Für die Behörden ist die Alte schon lange tot. Und du? Es wird lange dauern, bis man eure Leichen in der alten Mine findet. Und ob man sie dann noch identifizieren kann, ist doch mehr als fraglich.«

Ruth lachte gequält. »Und wenn wir dir sagen, wo der Diamant ist, dann lässt du uns gehen? Machst uns noch Proviant für unterwegs, was? Und steckst ein paar Flaschen Cola in

321

eine Kühltasche? Ich bin zwar vom Land, aber lange nicht so dumm, wie du glaubst. Nie wirst du erfahren, wo das ›Feuer der Wüste‹ ist, denn töten wirst du uns so oder so.«

Kramer zuckte lässig mit den Schultern. »Na gut, vielleicht gelingt es dir tatsächlich, den Mund zu halten. Aber wenn ich dir vor den Augen deiner Großmutter jeden Finger einzeln breche, wenn sie dich schreien hört und bluten sieht, meinst du, sie schweigt dann noch?«

Ruth knirschte mit den Zähnen. Sie bebte vor Wut, ihr ganzer Körper zitterte. *Ich werde ihn töten*, dachte sie. *Sobald ich die Gelegenheit habe, werde ich ihn töten. Ganz langsam, damit er auch etwas davon hat.*

»Los jetzt, komm weiter.« Er packte sie grob an der Schulter und stieß sie vor sich her, bis sie den Eingang des Stollens erreicht hatten.

Es war dunkel, denn hier reichte auch der Strahl der Taschenlampe nicht mehr aus, um die Umgebung kenntlich zu machen. Ruth roch die schwere Erde, fühlte die Kühle und Feuchtigkeit.

»Nach links jetzt, aber dalli!«

Ruth stolperte, fiel hin, wurde grob von Kramer auf die Füße gezogen. »Ungeschickter Dorftrottel«, schimpfte er. »Ich hoffe nur, meine Sachen sind jetzt nicht verdreckt. Ich möchte nicht wie ein Schmutzfink zu meinem Rendezvous kommen.«

»Dann solltest du dir vorher noch einmal die Zähne putzen«, presste Ruth hervor und handelte sich dafür eine weitere Maulschelle ein.

Dann weitete sich der Gang, bildete eine Nische. Kurz leuchtete Kramer mit der Taschenlampe die Grotte ab.

Als Ruth ihre Großmutter in einer Ecke entdeckte, atmete

sie trotz ihrer misslichen Lage auf. Im selben Moment stieß Kramer sie abrupt in die Ecke, sodass Ruth neben ihrer Großmutter landete. Dann nahm er einen Strick und band ihr mit ihm die Füße so zusammen, dass sie sich kaum rühren konnte.

»Ich wünsche den Damen eine angenehme Nachtruhe«, sagte er hämisch. Dann erlosch das Licht der Taschenlampe, Schritte entfernten sich, und wenig später war Henry Kramer verschwunden.

»Großmutter, wie geht es dir?«

»Es geht mir gut, mein Kind.«

»Gott sei Dank!« Ruth wand sich in ihren Fesseln und drehte sich ein wenig zur Seite. Als sich ihre Augen langsam an die Dunkelheit gewöhnten, konnte sie die Umrisse Margaret Saldens wenigstens erahnen. »Geht es dir wirklich gut?«

»Es ist ein bisschen kühl hier drinnen, aber ansonsten bin ich in Ordnung.«

Ruth spürte den Atem ihrer Großmutter auf ihrer Wange. »Ich hole uns hier raus, das verspreche ich dir.«

»Nein, Kind. Es ist zu spät. Zumindest für mich. Ich werde ihnen sagen, wo der Stein ist, aber erst, wenn sie dich gehen lassen.«

»Sie werden dich sicher töten, sobald sie den Diamanten haben.«

»Ich weiß das. Sie wollten mich schon vor fünfundfünfzig Jahren töten. Gott hat mir diese Zeit geschenkt. Und ich werde mich seines Geschenkes würdig erweisen, indem ich dein Leben rette.«

»Nein«, flüsterte Ruth. »Nein, das darf nicht sein! Ich habe dich doch gerade erst gefunden. Nein, so grausam kann Gott nicht sein.«

»Gott hat damit nichts zu tun, mein Liebes«, flüsterte ihre Großmutter liebevoll.

Nebeneinander saßen die beiden Frauen auf dem Boden, die Rücken an die Wand gelehnt. Ruth spürte bald, wie ihr die Glieder klamm und später taub wurden. Sie hatte jegliches Gefühl für die Zeit verloren. Ihre Gedanken standen still, und doch hatte Ruth den Eindruck, dass alles in ihrem Kopf sich drehte. Zwanghaft überlegte sie, was sie jetzt tun sollte, doch ihr fiel nichts, aber auch gar nichts ein. Sie saß gefesselt neben ihrer Großmutter in einem verlassenen Stollen, hatte keine Möglichkeit, sich zu befreien. Und so viel sie auch grübelte, es gab wohl nichts, das sie beide retten konnte.

»Wo ist der Stein?«, fragte Ruth.

»Es ist besser, wenn du es nicht weißt, mein Kind.«

»Also hast du ihn noch? Kramer hat wohl deine Hütte durchsucht und nichts gefunden, wenn ich ihn richtig verstanden habe.«

Margaret Salden lachte leise. »Wo er jetzt ist, ist er sicher. Das kannst du mir glauben, mein Kind.«

Ruth versuchte, sich ein wenig aufzurichten, doch die Fesseln saßen zu fest. »Ich bin hier mit dir in einer verlassenen Mine. Vielleicht werden wir beide sterben. Erklär mir doch wenigstens, wofür ich sterben muss. Ich will es wissen, will alles wissen.« Ruths Worte klangen entschlossen. Sie war bereit zu kämpfen, auch wenn der Kampf aussichtslos war. Und er begann damit, da war sich Ruth sicher, dass sie die Wahrheit erfuhr. Die ganze Wahrheit.

»Also gut.« Margaret Salden seufzte. »Es ist wohl zu spät, um dich zu schützen. Ich habe den Stein im Meer versenkt. Auf der Höhe der Halifaxinsel vor Lüderitz. Dort, wo es von Haien nur so wimmelt.«

»Aber dann hast du den Nama die Gottheit genommen, hast ihre Seele den Haien zum Fraß vorgeworfen.« Ruth war fassungslos.

»Nein, Kind, so ist es nicht. Ich habe unter den Nama gelebt. Sie haben ihre Seele nie verloren. Das ›Feuer der Wüste‹ aber hat genug Unheil über sie, über uns alle gebracht. Dein Großvater musste für diesen Stein sterben, meine Tochter ist seinetwegen ohne Mutter und Vater aufgewachsen. Der Stein ist nur ein Stein. Nichts weiter.

Die Seele der Nama wohnt in ihnen selbst, in ihren Ritualen, ihren Geschichten und Mythen. Dass der Stein die Seele der Nama beinhaltet, ist eine Legende, die ein Stammeshäuptling in die Welt gesetzt hat, um die Unruhen unter seinen Leuten zu unterbinden. Er hat ihnen mit der Macht des Steines gedroht. Die wahren Götter der Nama sind jedoch andere. Es ist schon lange an der Zeit, mit diesem bösen Märchen und all dem Aberglauben aufzuhören. Die Nama haben inzwischen gelernt, dass sie keinen Stein brauchen, der ihre Seele hütet. Sie tragen ihre Seele in der Brust.

Ich habe nicht ohne das Wissen und das Einverständnis der Nama gehandelt, sondern mit ihnen zusammen. Der Häuptling und sein Sohn haben mich auf das Meer hinausgerudert. Es war auch ihr Wille, dass der Stein an einem Ort ruht, wo niemand mehr um seinetwillen Blut vergießen wird.«

»Dann wissen also auch die Nama, bei denen du lebst, wo der Stein ist?«, fragte Ruth weiter.

Margaret Salden schüttelte den Kopf. »Das Meer ist groß und weit. Niemand weiß mehr, wo genau das ›Feuer der Wüste‹ sich befindet. Das Wasser des Meeres hat das Feuer gelöscht.«

Ruth lachte leise.

»Was ist, mein Kind?«

»Ich bin glücklich«, flüsterte Ruth. »Es ist verrückt, doch obwohl ich hier mit dir in einer Höhle gefangen bin, bin ich auf einmal glücklich. Und weißt du auch, warum? Weil du nichts Schlimmes getan hast. Du hast das Beste gewollt und in diesem Wissen gehandelt. Das Beste für die Schwarzen und die Weißen. Und du hast nicht gegen die Schwarzen gehandelt, sondern mit ihnen.« Ruth schüttelte den Kopf, lachte über sich selbst.

»Trotzdem habe ich vieles falsch gemacht«, erwiderte Margaret Salden. »Sonst wären wir nicht hier.«

»Psst!«, flüsterte Ruth und tastete nach dem Unterarm ihrer Großmutter. »Ich habe etwas gehört. Und einen Lichtschein habe ich auch gesehen.«

»Ach was«, beschwichtigte die alte Frau. »Du wirst müde sein. Wir sollten schlafen, unsere Kräfte sammeln. Wir werden sie dringend brauchen, wenn Kramer zurückkommt.«

Achtzehntes Kapitel

Die Nacht war furchtbar kalt. Feuchtigkeit kroch in Ruths Kleider und von dort ihren Körper hoch, ließ ihre Knochen erstarren.

Margaret klapperte mit den Zähnen. Ruth konnte deutlich spüren, dass die alte Frau vor Kälte zitterte. Am liebsten hätte Ruth sie in den Arm genommen und mit ihrem Leib gewärmt, doch die Stricke hinderten sie daran, sich von ihrem Platz auch nur wenige Zentimeter wegzubewegen. Stundenlang hatte Ruth vergeblich versucht, sich von den Handfesseln zu befreien. Sie hatte an ihnen gezerrt, hatte einen Stein ertastet, gegen den sie die Fesseln reiben konnte, doch alles, was sie dabei zerstört hatte, war die Haut ihrer Handgelenke gewesen. Nun schmerzten ihre Hände, und neben ihr fror die alte Frau erbärmlich, lag wie sie selbst hilflos auf dem Boden, unfähig, irgendetwas zu tun.

Ruth stiegen die Tränen in die Augen. Und obwohl sie fest entschlossen war, tapfer zu sein, keine Schwäche zu zeigen, konnte sie ein Schluchzen nicht unterdrücken.

»Nicht weinen, Kind«, sagte ihre Großmutter leise. »Tränen kosten Kraft. Spar sie dir auf. Der richtige Zeitpunkt zum Weinen wird erst noch kommen. Jetzt aber sollten wir singen.«

»Was?«, fragte Ruth fassungslos. Hatte ihre Großmutter vor Kälte womöglich den Verstand verloren? »Wie bitte? Wir sollten *singen?* Verzeih, aber danach ist mir wirklich nicht.«

»Probier es aus, mein Kind. Du wirst sehen, es hilft dir.«
Und schon stimmte Margaret mit brüchiger Altfrauenstimme
ein Lied an, das Ruth noch nie gehört hatte. Es war ein deut-
sches Lied, schwermütig und dunkel. Es handelte von einer
Frau auf einem Felsen, die ihr Haar kämmte und damit die Fi-
scher in den Tod lockte.

Als Margaret danach ein Lied sang, das Ruth kannte,
schmetterte diese so laut sie konnte mit, um ihrer Großmutter eine kleine Freude zu machen: »Die Gedanken sihind
frei, wer kann sie erraten, sie fliegen vohorbei wie nächtliche
Schatten. Kein Mensch kann sie hören … Ich denke, was ich
will und was mich erquicket …«

Und Ruth merkte, wie ihr leichter wurde, wie ihr Wille,
ihre Kraft zurückkamen.

Als Ruth und Margaret irgendwann wieder aufwachten, war
es in der Grotte immer noch so dunkel, dass sie nicht sagen
konnten, ob es noch Nacht war oder ob draußen bereits die
Sonne schien.

»Wie geht es dir?«, fragte Ruth.

»Es geht mir gut, mein Kind. Mach dir keine Sorgen. Alles
kommt wieder in Ordnung.«

Dann schwiegen sie. Ruth hatte Durst. Obwohl die Feuchtigkeit ihre Kleidung durchdrungen hatte, war ihre Kehle trocken. Sie hätte viel gegeben für einen Schluck Wasser, beinahe
alles für eine gekühlte Cola. Doch beides war unerreichbar.
Mit einem Mal überfiel Ruth Angst. Was war, wenn Kramer
nicht wiederkam? Würde er sie einfach hier allein in der Dunkelheit lassen – ohne Essen, ohne etwas zu trinken, bis sie
starben? Es schüttelte sie bei dem Gedanken, ihre Großmutter neben sich sterben zu sehen, selbst sterben zu müssen.

Eilig verwarf sie ihren gruseligen Einfall und zwang sich zur Ruhe. Kramer würde zurückkommen. Er wollte den Diamanten. Er musste zurückkommen, um zu bekommen, was er wollte.

»Erzähl mir von Rose. Wie war ihr Leben?«, hörte Ruth ihre Großmutter fragen. Ruth begriff, dass sie reden musste, um in dieser Höhle nicht wahnsinnig zu werden. Und sie erzählte. Sie sprach über Rose, über Mama Elo und Mama Isa und sogar über Corinne und deren Familie. Sie erzählte auch von den Schafen und Rindern, von den Nachbarn, den alten Bekannten.

Und während Ruth redete, dachte sie an Horatio. Wenn er sie nicht verraten hatte, wo war er dann? Hatte er sie nicht vermisst? Und was hatten die anderen Schwarzen vorgehabt? Oder gab es die gar nicht? War der schwarze Pick-up vielleicht immer nur der von Kramer gewesen? Doch nein, das konnte nicht sein. Kramer hatte nicht wissen können, dass Ruth und Horatio sich gemeinsam auf den Weg nach Lüderitz gemacht hatten. Oder doch? Immerhin hatte er von den elf Toten in Windhoek gehört, und er hatte von seinen Kontakten zu den südafrikanischen Regierungsbehörden gesprochen, unter deren Verwaltung Namibia stand. Aber nein, das war zu weit hergeholt.

Ruth wurde schmerzlich bewusst, dass sie in der letzten Zeit nicht besonders nett zu Horatio gewesen war. Womöglich war er bereits zurück nach Hause gefahren, zutiefst enttäuscht über ihr schlechtes Benehmen und die kläglichen Ergebnisse seiner Forschungsarbeit. Ruth seufzte. Der Gedanke, dass Horatio nun vielleicht schlecht über sie dachte, bekümmerte sie. Sie bereute ihre Bissigkeit, an der zweifellos Henry Kramer schuld gewesen war. Und sie war so naiv gewesen – ein Landei, eine Gotcha, die es einfach nicht besser gewusst hatte.

Sie hatte die Gedanken noch nicht zu Ende gebracht, als sie den Strahl einer Taschenlampe erblickte. »Er kommt wieder«, flüsterte Ruth und lauschte auf die Schritte, die sich rasch näherten.

»Guten Morgen, die Damen, ich hoffe, Sie haben wohl geruht.«

Der Strahl der Taschenlampe traf Ruth mitten ins Gesicht. Sie schloss die Augen.

»Liebling, du siehst etwas zerrupft aus.« Henry Kramer lachte spöttisch. »Hattest wohl keine Zeit, ein Bad zu nehmen. Nun denn. Ich habe Kaffee mitgebracht. Der wird eure Lebensgeister schon wecken.«

Er stellte die Taschenlampe so auf den Boden, dass sie die Grotte spärlich erhellte. Dann holte er aus einem Beutel eine Thermoskanne, füllte deren Kappe mit Kaffee und hielt sie Margaret an die Lippen. Die alte Frau trank, und Ruth erkannte, wie sich ihr Gesicht sogleich belebte.

Dann trank auch sie. Kramer hielt ihr den Kaffee so ungestüm vor den Mund, dass er sie bekleckerte. »Ich nehme nicht an, dass dich der eine Fleck besonders stören wird«, sagte er kurz. »Deine Sachen sind ohnehin hinüber.«

Er packte die Thermoskanne wieder in seine Tasche. Dann löste er den Frauen die Fußfesseln, zog zuerst Ruth, dann auch Margaret auf die Beine und stieß sie vor sich her durch den dunklen Gang.

Ruth hatte gefürchtet, ihre Großmutter könnte nach den Anstrengungen Mühe haben, sich auf den Beinen zu halten, doch die alte Frau ging aufrecht und gerade, als hätte sie in einem weichen Bett geschlafen.

330

Als sie am Ende des Tunnels ins Tageslicht traten, schlossen die Frauen für einen Moment geblendet die Augen.

»Los jetzt, zum Auto! Und denkt nicht daran, ungehorsam zu sein. Weit und breit ist kein Mensch! Wenn ich wegfahre, kommen die Geier und sonst niemand«, herrschte Kramer sie ungeduldig an.

»Wohin fahren wir?« Ruths Stimme klang kratzig, als hätte die Feuchtigkeit sich auf ihre Stimmbänder gelegt.

»Das habt ihr beiden gestern Abend doch selbst festgelegt.« Er lachte, und dieses Mal klang sein Lachen höhnisch. »Wir fahren zur Halifaxinsel. Dort werdet ihr nach dem Diamanten tauchen.«

Ruth lachte auf. »Das ist nicht dein Ernst, oder? Du hast uns belauscht?«

»Natürlich habe ich das. Was denn sonst? Nur aus diesem Grunde habe ich euch beide alleingelassen. Ich wollte euch beiden Hübschen die Gelegenheit geben, euch gegenseitig das Herz auszuschütten. Und siehe da. Das war doch eine hervorragende Idee.«

»Das ist doch Wahnsinn!«, warf Ruth ein. »Es wimmelt dort von Haien. Kein Mensch geht da ins Wasser.«

Henry Kramer zuckte gleichgültig mit den Schultern. »Ich habe mir die Stelle nicht ausgesucht.«

»Der Diamant kann unmöglich noch dort sein. Das Meer wird ihn weggetragen haben. Wer weiß, wo er jetzt ist. Vielleicht schon kurz vor Europa.« Ruth hatte das Gefühl, um ihr Leben reden zu müssen. Doch Henry Kramers Gesicht war verschlossen wie eine Auster. Nur in seinen Augen glimmte es, und Ruth erkannte, dass jedes Wort sinnlos war. Er hatte sämtliche Gefühle ausgeknipst.

»Nun, dann hoffe ich, dass eure Lungen genügend Volumen

331

haben. Ohne das ›Feuer der Wüste‹ jedenfalls kommt ihr nicht zurück an Land. Und jetzt los! Ich habe nicht vor, euch beiden meine Pläne zu erörtern.« Er stieß die beiden Frauen grob ins Auto.

Ruth sah sich nach allen Seiten um, um ihre Möglichkeiten auszuloten. Bis zum Horizont nichts als aufgerissenes Land. Es käme einem Selbstmord gleich, hier die Flucht zu wagen. Hier draußen war niemand, niemand würde hierherkommen, und sie hatten keine Chance, durch das Gelände zurück in die Stadt zu finden.

»Mach uns die Fesseln los«, bat Ruth. »Unsere Arme sind eingeschlafen. Wie sollen wir tauchen, wenn uns der Körper nicht gehorcht?«

Kramer lachte auf. »Was glaubst du, was du alles kannst, wenn du nur musst.« Er drückte die Frauen nebeneinander auf die Rückbank, gab Gas und fuhr los.

Sie preschten durch das Diamantensperrgebiet. Hier und da gammelten im Veld rostige Werkzeuge vor sich hin. Ein alter Aufzug lag wie ein totes Tier neben der halb zugewachsenen Pad. Nicht einmal Zebras, Springböcke oder Antilopen gab es, einzig in der Luft kreisten große Vögel mit ausladenden Schwingen und gaben krächzende Geräusche von sich.

Ruth fröstelte. Wieder stieg Ärger in ihr auf. Ärger, der sich rasch in Wut verwandelte. *Totes Land,* dachte sie. *Alles, was wir Weißen den Schwarzen gebracht haben, ist totes Land.*

Irgendwann verließen sie die halb überwucherte Pad und bogen auf eine geteerte Straße ein. Hier kamen ihnen hin und wieder Fahrzeuge entgegen, wahrscheinlich die ersten Leute, die zur Arbeit fuhren. Doch niemandem fiel auf, dass mit dem schwarzen Pick-up etwas nicht stimmte.

Ruth betrachtete die Innenseite der Hintertür und starrte

den Türöffner an. *Vielleicht ist es möglich, sich aus dem fahrenden Wagen zu werfen,* überlegte sie kurz. Doch sie verwarf den Gedanken, bevor sie ihn zu Ende gedacht hatte. Ihre Hände waren noch immer gefesselt und die Handgelenke vor Schmerz ganz taub. Ohne sich auf dem Boden abfangen zu können, hatte sie kaum eine Chance, den Sturz aus dem fahrenden Wagen zu überleben.

Sie warf einen Blick auf Henry Kramer, der schweigend weiterfuhr. Gestern noch hatte sie geglaubt, ihn zu lieben – und von ihm geliebt zu werden. Und heute? Er hatte die Kiefer fest aufeinandergepresst, sein Kinn wirkte hart und kantig, und auch die Lippen hielt er schmal zusammen. Er fuhr konzentriert, doch hin und wieder strich er sich nervös über die Stirn und verriet damit, unter was für einer Anspannung er stand.

»Du willst den Diamanten nicht für dich, habe ich recht?«, fragte sie. »Für wen willst du ihn? Wem bist du etwas schuldig? Wem willst du etwas beweisen?«

»Halt den Mund, dumme Gans!«, rief er und gab Vollgas, sodass die Frauen zurück ins Polster gedrückt wurden. »Halt den Mund und wage es nicht, über meinen Vater zu sprechen.«

Ruth hatte Henrys Vater mit keinem Wort erwähnt, doch jetzt ahnte sie, wer oder was ihn antrieb. Noch so ein Mensch, der es seinen Eltern beweisen musste. Sie sah aus dem Fenster. Sie hatten mittlerweile Lüderitz erreicht. Es war noch sehr früh am Morgen, viel früher, als Ruth in der Grotte geglaubt hatte. Ein paar Arbeiter schlurften mit vor Müdigkeit grauen Gesichtern in Richtung der Diamantenmine. Bauern mit Eselskarren waren auf dem Weg zum Markt. Fenster wurden aufgerissen, Betten ausgelegt. Eine Frau goss die Blumen

333

in ihrem Vorgarten, ein Stück weiter räkelte sich eine Katze. Die Bäckereien zogen ihre Eisengitter hoch, ein Lkw lud vor einem Kiosk Zeitungsstapel ab.

Einmal meinte Ruth, in einer Seitenstraße ihren Dodge zu sehen, ein Mann saß hinter dem Steuer. Doch die Sonne fiel so, dass sie sein Gesicht nicht sehen konnte. *Wahrscheinlich habe ich mich wieder einmal geirrt. In Lüderitz gibt es wohl nicht nur zahlreiche schwarze Chevys, sondern auch mehr als einen Dodge*, versuchte sie sich einzureden. Sie drehte sich noch einmal um, um dem Dodge nachzusehen. Er fuhr in einigem Abstand hinter ihnen her. Aber sie musste sich ohnehin getäuscht haben. Schließlich lag der Schlüssel des Wagens in ihrem Zimmer in der Pension.

Margaret hatte während der ganzen Fahrt geschwiegen, jetzt wandte sie sich doch an Kramer. »Ruth hat recht, nicht wahr?«, fragte sie. »Sie wollen den Stein nicht für sich. Ihr Vater hat Sie geschickt. Er hat Sie unter Druck gesetzt, hat Ihnen gesagt, dass Sie ein Versager sind, wenn Sie das ›Feuer der Wüste‹ nicht zu ihm bringen. Aber das stimmt nicht, junger Mann. Warum holt sich Ihr Vater den Stein nicht selbst? Warum schickt er Sie vor?«

»Schnauze!«, brüllte Henry Kramer und riss den Wagen zur Seite. »Schnauze, da hinten! *Shut up!*«

Ruth und Margaret sahen sich kurz an. Sie hatten offensichtlich Kramers Achillesferse gefunden. »Erzählen Sie mir von Ihrem Vater«, ergriff Margaret erneut das Wort. »Wie ist er? Sind Sie ihm ähnlich? Und was ist mit Ihrer Mutter?«

»Das geht dich gar nichts an, Alte!«, brüllte Henry. »Halt endlich die Schnauze!« Aber dann, als sie an einer Straßenkreuzung warten mussten, begann er doch zu sprechen: »Meine Mutter! Sie war schwach, hat alles gemacht, was der

334

Alte gesagt hat. Er hat sie betrogen, hat seine Weiber mit in unser Haus gebracht, und meine Mutter hat für sie die Betten frisch bezogen und ihnen auch noch das Frühstück gemacht.«

»Und Sie, junger Mann?«

Er zuckte mit den Schultern. Die Kreuzung war frei, sie fuhren weiter. »Ich? Ich war wütend auf ihn, aber ich habe nichts gewagt. Bettnässer war ich bis zum Schuleintritt, und der Alte hat mich deswegen ausgelacht. Einmal hat er das nasse Laken über einem Glas ausgewrungen und mich dann gezwungen, die eigene Pisse zu trinken.«

»Und?«, fragte Margaret Salden vorsichtig weiter. »Haben Sie sie getrunken?«

Ruth staunte, wie einfühlsam ihre Großmutter Henry Kramer zum Sprechen gebracht hatte.

»Was hätte ich denn machen sollen? Herrgott, ich war sechs Jahre alt. Gekübelt habe ich danach. Über sieben Beete und mir den Mund danach mit Seife auswaschen müssen.« Er trat auf das Gaspedal, als wolle er den Wagen für seine traurige Kindheit bestrafen.

»Das muss sehr hart für Sie gewesen sein. Ich kann gut nachfühlen, dass Sie jetzt das Bedürfnis haben, Ihrem Vater etwas zu beweisen.«

Henry Kramer sagte nichts, doch er nickte.

Sie näherten sich inzwischen dem Hafen, bretterten an Lagerhallen und Containern vorbei. Am Kai lagen nur wenige Schiffe, und von denen stammten die meisten aus dem Ausland. Es waren zwar auch hier einige Menschen unterwegs, und doch war sich Ruth sicher, dass von ihnen keine Hilfe zu erwarten war. Warum sollte sich ein Matrose aus Gdansk oder Dublin auch um zwei weiße Frauen in Namibia kümmern?

Am Ende der Hafenstraße hielt Kramer den Wagen an. Er

stieg aus, schloss die Türen ab und verschwand in einer brüchigen Hütte.

Ruth rückte ihr Gesicht so nahe wie möglich ans Fenster, um das Schild vor der Hütte lesen zu können. »Motorbootverleih und Taucherausrüstungen«, entzifferte sie mühsam die teilweise abgeblätterten Buchstaben. »Oh mein Gott! Was hat er vor? Will er etwa ein Boot leihen? Hat er tatsächlich vor, jetzt raus zur Halifaxinsel zu fahren? Können wir ihn denn nicht stoppen? Was er vorhat, ist doch Wahnsinn!«

Margaret Salden zuckte schicksalsergeben mit den Schultern. Sie war so blass, ihre Augen so tief umschattet, dass Ruth sich um sie sorgte. »Gibt es etwas, das ich für dich tun kann?«, fragte sie.

»Mit mir ist alles in Ordnung. Aber wie geht es dir?«

»Ich habe Angst«, gab Ruth mit zitternder Stimme zu. »Er wird mich zum Tauchen zwingen. Ich kann gut schwimmen, aber ich fürchte mich vor den Haien.« Ihre Worte klangen fremd in ihren Ohren. Die Angst hatte sich wie ein Felsbrocken auf ihre Brust gelegt, drückte ihr die Luft ab.

Neunzehntes Kapitel

Horatio schwitzte. Trotz der drückenden Hitze hatte er eine lange schwarze Hose und ein langärmeliges schwarzes T-Shirt angezogen, denn ein Mann seiner Hautfarbe war am unauffälligsten, wenn er schwarze Sachen trug. Horatio hatte das bereits am eigenen Leib erlebt. In Windhoek hatte in einer Sommernacht – er war gerade aus der Bibliothek gekommen – einmal ein Fahrrad an der Ampel gestanden, einfach nur ein Fahrrad. Er hatte sich damals sehr gewundert, wie dieses Fahrrad einfach so hier stehen konnte. Doch als er näher kam, erkannte er, dass es sehr wohl auch einen Fahrradfahrer gab, einen schwarzen Mann in schwarzer Kluft. Er hatte an diesem Abend sehr über sein Erlebnis gelacht und sich gefragt, warum Weiße in weißen Kleidern vor weißen Wänden nicht unsichtbar würden.

Jetzt hockte er hinter der Hütte des windigen Bootsverleihers am Hafen, der an alle und jeden Boote und Ausrüstungen verlieh, ohne viel zu fragen. David Oshoha lag an seiner Seite, blass und angespannt, aber zu allem bereit.

Horatio fragte sich, was um Himmels willen Kramer bei dem Bootsverleiher wollte, aber diese Frage hatte er sich in den letzten Tagen schon viel zu oft gestellt, ohne eine Antwort zu finden. Er entdeckte Ruth hinter der Scheibe des Pick-up und ballte die Faust. Sie sah so müde aus, so blass.

Vorgestern Früh hatte er endlich mit ihr sprechen wollen. Ganz in Ruhe, ganz ausführlich. Er hatte viel gearbeitet in den beiden Tagen zuvor, hatte Dinge ans Licht gebracht, von denen er nicht zu träumen gewagt hatte. Aber er hatte auch Dinge erfahren, die ihm Angst machten. Angst um Ruth. Ob sie seinen Brief gelesen hatte?

Dass sie jetzt in Kramers Wagen saß, sprach nicht dafür. Er jedenfalls hätte am liebsten direkt Alarm geschlagen, als er ihr Zimmer in der Pension verlassen vorgefunden hatte und auch der Dodge vom Parkplatz verschwunden gewesen war. Er war sofort hinunter zur Pensionswirtin gelaufen, doch auch die hatte nichts über Ruths Verbleib gewusst. Und dann war da noch der Enkel von Davida Oshoha, den er in Lüderitz getroffen hatte. Horatio hatte schon lange bemerkt, dass Ruth und er verfolgt wurden. Bereits in Keetmanshoop hatte er den schwarzen Wagen entdeckt und darin David Oshoha erkannt. Er hatte Ruth nichts davon gesagt, um sie nicht zu beunruhigen, denn er wusste, dass David ein Feuerkopf war, ein Mann mit guten Überzeugungen und Idealen zwar, aber zu jung, um Kompromisse einzugehen.

David Oshoha gehörte zu den Mitgliedern der SWAPO in Windhoek, und Horatio konnte sich denken, dass er den Tod seiner Großmutter bei der Demonstration nicht ungesühnt lassen würde. Trotz seiner Rachegelüste war David ein Nama mit Leib und Seele. Ohne sich über die Vereinbarkeit seiner Überzeugungen Gedanken zu machen, glaubte er sowohl an die Ahnen und die Götter als auch an eine Gleichberechtigung aller Menschen. Eine Gleichberechtigung, die seiner Meinung nach notfalls auch mit Waffengewalt durchzusetzen war.

Seit Horatio entdeckt hatte, dass David ihnen folgte, hatte er sich Sorgen gemacht. Und nun, da Ruth verschwunden war, umso mehr. Er hatte in der ganzen Stadt nach David gesucht und ihn endlich in einem Pub im Viertel der Schwarzen gefunden.

»Was willst du hier?«, hatte er ihn gefragt.

»Dasselbe wie du. Wir sind schließlich Nama. Den Diamanten, was sonst?«

»Du glaubst, dass das Mädchen ihn hat?«, hatte Horatio gefragt.

»Ich weiß, dass sie eine Salden ist. Willst du mir zuvorkommen?«

Horatio hatte den Kopf geschüttelt. »Aber nein, wirklich nicht. Es geht um mehr als um das ›Feuer der Wüste‹.«

Und dann hatte er David erzählt, was sich zugetragen und was er herausgefunden hatte. David hatte ihm zwar vielleicht nicht geglaubt, aber er hatte dennoch versprochen, ihm zu helfen.

Horatio wusste, dass er David trauen konnte. Sie waren beide Nama und damit Blutsbrüder. Alles andere hatte Zeit, konnte später geklärt werden. Zunächst ging es darum, Ruth zu finden.

Also hatte Horatio den Vormittag damit zugebracht, die Truckstops und Tankstellen in ganz Lüderitz abzuklappern. Es hatte gedauert, bis er einen Mann gefunden hatte, der sich an Ruth erinnern konnte. Doch wohin sie gewollt hatte, wusste auch er nicht.

Schließlich hatte er David angeheuert, mit ihm gemeinsam in die Wüste zu fahren. Dass sie mit dem Diamanten so eng verbunden war, machte es für Horatio leichter, David zur Mitarbeit zu überreden. Und gestern Früh waren sie aufgebrochen, waren dem Weg durch die Wüste gefolgt, vorbei an den mannshohen Sanddünen, die der kleine Junge vor Tagen beschrieben hatte.

Unterwegs war ein Reifen geplatzt. Die Reparatur in der prallen Sonne hatte viel Schweiß und Zeit gekostet. Und so war der Nachmittag bereits angebrochen, als sie endlich bei dem Namadorf ankamen. Die Männer und Frauen hatten untätig um eine erloschene Feuerstelle gesessen und zu den Ahnen gebetet, darum gefleht, dass die weiße Frau noch am Leben war. Die weiße Frau, die ihren Kindern lesen und schreiben und rechnen beigebracht hatte. Die weiße Frau, die dafür sorgte, dass die Frauen von ihren Männern nicht geschlagen wurden, die sich um die Post kümmerte, um Behördengänge, die Streitigkeiten schlichtete und schon so manchem das Leben gerettet hatte, indem sie in Lüderitz Medikamente in einer Apotheke einkaufte oder die Mütter so lange drängte, bis sie mit ihren Kindern zu einem Arzt gingen.

Nie hatte die weiße Frau für alle ihre Taten eine Gegenleistung verlangt. Sie hatte mit ihnen gegessen, mit ihnen getrunken, mit ihnen gelacht, geweint, gelebt, getrauert. Sie war eine von ihnen. Wenn es möglich gewesen wäre, so hätten die Nama die weiße Frau schwarz gefärbt, damit sie auch äußerlich zu ihnen gehörte. Jetzt aber war sie fort, und es schien den Nama, als wäre der gute Geist ihrer Siedlung abhandengekommen. Manchmal stimmte einer von ihnen ein Lied an, doch schon nach wenigen Takten brach er ab. Einer der Männer stand auf, griff nach einem Pfeil, lief damit ziellos im Kreis herum und setzte sich schließlich wieder. Das Merkwürdigste aber war, dass die Kinder an diesem Tag nicht spielten, nicht tobten. Sie saßen still neben ihren Müttern, kratzten hin und wieder mit einem Stöckchen im Sand; jede Fröhlichkeit war von ihnen gewichen. Stumm saßen sie bei ihren Müttern, hörten auf das, was die Erwachsenen sagten, erhofften sich womöglich Rat, doch niemand war da, der Rat wusste.

Ein kleines Mädchen begann schließlich zu weinen, die anderen Kinder stimmten ein, und für kurze Zeit war ihr Wehklagen weit über die Sanddünen zu hören.

Horatio brauchte lange, um in Erfahrung zu bringen, was geschehen war. Er hörte von der jungen weißen Frau und erfuhr, was Charly beobachtet hatte. Und obwohl David müde war und gerne eine Nacht lang in der Oase geblieben wäre, drängte Horatio ihn, sofort zurück in die Stadt zu fahren. Er war froh, dass die Nama dem wütenden jungen Mann, der noch immer so sehr um seine Großmutter trauerte, gezeigt hatten, dass die Saldens keine Feinde der Schwarzen waren. »Es ist möglich, dass ich mich getäuscht habe«, hatte David auf der Rückfahrt eingeräumt und den Rest des Weges gedankenversunken auf die Straße vor sich geschaut.

Als Horatio endlich zurück in der Stadt war, tat ihm jeder Knochen im Leibe weh. Er war müde, zerschlagen, hungrig, durstig und dreckig. Erst als er erfuhr, dass Ruth in die Pension zurückgekehrt war, kehrten die Lebensgeister in ihm zurück.

»Wo ist sie?«, drängte er die Pensionswirtin.

»Woher soll ich das wissen? Sie muss sich bei mir nicht abmelden.«

Horatio sah die Wirtin prüfend an und schob dann einen Geldschein über die Theke. Die Frau nahm den Schein und steckte ihn in den Spalt zwischen ihren Brüsten. »Der Mann war da. Der, der schon öfter hier war. Er hat ihr einmal Rosen geschickt. Er kam auch, als sie nicht da war, verlangte von mir den Schlüssel zu ihrem Zimmer. Den Schlüssel zu ihrem Zimmer! Stellen Sie sich das mal vor! Wo kämen wir denn da hin, wenn ich jedem, der fragt, einfach die Zimmerschlüssel anderer Leute geben würde! Ich habe mich gefragt, ob es klug wäre, dem Mädchen davon zu erzählen. Wer schon vor der Ehe so eifersüchtig ist, dass er die Liebste kontrollieren will, was tut er dann erst, wenn er verheiratet ist? Aber dann habe ich den Mund gehalten. ›Inge‹, habe ich mir gesagt, ›die junge Frau ist alt genug. Misch dich nicht ein.‹ Das habe ich nämlich noch nie getan. Der Tod für mein Unternehmen wäre das. Das Hotelgewerbe besteht durch seine Verschwiegenheit. Die Schwatzhaften sind die Ersten, die Pleite machen.«

»Ja, ja«, drängte Horatio erneut. »Ich schätze Ihre Diskretion sehr, aber um des Herrgotts willen verraten Sie mir endlich, wo sie jetzt steckt. Es könnte sein, dass sie in Schwierigkeiten ist.«

»Ist sie schwanger?«

»Was?«

»Ich fragte, ob die junge Frau womöglich schwanger ist. Immerhin hat sie sich neulich die Seele aus dem Leib geko ... äh ... erbrochen. Ich konnte gar nicht hinhören. Das gibt es ja oft, dass ein junges Mädchen seine Tugend so einfach herschenkt, und dann hat sie ein Kind am Hals, ehe sie es sich versieht.«

»Nein, die Art von Schwierigkeiten meine ich nicht. Also, wissen Sie nun, wo sie ist?«

Die Pensionswirtin schüttelte den Kopf. »Steht denn ihr Wagen nicht draußen?«

»Doch, aber in ihrem Zimmer ist sie nicht.«

»Na ja, dann weiß ich es auch nicht. Aber ich kann ja mal fragen.« Sie holte tief Luft, dann brüllte sie durch das ganze Haus: »Nancy! Nahanncy!«

Eine junge Schwarze eilte herbei. »Misses?«

»Hast du die weiße Miss mit den langen roten Haaren weggehen sehen?«, fragte sie.

Nancy nickte. »Oh ja, ein Mann war bei ihr, ein schöner Mann, aber er hatte einen harten Zug um den Mund. Ich habe mich gefragt, ob die nette Miss das wohl gesehen hat.«

Horatio atmete tief ein und aus. Er hätte die beiden Frauen am liebsten angebrüllt, doch dann hätte er gar nichts erfahren. »Wissen Sie, wo sie hingegangen sind?« Er nahm all seine Langmut zusammen.

Nancy schüttelte den Kopf. »Gegangen sind sie nirgendwohin. Gefahren sind sie. In einem Wagen mit offenem Verdeck.« Sie senkte die Stimme und hauchte ehrfürchtig: »Es war ein Mercedes.«

»Und haben Sie vielleicht gehört, wohin sie wollten? Hat der Mann etwas gesagt?«

Nancy schüttelte den Kopf und schüttelte zugleich den Staubwedel, den sie in der Hand hatte. »Nein, mehr weiß ich nicht. Gestern Nachmittag war ihr Bett ganz zerwühlt. Ich musste es für die Nacht noch einmal herrichten.«

»Und beim Abendessen? Hat sie da jemand gesehen?«

Dieses Mal schüttelte die Pensionswirtin den Kopf. »Nein, nur die beiden Herren aus Zimmer vier und die junge Südafrikanerin aus Zimmer drei waren da. Ich habe vier Brötchen wegwerfen müssen.«

Horatio dankte, rannte heraus, fand den Dodge vor der Pension. Er überlegte, wo er so schnell einen Fahrer herbekommen konnte, doch es fiel ihm niemand ein. David hatte angekündigt, er wolle sich heute Abend betrinken. Zu viel war auch ihm geschehen – er hatte einen Feind verloren und wusste nun nicht mehr, wie er den Tod seiner Großmutter rächen sollte. Nun musste der junge Mann sich erst einmal sammeln.

Horatio hatte David gehen lassen, obwohl er ihn eigentlich

gebraucht hätte. Er ahnte, wie es im Kopf und im Herzen des jungen Mannes aussah. Und er wusste, dass er eine Gelegenheit suchte, über das nachzudenken, was in den letzten Tagen passiert war.

Er rannte zurück in die Pension. »Geben Sie mir die Schlüssel zu ihrem Zimmer«, bat er die Pensionswirtin.

Die verschränkte die Arme vor der Brust. »Wie käme ich denn dazu, junger Mann? Nein, nein, meine Gäste lasse ich nicht ausspionieren. Nicht von einem Weißen, und erst recht nicht von einem Schwarzen.«

Sie baute sich so vor dem Schlüsselbrett auf, dass Horatio Schwierigkeiten hatte, an ihr vorbeizukommen. Bevor es zu einem Handgemenge kam, schrie Horatio die Frau schließlich an: »Die Miss ist in großer Gefahr. Wollen Sie etwa schuld daran sein, dass ihr etwas zustößt?«

Die Frau guckte betreten drein.

»Den Schlüssel her, sofort!«, wiederholte Horatio. »Kommen Sie mit, dann sehen Sie, dass ich nichts stehle als ihren Autoschlüssel.«

Horatio streckte seine Hand aus, und die Frau legte seufzend Ruths Zimmerschlüssel hinein. Horatio stürzte die Treppe hinauf, die Wirtin hinterher, fand den Dodgeschlüssel beinahe auf Anhieb, stürzte die Treppe wieder hinab und rannte zum Dodge. Und nun? Er hatte keinen Führerschein, hatte nie das Geld dafür gehabt. Und es waren ein paar Jahre vergangen, seit er das Auto seines Cousins über einen Feldweg fahren durfte.

»Los jetzt!«, sprach Horatio sich selbst Mut zu. Hier ging es nicht um ein paar Schrammen in der Karosserie, sondern um Leben und Tod. Er startete den Wagen, trat die Kupplung durch und gab viel zu viel Gas, sodass der Wagen absoff.

Beim zweiten Mal jedoch setzte sich der Dodge ruckelnd in Bewegung.

Mit jedem Meter fuhr Horatio sicherer. Es war inzwischen so dunkel, dass man in den kleinen Nebenstraßen, die nicht von Straßenlaternen erleuchtet waren, nicht die Hand vor Augen nicht sehen konnte. Horatio fuhr so vorsichtig er nur konnte, ohne dabei jedoch an Geschwindigkeit zu verlieren. Trotzdem streifte er einmal den Außenspiegel eines anderen Wagens, schrammte ein anderes Mal beim Abbiegen am Bordstein entlang. Bald schon hatte er das Stadtzentrum verlassen und fuhr den Hügel hinauf, zu den Villen der Weißen. Kühl war es dort oben, und die Grundstücke waren mit hohen Zäunen gleichermaßen vor dem schneidenden Wind und vor Neugierigen geschützt.

Er hatte auf der Bank Henry Kramers Adresse herausbekommen. Es war zu seiner Überraschung viel einfacher gewesen, als den Zimmerschlüssel zu Ruths Pensionskammer zu bekommen. Horatio hatte Glück gehabt, war an eine Frau geraten, die mit den Kramers ein privates Hühnchen zu rupfen hatte. Sie hatte Horatio alles gesagt, was sie wusste, hatte ihm auf einem Xerox-Gerät Kopien von einigen Unterlagen angefertigt, und auch die Beschreibung und Adresse des Kramerhauses hatte er von ihr bekommen.

Je näher er der weißen Villa kam, desto langsamer fuhr Horatio. Kurz bevor er sie erreichte, machte er das Licht aus, fuhr die letzten Meter tastend im Dunkeln weiter.

Er ließ das Auto am Straßenrand stehen und ging langsam um das Grundstück herum. Überall standen hohe Zäune, die an manchen Stellen sogar mit Stacheldraht abgedeckt waren. Horatio lächelte. *Was nützt einem der ganze Reichtum, wenn er mit so viel Angst vor Verlust verbunden ist?*, dachte

345

er. *Merken die nicht, dass sie Gefangene sind? Gefangene des Geldes, eingesperrt hinter Stacheldraht?*

Gern hätte er das Grundstück betreten, hätte sich angeschlichen. Vielleicht wäre er sogar in das Haus hineingekommen, aber Horatio war kein Held, der einfach so mit einem Sprung Mauern und Stacheldrahtzäune überwinden konnte. Außerdem hatte er Angst vor Hunden. Und hinter dem Zaun erspähte er zwei Dobermänner, die sich um einen blutigen Brocken Fleisch stritten. Also reckte er sich nur, so hoch er konnte. Hinter einem Fenster saß ein alter Mann in einem Stuhl. Heinrich Kramer.

Der Heinrich Kramer, der früher die Deutsche Diamantengesellschaft geführt hatte und über den seit dieser Zeit schlimme Gerüchte in Umlauf waren. Als in Europa der Zweite Weltkrieg tobte, war Kramer plötzlich verschwunden gewesen. Und 1945 im Frühsommer war er zurückgekehrt. Er zog seither sein Bein nach, aber niemand wusste, wo er in den Kriegsjahren gewesen war. Ebenso wie niemand wusste, was genau er während der Nama- und Hereroaufstände getan hatte, als er unter General von Trotha ein Regiment geführt hatte.

Jetzt saß er da, ein alter Mann, dessen Kraft nicht mehr reichte, um selbst zu beschützen, was er sich über viele Jahre hinweg ergaunert hatte.

Horatio musste ein leises Mitleid unterdrücken. Früher, als er aus einer armen Familie kommend andere Kinder gekannt hatte, deren Familien reicher waren als er, und jetzt, da er Männer in seinem Alter kannte, die teure Autos fuhren, wertvolle Uhren besaßen und weiße Villen, hatte er viel über den Segen des Reichtums nachgedacht. Er hatte auch einmal vor einer Lotterie gestanden und überlegt, was er mit so viel Geld anfangen würde. Viel war es nicht gewesen. Er würde

346

den Eltern und Geschwistern kaufen, was sie sich wünschten: ein neues Häuschen vielleicht, der Mutter und den Schwestern und Schwägerinnen Kühlschrank und Waschmaschine, den Männern Fahrräder und Dauerkarten für das Stadion. Ein Auto brauchte man in Windhoek nicht, zumindest nicht da, wo seine Familie schon immer lebte. Für sich selbst wünschte er nichts, nur eine neue Brille, die dünnere Gläser hatte und einen leichten Rahmen.

Reichtum, das hatte Horatio schon früher erkannt, bedeutete das Gegenteil von Freiheit. An diesem alten Mann sah man es nur allzu deutlich. Er war Gefangener seiner selbst, saß hinter Stacheldraht, bewacht von Bluthunden, nicht mehr fähig, zu tun und zu lassen, was er wirklich wollte, und – was das Schlimmste war – voller Angst, jemand könnte ihm etwas wegnehmen.

Horatio hatte sich immer gefragt, warum die Menschen nach mehr und mehr Geld strebten. Man konnte ja doch nur essen, bis man satt war, nur in einem Bett schlafen, nur in einem Haus wohnen, nur in einem Paar Schuhen gehen.

Henry Kramer, das hatte Horatio von der jungen Frau in der Bank erfahren, wohnte ebenfalls hier. Auch er war infiziert von der Gier nach immer mehr Geld und Besitz. Horatio wusste nicht, was der junge Mann mit Geld verband, vielleicht Anerkennung oder Liebe. Doch Kramer war dumm, wenn er tatsächlich glaubte, damit etwas Echtes, etwas Bleibendes kaufen zu können.

Wie musste das sein, wenn man niemals sicher sein konnte, um seiner selbst willen geliebt zu werden? Niemals sagen zu können, ob die Frau, die man liebte, auch morgen noch käme, wenn statt des Mercedes nur ein altes Fahrrad am Straßenrand stehen würde?

Und man selbst? Was geschah mit der Seele, wenn das Geld abhandenkam? Woraus schöpfte man dann? Vergaß man bei der Jagd auf das Geld, was einen sonst noch ausmachte?

Als endlich Henry Kramers Wagen die Auffahrt herauffuhr, war Horatio tief in Gedanken versunken. Durch die erleuchteten Fenster beobachtete er, wie der junge Kramer sich einen Weinbrand einschenkte, die Post durchsah, dann in ein Zimmer ging – wahrscheinlich das Badezimmer –, wie er im Schlafanzug herauskam, sich in ein anderes Zimmer – wahrscheinlich das Schlafzimmer – begab und das Licht löschte.

Für Horatio war es jetzt Zeit, ins Auto zu kriechen und ebenfalls ein wenig zu schlafen. Er hatte keine Angst, den jungen Kramer am nächsten Morgen zu verpassen. Er war schwarz und arm, hatte gelernt, nicht von Dingen abhängig zu sein, sondern auf sich und sein Gespür zu bauen, und das würde er auch in dieser Nacht tun.

Zwanzigstes Kapitel

Ruth biss die Zähne aufeinander, um das Zittern zu unterdrücken. Ihre Hände fühlten sich feucht und klebrig an, ihre Kehle war wie ausgedörrt. Auch Margaret Salden wirkte unruhig. Sie war noch bleicher geworden, die Ringe unter ihren Augen dunkler. Sie stöhnte leise auf.

»Was ist mit dir?«, fragte Ruth.

»Meine Arme. Die Schultern tun mir weh. Ich wünschte, ich könnte die Fesseln endlich loswerden.«

»Gleich. Gleich ist alles vorbei«, versuchte Ruth sie zu trösten, doch sie glaubte selbst nicht daran.

Sie sah zum Autofenster hinaus. Henry Kramer hatte die Hütte des Bootsverleihs gerade verlassen und kam, eine Taucherausrüstung in der Hand, auf den Wagen zu.

Ihm folgte ein schwarzer Junge, der eine Sauerstoffflasche schleppte.

Ruth sah in den Himmel, der klar und blau über dem Meer hing. Sie suchte nach Wolkenfetzen, nach Hinweisen, ob sich das Wetter halten würde, und fragte sich zugleich, ob sie diesen Himmel heute zum letzten Mal sehen würde. Sie bedauerte es, so vielen Dingen in ihrem Leben so wenig Aufmerksamkeit geschenkt zu haben. Sie würde sich von niemandem verabschieden können, würde Mama Elo und Mama Isa nie mehr sagen können, wie sehr sie sie liebte. Und sie würde Rose nicht wiedersehen. Ob die Mutter an ihrem Grab wohl weinen würde?

Ruth hätte ihrer Mutter gerne noch gesagt, dass Margaret sie so sehr geliebt hatte, dass sie sie genau aus diesem Grund weggegeben hatte: damit Rose leben konnte. Es gab eine Liebe, die so groß war, dass das Schicksal des anderen schwerer wog als das eigene. Margaret hatte es bewiesen. Rose hatte keinen Grund mehr, traurig zu sein, sich verlassen und verstoßen zu fühlen. Nur wenige Menschen wurden so geliebt, wie sie geliebt worden war, und es wurde Zeit, dass Rose das erfuhr. Vielleicht wurde dann der Rest ihres Lebens glücklicher.

Auch hätte sich Ruth gerne noch mit Corinne versöhnt. Sie wollte ihr sagen, dass sie nun wusste, wie schön Kleider machen konnten, und sie würde sie bitten, gut auf die Mutter achtzugeben. Rose brauchte jemanden, der sich um sie kümmerte. Sie war so allein, war immer allein und einsam gewesen, trotz ihrer Familie, trotz der Freunde.

Doch dafür war es vielleicht schon zu spät. Sie würde nachher in diesen Taucheranzug steigen und sich hinab ins Meer stürzen müssen. Ruth war schmerzlich bewusst, dass sie keine Chance hatte, den Diamanten zu finden. Und ihre Handgelenke waren blutig gescheuert. Es konnte durchaus sein, dass dies die Haie zusätzlich anzog. Ob es sehr wehtat, von einem Hai gebissen zu werden?

Ruth hoffte, dass sie in diesem Fall schnell das Bewusstsein verlöre. Sie könnte sich auch die Atemmaske vom Gesicht reißen, dann würde sie ersticken, ertrinken. War das besser, als von Haien zerrissen zu werden? War es weniger schmerzhaft? Sie hätte gern gebetet, aber das Vertrauen in Gott war ihr während der letzten Tage abhandengekommen. Und wenn sie sich wie die Nama an die Ahnen wenden würde? Ruth überlegte und schloss dann für einen Moment die Augen, um zu ihrem Großvater Wolf Salden zu sprechen. *Wenn es keine*

Chance mehr gibt, dann hole du mich, flehte sie still. *Mach schnell, versprich es mir!*

Ein Knall riss sie aus ihren Gedanken. Der schwarze Junge hatte die Sauerstoffflasche auf die Ladefläche geworfen.

Henry Kramer warf den Taucheranzug hinterher und stieg ins Auto. »Das Meer ist sehr ruhig heute.« Er wandte sich zu den beiden Frauen um. »Ihr habt Glück. Erst am Mittag sollen Sturmböen aufkommen. Betet zu Gott, dass ihr bis dahin fertig seid.« Dann seufzte er und startete den Wagen. Als der nicht gleich ansprang, schlug Kramer wütend auf das Lenkrad ein. »So eine Scheiße, so eine gottverfluchte Scheiße!«

Ruth und Margaret sahen sich an. Es war nicht zu übersehen, dass Kramer mit den Nerven am Ende war.

Vielleicht haben wir doch eine Chance, schoss es Ruth durch den Kopf. Doch dann erkannte sie, dass der schwarze Junge verschwunden und auch sonst weit und breit niemand zu sehen war. Sie würden nicht weit kommen.

»Na bitte!« Zu Kramers Freude sprang der Wagen schließlich doch an. Er fuhr los, lenkte den Wagen durch das Hafengelände und hielt wenig später vor einer Schranke, hinter der die Pad durch das Diamantensperrgebiet begann. Kramer stieg aus, schloss die Schranke auf, schob sie nach oben, fuhr den Wagen hindurch, schloss die Schranke wieder und versicherte sich durch kräftiges Rucken, dass sie auch wirklich geschlossen war.

Sie fuhren weiter, wohl eine halbe Stunde lang, ohne auch nur einen Menschen zu treffen. Nicht einmal Tiere erspähte Ruth durch die Fensterscheibe, nur große schwarze Vögel, die hoch über ihnen kreisten.

Am Rande einer kleinen Bucht stoppte Kramer den Wagen abrupt, stieg aus und zerrte Ruth von ihrem Sitz.

Einige Meter vom Strand entfernt wartete bereits der schwarze Junge vom Hafen. Er saß in einem kleinen Motorboot und beobachtete gelangweilt, was in der Bucht vor sich ging.

Als Kramer Ruth die Handfesseln zerschnitt, stöhnte diese befreit auf und rieb sich vorsichtig die schmerzenden Gelenke.

»Und jetzt in den Taucheranzug!«, zischte er. Er wirkte über die Maßen angespannt und zugleich verdrossen. »Bist du schon einmal getaucht?«

Ruth schüttelte den Kopf.

»Das hätte ich mir gleich denken können! Zieh deine Hose und deine Bluse aus!«

Ruth zögerte. Sie wollte sich nicht noch einmal vor Kramer entblößen. Er kannte ihren Körper zwar, hatte ihn als erster und einziger Mann gesehen, doch er hatte jedes Recht verwirkt, sie hüllenlos zu betrachten.

»Ist ja schon gut, ich drehe mich um.« Kramer war sichtlich genervt. »So viel Aufregendes gibt es bei dir wahrlich nicht zu sehen.«

Ruth tat, wie ihr geheißen wurde, zog sich aus und stieg sogleich in den Taucheranzug. Er fühlte sich kühl und ein wenig klebrig an. »Was passiert mit meiner Großmutter?«, fragte Ruth, als sie fertig angezogen vor ihm stand.

»Was soll schon sein mit der Alten?« Kramer sah sie an, als hätte er die alte Frau völlig vergessen.

Ruth sah sich verstohlen um. Sie wusste, dass ihr nicht viel Zeit blieb. Hier an Land könnte sich Margaret vielleicht noch befreien. Vielleicht würde irgendwann doch jemand des Weges kommen, der ihr helfen könnte. Auf dem Wasser aber könnte sie ihre Großmutter vielleicht brauchen, um den Jungen und Kramer zu überwältigen. Konnte ihre Großmutter überhaupt schwimmen? Wahrscheinlich wäre es besser, sie bliebe an Land. »Du willst sie doch nicht etwa an Land lassen?«, fragte sie in der Hoffnung, dass ihr Widerspruch Kramer erst recht dazu bringen würde, genau dies zu tun.

»Was soll sie an Land? Willst du mich verarschen? Ich brauche sie auf dem Meer. Sie allein weiß, wo sie den verdammten Diamanten versenkt hat!«

Ruth nickte, diesen Umstand hatte sie nicht bedacht. »Mach ihr wenigstens die Fesseln ab. Wenn sie sich nicht bewegen kann, weil sie Schmerzen hat, kann sie auch nicht nachdenken. Schmerz schränkt die Erinnerung ein.«

Kramer sah sie unsicher an, dann zerrte er Margaret Salden aus dem Wagen, zerschnitt ihre Fesseln und warf die Stricke ins Veld. »Denk bloß nicht, dass ich den Quatsch glaube, den du da von dir gibst«, knurrte er Ruth an. »Aber was soll die Alte auf dem Wasser schon ausrichten? Vielleicht treibt es ihr Gedächtnis an, wenn sie dich im Wasser weiß und die Haiflossen näher kommen.«

Er versetzte Ruth einen Stoß. »Los, lauf! Die paar Meter zum Boot wirst du mir nichts anstellen.« Er griff in seinen Hosenbund und zog eine Pistole hervor. »Ein Schritt in die falsche Richtung, und ich benutze das Ding hier.«

Seine Augen waren ganz schmal geworden. Ruth erkannte an seinem Blick, dass er es ernst meinte. Er wirkte fest entschlossen, seinen Plan durchzuziehen, egal, wie es auch ausgehen mochte.

»Von dem Diamanten hängt viel für dich ab, oder?«, fragte sie.

»Das geht dich einen Scheißdreck an, meine Liebe! Finde ihn einfach und hol ihn hoch, alles andere muss nicht deine Sorge sein.«

Einundzwanzigstes Kapitel

Beinahe hätte Horatio Kramer verpasst. Die Sonne war erst als zartrosa Schimmer am Himmel zu sehen, als sein Wagen schon aus der Einfahrt herausschoss. Zur gleichen Zeit klopfte jemand an das Fenster des Dodge. David. Er grinste Horatio an, öffnete die Tür und schwang sich auf den Beifahrersitz. »Habe mir gedacht, dass du mich vielleicht brauchen kannst.«

Horatio rieb sich die Augen, nickte David zu, dann fuhr er langsam und mit einem gehörigen Abstand hinter Kramer her. Er musste vorsichtig sein, denn noch lag Lüderitz im Schlummer, jedes Geräusch war doppelt so laut zu hören als am helllichten Tag.

Als Horatio sah, dass Kramer den Weg zu den verlassenen Minen einschlug, fluchte er. »Dass ich darauf nicht gekommen bin! Wo sonst sollte er die Frauen auch hinbringen? Bestimmt nicht in seine schicke weiße Villa.«

»Wovon sprichst du?«, fragte David.

In kurzen Sätzen erklärte Horatio, was sich seit dem Vortag ereignet hatte. David nickte dazu. »Es war falsch, nur schwarz und weiß zu sehen«, sagte er leise. »Manchmal scheint das Schwarze nämlich weiß zu sein, und in der Dunkelheit sind sowieso alle Weißen schwarz.«

Horatio erwiderte nichts. Er ahnte, dass David in dieser Nacht viel nachgedacht hatte, und war froh, dass der junge Mann sich entschieden hatte, seine Fehde gegen die Saldens zu beenden. Davida Oshoha wäre sicher stolz auf ihren Enkel gewesen.

Je näher sie der Mine kamen, desto mehr wurde Horatio bewusst, dass er gegen alle Vernunft die ganze Zeit über gehofft hatte, in der Villa der Kramers ein Lebenszeichen von Ruth und ihrer Großmutter zu entdecken. Jetzt, da er erkannte, wie naiv diese Hoffnung gewesen war, brach ihm der Schweiß aus. Schon oft hatte die Zeitung berichtet, dass irgendwo ein verlassener Stollen zusammengestürzt war. Einmal war Wasser eingedrungen, ein anderes Mal war zu große Trockenheit schuld am Einsturz gewesen.

Erst als er aus sicherer Entfernung sah, wie Ruth und Margaret aus dem Stollen stolperten, atmete er auf. Doch die Fesseln, die er an den Handgelenken der beiden Frauen erspähte, schnitten ihm ins Herz.

Horatio zwang sich zur Ruhe, als er zusah, wie Kramer seine beiden Gefangenen ins Auto zerrte. Die ganze Zeit über war er versucht, aus dem Wagen zu springen, zu ihnen zu rennen und Henry Kramer mit bloßen Händen zu erwürgen. Doch er blieb sitzen, nicht nur, weil er erkannte, dass Kramer bewaffnet war, sondern vor allem, weil sein Eingreifen alles noch schlimmer machen würde. David und er waren allein, zwei Schwarze ohne Zeugen, und jedes Gericht des Landes würde sie und die beiden Frauen verurteilen, statt sich um die Machenschaften des Diamond World Trust zu kümmern. Es ging um mehr als nur um den Diamanten. Er musste hier ausharren, wenn er Margaret und Ruth und auch die Farm retten und ihnen zu ihrem Recht verhelfen, wenn er den üblen Machenschaften des Konzerns einen Riegel vorschieben wollte. Er musste warten, auch wenn es ihn viel Beherrschung kostete.

355

Es dauerte Horatio viel zu lange, bis der Wagen endlich losfuhr. Doch dass Kramer erst jetzt zurück in Richtung der Stadt fuhr, hatte für Horatio auch Vorteile, denn mittlerweile war die Stadt erwacht, und es war nun nicht mehr ganz so schwierig, Kramer unbemerkt zu folgen. Einmal war es Horatio, als drehte sich Ruth um. Er hoffte, sie würde ihren Wagen erkennen, spüren, dass er in der Nähe war und sie sich nicht länger fürchten musste. Andererseits aber fürchtete er genau das und hoffte, sie würde sich und ihn nicht durch eine unbedachte Bemerkung verraten.

Im Hafen war es noch einfacher, unbemerkt zu bleiben. Mit Paletten beladene Trucks fuhren hin und her, Kräne wuchteten Lasten auf Trucks und von ihnen auf die Schiffe, Gabelstapler durchquerten das Gelände.

Horatio musste aufpassen, damit er Kramer in all dem Durcheinander nicht aus den Augen verlor. Zu viele kleine Gassen führten zwischen den riesigen Lagerhallen ins Innere des Hafens und verzweigten sich bald wieder. Doch Horatio hatte Glück; Kramer blieb auf der Hauptstraße, die sich parallel zum Kai entlangzog, und hielt erst, wo der Hafen eigentlich zu Ende war, wo die Hehler und Hasardeure, die windigen Händler und andere undurchsichtige Gestalten ihre halb verfallenen Hütten hatten.

»Er will aufs Meer«, sagte Horatio fassungslos, als Kramer in einem Bootsverleih verschwand. »Er will mit den Frauen zum Meer! Mein Gott! Was will er dort? Sie ertränken? Den Fischen zum Futter vorwerfen? Das ergibt doch keinen Sinn! Kramer will den Diamanten. Was in Gottes Namen will er am Meer?«

David schwieg, zuckte nur leicht mit den Schultern.

Horatio hatte nicht viel Zeit, um nachzudenken. Schon

warf ein schwarzer Junge eine Sauerstoffflasche auf die Ladefläche des Pick-up. Schon fuhr Kramer davon.

Horatio fluchte. Sollte er Kramer einfach wegfahren lassen? Oder mit dem Jungen sprechen, der in Richtung des Bootsstegs verschwunden war? Er schaute dem schwarzen Chevy nach, der gerade um die Ecke bog, und rannte dann hinunter zum Steg, dicht gefolgt von David.

»Ich möchte ein Boot mieten«, erklärte er auf gut Glück dem Jungen. »Ein Boot und dazu einen Führer.«

»Erst heute Mittag, Sir. Jetzt habe ich Kundschaft.«

Horatio tat, als würde er überlegen. »Vielleicht hat deine Kundschaft denselben Weg wie ich. Dann können wir zwei Fliegen mit einer Klappe schlagen. Bezahlt würdest du natürlich, als hätte ich dich extra angeheuert. Doppelter Lohn für die halbe Arbeit. Was hältst du davon?«

Der Junge spitzte den Mund. »Wäre ein gutes Geschäft, Bass, hätte nichts dagegen einzuwenden. Aber der andere Bass hat es verboten. Er will zur Halifaxinsel. Ein Ausflug, hat er gesagt. Mit seiner Verlobten und deren Mutter.«

Horatio wiegte den Kopf. »Komischer Ausflug«, sagte er, und der Junge nickte lachend. Dann fragte Horatio: »Wo bekomme ich denn jetzt ein Boot und einen Führer her?«

Der Junge pfiff auf zwei Fingern. Gleich darauf rannten zwei weitere schwarze Jungen herbei. »Das sind meine Brüder«, sagte der Junge. »Sie haben sicher Zeit für euch. Ich muss jetzt los. Der weiße Bass macht nicht den Eindruck, als könne er Spaß verstehen.«

»Gute Fahrt und viel Erfolg«, wünschte Horatio, und der Junge tippte mit dem Finger an seine Mütze und startete das Boot.

»Hier, Bass, hier ist ein Boot«, drängten sich die anderen

beiden vor und zeigten auf einen Kahn, der so alt war, dass er wahrscheinlich noch aus den Gründertagen von Lüderitz stammte.

»Was macht man bei der Halifaxinsel?«, fragte Horatio.

»Haie jagen«, sagten die beiden Jungen wie aus einem Mund. Dann sprach der Ältere allein weiter. »Viele nehmen Harpunen mit aufs Meer und lassen sich danach mit dem toten Hai fotografieren. Andere sind Wissenschaftler. Sie halten Kameras ins Wasser. Und wieder andere wollen sich einfach nur gruseln. Manche nehmen Fleischbrocken mit, schön blutig, um die Fische anzulocken.«

»Und sonst?«

Die Jungen zuckten ratlos mit den Schultern. »Sonst ist da nichts. Man kann wegen der Haie nicht tauchen. Und fischen auch nicht. Einmal hat einer einen toten Mann dort versenkt. Vorher hatte er ihn ermordet. Mit einem Messer! Er soll geblutet haben wie ein Schwein. Na ja, ab ins Wasser mit der Leiche, und die Haie haben ihn geholt. Kein Knöchelchen war mehr übrig. Den Mörder haben sie trotzdem gefasst. Jetzt sitzt er im Kittchen.«

Horatio lief es eiskalt über den Rücken. Kramer würde doch nicht etwa Ruth und ihre Großmutter an die Haie verfüttern? »Schnell, Jungs, fahrt los!«, befahl er. »Wir müssen eurem Bruder folgen, aber am besten so, dass er uns nicht bemerkt.«

Die beiden Jungen sahen sich unsicher an. »Wir wollen unserem Bruder nicht die Tour vermasseln. Können wir Sie nicht woanders hinbringen, Bass? Es gibt wunderbare Korallenriffe gleich in der Nähe.«

Horatio überlegte kurz. Dann gab er der Wahrheit den Vorzug. David und er würden auf dem Meer sicherlich

358

Hilfe brauchen. »Gut, um ehrlich zu sein: Folgendes ist passiert …«, begann er und erzählte den Jungen so knapp wie möglich, was er wusste. Mit weit aufgesperrten Mündern hörten sie ihm zu und schauten David fragend an.

Der bestätigte Horatios Geschichte mit einem Nicken.

Als Horatio geendet hatte, glänzten die Augen der Jungen vor Abenteuerlust. »Ich hole eine Harpune«, sagte der eine eifrig. »Ich wette, wir können sie brauchen. In der Nähe der Halifaxinsel ist ein Felsen im Meer. Hinter dem können wir uns verstecken.«

Der andere fügte hinzu: »Ich werde ein Fernglas holen. Vom Felsen aus kann man gut beobachten, was da vor sich geht.«

»Wenn es stimmt, was Sie sagen, Mister, dann ist unser Bruder auch in Gefahr, oder?« Der erste war mitten im Lauf stehen geblieben und zu Horatio zurückgekehrt. »Schließlich sieht und hört er alles, was da draußen vor sich geht.«

Horatio nickte. Daran hatte er bisher gar nicht gedacht.

Der Junge rannte wieder los und kam wenig später nicht nur mit mehreren Harpunen, sondern auch mit einem schwarzen Mann im Schlepptau zurück.

»Ich bin der Vater der Jungen«, erklärte der knapp. »Mein Name ist Jakob. Und jetzt lassen Sie uns losfahren. Ich will meinen Jungen heil zurück zu seiner Mutter bringen. Die beiden anderen bleiben hier.«

Zweiundzwanzigstes Kapitel

Das Boot lag ruhig im Wasser. Ruth saß, angetan mit dem Taucheranzug, die Sauerstoffflasche zwischen den Füßen, auf der hinteren Bank. Angespannt sah sie auf das Wasser. Sie waren noch in Ufernähe, doch schon jetzt hielt sie Ausschau nach Haifischflossen.

Margaret Salden saß neben ihr, hatte eine Hand ins Meer getaucht und betrachtete den Himmel. »Was für ein wundervoller, prächtiger Tag«, sagte sie.

Kramer, der neben dem Bootsführer vorne im Boot saß, drehte sich um. »Ein schöner Tag zum Sterben. Ist es das, was du meinst, Alte?« Als Margaret nicht antwortete, schwang Kramer seine Beine über das Sitzbrett und setzte sich ihr damit genau gegenüber. »Wo genau hast den Stein versenkt, Alte?«

»Es ist viel zu lange her. Ich weiß es nicht mehr genau. Der Stein ist ohnehin nicht mehr da.«

»Das werden wir ja sehen. Ich kann dir nur raten, dich zu erinnern. Nicht nur für mich ist der Diamant wichtig, für euch sogar noch mehr. Euer Leben hängt davon ab.«

Sie fuhren an einem einzelnen Felsen vorbei. Ruth betrachtete ihn voller Sehnsucht. Sie waren inzwischen weit vom rettenden Ufer entfernt. Ruth wandte sich um, warf einen Blick zurück. Um zurückzuschwimmen, war es viel zu weit – und zu gefährlich. Sie seufzte, sah zum Himmel, sehnte schwarze Wolkentürme herbei, doch da war nichts. Der Himmel blieb verräterisch blau und wolkenlos.

360

»Ich glaube, hier war es«, sagte ihre Großmutter plötzlich. »Nur noch ein kleines Stück.«

»Hier?« Kramer sah sich um. Die Halifaxinsel war noch mindestens eine halbe Seemeile entfernt. »Alte, ich warne dich. Wir haben nur eine Sauerstoffflasche dabei. Du spielst mit dem Leben deiner Enkelin. Wenn sie den Stein hier nicht findet, wird sie jeden verdammten Meter bis zu den Inseln absuchen. Und wenn die Flasche leer ist, dann hat sie nur noch das, was in ihre Lungen passt.«

Margaret Salden zuckte mit den Schultern, als wäre ihr das alles endlos gleichgültig. Nur Ruth sah, dass ihre Lippen immer bleicher wurden und ihre Großmutter beide Hände in den Stoff ihres Kleides gekrallt hatte.

Sie fuhren noch ein kleines Stück weiter, und je näher sie den Halifaxinseln kamen, desto gelassener wurde Ruth. Ihr Kopf schien auf einmal leergewischt zu sein. Sie war so ruhig, als säße sie in der Loggia auf Salden's Hill, eine Flasche Bier vor sich, die Füße mit den schweren Stiefel gegen eine Säule gestemmt.

»Genau hier war es«, sagte Margaret, als die Halifaxinsel dicht vor ihnen lag. »Ja, hier muss es gewesen sein.« Sie sah ihre Enkelin an. »Ich bitte dich um Verzeihung, mein Kind. Ich wünschte, ich hätte etwas anders machen können. Nie wollte ich dich in eine solche Situation bringen.«

»Mach dir keine Sorgen, Großmutter. Alles wird gut. Ich weiß es.«

»Jetzt haltet keine Volksreden, dazu hattet ihr die ganze Nacht lang Zeit!« Kramer hatte sich erhoben und stand Ruth nun Auge in Auge gegenüber. Sie sah ihn an und erkannte mit einem Mal die Angst in seinem Blick.

Er wich ihr aus, sah über sie hinweg, deutete mit der Hand auf das Meer. »Rein da, aber schnell.«

Der schwarze Junge befestigte ihr die Sauerstoffflasche auf dem Rücken.

»Och!« Die Flasche war schwerer, als Ruth gedacht hatte.

»Im Wasser spüren Sie das Gewicht nicht, Miss«, sagte der Junge. »Ich werde immer in Ihrer Nähe sein. Eine Harpune habe ich auch dabei. Es wird Ihnen nichts zustoßen. Ich habe während der ganzen Fahrt keinen einzigen Hai gesehen.«

»Danke«, sagte Ruth und meinte es auch so. Dann trat sie an den Rand des Bootes und schaute in das Blau unter sich. Sie zögerte, fürchtete plötzlich die Kälte des Meeres, die Größe, die Gewalt, die Wucht, das Unvorhersehbare.

Sie drehte sich um, öffnete den Mund, um zu sagen, dass sie Kramers Forderung nicht nachkommen würde. Doch schon stieß er sie gegen die Brust, und sie stürzte rückwärts ins Meer.

Die schwere Flasche zog sie sofort nach unten. Das Meer war an dieser Stelle nicht besonders tief. Daher dauerte es nicht lange, bis sie den Grund erreichte. Sie sah Fischschwärme auseinanderstieben, sah Sand, der sie an die Dünen in der Namib erinnerte, Algen und Seegras, das sich leise wiegte. Es war ruhig und friedlich hier unten und bei Weitem nicht so gespenstisch und dunkel, wie sie gedacht hatte. *Es wäre schön, einfach hierzubleiben,* dachte sie und tastete sich zwischen Steinen, Pflanzen und Tieren über den Meeresboden. Sie betrachtete kurz eine Muschel, die sich langsam, aber stetig weiterbewegte. Der Boden war gleichmäßig, doch winzige Sandwellen zeugten von der Bewegung des Meeres. Sollte das ›Feuer der Wüste‹ je hier gelegen haben, war es schon vor Jahren weitergetrieben.

Ein dunkler Fisch, dessen Name Ruth nicht kannte, schwamm an ihr vorüber. Sie glitt über den Boden, griff mit der Hand nach einem Stein, der alles andere als ein Diamant war, hob eine Muschel an und wusste doch mit absoluter Gewissheit, dass sie hier unten nicht das finden würde, was Henry Kramer suchte.

Ich bleibe hier, dachte sie, fühlte sich mit einem Mal unglaublich müde, aber leicht und glücklich. *Ich bleibe einfach hier, bis mir der Sauerstoff ausgeht.*

Dreiundzwanzigstes Kapitel

Horatio hatte alle Mühe, die Beherrschung zu wahren. Sie hielten sich wie geplant mit ihrem Boot hinter dem Felsen verborgen und beobachteten das Motorboot. Als Kramer Ruth ins Wasser stieß, trieb Horatio den Bootsführer an: »Los jetzt, schnappen wir ihn uns.«

Jakob gab Vollgas, und schon stob das Boot hinter dem Felsen hervor, nahm schäumend Kurs auf das andere Boot. »Du, mach die Harpune klar«, bestimmte der Schwarze mit einer Kopfdrehung zu David. Der nickte.

»Sie kümmern sich um den weißen Mann, ich um die Frau im Wasser. Der junge Mann hier, der tut, was zu tun ist.«

Horatio und David nickten gleichermaßen. Sie preschten so schnell über das ruhige Meer, dass sie sich an den Bootsleisten festhalten mussten. Jakob hatte die Zähne fest aufeinandergepresst, sein Kinn wirkte kantig. Davids Augen blitzten vor Kampfeslust.

Kramer hatte sie noch nicht entdeckt. Er stand mit dem Rücken zu ihnen und starrte gebannt auf die Stelle, an der er Ruth soeben ins Wasser gestoßen hatte. Erst als sie bis auf etwa zwanzig Meter herangekommen waren, bemerkte Kramer das andere Boot. »Was wollen die hier?«, schrie er den Jungen an.

Der zuckte nur mit den Schultern, zog verängstigt den Kopf zwischen die Schultern.

»Los, wenden! Wir kehren um, gib Vollgas!«, brüllte Kramer den Jungen an.

»Nein! Wir bleiben hier!«, schrie Margaret Salden. »Wir können Ruth nicht hierlassen.«

»Schnauze, Alte!« Kramer holte aus und schlug der alten Frau mit dem Handrücken so heftig über den Mund, dass sie von der Bank auf die Bootsplanken rutschte.

Horatio ballte die Fäuste.

Endlich waren die Boote auf gleicher Höhe, standen nebeneinander. »Wo ist Ruth?«, brüllte Horatio und sprang mit einem gewaltigen Satz von einem Boot in das andere. Er stürzte auf Kramer zu, der geistesgegenwärtig die Pistole gezückt hatte.

»Nimm ihm die Waffe ab!«, schrie Jakob seinen Sohn an, doch der Junge rührte sich nicht. Wie versteinert starrte er die miteinander ringenden Männer an.

»Ruth? Ruth!«, rief Margaret Salden und rappelte sich hoch. Das Boot schwankte bedrohlich, als sie den prügelnden Männern auswich.

»Los, junger Mann, ab ins Wasser, hol die Frau hoch!« Jakob stand breitbeinig auf den Planken, die Kämpfenden fest im Blick und bereit, jederzeit einzugreifen. Er hielt die Harpune griffbereit, denn er hatte am Horizont die ersten Haifischflossen gesehen. »Los, Junge! Mach schon! Die Haie kommen!«

David sprang ins Wasser.

Margaret Salden hielt sich zitternd an der Bootswand fest, während Henry Kramer mit der Waffe ausholte, um sie Horatio gegen die Schläfe zu schlagen. Horatio riss im gleichen Moment den Arm hoch, holte mit der Faust aus und drosch sie in Kramers Gesicht, dass ihm das Blut aus der Nase spritzte.

Kramer schrie auf, wollte mit beiden Händen nach

365

Horatios Kehle fassen, doch der hatte schon ausgeholt und traf Kramer mit einem Tritt gegen die Brust. Henry Kramer ruderte mit den Armen, verlor den Halt und stürzte mit einem Schrei ins Meer.

Ruth glitt über den Meeresboden, noch immer erfüllt von Frieden und einer nie gekannten Ruhe. Alles war schön und so still, dass sie nicht einmal merkte, dass aus dem Schlauch, der zwischen Maske und Sauerstoffflasche befestigt war, blubbernde Blasen aufstiegen. Sie wurde müde, so wunderbar müde, und merkte kaum, dass Arme nach ihr griffen und sie nach oben zogen.

Prustend tauchte David auf. Jakob griff nach Ruth, zog sie über Bord, riss ihr die Maske ab und schlug ihr fest auf beide Wangen.

»Lebt sie? Geht es ihr gut?«, rief Margaret Salden vom anderen Boot herüber. Jakob nickte.

»Die Haie!«, schrie der schwarze Junge, der im ersten Boot saß. »Sie kommen näher. Der weiße Bass ist ins Meer gestürzt, und er blutet.«

David zog sich an Bord, nahm die Harpune, stellte sich breitbeinig ins Boot und ließ die Haie nicht aus den Augen.

»Los!«, schrie Jakob Horatio zu. »Wir müssen ihn rausholen, sonst ist er Fischfutter.«

Horatio warf einen Blick auf Ruth, die langsam zu sich zu kommen schien. »Verdient hätte er es!«, rief er, dann hechtete er zwischen den beiden Booten ins Wasser. Von der anderen Seite sprang Jakob hinterher. Gleichzeitig packten sie Kramer und zogen ihn zum Boot, wo David von oben half, ihn ins Trockene zu zerren.

366

Jakob stieg in das Boot, in dem Margaret und sein Sohn saßen, und warf den Motor an. »Wir müssen weg hier!«, rief er.

Kramer und Ruth lagen nebeneinander auf dem Boden des anderen Bootes, dessen Motor David nun startete. Horatio hockte auf Kramers Brust, drückte auf ihr herum, bis der Weiße hustend Wasser spuckte. Dann fesselte er ihm Hände und Füße mit festen Bootsstricken und kniete sich neben Ruth. »Na du?«, fragte er und strich ihr eine nasse Haarsträhne aus der Stirn. »Wie geht es dir?«

Ruth öffnete die Augen. »Wo ist deine Brille?«, fragte sie.

Horatio lachte. »Sie ist im Meer. Die Haie können sich an ihr die Zähne ausbeißen.«

Ruth lachte, dann aber ging ihr Lachen in ein Schluchzen über.

Horatio nahm sie in die Arme, strich ihr sanft über die Wangen und flüsterte: »Es ist alles vorbei, es ist alles gut. Oder hast du etwa geglaubt, ich überlasse dich diesem weißen Piefke?«

Am Strand warteten bereits ein Krankenwagen und die Polizei. Die Sanitäter kümmerten sich um Ruth und Margaret, dann wurde Henry Kramer unter Polizeischutz abtransportiert. »Wir bringen ihn in die nächstgelegene Klinik und von dort in die Untersuchungshaftanstalt«, erklärte einer der Polizisten.

Ruth saß auf dem Boden des Kais, eine Decke um die Schultern, einen Becher Kaffee in der Hand, den anderen Arm fest um ihre Großmutter geschlungen. Neben ihnen lag der Taucheranzug wie ein ausgeweidetes Tier.

»Ich kann euch gar nicht oft genug danken«, sagte Horatio, als sich die Jungen und ihr Vater bei ihm verabschiedeten.

»Ohne euch hätten wir es nicht geschafft. Danke, dass ihr mitgekommen seid. Danke, dass ihr Polizei und Krankenwagen gerufen habt.«

David stand einige Augenblick verlegen neben den beiden Frauen. Dann reichte er Ruth die Hand. »Sie haben sich tapfer geschlagen, für eine Weiße, meine ich.«

Ruth lächelte ihn an. »Du siehst deiner Großmutter sehr ähnlich«, erwiderte sie. »Ich wünschte, sie wäre hier bei uns.«

David schluckte und nickte. Dann zeigte er auf das Polizeiauto. »Ich fahre dann mal mit, wegen des Protokolls. Wir sehen uns später.« Verlegen scharrte er mit den Füßen im Sand.

»Komm her, Junge!«, rief Margaret. Sie stand auf, nahm David in die Arme, küsste ihn schallend auf die Wange. »Ich danke dir, danke dir von ganzem Herzen! Wann immer du eine Großmutter brauchst, werde ich versuchen, für dich da zu sein.«

Wortlos vor Rührung befreite er sich aus ihren Armen. Dann ging er steifen Schrittes zu dem wartenden Polizeiwagen, stieg ein und fuhr mit den Polizisten davon.

Ruth, Margaret und Horatio blieben allein zurück. Nur ein junger Feuerwehrmann stand neben dem Dodge, rauchte und sah diskret in eine andere Richtung. Er hatte der Polizei versprechen müssen, Ruth, Margaret und Horatio später zur nächsten Dienststelle zu bringen, hatte aber Verständnis dafür, dass sie zunächst einmal miteinander allein sein wollten.

Lange saßen die drei beieinander, Ruth in der Mitte, und sahen aufs Meer hinaus. Erst jetzt begriff Ruth, in welcher Gefahr sie geschwebt hatten. »Er hätte uns alle umgebracht«, sagte sie leise. »So sehr wollte er den Diamanten.«

Margaret und Horatio nickten stumm.

»Wo ist der Diamant eigentlich wirklich?«, wollte Horatio dann wissen.

»Ich habe ihn tatsächlich hier versenkt. Was ich Ruth gesagt habe, ist die Wahrheit. Nur eines weißt du noch nicht, Horatio.«

»Was denn?«

Margaret wandte sich an Ruth, zog das Lederband mit dem Sehnsuchtsstein aus Ruths Ausschnitt hervor. »Das hier ist ein Teil des ›Feuers der Wüste‹.«

»Wie bitte?« Horatio riss die Augen auf.

»Du kannst es ruhig glauben. Der Nama, der mir den Stein anvertraute, gab mir auch diesen kleineren hier. Das ›Feuer der Wüste‹ bestand schon immer aus zwei Teilen. Und die Nama glaubten, dass es den kleineren Stein immer zu seinem größeren Bruder ziehen werde. Du warst die ganze Zeit in der Nähe einer Hälfte des Diamanten.«

Ruth zog sich das Band mit dem Stein über den Kopf und reichte es Horatio. Der betrachtete den Stein, fuhr mit dem Daumen über die scharfe Bruchkante. »Der Sehnsuchtsstein«, murmelte er.

Ruth nahm Horatios Hand, drückte seine Finger fest um den Stein. »Er gehört dir. Du sollst ihn haben. Du bist ein Nama, erforschst die Geschichte deines Volkes. Nimm du ihn, hüte ihn für dein Volk.«

Horatio schloss seine Finger fest um den Stein. »Ich werde ihn dorthin bringen, wo er hingehört. An einen Ort, der den Nama heilig ist.«

Margaret Salden nickte. »Ich bin froh, dass es vorbei ist«, sagte sie und fasste nach Horatios Hand. »Ich danke dir, danke dir von ganzem Herzen.« In ihren Augen glänzten Tränen. Und obwohl sie vor Erschöpfung ganz grau im Gesicht war, strahlte sie.

»Es ist noch nicht zu Ende«, erwiderte Horatio und drehte

sich zu Ruth. »Aber was jetzt noch kommt, wird wunderbar sein. Erinnerst du dich an den Brief, den ich dir geschrieben und unter der Tür durchgeschoben habe?«

Ruth schüttelte den Kopf, doch dann rief sie: »Ja, ich habe ihn in meine Hosentasche gesteckt!«

Sie griff danach und zog einen zerknitterten Umschlag raus.

»Du hast ihn ja gar nicht gelesen!«, sagte Horatio vorwurfsvoll.

Ruth senkte den Kopf. »Verzeih mir«, sagte sie leise. »Ich war wütend auf dich. Deshalb habe ich ihn nicht gelesen.«

»Und jetzt? Bist du noch immer wütend?«

»Aber nein!«, rief Ruth, schlang ihre Arme um seinen Hals und drückte ihn an sich. Horatio schloss die Augen und genoss die Umarmung, ebenso Ruth.

Erst als Margaret Salden leise lachte, fanden beide in die Gegenwart zurück. Sie schauten sich einen Augenblick an, dann fiel Horatio der Brief wieder ein. »Willst du ihn jetzt nicht endlich lesen?«, fragte er.

Ruth öffnete den Umschlag, las, starrte Horatio mit offenem Mund an und stammelte endlich: »Das … Das glaube ich einfach nicht!«

Vierundzwanzigstes Kapitel

Glaubst du es jetzt?«, fragte Horatio, als sie die Staatskanzlei verlassen hatten.

Ruth verzog den Mund. »So langsam fange ich an, es zu begreifen. Aber glauben?« Sie schüttelte den Kopf und starrte noch einmal auf das Papier. »Nein, glauben kann ich es noch nicht.«

Horatio breitete die Arme aus und lachte. »Du bist reich, Ruth. Deine Farm ist gerettet. Nie wieder in deinem Leben kann dir jemand Salden's Hill nehmen.«

»Ja«, sagte sie, aber es klang nicht glücklich.

»Freust du dich denn gar nicht?«, fragte Horatio.

»Darüber, dass meiner Familie ein Teil der Diamantenmine gehört?«

»Ja.«

»Ich weiß es nicht«, sagte sie. »Das Leben war schön, als alles noch beim Alten war.« Sie setzte sich auf eine Bank, die vor dem Gebäude der Staatskanzlei stand. »Wie hast du das eigentlich herausgefunden?«, fragte sie.

Horatio lächelte. »Ich habe im Archiv einen Ordner gefunden, der in einem Pappkarton unter dem Tisch stand. Darin waren Bankunterlagen. Jeden Monat wurde eine ziemlich hohe Summe auf ein Konto in Lüderitz überwiesen, dessen Empfänger unbekannt war. Dann hörten die Zahlungen plötzlich auf, das Konto aber bestand weiter.

Ich weiß nicht, warum ich diese Blätter aus dem Archiv

gestohlen habe. Es muss eine Eingebung gewesen sein. Jedenfalls ging ich zur Bank in Lüderitz, zeigte meinen Universitätsausweis vor und erklärte der Bankangestellten meine Recherchen. Als der Name Henry Kramer fiel, bekam die junge Frau ganz schmale Augen. Ich sah, dass sie noch eine Rechnung mit ihm offen hatte. Sie erbat sich Zeit und legte mir am nächsten Tag Unterlagen vor, aus denen hervorging, dass der Inhaber des geheimnisvollen Kontos Wolf Salden war, beziehungsweise nun dessen Nachfahren sind. Ich ging zur Polizei, aber dort konnte mir niemand so recht helfen, da ja kein Verbrechen geschehen war. Immerhin konnte ich die Abteilung für Wirtschaftskriminalität davon überzeugen, Nachforschungen anzustellen.

Diese ergaben, dass Wolf Salden schon vor 1904 vom Erbe seiner Eltern Anteile an dem Land gekauft hatte, auf dem später die Diamantenminen in Betrieb genommen wurden. Als Wolf Salden tot war und Margaret verschwunden, nutzten die Besitzer diese Anteile nach ihrem eigenen Gutdünken weiter, überwiesen aber aus steuerlichen Gründen stets Geld an diesen ungenannten stillen Teilhaber. Ich vermute, Heinrich Kramer wollte sich dieses Geld auch noch unter den Nagel reißen.«

Horatio schwieg einen Augenblick, fasste nach Ruths Hand. »Und jetzt ist er angeklagt, Wolf Salden im Jahre 1904 auf seiner Farm erschossen zu haben. Nun müssen wir abwarten, was die Gegenüberstellung deiner Großmutter mit dem alten Kramer ergibt.«

»Kein Wunder, dass der alte Kramer Henry so unter Druck gesetzt hat. Es muss ein Schock für ihn gewesen sein, als ich plötzlich auftauchte und gleich darauf meine Großmutter. Merkwürdig ist nur, woher er von mir wusste. Er hat mich doch nie gesehen.«

»Ich nehme an, die Eintragung im Archiv hat ihn auf deine Spur gebracht. Und dann hat er seinen Sohn auf dich angesetzt.«

»Irgendwie tut Henry mir leid«, sagte Ruth leise. »Er hat sich so angestrengt, um seinen Vater einmal im Leben zufriedenzustellen. Aber er hat es auch dieses Mal nicht geschafft.«

»Mir tut er nicht leid«, entgegnete Horatio. »Er ist volljährig. Er hatte die Wahl. Der Mensch hat immer die Wahl zwischen Gut und Böse.«

»Hast du den Brief?«, fragte Ruth.

Horatio schüttelte den Kopf. »Du hast ihn eingesteckt, nachdem der Bankdirektor ihn aus einem Schließfach geholt hat, zusammen mit den Bankauszügen und der Besitzurkunde für die zwanzig Prozent, die deine Familie an der Diamantmine hält.«

Ruth wurde blass. Sie kramte in ihrem Rucksack herum, immer hektischer, aber schließlich atmete sie auf. »Seit ich weiß, dass ein Brief manchmal über Leben und Tod entscheiden kann, habe ich ständig Angst, einen zu verlieren.«

Horatio lachte, legte einen Arm um Ruths Schulter und zog sie an sich. »Lass uns bald fahren, ja? Wir holen deine Großmutter ab, und dann brechen wir auf nach Salden's Hill.«

Ruth lächelte: »Du kannst es wohl gar nicht erwarten, auf unsere Farm zu kommen und dort die Geschichte meiner Großmutter und des Namastammes in der Namib aufzuschreiben, oder? Zum Glück sind unsere Gästezimmer so geräumig, dass es sich eine ganze Weile dort aushalten lässt.«

Horatio nahm ihren Arm. »Sag, ist es dir auch recht, dass ich mich bei euch einquartiere?«

Ruth zögerte einen winzigen Augenblick, dann erwiderte sie: »Ich freue mich darauf. Sehr sogar.«

Als sie einander ansahen, las Ruth aus Horatios Augen einen Wunsch und eine tiefe Sehnsucht heraus. Horatio hingegen sah in Ruths Augen Erwartung und Freude. »Lass uns schnell nach Salden's Hill fahren«, raunte Horatio. »Ich möchte nicht noch mehr Zeit verlieren.«

Ruth lächelte. Sie hatte verstanden, dass er nicht von seiner Arbeit gesprochen hatte. Dennoch schüttelte sie den Kopf. »Nein. Wir müssen vorher noch deine neue Brille beim Optiker abholen. Oder hast du etwa gedacht, ich fahre die ganze Strecke allein?«

»Yeap. Ich habe nämlich noch immer keinen Führerschein.«

Ein paar Tage später hatten sich alle auf Salden's Hill versammelt. Nur auf Corinne warteten sie noch. Der Empfang daheim war sehr emotional gewesen. Margaret hatte Rose umarmt, Mama Elo hatte weinend dabeigestanden. Dann waren Mutter und Tochter zu einem langen Spaziergang über die Farm aufgebrochen. Niemand wusste, worüber genau die beiden miteinander gesprochen hatten, aber alle hatten gesehen, dass Rose Salden seither ein Lächeln im Gesicht trug.

Das Lächeln wurde zwar schmaler, sobald Rose Horatio erblickte, verschwand aber auch dann nicht ganz. »Ein schwarzer Mann in meinem Haus«, murmelte sie und schüttelte dabei den Kopf. »Erst die Sache mit dem Diamanten und jetzt das. Mit Corinne wäre mir so etwas niemals passiert.« Kurz darauf ging sie hocherhobenen Hauptes ins Haus, wies mit dem Finger auf den alten Teakholztisch und verkündete: »Der muss natürlich weg. Und an die Wände sollen Tapeten geklebt werden, am besten aus Seide. Ich werde Corinne danach fragen.«

Immer, wenn Rose solche Reden führte, verdrehte Ruth die Augen. Aber Margaret legte ihr eine Hand auf den Arm. »Lass sie«, sagte sie. »Sie hat so viel nachzuholen.«

Am Abend fragte Horatio: »Was hast du jetzt vor, Ruth, jetzt, da du dir um die Farm keine Sorgen mehr machen musst. Wirst du weiter Vieh züchten?«

»Ja, natürlich. Ich wollte nie etwas anderes. Daran ändert auch das Geld nichts. Meine Mutter und meine Großmutter sind reich. Ich bin genauso wie vorher. Salden's Hill möchte ich natürlich behalten. Die Schulden sind ja jetzt kein Problem mehr. Vielleicht erweitere ich die Schafherden, aber nicht, um die Lämmer zum Schlachten zu verkaufen, nur damit reiche weiße Europäerinnen sich daraus Persianermäntel machen lassen können. Ich möchte die Milch der Tiere haben, möchte meine Lämmer wachsen sehen. Aus der Milch würde ich gern Käse machen und den in der Stadt verkaufen. Aber genau weiß ich es noch nicht …« Ruth hielt inne und sah Horatio ängstlich an. »Und du? Könntest du auf Dauer auf einer Farm leben?«

Horatio zuckte mit den Schultern. »Ich habe keine Ahnung vom Farmleben. Und ich habe Angst vor Tieren.«

Ruth lachte. »Das trifft sich gut. Ich werde dir gleich morgen das Reiten beibringen. Und im Gegenzug könntest du auf Salden's Hill eine kleine Bibliothek einrichten.«

»Ja, und vielleicht komme ich jetzt tatsächlich dazu, die Geschichte meines Volkes zu schreiben.« Er griff nach Ruths Hand. »Von mir aus könnte der Aufenthalt auf der Farm sich noch eine ganze lange Weile hinziehen.«

Ruth lächelte. »Aber Ruhe zum Arbeiten hast du nur, wenn Corinne endlich wieder zurück nach Swakopmund gefahren ist. Du wirst sehen, sie stellt hier sofort alles auf den Kopf.

Und ich wette, sie hat schon längst eigene Pläne, was mit dem Geld geschehen soll.«

»Kann sein«, erwiderte Horatio. »Aber das ist schon wieder eine andere Geschichte.« Und dann beugte er sich zu Ruth, nahm ihr Gesicht in beide Hände und küsste sie.

ANHANG

Glossar

Bakkie	Geländefahrzeug
Bass	Chef, Herr, oft als Anrede von den Schwarzen für weiße Männer gebraucht
Beester	Rinder, in Gegenden mit überwiegend Schafzucht auch Bezeichnung für Schafe, im Sinne von »Vieh« verwendet
Biltong	Trockenfleischstreifen mit verschiedenen Gewürzen, typisch namibische Spezialität
Boerewors	Bratwurst, stark gewürzt und oft sehr fettig
Donkey	Esel
Drenchen	Zufuhr an Mineralien und Vitaminen durch Flüssigkeit für die Schafe
Gotcha	umgangssprachlich für »Landei«
Hottentotten	anderer Begriff für Nama
Lekkers	Süßigkeiten
Meisie	Afrikaans für »Mädchen«
Mieliepap	Maisbrei
Oukie	Südwestdeutscher
Pad	Piste, Schotterstraße, jeder befahrbare Weg
Pontok	Eingeborenenhütte
Veld	Landschaft

Kurzer Überblick über die Geschichte Namibias

15. Jh.	Entdeckung des Landes durch portugiesische Seefahrer
16. Jh.	Einwanderung von Bantuvölkern in den Norden des Landes, darunter die Herero
18. Jh.	erste kriegerische Auseinandersetzungen der Herero mit den Hottentotten, erste Handelskontakte der Weißen mit den Eingeborenenstämmen
1805	Erste christliche Missionare kommen ins Land
bis 1878	Ansiedlung weißer Siedler und Kolonialisten, kriegerische Auseinandersetzungen mit den Schwarzen
1883	Adolf Lüderitz kommt nach Namibia, nimmt weite Ländereien in seinen Besitz, die er durch Betrug erworben hat
1884	Namibia steht unter deutscher Kolonialverwaltung und heißt offiziell Deutsch-Südwestafrika
1885	Gründung der Deutschen Kolonialgesellschaft für Südwestafrika. Deutsche Siedler kaufen und pachten Farmland, das ursprünglich den schwarzen Stämmen gehörte

1904	Aufstand der Nama und Herero
1915	Südafrikanische Streitkräfte besetzen Namibia und beenden die deutsche Kolonialherrschaft
1919	Mit dem Vertrag von Versailles endet die Kolonialmacht der Deutschen. Namibia wird unter der Mandatsmacht Südafrikas Mitglied des Völkerbundes
1946	Namibia wird als fünfte Provinz unter die Verwaltung Südafrikas gestellt
10. Dezember 1959	Protestmarsch der Schwarzen, vor allem der schwarzen Frauen, gegen die Zwangsumsiedlung in Ghettos, die am Rande der Stadt Windhoek angesiedelt werden sollen. Die südafrikanische Armee beendet die Demonstration blutig. Elf Schwarze werden getötet, die Ghettoisierung mit Gewalt durchgesetzt
1960	Gründung der SWAPO in Daressalam
21. März 1990	Namibia erklärt seine Unabhängigkeit und verabschiedet seine erste Verfassung

Danksagung

Viele Menschen haben mich beim Schreiben dieses Romanes unterstützt, mir Mut gemacht, Anregungen gegeben oder mir mit Rat und Tat zur Seite gestanden.

Mein herzlicher Dank gebührt dafür Klaus Putenson, Windhoek, Namibia, der mich auf meiner Reise durch Namibia begleitet hat und auf jede Frage eine Antwort wusste.

Gisela Willrich, Swakopmund, Namibia, und Sonja Willrich, Kapstadt, Südafrika, danke ich ebenfalls. Ihre Geschichten waren es, die diesen Roman bereichert haben.

Und natürlich bedanke ich mich auch von ganzem Herzen bei meiner Familie, den Freunden und Verwandten, die auch dieses Projekt mit großer Anteilnahme begleitet haben.

Besonderer Dank gebührt meinem Agenten Joachim Jessen und meiner wunderbaren Lektorin Dr. Stefanie Heinen.

Mitreißend, gefühlvoll, voller unerwarteter Schicksalswendungen – eine einzigartige Familiensaga.

Sarah Lark
DAS GOLD DER MAORI
Roman
752 Seiten
ISBN 978-3-7857-6024-6

Kathleen und Michael wollen Irland verlassen. Das heimlich verlobte Paar schmiedet Pläne von einem besseren Leben in der neuen Welt. Aber all ihre Träume finden ein jähes Ende: Michael wird als Rebell verurteilt und nach Australien verbannt. Die schwangere Kathleen muss gegen ihren Willen einen Viehhändler heiraten und mit ihm nach Neuseeland auswandern … Michael gelingt schließlich mit Hilfe der einfallsreichen Lizzie die Flucht aus der Strafkolonie, und das Schicksal verschlägt die beiden ebenfalls nach Neuseeland. Seine große Liebe Kathleen kann er allerdings nicht vergessen …

Lübbe Paperback

Werden Sie Teil der Bastei Lübbe Familie

- Lernen Sie Autoren, Verlagsmitarbeiter und andere Leser/innen kennen
- Lesen, hören und rezensieren Sie unter www.lesejury.de Bücher und Hörbücher noch vor Erscheinen
- Nehmen Sie an exklusiven Verlosungen teil und gewinnen Sie Buchpakete, signierte Exemplare oder ein Meet & Greet mit unseren Autoren

Willkommen in unserer Welt:
www.lesejury.de